KB112283

난폭한 독서

■ 이 도서의 국립중앙도서관 출판예정도서목록(CIP)은
서지정보유통지원시스템 홈페이지(http://seoji.nl.go.kr)와
국가자료공동목록시스템(http://www.nl.go.kr/kolisnet)에서 이용하실 수 있습니다.
(CIP제어번호: CIP2015031401)

난폭한 독서

서평가를 살린 위대한 이야기들

금정연

마음산책

난폭한 독서

1판 1쇄 인쇄 2015년 11월 25일
1판 1쇄 발행 2015년 11월 30일

지은이 | 금정연
펴낸이 | 정은숙
펴낸곳 | 마음산책

편집 | 이승학 · 최해경 · 김예지 · 박선우 디자인 | 이혜진 · 이수연
마케팅 | 권혁준 경영지원 | 이현경

등록 | 2000년 7월 28일(제13-653호)
주소 | (우 04043) 서울시 마포구 잔다리로 3안길 20(서교동 395-114)
전화 | 대표 362-1452 편집 362-1451 팩스 | 362-1455
홈페이지 | http://www.maumsan.com
블로그 | maumsanchaek.blog.me
트위터 | http://twitter.com/maumsanchaek
페이스북 | http://www.facebook.com/maumsanchaek
전자우편 | maum@maumsan.com

ISBN 978-89-6090-247-3 03800

* 책값은 뒤표지에 있습니다.

어떤 작품을 정말 잘 설명하기 위해서는

작품 전체를 고스란히 다시 쓸 수밖에 없다.

들어가며

오해 없도록 말해두지만 이 책은 노벨문학상 수상 기념 강연집이 아니다. 철학서도, 의학서도, 냉장고도, 지하철도 아니다. 특히 유고집도 아니다.◆ 2013년 1월부터 2014년 5월까지 〈프레시안북스〉에 연재한 원고를 정리한 것이다. 아마 당신은 이어질 문장을 예상할 수 있을 것이다. 거의 모든 원고를 새로 쓰다시피 했다, 지난한 과정이자 고난의 연속이었다, 하마터면 정말 유고집이 될 뻔했다 등등. 솔직히 나는 그런 말을 모두 믿지는 않는 독자였다. 그리고 그건 지금도 마찬가지다.

연재 당시 제목은 '금정연의 요설'이었는데 내가 특별히 자기객관화가 뛰어난 사람이라서 그런 건 아니고 〈프레시안북스〉 편집부에서 제안한 제목이다. 나는 깜짝 놀랐다. 사람 손에 길러져서 자신이 사람이라고 착각하던 원숭이가 난생처음 거울을 들여다본대도 그만큼 놀라진 않았을 거다. 나는 회한에 젖어 프리랜서로 살아온 지난 시간을 돌이켜보았다. 쉽지만

◆ 쓰치야 겐지, 『홍차를 주문하는 방법』, 송재영 옮김, 토담미디어, 2007, 4쪽.

은 않은 일이었다. 엘리자베스 퀴블러 로스 식으로 말하자면 요설을 대면하는 5단계라고 할까. 부정. 분노. 타협. 우울. 그리고 인정. 참고로 요설의 사전적 정의는 다음과 같다. 수다스럽게 지껄임. 쓸데없이 말을 많이 함.

그렇지만 말이 많은 사람이 나 하나만은 아니다. 우리 시대의 정치인들은 제외하더라도 이 책에서 다루는 작가들의 작품을 한 번이라도 읽어봤다면 내 말을 이해할 것이다. 모두 세계문학사의 한자리를 차지하고 있는 분들이다. 그들과 나를 (감히!) 비교하려는 게 아니다. 비슷한 부분도 있다는 거다. 17세기 프랑스의 모랄리스트 라브뤼예르는 이렇게 말했다. 어떤 이의 영광 또는 장점은 글을 잘 쓰는 데 있다. 어떤 이의 영광 또는 장점은 글을 쓰지 않는 데 있다. 정리하면 이렇다. 열 명의 작가들과 나는 수다스럽다는 공통점이 있다. 다만 수다스러움이 그들에게는 영광을 주고 내게서는 앗아 갔다는 작은 차이가 있을 뿐이다.

모든 책이 그렇겠지만 이 책의 제목 역시 여러 번 바뀌었다. '요설'에서 '우스운 소설들의 역사'로. 다시 '죽기 전에 읽어야 할 이야기'로. 불행히도 나는 제목을 잘 짓는 타입이 아니다. 수다를 늘어놓기에는 제목이 너무 짧기 때문이다. '난폭한'과 '독서'라는 이질적인 단어의 조합이 만들어진 것은 모두 정성일 평론가의 추천사 덕분이다. '난폭한 독서'라는 제목을 받아들이기 위해 부정과 분노와 타협과 우울과 인정의 5단계를 다시 거칠 필요는 없었다.

언젠가 정지돈은 내게 위상동형에 대해 말했다. 이상우 단편집 『프리즘』에 대해 이야기하는 자리였다. 정지돈은 이상우 소설의 위상수학적인 측면에 대해 말하면서 그 단어를 사용했는데 나는 하나도 이해하지 못했다. 농담이었는지 진담이었는지도 모르겠다. 그는 우리가 자신의 유전자와 위상동형인 소설을 좋아하게 마련이라고 말했는데, 나는 사람들은 자신과 비슷한 구석이 있는 작품을 좋아하게 마련이라는 뜻으로 범박하게 받아들였다. 그런 의미에서라면 이 작품들은 나와 위상동형인 작품들이 맞다. 수다스럽기 때문이지만 수다스럽기 때문만은 아니다.

계획과는 달리 이 책은 우스운 소설들의 역사가 되지는 못했다. 사건으로서의 역사나 가치로서의 역사, 두 방향의 접근이 이 책에는 없다. 다만 나 개인의 독서의 역사라고는 말할 수 있는데, 그건 단순한 취향의 나열을 넘어 서평가이자 독자로서 내가 끝없이 참조하고 의식하는 작품들의 목록이라는 뜻이다. 이때 중요한 건 시간이다. 작가의 시간. 작품의 시간. 독서의 시간. 그리고 나의 시간. 나는 그것들이 별개라고 생각하지 않았고 그것을 함께 겹쳐 보이고 싶었다. 나는 과거의 시간으로 거슬러 올라가 그것들이 차지하고 있는 위치나 위상, 작품 안과 밖의 의의를 따져보는 대신 그것들을 나의 시간으로 끌고 오는 편을 택했다. 납치라고 말해도 좋다. 인용과 차용으로만 이루어진 방대한 책을 구상하던 베냐민은 자신의 글에 등장하는 인용문들은 무장을 하고 나타나 한가롭게 지나가는 행인에게서 확신Überzeugung을 강탈하는 도적 떼와 같다고 말했다. 이 책이 난폭하게 느껴진다면 그런 이유 때문일 것이다.(그랬으면 좋겠다.) 물론 그것은 이 책이 수많은 인용과 차용으로 이루어진 이유이기도 하다.

라블레의 『가르강튀아/팡타그뤼엘』에서 시작하는 이 책이 카프카로 끝나는 이유에 대해서라면 할 말이 많지 않다. 나는 다른 시작을 상상할 수 없었다. 라블레의 소설이 최초의 소설이라는 것에 동의하지 않을 사람도 물론 있겠지만 라블레의 소설이 최고(最高와 最古 두 의미 모두에서)로 '더럽게 웃긴' 소설이라는 데 동의하지 않는 사람에게는 내가 동의할 수 없기 때문이다. 하지만 카프카에서 끝난 것은 전적으로 우연이다. 20세기 초반에서 21세기 초에 이르는 적지 않은 작품들이 차례를 기다리고 있었지만 〈프레시안북스〉가 갑작스럽게 휴간을 결정했기 때문이다.(지금은 다시 문을 열었다.) 덕분에 이 책이 뜻하지 않게 읽거나 쓰지 않고 살 수 없는 한심한 인간의 자기고백 비슷한 것이 되어버린 것 같아 조금 부끄럽기도 하다. 노파심에 덧붙이자면 아마 그것은 절반만 사실일 것이다.

나는 각각의 작품에서 내게 필요한 부분만 사용했다. 가끔은 독자들이 흥미를 느낄 부분을 취했고 대개는 내가 흥미로워하는 부분을 가져왔다. 나는 작품들의 대략적인 줄거리를 소개하는 대신 각각의 작품이 가지고 있는 매력을 독자들이 조금이라도 직접적으로 느낄 수 있기를 바랐다. 무엇보다 나는 내가 다루는 작품들을 닮기를 희망했다. 일종의 샘플러. 각각의 장들이 전혀 다른 스타일로 쓰인 건 그 때문이지만 (정성일 평론가가 추천사에서 날카롭게 지적하고 있는 것처럼) 어느 정도는 써 나가는 과정에서 발생한 변덕 때문이기도 하다.

사이먼 크리츨리는 개인주의individualism가 아닌 분인分人주의dividualism라는 개념을 사용하는데, 그것은 자아를 형성하는 것은 우리를 그 자신에게서 분리하는 압도적이고 무한한 윤리적 요구의 경험이라는 뜻이다. 우리를 만드는 것은 우리 내면에 있는 나눌 수 없는 단단한 핵 같은 것이 아니다. 우리는 세계와 끊임없이 상호작용을 맺으며, 제 자신의 중심에 놓인 육체의 욕구에 얽매이는 동물들과는 달리 우리 자신의 중심으로부터 벗어남으로써(만) 존재한다. 누구와 만나서 관계하느냐에 따라 시시각각 달라지는 수많은 나의 네트워크가 바로 나인 것이다.◆ 나는 그것이 독서에 대한 훌륭한 은유라고 생각한다. 책을 쓰는 일도 다르지 않다. 아니, 그게 바로 책이다.

이 책은 다음과 같은 사람들의 도움으로 만들어졌다.

◆ 사이먼 크리츨리, 『믿음 없는 믿음의 정치』, 문순표 옮김, 이후, 2015, 347~348쪽 옮긴이 주 참고.

〈프레시안북스〉의 강양구 기자는 처음 연재를 제안해주셨고 안은별(전前) 기자는 매번 늦은 원고를 받아주셨다.

마음산책 여러분은 해를 꼬박 넘긴 원고를 기다려주셨으며 이렇게 멋진 책으로(내가 이 서문을 완성해야 책이 나오는 탓에 아직 실물을 보지는 못했지만) 만들어주셨다.

André Martins de Barros 씨는 1942년에 태어나 파리에 살고 있는 화가로 표지 그림은 그의 작품이다. 그는 표지 사용 가능 여부를 묻는 메일에 흔쾌히 수락했다고 하는데, 멀리 떨어진 나라에서 이름 모를 작가의 책에 자신의 그림을 사용하겠다는 연락을 받고 기뻐하는 노화가의 모습을 상상하면 덩달아 기분이 좋아진다.

정성일 선생님은 과분한 추천의 글을 써주셨다. 앞서 말했듯 이 책의 제목 또한 그의 글에서 비롯했다. 나는 그 글을 열일곱 번 읽었는데 앞으로 얼마나 더 읽게 될지는 모르겠다.

나의 아내는 밥 먹듯이 밤을 새면서도 정작 밥은 잘 먹지 않는 남편을 사랑으로 참아주었다. 그녀가 없었다면 이 책은 나오지 못했을 것이다.

후장사실주의자들과의 대화는 내게 커다란 영향을 주었다. 그들이 아니었다면 이 책은 훨씬 일찍 나왔을 것이다.

그리고 작가들. 라블레, 세르반테스, 스위프트, 볼테르, 디드로, 스턴, 아이헨도르프, 고골, 플로베르, 카프카, 그 밖에 일일이 이름을 나열할 수 없는 수많은 작가들이 없었다면 나는 어떤 글도 쓰지 못했을 것이다.

진심으로 감사드린다.

2015년 11월

금정연

차례

이 책을 쓰는 동안 어떤 책도 찢기거나 불태워지지 않았다.

▪ 일러두기

1. 외국 인명, 지명, 작품명 및 독음은 외래어표기법을 따르되 관용적인 표기와 동떨어진 경우 절충하여 실용적 표기를 따랐다.
2. 주는 모두 저자 것이며 글줄 상단에 맞추어 작게 표기하였다.
3. 인용한 글은 숫자를 달고 권말에 출처를 밝혔으며, 오탈자와 띄어쓰기, 숫자 표기 외에 원문대로 실었다. 본문의 소괄호와 인용문의 대괄호는 모두 저자의 부연이다.
4. 인용한 책들은 판, 쇄에 따라 문장이 부분적으로 다를 수 있다.
5. 국내에 소개된 작품명은 번역된 제목을 따랐고, 국내에 소개되지 않은 작품명은 원어 제목을 독음대로 적거나 필요한 경우 우리말로 옮기고 원어를 병기했다.
6. 영화명, 곡명, 잡지와 신문 등의 매체명은 〈 〉로, 장편소설과 책 제목은 『 』로, 단편소설과 논문 제목, 기타 편명은 「 」로 묶었다.

태초에 방귀가 있었다

프랑수아 라블레 François Rabelais

『가르강튀아/팡타그뤼엘』

16세기 프랑스 르네상스 문학을 대표하는 사상가 겸 수도사 겸 의사. 프란츠 카프카, 조지 오웰과 더불어 자신의 이름을 딴 단어를 가지고 있는 몇 안 되는 작가이기도 하다. 라블레시언이라는 그 단어의 뜻은 바로 '천하고 무식한 유머'. 과연 그의 시대로부터 거의 5세기가 흘렀지만 아직까지 누구도 그만큼 '더럽게 웃긴' 소설을 쓰지는 못했다.

제1장

라블레는 어떻게 방귀를 뀌었는가
또는 그의 엉덩이가 품고 있던 놀라운 것들에 관해서

독자에게

이 책을 읽는 친애하는 독자들이여,
모든 정념을 떨쳐버리시오.
그리고 이 책을 읽으며 성내지 마시기를.
악하거나 추한 것은 없다 해도,
웃음에 관한 것 외에 완벽함은 거의 찾기 힘들 테지만,
당신들 마음을 상하게 하고 괴롭히는 큰 슬픔을 보면,
다른 이야깃거리가 내 마음을 끌 수 없음을
여러분은 이해할 것이오.
눈물보다는 웃음에 관하여 쓰는 편이 나은 법이라오.
웃음이 인간의 본성일지니.[1]

이렇게 책을 시작하는 사람은 프랑스의 수도사 겸 의사 겸 인문주의자 프랑수아 라블레다. 1483년(혹은 1494년)에 태어나 1553년 세상을 떠난(것으로 추정되는) 그는 몽테뉴와 함께 16세기 프랑스 르네상스 문학을 대표하는 작가로 꼽히며 영국의 셰익스피어, 스페인의 세르반테스에 비견된다. 한마디로 훌륭한 사람이다. 대다수의 평범한 우리가 훌륭한 분들이라면 으레 그래야 한다고 믿는 것처럼 지혜롭고 겸손하게 보일뿐더러 "당신들 마음을 상하게 하고 괴롭히는 큰 슬픔" 운운하는 걸 보면 늘 고단한 우리의 일상을 위로해줄 수도 있을 것 같다. 그런데 왜 자꾸 하품이 나는 거지? 이래서야 우리 시대의 대단하신 인문학-힐링-멘토-선생님들하고 다를 게 없다. 하지만 그건 라블레가 아니다. 내가 아는 라블레는 다정한 인사를 건네는가 싶더니 다음 순간 얼굴색도 변하지 않고 이렇게 말하는 사람이다.

> 고명한 술꾼, 그리고 고귀한 매독 환자 여러분, (내 글은 다른 사람들이 아니라 바로 당신들에게 바치는 것이다) (…) 사랑하는 그대들이여, 즐겨라. 그리고 허리에 좋게 몸을 편안히 하고 즐겁게 남은 부분을 읽도록 하라. 그리고 너희들, 당나귀 좆 같은 놈들아, 다리에 종양이 생겨 절름발이나 되어버려라! 그리고 기회가 있을 때 나를 위하여 건배하는 것을 잊지 말라. 나도 즉석에서 축배를 들어 답례하겠다.[2]

영어에는 작가의 이름을 딴 단어들이 있다. 카프카에스크Kafkaesque와 오웰리언Orwellian이 대표적이다. 어느 날 아침 불안한 잠에서 깨어나 벌레가 되어버린 자신을 발견하는 것처럼(「변신」) 부조리하고 암울한 상황=카프카에스크. '빅 브라더'라고 불리는 거대 권력이 시민들의 일거수일투족을 감시하고 검열하고 통제하는 것처럼(『1984』) 숨 막히는 전체주의적인 사회=오웰리언. 그만큼 널리 쓰이지는 않지만 라블레에게서 온 라블레시언Rabelaisian이라는 단어도 있다. 영한사전에는 "라블레풍의(섹스와 인체를 풍자적으로 다루는)"라는 다소 모호한 뜻으로 올라와 있는 그 단어를 아서 골드워그는 이렇게 정의한다. "천하고 무식한 유머. 사내아이들이 방귀 소리를 흉내 내며 놀 때 '라블레시언'이라고 한다."3

뿌우우우우우웅 뿌르륵푸르륵 뿡!(=라블레시언)

도널드 서순은 그의 방대하고 아름다운 다섯 권짜리 저작4에서 "라블레는 너무 상스럽고 분변학적"이라서 프랑스의 국민 시인이 될 수 없었다고 말한다. 과연 「작가 서문」에서부터 상스럽고 분변학적인 라블레풍의 문장들이 난무한다. "빌어먹을!" "똥이나 처먹어라!" "당나귀 좆 같은 놈들아!" "걸레처럼 더러운 냄새가 난다!" 등등. 서순은 많은 샹송 가수들이 그에게 외설적인 말놀이를 빚지고 있다고 지적하는데, '더럽고 추한 늙은이' 세르주 갱스부르와 열혈 개고기 반대 운동가이자 60년대 최고의 섹스 심벌 브리지트 바르도가 1967년 함께 녹음한 〈Je t'aime... moi non plus(당신을 사랑해요…… 나도 아니야)〉에서도 라블레의 흔적을 느낄 수 있다.

> 사랑해요, 당신을 사랑해요. 오, 그래요 내 사랑!(브리지트 바르도)
> 나도 아니야(세르주 갱스부르)
> 오, 내 사랑……(브리지트 바르도)
> 우유부단한 파도처럼 나는 가고, 가고, 그리고 돌아오지. 당신의 허리 사이로. 나는 가고 다시 돌아와. 당신의 허리 사이로. 그리고 나는 참아내지(세르주 갱스부르)

당신이 파도라면 나는 벌거벗은 섬이에요. 당신은 가고, 가고, 그리고 돌아오죠. 내 허리 사이로. 당신은 가고 다시 돌아와요. 내 허리 사이로. 그리고 나는 당신을 붙잡아요(브리지트 바르도)

가사만 보면 언제나 찾아오는 부두의 이별이 아쉬워 두 손을 꼭 잡은 프랑스판 〈남자는 배 여자는 항구〉인가 싶지만 실은 섹스를 하고 있는 연인의 대화다. 그러니 갱스부르가 참고 있는 게 사정이라는 걸 굳이 지적할 필요는 없을 것이다.

농! 맹트낭, 비앙!(안 돼요! 지금, 와요!)(브리지트 바르도)

갱스부르는 바르도에게 "당신이 상상할 수 있는 가장 아름다운 사랑 노래"라고 설득해 노래를 부르게 했다는데, 바르도는 몰라도 그녀의 남편이었던 독일의 백만장자 군터 자크는 그렇게 생각하지 않았을 게 분명하다. 당시 녹음을 맡았던 엔지니어는 두 사람의 노래를 "진지한 애무"라고 묘사했고, 일요 신문인 〈프랑스디멍쉬France-Dimanche〉는 "신음 소리와 한숨 소리 그리고 바르도의 기쁨의 울부짖음으로 채워진 4분 35초"라고 평했으며[5], 나와 함께 노래를 들은 아내는 느끼하다고 말했다. 나 역시 아내의 말에 동의한다. 얼핏 보면(그리고 아무리 봐도) 별 상관 없는 이야기를 이렇게 늘어놓는 이유는 내가 얼마 전 『유럽문화사』 전권을 구입했기 때문이다. 기쁨은 나누면 배가 된다고 하지 않던가? 그리고 그 말은 사실이다. 적어도 지금 나는 그렇다.

라블레의 이력에 따라붙는 위마니슴humanisme에 대해서도 한번 말해 보자. 영어로는 휴머니즘humanism, 한국어로는 인문주의나 인본주의 등으로 번역되는 단어다. 문학 사전을 펼치면 "현재의 이론적 논의에서 휴머니즘은 모든 인간 행동과 결정의 바탕에 어떤 보편적 인간 본성이 존재한다고 주장하는 인간 중심적 세계관을 보통 가리킨다. 그렇지만 휴머니즘이라는 용어는 길고 복잡한 역사를 갖고 있다. 현대 휴머니즘은 이탈리아의 르네상스에 기원을 두고 있다……"[6]라거나 "특히 중세의 기독교 세계관(스콜라철학)에 의해 억압되었던 인간의 욕망이 그리스신화를 통해 휴머니즘, 즉 인문주의 혹은 인본주의의 기치 아래 문학예술적으로 형상화되기 시작한다……"[7]라는 식의 길고 복잡한 설명을 찾을 수 있는데, 미안하다, 옮겨 적는 것만으로도 잠이 쏟아져서 더 이상의 자세한 설명은 생략해야겠다. 오늘 우리에게는 미슐레가 만들어내고 부르크하르트가 널리 퍼뜨린 르네상스 인문주의에 대한 간단한 정의면 충분하다. 세계와 인간의 발견.

라블레가 발견한 것은 똥이다. 은유로서의 똥이 아니다. 상징 같은 것도 아니다. 영어로는 쉿shit, 불어로는 카카caca, 한자로는 인분人糞이라고 쓰는 그 똥이다. 똥을 싸야만 하는 인간과 똥을 싸야만 하는 인간들이 살아가는 세계의 발견. 라블레시언이 가리키는 것을 기억하라. 방귀가 잦으면 똥이 나온다는 말이 괜히 있는 게 아니다.

라블레는 먹고 마시고 자고 싸는 존재로서의 인간의 모습을 그린다. 그것이 그의 위마니슴이다. 그러니 그걸 인문주의나 인본주의가 아닌 인분주의人糞主義라고 부른다고 해도 라블레는 반대하지 않을 것이다. 물론 인간은 라블레 이전에도 그런 존재였고 지금도 그러하며 앞으로도 그럴 것이다. 당연하신 말씀이다. 하지만 당연하다는 말은 생각만큼 당연하지 않다. 당연함은 언제나 동시대의 것이기 때문이다. 라블레의 시대에 그의 작품은 당연히 당연하지 않았다. 여전히 중세의 기독교 세계관이 남아 있던 시절이다. 인간적이고 세속적인 가치들은 터부시되었고 육체적 쾌락은 외설스럽고 음탕한 것으로 치부되었다. 라블레의 작품이 나오는 족족 교회에 의해 금서로 지정되었던 게 오히려 당연한 일이었다. 『가톨릭 백과사전』은 라블레를 이렇게 소개한다. 라블레는 천재이며 그의 어휘는 풍부하고 생생하지만 음탕하고 외설스럽고, 그의 작품은 해악을 끼친다.[8]

오늘날 그의 작품은 더 이상 금서가 아닐뿐더러 당당한 고전의 지위를 차지하고 있다. 라블레에게는 잘된 일이다. 그런데 정말 그럴까? 금서와 고전 사이에는 사실 아주 작은 차이가 있을 뿐이다. 금서가 아무도 읽지 못하는 책이라면 고전은 아무도 읽지 않는 책이다. 금서가 되면 악의적인 평과 함께 『가톨릭 백과사전』에 이름이 실리고, 고전이 되면 지루한 설명과 함께 문학 교과서에 이름이 실린다. 그런 의미에서 보자면 차라리 『가톨릭 백과사전』 쪽이 라블레에게 더 어울린다. 교과서에는 웃음이 없고 웃음이 없는 곳에는 라블레도 없다.

밀란 쿤데라는 라블레가 가지고 있는 유희와 활기와 기발과 음란과 웃음을 무시한 채 그를 단순한 인본주의적인 사상가로, 진지함의 표본으로, 지루한 선생님으로 가르치는 프랑스 교육을 맹비난한다. 그건 예술에 대한 무관심이다! 예술 거부다! 예술에 대한 거부반응이고 문화에 대한 거부반응이다![9] 팬을 자처하는 쿤데라는 기회가 있을 때마다 라블레 이야기를 늘어놓는데, 한 에세이에서는 이렇게 쓰기도 했다.

> 가르강튀아와 팡타그뤼엘의 이야기는 유럽의 소설이 모든 규범에서 벗어나 막 태어나기 시작할 무렵에 쓰였다. 그 책들에는 미래의 소설의 역사 속에서 실현되거나 버려질, 어쨌든 전부 우리에게 영감으로 남게 될 가능성들이 가득 차 있다. 있을 법하지 않은 일, 지적 도전, 형식의 자유 사이를 거닐고 있다.[10]

이렇게 말하자. 라블레와 그의 『가르강튀아/팡타그뤼엘』은 소설이라는 장르가 방귀의 뒤를 따르는 똥처럼 자연스러운 것으로 규정되기 직전, 충만한 암시로 엉덩이를 살살 간질이지만 그것이 된똥인지 물똥인지 바깥 구경을 나온 회충인지 항문에 난 털인지 아니면 그저 싱거운 헛방귀일 뿐인지 알 수 없는 순간에 등장했다. 소설은 된똥도 물똥도 회충도 제모가 필요한 항문 털도 헛방귀도 될 수 있었고 술 마시고 차가운 땅바닥에 앉아 있다 생긴 치질일 수도 있었다. 라블레의 작품은 그 모든 것이었고, 그 이상이었다. 그의 뒤를 이은 작가들과 한쪽 어깨에 완장을 두른 미학적 검열관들에 의해 아직 규정되고 다듬어지지 않은 광기와 힘과 웃음으로 가득한 원천. 여전히 무수한 가능성을 품고 있는 거대한 약속. 나는 그것을 라블레의 엉덩이라고 부르고 싶다. 우리가 알고 있는 현재의 소설과 우리가 알지 못하는 미래의 소설은 모두 그곳에서 나왔다.

자, 이제 그의 엉덩이를 만날 시간이다.

제2장

거리의 엉덩이에서 튀어나온 거인의 외침 그리고 그가 들려준 더럽게 새로운 이야기

2월의 셋째 날 오후, 누구 못지않게 술잔을 단숨에 비우고 짜게 먹는 것을 즐기는 쾌남 그랑구지에가 다스리는 유토피아에서 잔치가 벌어졌다. 그랑구지에와 가르가멜 부부는 봄에 먹을 소금에 절인 고기도 비축해놓을 겸 술안주로 소 창자도 먹을 겸 해서 36만 7014마리의 소를 잡았는데, 아무래도 둘이 먹기에는 조금 많아서 사람들을 초대하기로 한 것이다. 알다시피 소 창자는 남녀노소 모두가 좋아하는 음식으로 부추나 마늘과 함께 먹으면 특히 맛있지만 비싸서 자주 먹기는 힘든 음식이다. 최근 나는 이런저런 사정으로 돼지 곱창을 주로 먹는데, 물론 내가 왕이었다면 그러지 않았을 거다. 문제는 가르가멜이 임신 중이었다는 사실. 모든 사려 깊은 남편이 그렇듯 만삭의 아내를 염려했던 그랑구지에는 그녀에게 되도록 적게 먹을 것을 권한다. "여보, 똥 껍데기를 먹으면 똥이 먹고 싶어진다오."

누구보다 남편을 사랑했던 가르가멜은 그랑구지에의 충고를 고맙게 받아들이지만 따르지는 않았다. 그것이 남편에 대한 사랑과 존경을 유지하는 그녀만의 비법이었다. 그녀는 큰 통으로 열여섯 통, 중간 크기 두 통 그리고 항아리 여섯 개를 비웠는데, 오늘날의 기준으로 보면 약 5톤 정도의 창자를 앉은자리에서 먹어치운 것이다. 이토록 놀라운 인체의 신비를 라블레는 담담하게 논평한다. "얼마나 멋진 대변이 그녀 몸속에서 들끓었겠는가!"

저마다 양껏 먹고 마시고 잡다한 대화를 나누는 와중에 가르가멜의 아랫배가 조금씩 아파오기 시작했다. 산통이 오는 건가? 충실한 남편답게 아내의 곁을 지키고 있던 그랑구지에는 다정한 말로 그녀를 격려한다. 아기의 새로운 출현을 위해 용기를 내어야 하고 고통이 약간은 괴롭겠지만 오래 계속되지 않을 것이며 그다음에 오는 기쁨이 모든 괴로움을 없애줄 것이므로 결국에는 그 기억도 남지 않을 거라는 말이었다. 누가 보면 애 다섯쯤은 낳아본 사람이라고 믿을 만큼 여유로운 위로였다.

> "암양처럼 용기를 가져요. (그가 말했다) 이 애를 얼른 낳아버리고 곧 다른 아이를 만듭시다.
>
> —아, (그녀가 말했다) 좋으실 대로 말씀하세요. 당신들 남자들이란! 그래요, 정말이지, 당신이 원하니 있는 힘을 다하겠어요. 하지만 당신이 그걸 잘라버렸더라면 좋았을 것을!"[11]

그랑구지에는 아내의 살가운 대꾸에 잠시 당황하지만 이내 훌훌 털어버리고 즐거운 술자리로 돌아간다. 아무 걱정 하지 말고 통증이 오면 두 손에 입을 대고 소리를 지르라고, 그러면 당신에게 돌아오겠다는 말을 남기고. 과연 한 나라를 책임지는 든든한 남자다운 태도였다. 그리고 얼마 지나지 않아 본격적인 진통이 시작됐다.

그녀는 한숨을 내쉬고 괴로워하며 비명을 지르기 시작했다. 즉시 사방에서 많은 산파들이 달려와서 밑을 만져보고, 나쁜 냄새가 나는 살덩어리를 발견하고는 그것이 아이라고 생각했다. 그러나 그것은 우리가 앞에서 밝힌 바와 같이 내장 요리를 너무 많이 먹은 탓으로 (여러분이 항문에 붙은 창자라고 부르는) 직장이 늘어나며 그녀에게서 빠져버린 항문이었다.[12]

문학의 역사, 아니 모든 예술 장르의 역사를 통틀어 이보다 더 드라마틱한 탈장 장면을 찾을 수 있을까? 아니, 그럴 수는 없을 것이다. 설령 찾는다고 해도 나는 그런 것을 받아들일 마음의 준비가 되지 않았다. 상상조차 하기 싫다. 하지만 너무 걱정할 필요는 없다. 산파 무리 중에서 60년 이상 의술에 종사하며 솜씨를 인정받았던 더러운 차림새의 노파가 강력한 수렴제를 투여했고, 그러자 모든 괄약근이 수축해서 억지로 벌리려고 해도 벌어지지 않는 상황이 벌어졌으니까. 이 소동으로 자궁 태반의 엽葉이 이완되자 아이는 위쪽으로 솟아올라 공정맥으로 들어가서는 횡경막을 지나 정맥이 둘로 나뉘는 어깨 위까지 기어 올라간 다음 왼쪽 길을 따라 왼쪽 귀로 나왔다. 그리고 이렇게 외쳤다. "마실 것! 마실 것! 마실 것!"

한편 친구들과 함께 부어라 마셔라 놀고 있던 그랑구지에는 멀리서 들려오는 아들의 우렁찬 목소리를 들었다. 그리고 돌연 복받치는 부정을 억누르지 못해 촉촉해진 목소리로 뇌까렸다. "너 참 (목청이) 크구나!(Que grand tu as!)" 그것이 아이에게 가르강튀아Gargantua라는 이름이 붙은 이유다. 정확히 말하자면, 그런 이름이 붙은 이유라고 한다. 고등학교 시절 제2외국어로 배웠던 중국어는 3년 평균해서 40점을 넘지 않았고, 대학교 시절 교양 필수과목으로 초급 일어를 수강해 D+를 받았지만 재수강도 하지 않았던 내가 불어 발음을 알게 뭐란 말인가? 그렇다고 하니 그렇게 알 뿐이다. 라블레는 말한다.

> 나는 여러분이 이 기이한 출생을 분명 믿지 않으리라 생각한다. 만일 믿지 않는다 해도, 나는 개의치 않겠다.◆ 그러나 선량한 사람, 양식 있는 사람은 누가 말해주거나 글로 씌어진 것을 보면 언제나 믿는 법이다. 이것이 우리의 법이나, 신앙, 이성, 그리고 성경에 위배되는 것인가? 나로서는 성경에서 이와 반대되는 것은 하나도 찾지 못했다. 그러나 만일 하느님의 뜻이 그러하다면, 여러분은 그분께서 그렇게 하시지 못하리라고 말하겠는가? 제발, 이런 헛된 생각에 정신을 혼란시키지 말기 바란다. 아무것도 불가능한 것이 없는 하느님께서 원하신다면, 여자들이 앞으로는 귀를 통하여 아이를 낳을 수 있을 것이라고 나는 여러분에게 장담하는 바이다.[13]

믿는 자에게 복이 있나니, 수도사 라블레 선생님의 말씀이다. 하지만 의문은 남는다. 수도사 출신의 의사이자(지나치게 자세한 출산 장면에서 그의 의사로서의 자질을 확인할 수 있다) 당대의 지식인이며 고위 관료와도 돈독한 친분을 나누던 라블레는 어쩌다 이다지도 상스러운 소설을 쓰게 되었을까? "잘 자요. 하지만 먼저 침대에 터져 나오도록 똥을 싸세요. 잘 자요, 내 사랑. 당신의 입속으로 당신의 똥꼬를 밀어 넣어요" 같은 편지를 사촌누이에게 보냈다던 모차르트처럼 라블레 또한 분변증scatology 환자였던 걸까? 그렇지만 하나의 작품을 단순한 정신건강의 소산으로, 다시 말해 병든 영혼의 배설물로 몰고 가는 건 재미없는 일이다. 당신은 이

◆ 거짓말이다. 불과 몇 페이지 앞에서 라블레는 이렇게 말했다. "가르가멜이 아이를 낳은 상황과 방식은 다음과 같으니, 혹시 믿지 못한다면 여러분의 항문이 빠져버리기를!"

렇게 말할지도 모른다. 앞에선 소설이라는 게 라블레의 엉덩이에서 나왔다고 해놓고 이제 와서 배설물로 몰아가지 말라고? 나는 이렇게 반박하겠다. 모든 텍스트에는 무릇 자기모순적인 부분이 있는 법이라고. 잘 이해가 되지 않는다면 성경을 읽어보시라고.(내가 방금 성호를 긋기 위해 잠시 타이핑을 멈췄다는 사실을 밝혀둔다.)

전문가들은 라블레가 라블레풍의 문체를 구사하게 된 이유를 수도사였던 그의 이력에서 찾는다.

> 지배적인 문체는 뻐대 구실을 하는 그로테스크한 주제에 대응하는 그로테스크하고 희극적인 민중 문체인데 가장 정력적인 형태 속에 가장 강력한 표현이 드러나 있다. (…) 젊은 시절 프란체스코파 수사였던 라블레는 똑같은 샘으로부터〔거리의 민중으로부터〕 다른 누구보다도 '한결 순수하게' 그것을 길어 올렸다. 그는 탁발승의 삶의 형식과 표현 형식을 그 원천에서 연구하였고 나름대로 독특하게 자기 것으로 만들었다. 이제 그는 그것을 떠나서 살 수가 없게 되었다. 비록 탁발수도회를 증오하기는 하였지만 우스꽝스러울 정도로 생생한 그들의 멋있고 소박한 문체는 그의 기질과 목적에 정확하게 들어맞았다.[14]

> 지극히 평범하고 일상적인 언어, 그 순박함과 유연성이 그 안에서 온갖 변신과 위장을 가능케 하는 언어, 그 풍요로움과 다양성이 세계의 모든 것을 담아내는 언어—그가 선택한 것은 바로 이런 것이었다. 대학자가 되고도 남을 그는 터무니없게도 천박한(?) 소설을 쓰기 시작한 것이다.[15]

하지만 아무리 라블레라고 해도 이 더럽게 우스운 소설에 자신의 이름을 거는 일은 부담스러웠던 모양이다. 1532년에 발표한 『팡타그뤼엘』과 2년 후 발표한 『가르강튀아』의 표지에 알코프리바스 나지에라는 필명을 내세웠던 것이다. 그는 또한 아랍인의 이름을 연상시키는 알코프리바스의 직업을 '제5원소의 추출에 성공한' 연금술사라고 설정함으로써 작품에 신비한 분위기를 불어넣는다. 어쩌면 단순히 웃기려고 했던 건지도 모르겠다. 그는 두 소설이 모두 성공한 다음에야 라블레라는 본명을 사용하는데 자신의 이름 앞에 의학박사라고 덧붙이는 것을 잊지 않는다.

그렇다면 이렇게 묻는 건 어떨까. 라블레가 본명도 아닌 가명을 내세우면서까지 '천박한' 소설을 쓰고 또 발표한 이유는 무엇일까? 대학자가 될 수도 있었을 그가 왜 그런 선택을 했을까? 좋은 질문, 정말 좋은 질문이다. 비록 내가 던진 질문이긴 하지만 우리 사회에는 좋은 걸 좋다고 인정하는 문화가 아직 완전하게 뿌리내리지 않았고 평소 그런 현실을 안타깝게 생각해온 나로서는 부끄러움을 무릅쓰고, 차라리 비통한 심정으로, 이 자리를 빌려 내 작은 신념을 드러내지 않을 수 없었다는 사실을 여러분께 밝히는 바다. 어쩌면 소설을 쓰는 라블레의 심정도 나와 같지 않았을까?

위마니슴은 중세의 신 중심의 세계관에 반기를 든 사상이고 라블레는 그것을 대표하는 사상가였다는 사실은 이미 말했다. 이런저런 이유로 자세한 설명을 생략하긴 했지만, 이쯤에서 고등학교 세계사 시간을 떠올려보라. 답답하고 암울했던 중세의 삶…… 끔찍하게 지루하던 선생님의 말씀…… 그때 한 친구가 손을 들고 우스꽝스러운 말을 한다. 무거웠던 공기가 순식간에 바뀐다. 그리고 친구의 명복을 빕니다……. 말하자면 그것이 라블레가 하려던 일이다. 엄숙하고 위선적인 중세의 분위기를 견딜 수 없었던 그는 자신이 만든 웃음 폭탄을 통해 낡은 가치관을 흔들고자

했던 것이다. 그리고 우리는 어느 나른한 국어 시간에 그런 종류의 웃음을 가리키는 단어를 배웠다. 풍자, 혹은 해학, 혹은 골계미 같은 우스꽝스러운 이름의 단어들을.

> 풍자는 (…) 궁극적으로 삶의 주체인 인간에게로 모아진다. 인간이란 어떤 존재이며 그의 삶의 실체는 무엇인가. 더 정확하게 묻자—그토록 자랑스럽고 영광스럽게 장식된 외양 밑에 숨겨진 실체는 무엇인가. 풍자는 사물을 나타난 그대로 보기를 거부하는 시선에 의해 유도된다. 그것은 가시可視의 현상을 뚫고 진실에 육박하기를 멈추지 않을 것이다. 풍자의 최대의 효용은 바로 여기에 있다. 풍자적 웃음은 진실을 가로막는 위선, 기만, 가장의 두터운 벽을 허물어뜨리는 무기—그지없이 유연한, 그러나 놀랍도록 효율적인 무기이다. 이 웃음 자체가 진실을 말하지는 않는다. 다만 눈 있는 자를 볼 수 있는 데까지 안내할 뿐이다. 풍자는 웃으면서 말한다—눈 있는 자들이여, 눈을 뜨고 보라.[16]

영어 교과서에 나오는 "Wake up and smell the coffee"(정신 차리고 상황을 직시하라는 뜻의 관용구)라는 표현을 기억하는가? 말하자면 라블레는 분변학적인 문장을 통해 사람들에게 이렇게 외쳤던 것이다. Wake up and smell the shit! 이봐, 일어나서 똥 냄새 좀 맡아봐, 응? 정신 좀 차려! 이게 우리가 사는 세상이야! 구린내가 난다고!

물론 풍자가 만들어내는 웃음에는 한계가 있다. 빈정대는 웃음으로 무너뜨리기에 권력은 너무 공고하기 때문이다. 하지만 권력자들의 입장에서 볼 때 그것은 기분은 나쁘지만 정색하고 대응하기에는 쪽이 팔려서 내버려둘 수밖에 없는 웃음이기도 하다. 그렇기에 라블레는 (고지식한 교회에 의해 거듭해서 금서 처분을 받기는 했지만) 베스트셀러 작가로 사랑받으며 큰 탈 없는 삶을 살 수 있었다. 라블레의 시대는 그가 생각했던 것만큼 멍청하고 경직된 사회는 아니었던 것이다. 라블레에게는 잘된 일이다. 대통령을 풍자했다고 구속영장을 발부하고 압수수색을 벌이는 21세기 대한민국에서 태어났다면 라블레도 고생깨나 했을 테니까. 아마 라블레라면 그런 상황에서도 이렇게 말했을 것 같긴 하지만.

"똥이나 처먹어라!"

제3장

라블레의 실패한 농담
그리고 팡타그뤼엘의 거대한 입에 관하여

『가르강튀아』는 중세 기사 소설의 구조를 따른다. 주인공의 신성한(혹은 그로테스크한) 탄생부터 성장과 교육을 거쳐 결정적인 전투에 승리한 후 마침내 위대한 업적을 달성하기까지의 과정을 그리는 전형적인 상승 플롯을 가진 소설이다. 주인공 가르강튀아도 당대에 엄청난 인기를 끌었던 작자 미상의 대중소설 『거대한 거인 가르강튀아의 위대하고도 지고한 평전』(혹은 『거대한 거인 가르강튀아의 놀라운 대연대기』)에서 빌려온 것이다. 그것에서 영감을 얻은 라블레는 먼저 가르강튀아의 아들 팡타그뤼엘이 주인공으로 등장하는 『팡타그뤼엘』을 쓴 다음, 2년이 지난 후 가르강튀아의 이야기를 다시 쓴 것이다. 요즘 말로 일종의 프리퀄prequel인 셈이다. 그 후 라블레는 인기에 힘입어 세 권의 『팡타그뤼엘』 시리즈를 더 썼는데 그것들은 모두 팡타그뤼엘의 이야기이고 따라서 아버지 가르강튀아의 이야기가 발표 순서와 상관없이 '팡타그뤼엘 연서'의 첫 번째 책이 되었다.

전형적인 기사 소설의 구조에 대중소설의 주인공을 차용했다고 해서 라블레의 작품을 단순한 답습이나 표절이라고 생각하면 곤란하다. "라블레는 모든 것이 새로워지는 이 시대 속에서 소설을 과거의 희화적 개작, 즉 패러디의 장으로 삼음으로써 반소설anti-roman이라 불리워질 만한 문학적 모험을 감행하고 있는지도 모른다"[17]라는 지적처럼 그는 낡은 중세 기사 소설의 형식을 비틀어 자신의 스타일로 전유했던 것이다. "문화연구에서 전유는 어떤 형태의 문화자본을 인수하여 그 문화자본의 원元소유자에게 적대적으로 만드는 행동을 가리킨다"라는 『문학비평용어사전』의 정의 그대로. 혹은 "~을 혼자 독차지하여 가지다"라는 국어사전의 풀이가 가리키는 것처럼. 오늘날 우리가 기억하는 것은 당대인들의 밤잠을 설치게 하던 기사 소설이 아니라 라블레가 독차지한 가르강튀아의 이야기다.

> "이 아이를 보십시오. 이 아이는 아직 열두 살도 채 안 됐지만, 폐하께서 데리고 계신 전前 시대의 공허한 말만 지껄이는 자들과 오늘날의 젊은이들 사이의 차이를 충분히 알아보실 수 있을 겁니다."[18]

미하일 바흐친은 라블레의 전략에서 단순한 풍자나 문학적 모험을 뛰어넘는 원대한 기획을 본다. 우스꽝스러운 언어적 모험, 차라리 기행을 통해 라블레가 드러내는 것은 언어 자체의 허위성이다.

> 우리는 또한 그가 구문의 구조에 대한 패러디적 파괴를 통해 인간 언어 자체의 기만적 성격을 조롱하고 그럼으로써 많은 단어들의 논리적이고 표현적인 측면(예컨대 단정이나 설명 따위를 나타내는 측면)을 부조리한 것으로 만들어버렸다는 사실을 지적할 수 있다. 언어로부터

의 등 돌림(이는 물론 언어를 수단으로 한 것이지만)이라든가 이데올로기적 담론에 흔히 나타나는 의도의 직접적 표출이나 과도한 표현(지나치게 '무게'를 잡는 진지성)에 대한 불신, 모든 언어가 관습적이고 허위에 물들어 있으며 악의적으로 현실을 왜곡하고 있다는 가정, 이 모든 것들이 라블레의 작품 속에서 산문에서 가능한 가장 순수한 형태로 표현되고 있다.[19]

바흐친에게 중요한 건 단순히 라블레의 문장에서 드러나는 일차적인 의미가 아니다. 문장 뒤에 도사리고 있는 숨은 의미도 아니다. 단어와 단어를 연결하며 문장을 쌓아가는 행위, 다시 말해 라블레의 글쓰기 자체다. 바흐친에 따르면 사물과 관념은 그들의 본성에 어긋나는 그릇된 위계로 결합되기도 하고 이러한 그릇된 결합은 학문적인 사고, 거짓된 신학적·법적 궤변 및 궁극적으로는 언어 자체에 의해 강화된다. 바흐친이 보는 라블레는 자신의 언어로 이러한 결합을 끊어내고 사물들을 해방시켜 그들 각각에 걸맞은 새로운 결합을 찾아주고자 하는 사람이다. "따라서 라블레에게 있어서는 낡은 세계상을 파괴하는 작업과 새로운 세계상을 건설하는 긍정적 작업이 서로 불가분으로 얽혀 있는 것이다."[20]

그렇다면 라블레가 제시하는 새로운 결합이란 무엇인가? 바흐친은 그것을 일곱 개의 시리즈로 분류한다. 해부학적·생리학적 측면에서 본 인간 육체의 시리즈부터 의복의 시리즈, 음식의 시리즈, 음주와 취태醉態의 시리즈, 성性의 시리즈, 죽음의 시리즈, 배설의 시리즈까지. 그런데 이렇게 쓰고 보니 뭔가 이상하다. 어디선가 많이 들어본 이야기 같지 않은가?

• 이성(특히 여성)의 신체 사이즈에 대한 집착=해부학적·생리학적 측면에서 본 인간 육체의 시리즈

- 옆 테이블에 앉은 남녀의 옷차림에 대한 품평=의복의 시리즈
- 배가 슬슬 고파질 때면 어김없이 올라오는 전 세계의 음식 사진=음식의 시리즈
- 다음 날이면 지워지는 술 취한 밤의 욕설=음주와 취태의 시리즈
- 온갖 종류의 섹드립=성의 시리즈
- 화장실에서 일어난 황당하고 기이한 에피소드들=배설의 시리즈
- 죽고 싶다는 푸념과 죽여버리겠다는 협박=죽음의 시리즈

그렇다. 우리가 매일 SNS를 통해 지겹도록 보고 듣는 이야기다. 바흐친은 그것 또한 라블레가 우리에게 남긴 위대한 유산이며 만약 라블레가 언어적인 모험을 강행하지 않았다면 트위터는 만들어지지 않았을 것이고 새로운 세계상을 건설하기 위해 우리가 트위터에 온갖 '개드립'을 쏟아내기를 멈추지 말아야 한다고 말한다. 아니, 거짓말이다. 바흐친은 전혀 다른 이야기를 하고 있지만 나는 이 자리에서 그걸 설명할 자신이 없다. 말이야 바른말이지, 바흐친이 40여 쪽에 걸쳐 풀어내는 녹록지 않은 이야기를 내가 무슨 수로 요약한단 말인가? 어쩌면 나는 문제의 부분이 있는 『장편소설과 민중언어』 365쪽에서 408쪽까지를 거듭해서 읽은 후, 사람들이 쉽게 말하는 것처럼, 누구나 알아들을 수 있도록 쉽게 풀어 씀으로써 내가 그것을 이해했다는 사실을 증명해야 했는지도 모른다. 나아가 바흐친의 『프랑수아 라블레의 작품과 중세 및 르네상스의 민중문화』마저 독파한 다음, 리포트를 써야 하는데 아르바이트를 하느라 좀처럼 책 읽을 시간을 낼 수 없는 대학생들을 위해 충실한 요점 정리를 했어야 했는지도 모른다.

하지만 친구여, 생각해보라. 일개 서평가가 그런 일을 할 수 있다면 세상에 박사님들이 왜 필요하겠는가? 두꺼운 이론서들은 또 왜? 물론 내게

도 직업윤리라는 게 있어 『프랑수아 라블레의 작품과 중세 및 르네상스의 민중문화』를 찾아 읽을 생각을 해보지 않은 건 아니다. 그렇지만 이미 절판되어 정가 3만 5000원짜리 책이 헌책으로 6만 4500원에 팔리는 상황에서 내가 무엇을 할 수 있었겠는가? 그나마 헌책도 이틀 후에 팔려버렸는데? 이런 글을 쓰고 내가 얼마를 받는지 당신은 아는가?

그렇지만 직업윤리는 무서운 것이다. 비록 바흐친은 사지 못했지만 대신 나는 쁘로쁘의 『희극성과 웃음』이라는, 정가 2만 5000원짜리 책을 10원도 할인받지 않고 구입했다. 그리고 다음과 같은 구절을 발견했다.

> 웃음 뒤에는 절대로 폭력이 있을 수 없고 웃음은 장작더미를 쌓아올리지 않으며 위선과 기만은 절대로 웃는 법이 없이 근엄한 가면을 쓰고 있고 웃음은 교리를 만들지 않고 권위적이지 않으며 웃음이 자각하는 것은 공포가 아닌 힘이다. (…) 그렇기에 사람들은 자연스럽게 근엄함을 믿지 않고 축제날의 웃음을 믿었다.(바흐찐, 107)[21]

그런데 이 구절을 일곱 개의 시리즈와 어떻게 연결시켜야 할지 모르겠다. 게다가 내가 이미 가지고 있던 정가 1만 원짜리 『장편소설과 민중언어』 구판에도 비슷한 구절이 있다. 한마디로 나는 2만 5000원만 날린 셈이다. 나는 묻고 싶다. 이건 도대체 누구의 잘못인가? 나인가? 당신인가? 쁘로쁘인가? 아니면 세상? 그러니 공연히 잘잘못을 따지는 일은 그만두자. 해결되지 않은 부분은 박사님들의 몫으로 남겨두고 우리는 우리의 길을 가자.

라블레가 소설을 통해 낡은 세계상을 파괴하는 동시에 새로운 세계상을 건설하려 한다는 바흐친의 말이 너무 추상적으로 들린다면 이렇게 말해도 좋다. 싸는 동시에 먹는 것, 그것이 바로 『가르강튀아/팡타그뤼엘』

을 통해 라블레가 하고 있는 일이라고. 앞서 우리는 가르강튀아의 출생과 관련한 역사상 가장 드라마틱한 탈장 장면을 살펴보았다. 그것을 싸는 것의 환유라고 하자. 그렇다면 먹는 것의 환유는? 바로 지금이 팡타그뤼엘이 등장할 시간이다. 팡타그뤼엘은 원래 술에 취해 잠든 사람들의 입에 소금을 뿌리고 다니는 민간 전설 속 작은 악마의 이름인데, 라블레는 이것을 살짝 비틀어 팡타그뤼엘을 사람들에게 갈증을 불러일으키는 신비한 능력을 가진 존재로 그린다.

> 왜냐하면 그의 어머니 바드벡의 해산 중에 산파들이 아이를 받으려고 기다리고 있을 때, 그녀의 배에서 먼저 각자 소금을 잔뜩 실은 노새 고삐를 잡은 예순여덟 명의 노새 몰이꾼들이 나왔고, 그다음으로 햄과 훈제한 소혀를 실은 아홉 마리의 단봉낙타와 작은 뱀장어들을 실은 일곱 마리의 쌍봉낙타, 그리고 스물다섯 수레분의 파와 마늘, 양파, 골파가 나왔기 때문이다. 이를 보고 앞에 말한 산파들은 두려워했지만, 그 중 몇 사람은 이렇게 말했다. "훌륭한 식량이군요. 우리가 전에는 찔끔찔끔 마실 수밖에 없었지만 이젠 실컷 마실 수 있겠어요. 이것들은 포도주를 당기게 하는 것이니까 좋은 징조예요."[22]

『팡타그뤼엘』은 『가르강튀아』와 마찬가지로 주인공의 탄생과 성장, 전투와 승리라는 상승의 플롯을 따라 굴러가지만 훨씬 느슨한 구성으로 이루어져 있다. 중간중간 단지 웃기기 위해 넣은 것 같은 에피소드도 많다. 특히 팡타그뤼엘의 단짝이자 훗날 『팡타그뤼엘 제3서』와 『팡타그뤼엘 제4서』의 중심인물이 되는 파뉘르주가 저지르는 온갖 악행을 나열하는 장들은 별개의 피카레스크소설이라고 생각해도 좋을 정도다. 하지만 그만큼 웃음의 순도는 높다. 바흐친이 말한 일곱 개의 시리즈가 끊임없이 변주되는 가운데 노골적인 음담패설과 차라리 초현실적이라고 불러야 할 것 같은 몸 개그들이 쉴 새 없이 펼쳐진다.

영국의 위대한 학자 토마스트가 파뉘르주와 논쟁을 벌이는 장면이 대표적인 예다. 그들의 논쟁은 말이 아닌 몸짓으로 진행되는데, 영국인 학자의 주장에 따르면 "왜냐하면 이 논제들은 매우 까다로운 것들이어서 사람의 말은 내가 원하는 만큼 그것을 설명해내는 데 충분하지 못하기 때문"이다. 그럼 그들의 논쟁 아닌 논쟁을 구경해보시라.

> 그때 영국인은 다음과 같은 몸짓을 했다. 왼손을 활짝 펼치고 공중에 높이 쳐들었다가 네 손가락을 오므려 주먹을 쥐고 엄지손가락은 뻗어서 콧날 위에 갖다 댔다. 그리고는 갑자기 오른손을 펴서 쳐들었다가 펼친 채로 내려 왼손 새끼손가락을 오므린 곳에 붙이고는 왼손의 네 손가락을 공중에서 천천히 움직였다. 그리고 반대로 오른손으로 왼손이 했던 동작을 반복하고, 왼손으로는 오른손이 했던 동작을 반복했다.
>
> 파뉘르주는 이에 놀라지 않고, 왼손으로 그의 거대한 바지 앞주머니를 공중으로 당겨 쳐들고, 오른손으로 그 안에서 흰 암소의 등살 한 조각과 하나는 흑단, 하나는 브라질산 담홍색 목재로 만든 같은 모양의 나무토막 두 개를 꺼내서는 균형을 잘 잡아 오른손 손가락 사이에 끼우고 맞부딪치게 해서 브르타뉴 지방의 문둥이들이 딱딱이로 내던 소리와 비슷하면서도 더 잘 울리고 듣기 좋은 소리를 냈다. 그리고 계속해서 영국인을 바라보며, 입안에서는 혀를 오므려 신나게 흥얼거리는 소리를 냈다.
>
> 신학자들, 의사와 외과의사들은 이 몸짓을 보고 그가 영국인을 문둥이라고 추론했다고 생각했다.
>
> 판사들, 법률학자들, 교회법 학자들은 예전에 구세주께서 주장하셨

듯이, 인간에게 있어서 일종의 지복至福은 문둥이가 되는 것이라는 결론을 그가 내리려 한다고 생각했다.23

어디서 많이 본 장면 같다면 당신은 우스타 쿄스케의 만화 『멋지다! 마사루』와 『삐리리~ 불어봐! 재규어』를 읽은 게 분명하다. 그리고 우스타 쿄스케 또한 라블레를 읽었다는 데 내 손모가지와 가진 돈 전부를 건다. 그리고 당신이 별로 그걸 가지고 싶어 하지 않을 거라는 데 다시 한 번 걸 수도 있다. 물론 당신의 생각은 다를 수 있다. 라블레 같은 대작가를 개그 만화가와 비교하는 건 말도 안 되고, 얼핏 우스꽝스러워 보이는 동작 뒤에는 깊은 뜻이 숨어 있을 거라고 생각할 수도 있다.(바흐친은 그런 태도를 가리켜 지나치게 무게를 잡는 진지성이라고 말했다.) 원한다면 그렇게 하시라. 파뉘르주와 토마스트의 동작을 따라 해보는 것도 좋겠다. 단, 반드시 거울을 보면서 하시길. 참고로 라블레는 이렇게 덧붙였다.

토마스트가 제기한 논제들의 해설과 그들이 토론할 때 했던 몸짓의 의미에 관해서는 그들이 직접 말했던 대로 여러분에게 설명할 생각이었지만, 사람들이 말하기를 토마스트가 이에 관한 커다란 책을 써서 런던에서 출판했고, 그 책에서 아무것도 빠뜨리지 않고 밝혔다고 한다. 그래서 나는 지금으로서는 그 일에 손을 대지 않으련다.24

그러니 나도 라블레를 따라 말해야겠다. 라블레의 농담이야말로 서점에서 쉽게 구입할 수 있는 1만 6000원짜리 책 한 권에 고스란히 담겨 있다. 그런데 내가 왜 그것을 설명해야 한단 말인가? 이런저런 설명을 하느라 이 장의 제목에서 예고한 라블레의 실패한 농담과 팡타그뤼엘의 거대한 입에 대해서는 아직 한마디도 하지 못했는데? 그렇다면 이건 또 누구의 잘못이란 말인가? 하지만 친구여, 적어도 오늘만큼은 잘잘못을 따지는 일은 그만두기로 하자. 좋은 술과 안주로 몸을 따뜻하게 덥히고 못다 한 약속은 다음으로 미루기로 하자.

평화로이 즐겁고 건강하게 언제나 좋은 술과 음식을 먹으며 사는 것.

그것이 바로 팡타그뤼엘리슴(팡타그뤼엘의 사상)이니까.

제4장

다시 한 번, 라블레의 실패한 농담 그리고 팡타그뤼엘의 거대한 입에 관하여

아우어바흐는 『가르강튀아/팡타그뤼엘』에 대해 "모든 것이 미치광이 같은 소극이지만 라블레는 끊임없이 변하는 생각의 흐름, 문체와 지식의 모든 범주를 의도적으로 뒤죽박죽으로 혼성하는 기발한 생각으로 그것을 채우고 있다"[25]라고 말한다. 그러니 아직까지 『가르강튀아/팡타그뤼엘』이 도통 무슨 이야기인지 모르겠다고 하더라도 너무 슬퍼하거나 노여워할 필요는 없다. 그건 당신 잘못이 아니고 라블레의 잘못도 아니며 나의 잘못도 아니다. 그랬으면 좋겠다.

제2장에서 나는 라블레가 21세기 대한민국에 태어났다면 고생깨나 했을 거라고 썼는데 그건 비단 역주행하는(오웰리언이라는 단어를 쓰고 싶게 만드는) 정부 때문만은 아니다. 만약 라블레가 21세기 대한민국의 작가였다면 그가 발표하는 글마다 족족 "쯧쯧, 이런 게 글쟁이라고" "자기가 무슨 소리를 하는지도 모르는 바보가 여기 있네요" "좋은 글은 쉬운 글이다. 이 글은 아니다" 같은 조롱 섞인 댓글이 달릴 게 분명하다. 놀랍

지만 딱히 쓸모는 없는 기술의 발전과 함께 우리의 문해력은 나날이 떨어지고 있는 것처럼 보인다. 물론 그건 우리 잘못이 아니다. 그랬으면 좋겠다.

그렇다면 라블레가 상스럽고 분변학적인 문체를 사용하는 것으로도 모자라 생각의 흐름과 문체와 지식의 모든 범주를 뒤죽박죽으로 만든 이유는 무얼까?

> 잘 알려져 있다시피 라블레의 목적은 중세적 사고방식과 전면으로 상충된다. 이것은 개개 요소에조차 다른 의미를 부여한다. 중세 후기의 작품들은 사회적으로, 지리적으로, 우주론적으로, 종교적으로 또 윤리적으로 일정한 뼈대 안에 한정되어 있다. 이들은 한 번에 사물의 한 국면만을 제시한다. 다양한 사물과 국면을 취급해야 할 때는 일반적인 질서라는 일정한 뼈대 속에 억지로 집어넣으려고 시도한다.[26]

아우어바흐가 묘사하는 중세의 상황은 우리에게 익숙하다. 일정한 뼈대 속에 사물의 다양한 국면을 욱여넣어 제시하는 것—이것은 이데올로기다. 오늘도 트위터에서 수많은 사람들이 편을 갈라 상대를 향해 '수꼴'이니 '좌좀'이니 '깨시민'이니 '진신류'니 하는 딱지를 붙이며 싸우고 있는 것도 실은 같은 이유 때문이다. 그러니 여기서 구태여 움베르트 에코의 『포스트모던인가 새로운 중세인가』라는 책 제목을 들먹일 필요는 없을 것이다. 실은 내가 그 책을 읽지 않았다는 고백도 불필요하긴 마찬가지다.

언젠가 정희진은 〈경향신문〉의 칼럼을 통해 "쉬운 글을 선호하는 사회는 위험하다. 쉬운 글은 내용이 쉬워서가 아니라 이데올로기여서 쉬운 것이다"[27]라고 썼다. 물론 누군가는 그녀의 칼럼에 대해 "당신 글이야말로 이데올로기여서 불편하다"라고 반박할 수도 있을 것이다. 그게 얼마나 타당한 비판이 될 수 있을지는 나도 잘 모르겠지만. 우리 모두는 이데올로기로부터 자유롭지 않고 모든 칼은 그것을 휘두른 사람을 향해서도 겨눠질 수 있다. 하지만 라블레의 전략은 다르다.

> 그러나 라블레의 전체적인 노력은 사물이나 사물의 있을 수 있는 다양한 국면과의 희롱을 향해 나아간다. 그리고 완전한 혼란상을 띠고 있는 현상을 독자에게 보여줌으로써 현상을 바라보는 일정한 습관에서 벗어나도록 하는 데 집중되어 있다. 그리하여 비록 위험을 무릅써야 하기는 하지만 자유롭게 헤엄칠 수 있는 세계의 큰 바다로 독자를 꼬여내는 데 힘쓴다.[28]

라블레는 내용이 아닌 형식을 가지고, 자신의 글쓰기 자체를 가지고 세계와 대립한다. 아우어바흐의 설명은 앞장에서 살펴본 바흐친의 주장을 조금 '쉽게' 풀어 쓴 것이다. 그렇다면 질문. 바흐친은 쉽게 할 수 있는 말을 어렵게 쓴 함량 미달의 글쟁이인가? 혹은 아우어바흐야말로 복잡할 수밖에 없는 내용을 일정한 뼈대에 억지로 욱여넣어 단순한 이데올로기로 바꾼 위험한 글쟁이인가? 글쎄, 나는 별로 알고 싶지 않다. 궁금하신 분은 직접 알아보세요.

다만 분명한 건 '미메시스'라는 제목에서 드러나듯 아우어바흐가 작품을 재현과 모방의 관점에서 다루고 있다는 사실이다. 그는 특히 팡타그뤼엘의 거대한 입과 그 속에 재현된 세상의 모습을 주목한다.

팡타그뤼엘의 군대가 길을 가던 중에 소나기가 내리기 시작한다. 팡타그뤼엘은 혀를 내밀어 군대가 비를 피할 수 있도록 가려준다. 이때 알코프리바스◆가 혀 위를 기어올라 입으로 들어간다. 그곳에서 그는 산과 같은 거대한 바위(치아)들과, 큰 들판과 큰 숲 들, 그리고 여느 도시보다 작지 않은 대도시들을 본다. 깜짝 놀란 그가 양배추를 심고 있던 노인에게 묻는다.

"친구, 자네는 무엇을 하고 있나?
—양배추를 (그가 말했다) 심고 있습지요.
—그런데 왜, 그리고 어떻게? 내가 말했다.
—아, 나리, (그가 말했다) 누구나 절구처럼 무거운 불알을 가질 수 없듯이 모두 부자가 될 수는 없는 법이니까요. 소인은 이렇게 이것들을 이곳 뒤에 있는 도시의 시장에 내다 팔아 생계를 유지하고 있지요.
—예수님, 이럴 수가! (내가 말했다) 여기에 신세계가 있단 말인가?
—이곳은 (그가 말했다) 전혀 새로운 곳이 아니랍니다. 그런데 사람들 말로 이곳 밖에 새로운 땅이 있는데 그곳에는 해와 달이 있고 멋진 일들이 잔뜩 일어난다고 합니다. 그렇지만 이곳이 더 오래되었지요."29

"이곳은 전혀 새로운 곳이 아니랍니다"라는 영감의 말. 그것이 바로 아우어바흐가 하고 싶은 말이다. 참고로 "누구나 절구처럼 무거운 불알을 가질 수 없듯이 모두 부자가 될 수는 없는 법이니까요"라는 영감의 말. 그것은 내가 이런 글을 쓰고 있는 이유다.

이 고르지아◆◆의 세계에 관한 가장 놀랍고도 가장 우스꽝스러운 것은 그것이 우리 세계와 전혀 다르지도 않고 도리어 자질구레한 세목에

◆ 그렇다. 라블레가 책의 저자로 내세웠던 바로 그 사람이 맞다. 3인칭으로 서술되는 다른 장과 달리 이 장은 알코프리바스의 1인칭 시점으로 진행된다.

> 있어서도 닮아 있다는 점이다. 그 세계는 우리가 그것을 전혀 모르고 있음에도 우리 쪽 세계를 알고 있기 때문에 우리 세계보다 우월하다. 그러나 다른 점에서는 무척 똑같다. 그리하여 라블레는 역할을 교환하는 기회를 스스로에게 부여한다. 다시 말해서 배추 심는 농부를 외부 세계의 이방인을 유럽인다운 순박함으로 맞아들이는 토박이 유럽인처럼 보이게 만들고 있는 것이다. 무엇보다도 또 라블레는 일상생활의 사실적 장면을 전개하는 가능성을 스스로에게 부여하고 있다. (…) 거대한 규모와 대담한 발견 여행이라는 뼈대 전체는 그저 우리에게 배추 심기에 종사하고 있는 투렌의 농부를 보여주기 위해서 작동된 것처럼 보인다.30

나는 이 자리에서 아우어바흐의 관점에 대해 길게 품평하고 싶은 생각이 없다. 쉽게 말하지도 못하겠고 어렵게 말하지도 못하겠다. 공연히 서투른 이야기를 꺼내 선생님들을 화나게 하고 싶은 생각도 없다. 그러니 이렇게 말하도록 하자. 거인의 입속 세계라는 환상적인 공간이 우리 세계와 다를 바 없는 곳이라는 사실은 아우어바흐를 웃게 했다. 그는 우리도 웃을 거라고 생각했지만 글쎄, 내가 생각하기에 정말 웃긴 부분은 따로 있다. 이 에피소드의 마지막, 다시 세상으로 나온 화자와 팡타그뤼엘의 대화 부분이다.

> 그는 나를 보자 내게 물었다.
> "어디서 오는 길인가, 알코프리바스?"
> 내가 대답했다.

◆◆ 팡타그뤼엘의 거대한 입 속에 존재하는 세상의 이름.

"전하의 목구멍에서입니다.

—그러면 언제부터 거기 있었나? 그가 말했다.

—전하께서 (내가 말했다) 알미로드인들을 향해 진군하셨을 때부터 입니다.

—지금으로부터 (그가 말했다) 여섯 달도 더 전이로군. 그러면 자네는 무엇을 먹고 살았나? 무엇을 마셨는가?"

내가 대답했다.

"전하, 전하와 같은 것이지요. 전하의 목구멍을 넘어오는 것 중에서 가장 맛있는 조각을 통행세로 징수했지요.

—그랬군, 그런데 (그가 말했다) 자네는 어디에 똥을 쌌는가?

—전하의 목구멍 속이랍니다. 내가 말했다.

—하, 하, 자네는 재미있는 친구로군. (그가 말했다) 우리는 하느님의 도우심으로 딥소디인들의 나라를 모두 정복했다네. 자네에게 살미공댕의 영지를 하사하지.

—대단히 감사합니다. (내가 말했다) 전하께서 제 공로보다 훨씬 큰 상을 내려주시다니."[31]

이 얼마나 감동적인 대화인가! 전쟁을 하는 동안 말도 없이 사라진 부하를 문책하기는커녕 무엇을 먹고 살았는지부터 묻고 한발 더 나아가 똥은 어디에 쌌냐고 묻는 군주의 세심함과 "전하의 목구멍 속이랍니다" 하고 대답하는 신하의 해맑은 모습에 절로 눈물이 흐를 지경이다. 쿤데라의 표현을 빌리자면 "호메로스는 아킬레우스 혹은 아이아스가 그 수많은 전투를 치른 후에 이가 모두 무사한지 여부는 묻지 않았다."[32] 이것이야말로 싸는 동시에 먹는다는 라블레의 전략이 완벽하게 구현된 장면이다. 심지어 팡타그뤼엘은 알코프리바스에게 영지를 하사하는데 그건 그가 입속 세계에서 신선놀음을 하는 동안 벌어졌던 전투를 통해 정복한 땅이다. 하지만 라블레는 그 전투들을 묘사하지 않는다. 일반적인 소설에서라면 작품의 클라이맥스가 되었어야 할 장면이 알코프리바스의 입속 여행으로 대체되고 있는 것이다.

이것은 『가르강튀아』에서 많은 부분을 차지하는 다소 지루한 전쟁 묘사와 대조를 이룬다. 『가르강튀아』에서 라블레는 목동과 빵과자 장수들의 사소한 다툼이 전쟁으로 번지는 과정을 통해 적국의 왕과 가신들을 우스꽝스럽게 그림으로써 당대의 지배계급을 풍자한다. 하지만 너무 직접적인 풍자는 우습지 않다. 나는 『가르강튀아』의 전쟁 이야기가 라블레의 실패한 농담이라고 생각한다.

『팡타그뤼엘』에서는 누구도 예상하지 못한 근사한 방식으로 전쟁을 생략한 그다. 원한다면 『가르강튀아』에서도 그렇게 할 수 있었을 거다. 하지만 그는 그렇게 하지 않았다. 나는 그것이 라블레의 신념 때문이라고 생각한다. 『팡타그뤼엘』을 통해 라블레는 자신이 그리는 세계상을 구체적으로 제시하고자 했고 그러기 위해서는 전쟁을 통해 구세계를 파괴할 필요가 있었던 것이다. 그렇다면 그가 꿈꾸던 세계는 어떤 모습이었을까?

문제의 전쟁이 끝난 후 부하들에게 포상을 내리던 가르강튀아는 용맹한 수도사 장을 쇠이예의 수도원장으로 임명하려 한다. 장은 그 제안을 고사하며 대신 새로운 수도원을 세워달라고 청한다. 그리하여 텔렘◆ 지방 전체에 다른 교단들과는 정반대의 교단이 세워지게 된다. 라블레는 특유의 장광설로 여러 장에 걸쳐 새로운 수도원의 모습을 그리는데, 그 중 텔렘 수도사들의 생활 방식에서 라블레의 위마니슴이 고스란히 드러

◆ 주석에 따르면 "그리스어로 의지라는 뜻이다. 텔렘 수도원이 인간의 자유의지를 최대한 보장하는 자발적인 수도의 장場이라는 것을 암시한다".

난다.

> 그들의 모든 생활은 법이나 규정, 규칙에 의해서가 아니라 그들의 의사와 자유의지에 따라 관리되었다. 그들은 원할 때 침대에서 일어나, 하고 싶은 욕망이 생길 때 먹고 마시고 일하고 잠을 잤다. 아무도 그들을 깨우지 않았고, 아무도 그들에게 먹거나 마시고, 무슨 일이거나 하라고 강요하지 않았다. 이렇게 가르강튀아가 정해놓았던 것이다. 그들의 규칙이라고는 '원하는 바를 행하라'는 조항밖에 없었다.
>
> 왜냐하면 좋은 가문에서 태어나 좋은 교육을 받고 훌륭한 동료들과 함께 생활하는 자유로운 인간들에게는 천성적으로 도덕적으로 행동하게 하고 악을 멀리하도록 하는 본능이 있고 그들이 명예라고 부르는 자극을 받게 되기 때문이다. 그들이 수치스러운 굴종과 강제에 의하여 억압받고 예속될 때, 그들에게 자유롭게 미덕을 추구하며 예속의 굴레를 떨쳐버리고 거역하게 하던 고상한 성향은 왜곡된다. 우리는 언제나 금지된 일을 시도하고 우리에게 거부된 것을 갈망하기 때문이다.33

참으로 아름다운 사회가 아닐 수 없다. 하지만 그걸 묘사하는 라블레의 문체는 전에 없이 지루하다. 계속해서 라블레는 수도원을 짓기 위해 파헤친 땅에서 발견된 커다란 청동판에 적힌 수수께끼를 나열하는데 그것은 신세계를 향한 노골적인 찬가나 다름없다. 그렇다면 이것은 또 하나의 이데올로기인가? 유토피아란 그것이 아무리 이상적이라고 하더라도 결국 현실의 질서를 은폐하는 게 아니던가? 라블레 너마저……? 하지만 아직 실망하기는 이르다. 낭독을 마친 가르강튀아에게 수도사 장이 묻는다.

"전하의 견해로는 이 수수께끼가 무엇을 가리키고 의미한다고 생각하십니까?

—뭐라니? (가르강튀아가 말했다) 성스러운 진리의 진행과 영속성을 말한 것이라오.

—성 고드랑을 두고 말이지만, (수도사가 말했다) 제 해석은 그렇지 않습니다. 이것은 예언자 메를랭의 문체입니다. 원하시는 만큼 심오한 알레고리와 의미를 부여하시고, 전하와 모두들 좋으실 대로 추론하십시오. 저로서는 모호한 말로 정구 경기를 묘사한 것 외에 다른 뜻이 숨겨져 있다고 생각하지 않습니다. 사람들을 유혹하는 자들이란 시합을 주선하는 사람들로서, 그들은 보통 친구 사이랍니다. 두 번 서비스를 넣은 다음에는 경기장 안에 있던 사람은 밖으로 나가고 다른 사람이 들어오게 되지요. 먼젓번 사람에게 공이 선 위로 지나갔는지 아래로 지나갔는지를 알리도록 합니다. 홍수는 땀을 말하고, 라켓의 줄은 양이나 염소의 창자로 만들지요. 둥근 물체는 실 뭉치나 공을 가리키는 것이고요. 경기가 끝난 다음 사람들은 환한 불 앞에서 휴식을 취하고, 속옷을 갈아입습니다. 그다음에는 보통 주연을 벌이는데, 승리한 사람들이 더 신나게 마시지요. 그러고는 맛있는 음식을 먹는 거지요!"34

실제로 그건 정구 경기를 장중한 문체로 묘사한 수수께끼 시로, 라블레는 거리에서 떠돌던 그것에 첫 두 행과 마지막 열 행을 추가해 원래의 시와 다른 의미로 해석하도록 독자들을 유도한 것이다. 그는 가르강튀아와 우리 모두를 속인 후 수도사 장의 입을 빌려 우리에게 말한다. "원하시는 만큼 심오한 알레고리와 의미를 부여하시고, 전하와 모두들 좋으실 대로 추론하십시오."

물론 그건 마지막 수수께끼에만 해당하는 말은 아닐 거라고 나는 생각한다. 라블레는 자신의 작품이 하나의 의미로 고정되는 걸 집요하게 반대한다. 설령 그 안에 자신의 신념이 녹아 있을지라도 그것만을 주목하는 것을 원치 않는다. 작품은 단순한 신념을 넘어서는 것이다. 그것이 바로 소설이다.

> 인간은 선악이 분명하게 구분되는 세계를 원한다. 이해하기에 앞서 심판하고자 하는 타고난, 억누를 수 없는 욕망이 인간에게 있기 때문이다. 종교와 이데올로기는 바로 이 욕망 위에 수립된다. 이것들은 소설의 상대적이고 애매한 언어를 자기네들의 명확한 교조적 담화로 바꾸지 않고서는 소설을 인정하지 못한다.35

『가르강튀아』를 발표하고 12년이 흐른 후 세상에 나온 『팡타그뤼엘 제3서』의 내용은 거인왕의 일대기였던 전작들과는 달리 팡타그뤼엘의 친구 파뉘르주가 결혼을 해야 할지 말아야 할지 고민하며 다양한 사람들에게 조언을 구하는 대화 형식으로 이루어져 있다. 이어지는 『팡타그뤼엘 제4서』는 앞선 문답에서 원하는 답을 얻지 못한 파뉘르주가 팡타그뤼엘을 비롯한 패거리와 함께 '신성한 술병'의 신탁을 듣기 위해 여행을 떠나는 일종의 여행기다. 라블레가 세상을 떠난 후 출간된 『팡타그뤼엘 제5서』는 위작 논란이 끊이지 않는 작품인데, 그 탓인지 국내에는 번역조차 되어 있지 않은 상황이다. 아무려나. 마지막 권에서 일행은 마침내 목적지에 도착하고 여사제를 통해 신성한 술병의 신탁을 전해 듣는다. 여사제는 이렇게 말한다(고 한다).

> "마셔라!(Trinch!)"

바로 그것이 팡타그뤼엘리슴이다. 무엇도 규정되지 않는 불확실함을 고스란히 받아들인 채 다만 눈앞의 술잔을 마시는 것. 그러니 우리도 이쯤에서 요령 없는 수다를 멈추고 잔을 채우는 게 좋겠다. 아우어바흐 또한 이렇게 말하지 않았던가.

> 라블레의 숨은 의미, 즉 뼈의 골수에 천착하여 분명하고도 윤곽이 뚜렷한 교의를 찾아내려는 것은 잘못이라고 나는 생각한다. 그의 작품 속에 숨겨져 있으나 수많은 방식으로 전달되고 있는 것은 스스로 팡타그뤼엘리슴이라고 부르는 하나의 지적인 태도이다. 그것은 정신적인 것과 관능적인 것을 동시에 이해하며 어떠한 삶의 가능성도 소홀히 하지 않는 삶의 파악이다. 그것을 더욱 상세히 서술한다는 것은 현명한 기도가 아니다. 왜냐하면 그럴 경우 자신도 모르게 즉각 라블레와 경쟁하는 처지가 될 것이기 때문이다. 라블레 자신이 항시 그것을 서술하고 있으며 우리보다 더 잘 그 일을 해낼 수 있다.36

그러니 지금 당장 이 책을 덮고 서점으로 달려가 『가르강튀아/팡타그뤼엘』을 펼치시길. 그리고 원하시는 만큼 심오한 알레고리와 의미를 부여하시고 모두들 좋으실 대로 추론하시길. 그것이 내가 이 짧지 않은 글을 따라와 준 당신들에게 줄 수 있는 최고의 조언이다. 라블레는 『팡타그뤼엘』의 마지막을 이렇게 썼다.

> 안녕히 계시라, 여러분. 나를 용서하라. 그리고 내가 당신들의 잘못에 개의치 않는 만큼 내 잘못도 염두에 두지 말기를 바란다.37

누구도 두 번 미칠 수는 없다

미겔 데 세르반테스Miguel de Cervantes (Saavedra)

『돈키호테』

1547년 스페인에서 태어난 세르반테스는 빚쟁이에 쫓기는 아버지 때문에 이곳저곳을 전전하며 유년 시절을 보냈다. 길거리에 떨어진 종이 쪼가리도 주워 읽는 열렬한 독서광이었던 그는 레판토해전에서 부상을 입고 '레판토의 외팔이'라는 별명을 얻는다. 터키 해적선의 습격을 받아 포로가 된 그는 5년간 노예 생활을 하는데, 자유인이 된 후에는 예금해둔 은행이 파산하는 통에 감옥살이를 하기도 했다. 『돈키호테』는 바로 그 감옥에서 구상한 작품이다. 『돈키호테』의 엄청난 성공에도 불구하고 제대로 된 금전적 보상을 받지 못한 세르반테스는 가난하게 죽었다.

제5장

세르반테스의 꼬여버린 족보와 그의 사려 깊은 친구가 들려주는 탁월한 조언

레판토의 외팔이 미겔 데 세르반테스 사아베드라는 세상에서 가장 용감하고 가련한 기사의 이야기를 이렇게 시작한다.

> 한가로운 독자여, 내가 이 책을 내 지능의 아이로서 상상할 수 있는 한 어디까지나 아름답고, 고아하고, 교묘하고, 치밀한 것이 되어주기를 바란다는 것은 이 자리에서 새삼 맹세치 않더라도 믿어주실 줄 안다. 그러나 자연의 법칙, 모든 것은 자기를 닮은 것밖에 낳지 않는다는 이 자연의 법칙에는 마침내 나도 역시 거역할 수 없었다. 그러니, 이 빈약하고 도무지 교양 없는 나의 재지가, 마치 모든 불편이 우쭐대고 모든 쓸쓸한 소리의 거처인 감옥 안에서나 태어난 것처럼 메마르고, 여위고, 요령부득인 데다가 잡동사니를 긁어모은, 일찍이 누구 하나 생각지도 못한 사고에 찬 아들과도 비유할 수 있는 이야기 이외에, 대체 무엇을 낳을 수가 있었을까?[1]◆

그게 바로 우리가 남의 작품을 품평할 때 신중해야 하는 이유다. 자칫 싫은 소리라도 했다가는 손가락이라도 깨물린 듯 날뛰는 작가를 보게 될 수도 있다. 그렇게 아버지가 된다. 하지만 세르반테스의 입장은 조금 다르다. 돈키호테의 친아버지는 시데 아메테 베넹헬리라는 이름을 가진 아라비아의 역사가로, 자신은 그가 남긴 이야기를 우연히 발견한 의붓아버지라는 것이다. 물론 거짓말이다. 라블레가 『팡타그뤼엘』의 작자로 제5원소 추출에 성공한 연금술사 알코프리바스 나지에를 내세웠던 것과 마찬가지다. 차이가 있다면 우스꽝스러운 가명 뒤로 숨었던 라블레와는 달리 가상의 작자와 자신을 동시에 내세운다는 사실이다. 덕분에 곤란한 건 우리다. 세르반테스가 시데 아메테 베넹헬리를 낳았고 시데 아메테 베넹헬리가 돈키호테를 낳았다면 세르반테스는 돈키호테의 친할아버지가 아닌가? 그런데 의붓아버지라니, 이건 무슨 족보란 말인가? 아무려나. 세르반테스는 모른 척 자신의 이야기를 이어나간다.

> 사랑하는 독자여, 두 눈에 거의 눈물마저 머금고 이 내 자식 속에서 당신이 깨달으시는 수많은 결점을 용서하거나 관대히 봐주십사고 부탁할 생각은 추호도 없다. 왜냐하면 당신은 이 아이의 친척도 아니고 친구도 아니며, 당신 자신의 몸속에 버젓이 자기의 정신을 가졌고, 무엇 하나 흠잡을 데 없는 확고한 자유의사를 가졌으며, (…) 당신은 이러한 일체의 것으로부터 자유로운 입장에 있고, 모든 염려라든지 의라든지 하는 것으로부터 제재를 받는 일도 없고 보면, 이 이야기에 대해서 마음에 떠오르는 것은 깡그리 말할 수가 있을 것이다. 더욱이 비방했다고

◆ 『돈키호테』 번역본은 여러 종류가 나와 있고 출판사의 외래어표기법에 따라 '돈 끼호떼' '돈 키호테' '돈키호테' 등 제목도 조금씩 다르다. 여기에서는 범우사 김현창 역본과 열린책들 안영옥 역본을 참고했다.

해서 비난받을 두려움도 없고 칭찬했다고 해서 별로 보상받는 일도 없는 것이다.[2]

어차피 우리 모두는 가족 아니면 남남이다. 그러니 우리도 우리의 일을 하자. 비난받을 두려움도 보상에 대한 기대도 없이 『돈키호테』에 대해 마음에 떠오르는 것을 깡그리 쓰는 것. 그건 나의 일이다. 나를 쏙 빼닮아 구제불능인 이 글을 냉정하게 읽는 것. 그건 당신의 일이다. 하지만 나 역시 당신에게 자비를 구하지는 않을 것이다. 사실을 말하자면 이 글 또한 제3세계에 사는 어린이 다섯 명으로 이루어진 대필 그룹이 쓰는 것이다. 그들이 받을 쥐꼬리만도 못한 돈을 생각하면 눈물이 난다. 하지만 내가 그 아이들을 거의 친자식처럼 사랑하는 것은 사실이다.

어느 편력 기사의 무훈담을 세상에 공개하려는 세르반테스에게는 한 가지 고민이 있다. "창의도 없고 문체도 빈약한 데다 사상도 희박하며, 박식도 학식도 결여되어 내가 보는 다른 서적처럼 난외의 인용구도 없고 권말에 주석도 없는" 이야기를 뻔뻔하게 들고 나타난다면 세상의 많은 선생님들이며 박사님들이 대체 무슨 말을 할까? 권두에 실을 "공작, 후작, 백작, 사교, 귀부인 혹은 매우 이름난 시인의 소네트"도 없는데?

그때 한 친구가 그에게 말한다. 여보게, 이 사람아, 권두에 실을 거창한 소네트들이라면 자네가 직접 지은 후 적당하고 그럴듯한 이름들을 붙여주면 될 것 아닌가? 그리고 인용구나 주석에 대해서라면……. 그렇게 그는 친구의 고민거리를 날려줄 꿀과 같은 조언을 들려주는데 그 내용이 참으로 그럴듯하여 여기에 옮긴다. 오늘날의 현실에 맞게 조금 수정하긴 했지만 골자는 그대로다. 이 글을 읽고 있는 당신 또한 운이 없다면, 그러니까 당신이 저술업자라면 다음의 조언에 귀를 기울이는 게 좋다. 만약 당신이 전능한 소비자의 권리를 마음껏 누리고 있는 한가로운 독자라면 자비로운 당신의 신께 감사를 드리되 너무 자만하지는 마시길. 운명의 여신이 언제 변덕을 부려 끝없는 마감의 무간지옥으로 당신의 등을 떠밀지 모르니. 그리고 지금부터라도 많이 웃고 좋은 음식을 먹어두시라. 그것들이 당신의 인생에서 예고도 없이 사라지는 날이 오더라도 슬퍼하거나 노여워하지 않을 수 있도록.

재지 넘치는 세르반테스의 신실한 친구가
그의 사랑하는 친구와 세상 모든 원고 노동자들에게 전하는
탁월한 충고(21세기 한국 버전)

• 거창한 추천사(소네트)가 필요하다면 직접 쓴 다음 그럴듯한 이름을 붙일 것

—"나는 금정연이 두렵다." 정지돈(소설가)

—"비꼬는 남자는 멋이 없다. 이 책의 저자만 빼고." 이상우(소설가)

—"쇼크. 책장을 펼치자마자 나는 사색이 되었다." 오한기(소설가)

• 글에 꼭 들어맞는 멋진 문장을 찾으려고 시간 낭비하지 말고 기억하고 있거나 찾는 데 시간이 들지 않는 격언이나 외국어 문구를 인용한 후 거기에 이야기를 맞출 것

—"'시간은 금이야, 불금이야'(빅뱅, 〈We Like 2 Party〉 중에서)라는 말도 있듯 사람들에게 금요일 밤은 특히 소중한 시간인 것이다. 따라서 우리는 치킨과 맥주로 금요일 밤을 축하……."

• 주석 달기 쉬운 단어를 사용할 것

—예를 들어 이야기에 소설가가 등장한다면 이름을 볼라뇨라고 짓고 다음과 같은 주석을 달 것. "21세기 최고의 소설가. 모든 작품이 걸작이다."

• A에서 Z까지 최대한 많은 책 제목을 나열한 책을 찾아서 권말에 그대로 실을 것

—방대한 참고 도서 목록이 쓸모없어 보이더라도 책에 생각지 않던 권위를 부여해줄 수 있음을 기억할 것.(그런 책을 찾는 것조차 귀찮다면 ㄱ에서 ㅎ까지 무려 열 쪽에 걸쳐 책 제목을 나열하고 있는 『서서비행』[금정연 지음]이라는 책을 구입할 것.)

• 누군가 트집을 잡는다고 하더라도 신경 쓰지 말 것

—"설혹 그것이 틀려서 학식을 보란 듯이 코끝에 내걸고 다니는 선생님들이나 엉터리 학사들이, 그 일로 자네를 헐뜯고 덤비거나 왁자하게 떠들어댄다고 하더라도 그야말로 눈썹 하나 꿈쩍할 것 없지 않은가? 아무리 그 인간들이 자네의 엉터리를 캐냈다고 하더라도 설마 그것을 쓴 자네의 손을 잘라버릴 수는 없을 테니 말일세."3

• 다른 건 몰라도 네 번째 충고, 특히 괄호 안의 내용을 명심할 것

하지만 그래서야 폼이 나지 않는다. 돈키호테가 누군가? 세상에서 가장 정직한 편력 기사다. 세르반테스는 비록 전설적인 기사 소설의 주인공들이 우리의 주인공을 위해 바친 열 편의 거창한 소네트를 권두에 배치하긴 하지만, 그거야 웃자고 하는 일이다. 그는 순진한 독자를 현혹하는 잔기술을 단호하게 거부한다. 그 또한 친구의 진실한 조언 덕분이다.

> "무엇보다도, 내가 제대로 알고 있는지는 모르겠으나, 사실 자네가 필요하다고 말한 그런 것들이 자네 책에는 하나도 필요치 않네. 자네 책은 기사 소설을 공격하기 위한 것이니 말일세. 아리스토텔레스가 기사 소설을 알 리가 없고 성 바실리오도 그것에 대해 말한 적이 없고 키케로도 그렇지 않겠나. (…) 단지 사실을 모방하면 되는 걸세. 모방이 완벽하면 할수록 글은 더욱 좋아지지. 그리고 자네 책이 이 세상과 속인들 사이에서 차고 넘치며 권위를 갖는 기사 소설을 무너뜨리는 데 목적을 둔 것이라면 굳이 철학자의 금언이나 성경의 충고나 시인들의 우화나 수사학자들의 문장이나 성자들의 기적들을 구걸하고 다닐 필요가 없지 않은가. 그저 의미 있고 정결하며 잘 정돈된 단어들로 평범하게 자네의 단문과 복문을 울림이 좋고 유쾌하게 만들어 자네가 의도한 바를 가능한 한 잘 묘사하도록 하게. 자네가 말하려는 개념을 헷갈리게 하거나 난해하게 하지 말고 말일세. 또한 신경 쓸 일은, 자네 이야기를 읽으면 우울함이 웃음으로 바뀌고 웃음은 더 큰 웃음으로 바뀌게 하여, 어리석은 사람은 화를 내지 않고 신중한 사람은 그 기발한 착상에 감탄하고 심각한 사람은 경멸하지 않고 진중한 사람은 칭찬하도록 만드는 걸세. 그렇게 많은 사람들이 증오하지만 더 많은 사람들이 찬양하는 기사 소설의 잘못된 점을 무너뜨리는 데 주안점을 두게나. 여기까지만 달성해도 적잖은 성과가 아니겠는가."4

그래서 세르반테스는 그렇게 한다. 의미 있고 정결하며 잘 정돈된 단어들로 단문과 복문을 울림이 좋고 유쾌하게 만들어 우울함이 웃음으로 바뀌고 웃음은 더 큰 웃음으로 바뀌게 만든 것이다. 기사 소설을 너무 많이 읽은 탓에 정신이 살짝 돈 시골 귀족의 이야기, 거침없지만 내 종자에게는 따뜻한 편력 기사의 지금껏 본 적도 들은 적도 없는 모험담, 우수에 찬 얼굴을 가진 기사의 슬픈 전설, 낭만주의의 영웅이자 세상에서 가장 유명한 패배자의 필요 이상으로 세세한 기록, 성마르고 홀쭉한 주인과 통통한 종자의 세기적인 브로맨스를 가지고. 그러니까 한 권의 책으로. 그건 돈키호테의 모험이자 세르반테스의 모험이었으며 무엇보다 라블레의 엉덩이에서 나와 이제 막 걸음마를 시작한 소설이라는 장르 자체의 모험이었다.

> 신이 우주와 그 가치의 질서를 관장하고 선과 악을 가르고 모든 사물에 뜻을 부여했던 곳을 서서히 떠나버릴 때, 돈키호테는 집을 나간다. 이제 그에게 세계는 더 이상 알아볼 수 없는 것이 되었다. 지고의 심판관이 부재하는 이 세계는 돌연 엄청나게 모호한 모습으로 나타난다. 하늘의 유일한 진리는 인간들이 나누어 갖는 수많은 상대적인 진실들로 흩어져버렸다. 이리하여 근대가 탄생했고 이와 더불어 이 세계의 이미지이며 모델인 소설 또한 탄생했다.5

돈키호테와 함께하는 우리의 짧은 모험 또한 여기에서 시작한다. 그러니 신발 끈을 단단히 조여두시길. 하지만 먼저 잠시 쉬어야 하겠다. 왜냐하면 늘 마감과 만성피로에 시달리는 가련한 서평가가 마침 이쯤에서 제5장을 마치기로 했기 때문이다.

제6장

어느 미친 독자의 영웅적이고 미미한 모험에 대한 이야기

이름을 굳이 기억하고 싶지 않은 라만차의 어느 마을에 낡은 창과 방패와 비쩍 마른 말과 날쌘 사냥개를 가진 평범한 시골 귀족이 살고 있었다. 이름하야 키하다 또는 케사다 어쩌면 키하나. 어느덧 쉰을 바라보는 키하다 또는 케사다 어쩌면 키하나는 평화로운 전원생활에 안주할 수도 있었다. 낮에는 양고기보다는 소고기를 더 많이 넣어 삶은 요리를 먹고 밤에는 잘게 다진 고기 요리를 먹고 토요일에는 베이컨 조각을 넣은 달걀 요리를 먹고 금요일에는 납작한 콩 요리를 먹고 일요일이면 새끼 비둘기 요리를 곁들여 먹느라 재산의 4분의 3을 지출하면서도 콜레스테롤 수치 따위는 신경 쓰지 않는 전원의 삶! 하지만 그는 그렇게 하지 않는다. 책 때문이다.

> 그는 한가한 시간이 있으면(하기야 1년 중 대부분이 한가한 시간이지만) 기사도 이야기를 읽는 데 골몰했으며 너무나 열중한 나머지 사냥이

나 재산 관리조차 잊고 말았다. 나중에는 기사도에 대한 호기심과 이러한 도취가 정도를 넘어서, 읽고 싶은 기사도 책을 구입하기 위해서 수많은 밭을 팔아버렸다.[6]

한마디로 그는 독자였다. 하지만 평범하거나 한가로운 독자는 아니었다. 우리 시대의 독서 멘토이자 인문학 리더로 불린다는 한 베스트셀러 저자는 일찍이 독서를 세 단계로 분류한 바 있다.[7]

- 1단계 프로 리딩 : 자기 분야에 관한 책 100권 이상을 읽어서 3000년의 내공을 쌓는 독서
- 2단계 슈퍼 리딩 : 1년 365권 자기계발 독서 프로젝트를 통해 성공자의 사고방식을 갖는 독서
- 3단계 그레이트 리딩 : 인문 고전 독서를 통해 리더로 거듭나는 독서

우리의 시골 귀족은 어떤 리딩을 했던가? 세르반테스는 이렇게 쓴다.

결국 그는 기사 소설에 너무 빠져든 나머지 매일 밤을 뜬눈으로 꼬박 새웠고, *낮에는 낮대로 아침 동이 틀 때부터 어두워질 때까지 책을 놓지 않았다*. 이렇게 거의 잠을 자지 않고 독서에만 열중하는 바람에 그의 뇌는 말라 분별력을 잃고 말았다. 기사 소설에서 읽은 전투나 결투, 부상, 사랑의 속삭임, 연애, 번민 그리고 있을 수도 없는 황당무계한 사건과 마법과 같은 모든 종류의 환상들이 그의 머리를 가득 채웠다. 그리하여 자기가 읽은 허무맹랑한 이야기들을 모두 진실이라 생각하기에 이르렀고, 마침내 이 세상에 그런 이야기보다 더 확실한 것들은

없다고 여기게 되었다.8

프로가 아니다. 슈퍼도 그레이트도 아니다. 크레이지다. 한마디로 미친놈이다. 이 표현이 너무 심하게 느껴진다면 다시 한 번 우리 시대의 독서 멘토이자 인문학 리더로 불린다는 한 베스트셀러 저자의 책을 참고(하고 싶지 않지만)하자. 언젠가 그는 성공의 비밀을 '생생하게vivid' '꿈꾸면dream' '이루어진다realization'라는 세 단어로 정리하며 그것에 'R=VD' 법칙이라는 이름을 붙였다. 그렇다면 우리의 시골 귀족은 'R=VD' 독서를 한 셈이다. 생생하게 꿈꾸면 이루어지는 독서! 결국 미친놈이다. 돈키호테의 시대에 성공을 약속하는 자기계발서나 멘토들의 다정한 힐링 도서가 없었다는 게 얼마나 다행인가. 행여나 그가 그런 책을 읽었다면 우리 미치지 않은 독자들은 애잔한 편력 기사의 모험담을 읽을 수 없었을 것이다. 우리의 재지 넘치는 향사鄕士 역시 편력 기사가 되는 대신 (미친) 대부호가 되거나 (미친) 멘토가 되었겠지. 정신 나간 삼촌 덕에 속을 끓여야 했던 조카딸에게는 그편이 더 나았겠지만, 인정하자, 독자란 이렇게 이기적이다.

책을 읽었다기보다 읽고 말았습니다. 읽고 만 이상, 거기에 그렇게 쓰여 있는 이상, 그 한 행이 아무래도 옳다고밖에 생각되지 않은 이상, 그 문구가 하얀 표면에 반짝반짝 검게 빛나 보이고 만 이상, 그 말에 이끌려 살아갈 수밖에 없습니다. 그 한 행의 검은 글자, 그 빛에. (…) 그러므로 이런 것입니다. 책을 읽는다는 것은 자칫하면 정신이 이상해질 정도의 일입니다. 왜 사람은 책을 성실하게 받아들이지 않을까요? 왜 책에 쓰여 있는 것을 그대로 받아들이지 않는 걸까요? 왜 읽고서 옳다고 생각했는데도 그대로 받아들이지 않은 채 '정보'라는 필터를 꽂아

무해한 것으로 만들어버리는 것일까요? 아시겠지요. 미쳐버리기 때문입니다.9

아아, 별이 빛나는 창공을 보고, 갈 수가 있고 또 가야만 하는 길의 지도를 읽을 수 있던 시대는 얼마나 행복했던가!◆ 평범한 시골 귀족 키하다 또는 케사다 어쩌면 키하나는 검은 글자가 별처럼 반짝반짝 빛나는 책을 보고 그가 갈 수 있고 또 가야만 하는 길의 지도를 읽었다. "정말이지 그는 이제 분별력을 완전히 잃어버려, 세상 어느 미치광이도 하지 못했던 이상한 생각을 하게 되었다. 그것은 명예를 드높이고 아울러 나라를 위해 봉사하는 일로, 편력 기사가 되어 무장한 채 말을 타고 모험을 찾아 온 세상을 돌아다니면서 자기가 읽은 편력 기사들이 행한 그 모든 것들을 스스로 실천해보자는 것이었다."10 영화 〈매트릭스〉의 네오Neo가 더 원The One이 되었던 것처럼, 우리의 시골 귀족은 믿음을 통해 돈키호테로 거듭난 것이다.

하지만 제아무리 창대한 모험이라도 그 시작은 미미한 법. 미래의 전설 앞에 놓인 것은 궁상맞고 사소한 문제들이었다.

먼저 기사 복장을 갖춰야 했다. 그는 창고를 뒤져 까마득한 조상님이 남겨둔 갑옷을 발견하지만 형편없이 낡아빠진 데다 투구의 얼굴 가리개도 사라지고 없는 물건이었다. 하지만 우리의 기사(진)◆◆는 특유의 기지를 발휘한다. 종이접기 아저씨 빰치는 솜씨로 마분지를 잘라 가리개를 만든 것이다. 비록 얼마나 튼튼한지 확인하겠다며 칼로 내리치는 바람에 일주일 동안의 노력을 한순간에 날려버리고 말았지만, 다행히 시간은 많

◆ 그 유명한 루카치의 『소설의 이론』의 첫 문장. 이 글은 적당한 인용문을 찾으려고 헛고생하지 말고 기억하고 있는 문구를 쓴 다음 내용을 그에 맞추라는 친구의 신실한 조언을 충실히 따르고 있다.

◆◆ '진급 예정'의 준말로 주로 군대에서 쓰는 용어다. 예: 대령(진)

았고, 그에게도 다시금 완성한 가리개를 두 번 시험하지 않을 정도의 정신은 남아 있었다. 그만하면 아주 빈틈없이 정교한 얼굴 가리개가 달린 투구가 되었다고 그냥 믿어버린 것이다.

다음은 말이었다. 모든 기사에게는 그에 걸맞은 명마가 있는 법. 우리의 기사(진)가 자신에게 꼭 맞는 명마를 준비하는 데는 모두 나흘이 걸렸는데, 피부병에 걸린 데다 값도 얼마 나가지 않는 자신의 노신(비루먹은 말)에게 로시난테라는 명마다운 이름을 지어주는 데 꼭 그만큼의 시간이 필요했던 것이다. 그리고 여드레를 더 고민한 끝에 그는 스스에게 돈키호테 데 라만차◆라는 이름을 선사해 지역과 가문의 명예를 드높이는 동시에 명마 로시난테에게 어울리는 위풍당당한 기사로 거듭났다.

이제 마음속으로 사모할 귀부인만 남았군. 그는 생각했다. 어딘가에서 거인을 만났을 때 그놈을 혼내준 후 귀부인에게 보내 비굴한 목소리로 위대한 기사 돈키호테의 업적을 찬양하게 할 수 없다면 구태여 거인을 때려눕힐 이유가 무엇인가? 그는 때마침 이웃 마을에 산다는 농사꾼 처자를 떠올렸다. 비록 얼굴 한 번 본적 없지만 뭐 어떠랴. 그가 그녀에게 둘시네아 델 토보소라는 이름을 붙여주었을 때, 그녀는 그에게로 와서 세상 누구보다 기품 있는 귀부인이 되었는데.

이제 모든 준비가 끝났다. 돈키호테는 가슴이 벅차오르는 것을 느꼈다. 세상에 내가 쳐부수어야 하는 부조리가 얼마나 많은가? 바로잡아야 할 부정이 얼마나 많은가? 고쳐야 할 비리와 제거해야 할 폐해와 처리해야 할 부채는 또 얼마나 많은가? 이렇게 지체하는 것은 세상에 죄를 짓는 것이다! 가자, 로시난테여! 나 돈키호테와 함께 새로운 세상을 만들자!

우리 시대의 정치인들이 그렇게 하는 것처럼 사심 없는 희망의 첫발을 내디딘 돈키호테에게는 그러나 한 가지 결정적인 문제가 남아 있었

◆ "라만차라는 지역의 돈키호테"라는 뜻.

다. 그는 아직(이라는 표현을 써도 되는지 모르겠지만) 정식으로 기사 서품을 받지 않았고, 기사 소설의 법도에 따르면 정식 서품을 받지 않은 이는 어떤 기사와도 맞설 수 없는 것이다. 아아, 낭패다. 인류의 비극이다. 그러나 걱정할 건 없다. 보고 생각하고 상상하는 모든 것이 책에서 읽은 그대로 되어 있고 또 될 것이라 믿고 있는 우리의 편력 기사를 위해 온 우주가 두 팔(이라는 건 없지만) 걷고 나설 것이니, 길을 나선 돈키호테의 눈앞에 네 개의 탑과 은빛 찬란한 첨탑과 위로 여닫는 다리와 성 둘레로 깊게 판 해자와 그 밖에 **책에 묘사된 요소들을 하나도 빼놓지 않고 모두 갖춘** 성(이라고 쓰고 주막이라고 읽는다)이 나타난 건 당연한 일이었다.

평화를 사랑하는 성주(다시 말해 주인)는 한눈에 보기에도 미친 게 분명한 손님에게 돈을 가지고 있느냐고 물었다. 물론 우리의 청렴한 편력 기사에게 돈 따위가 있을 리 없다. 그가 읽은 기사 소설 어디에도 돈을 가지고 다니는 기사는 없었다. 그런 그를 주인이 좋은 말로 타일렀다. 편력 기사들이 깨끗한 속옷을 입고 다닌다는 것을 구태여 책에 밝힐 필요가 없는 것처럼 돈을 가지고 다니는 것도 당연하기 때문에 쓰지 않은 것뿐이라고. 책에 나오지 않는 사실이라고? 책으로 세상을 배운 우리의 성실한(=미친) 독자로서는 그야말로 미치고 팔짝 뛸 노릇이지만 그는 잠자코 주인의 말을 들었다. 독자란 무릇 타인의 말에 귀를 기울일 줄 아는 사람이고, 우리의 주인공에게는 기사 서품이 필요하며, 무엇보다 그는 이미 미쳤으니까. 누구도 두 번 미칠 수는 없는 일이다. 그리하여 자비로운 성주가 베풀어준 초등학교 학예회 뺨치는 기사 서품식을 통해 돈키호테 데 라만차는 마침내 어디 하나 흠잡을 곳 없는 정식 기사(라는 게 있다면)로 인정받게 된 것이다.

생전 보지도 못한 의식을 눈 깜짝할 사이에 벼락치기로 끝내자 돈키

> 호테는 한시바삐 말을 타고 모험을 찾아 떠나고 싶어 견딜 수가 없었다. 그리하여 로시난테에 안장을 얹고 올라탄 후 객줏집 주인을 부둥켜안고 자기에게 기사 서품식을 베풀어준 것에 대해 고마움을 표하며 글로써 옮겨놓을 수도 없는 아주 이상한 말들을 했다. 이제야 그를 객줏집에서 내보내게 된 주인은 돈키호테보다는 짧게 말했지만 그에 못지않은 미사여구를 써가며 그의 말에 답했고, 숙박비를 받을 생각도 없이 그냥 잘 가라고 내보냈다.[11]

돈키호테가 정식 기사가 되자마자 세상은 어두운 치부를 드러냈다. 십 리도 가기 전에 양치기 소년을 묶어놓고 채찍질을 하는 농부와 마주친 것이다. 소년에게 임금을 지불하지 않기 위해 억지로 트집을 잡아 분풀이를 하는 게 분명했다(라고 돈키호테는 생각했다). 그는 한차례 호통을 친 뒤 솔로몬 왕에 뒤지지 않는 현명한 판결을 내린다. 농부에게 지금 즉시 집으로 소년을 데려가 밀린 임금을 지불하라고 명령하는 돈키호테. 말보다 칼이 빠르다는 사실을 모르는 바 아니지만, 정식 기사가 일개 농부에게 검을 휘두를 수는 없는 일이었다. 어안이 벙벙해진 농부. 소년 또한 황당하기는 마찬가지다.

> "제가 이 사람과 다시 집에 가야 한다고요?" 아이가 말했다. "아니요, 기사님, 상상도 하기 싫습니다. 제가 혼자 남게 되면 이 사람은 바르톨로메오처럼 제 살가죽을 벗겨버리고 말 거예요."
>
> "그런 짓은 절대로 하지 않을 거다." 돈키호테는 말했다. "내 말을 지키도록 명했으니 괜찮을 게야. 이 사람이 받은 기사의 법도를 두고 내게 맹세할 터이니, 놓아주면 반드시 급료를 지불해줄 것이다."
>
> "나리, 잘 좀 보고 말씀하세요." 아이가 말했다. "저의 주인은 기사

가 아니며 어떤 종류의 기사 서품도 받은 적이 없어요. 제 주인은 킨타나르에 사는 부자 후안 알두도예요."

"그건 중요하지 않다." 돈키호테가 대답했다. "알두도 가문에도 기사가 있을 수 있으며, 사람은 저마다 자기 행위의 자식이니라."[12]

그리하여 우리의 기사는 의심하는 아이를 악당의 손에 남겨둔 채 다시금 길을 떠나니, 세르반테스는 돈키호테의 역사적인 첫 번째 업적을 이렇게 기록한다. "용감한 기사 돈키호테는 이런 식으로 불의를 바로잡았다." 그러니 그가 떠난 후 아이가 그의 몫까지 맞아야 했다는 사실을 이 자리에서 굳이 늘어놓을 필요는 없을 것이다.

꿀벌 이야기에 꿀이 빠질 수 없는 것처럼 영웅의 이야기에 시련이 빠질 수는 없는 법. 우리의 남다른 기사에게도 시련이 찾아온다. 생각보다 이른 시련이었다. 성주(는 아까 주막 주인)의 조언에 따라 깨끗한 속옷과 금화를 챙기고 내친 김에 방패를 들릴 종자도 찾을 겸 집으로 돌아가던 돈키호테는 편력 기사의 무리(가 아니라 실은 비단을 사러 가는 상인들)를 만난다. 마침 **책에서 읽은 것들은 하나도 빼놓지 않고 전부 해보겠노라고** 마음먹고 있던 돈키호테는 길을 막고 당당하게 외친다.

"라만차의 왕후이며 비할 데 없이 아름다운 둘시네아 델 토보소보다 더 아름다운 여자는 이 세상에 없다고 고백하지 않을 거라면, 모두 그 자리에 멈추시오."[13]

언제나 옳은 어른들 말씀 중에는 미친놈은 피하는 게 상책이라는 것도 있지만, 상인들 중에도 미친 사람은 있어 돈키호테에게 수작을 건다. 어디 그 훌륭한 부인을 한번 보여달라고. 말처럼 그렇게 아름답다면 굳이 요구하지 않아도 기꺼이 고백하고 미모를 찬양하겠다고. 돈키호테는 말한다.

> "아니, 부인을 보여주고 난 다음에" 하고 돈키호테가 대답했다. "명명백백한 사실을 고백한다고 하면 무슨 그리 대단한 일이겠느냐. 가장 중요한 점은, 그 부인을 한 번도 보지 않고도 그것을 믿고 고백하고 옹호하지 않으면 안 된다는 것이다. 그것이 싫다면 이 오만불손하고 건방진 녀석들, 나하고 한바탕 싸워야 할 줄 알아라. 기사도의 관습에 따라 한 사람씩 차례로 덤벼도 좋고, 너희들 같은 무리들의 관례와 악습대로 한꺼번에 덤벼 와도 좋다. 나는 나의 정의를 믿고 여기서 기다리겠노라."14

그렇다. 믿음. 돈키호테에게는 그것만이 중요하다. 본 적은 없지만 틀림없이 사랑하는 부인의 아름다움에 대한 믿음. 자신의 정의에 대한 믿음. 그리고 무엇보다 **책에 인쇄된 글자 하나하나가 사실이라는 믿음**. 돈키호테의 아버지이자 할아버지인 동시에 계부인 세르반테스가 서문에서 밝히고 있는 것처럼 기사 소설을 공격하는 것 이외에 다른 목적은 없다던 이 우스꽝스러운 편력담이 시대를 뛰어넘어 작가의 의도와는 상관없이 다양한 방식으로 읽히는 까닭이 바로 여기에 있다.

세르반테스가 쓰고자 한 것은 분명 엉터리 기사 소설의 패러디이고 그것에 대한 공격이다. 사람들이 길고도 지루하다는 말로 공격한 지난 라블레 편을 쓰기 위해 내가 적지 않은 돈을 주고 구입했지만 딱히 쓸 곳은 없었던 『희극성과 웃음』에서 쁘로쁘는 패러디가 패러디되는 대상의 내적 불충분성에 대한 폭로의 수단이며, 문학에서 패러디가 출현한다는 것은 패러디되는 문학사조가 소멸하기 시작했다는 것을 보여준다고 주장했다.[15] 그것이 바로 세르반테스가 하는 일이다. 라블레가 기사도 소설의 형식을 빌려서 했던 작업, 즉 "작품의 작가에 반대하는 것이 아니라 정치사회적 성격의 현상들에 반대하기 위하여 전반적으로 알려져 있는 작품들의 형태를 풍자적 목적으로 사용하는 경우"와는 다른 것이다.

세르반테스는 분명한 목적을 위해 늙은 돈키호테를 만들었고 그의 우스꽝스러운 모험을 통해 자신의 목적을 이루었다. 하지만 대부분의 수단이 목적을 이룬 후 버려지는 것과는 달리 돈키호테는 잊히지 않았다. 보잘것없지만 단단한 그의 믿음과 함께, 신이 사라진 세상을 살아가는 모든 인간의 운명을 낡은 갑옷처럼 두른 채 살아남은 것이다. 절대 진리는 사라졌다. 우리에게는 너무나 많은 가능성의 지평이 펼쳐졌다. 모든 곳이 열려 있는 가능성의 사막. 자유라는 이름의 형벌. 돈키호테는 황량한 자유의 사막을 자신의 두 다리로, 아니 사랑하는 애마 로시난테의 네 다리로 걸어간다. 기사도라는 우스꽝스러운 믿음을 그러쥔 채. 그는 미친 독자讀者인 동시에 독자獨自이며, 누구보다도 신실한 독신자篤信者인 것이다. 후대의 낭만주의자들이 그를 영웅으로 모신 것도 당연한 일이었다.

하지만 그런 사실도 억센 상인들의 손에서 그를 구해주지는 못했으니…… 눈물 없이는 들을 수 없는 우수에 찬 기사의 우스꽝스러운 수난사는 다음 장에서 계속된다.

제7장

유쾌하고 엄숙한 검열식이 행해지고 작가가 탄생하다

한편 말도 없이 사라진 주인어른 때문에 한바탕 소동이 벌어진 시골 귀족의 집에서는 그의 가장 친한 친구들인 마을 신부와 이발소 주인이 가정부가 큰 소리로 떠들어대는 소리를 듣고 있었다.

> "우리 주인님에게 무슨 나쁜 일이라도 생긴 게 아닐까요, 페로 페레스—신부의 이름이 그러했다—석사님? 사흘 동안이나 나리도 말도 방패도 창도 갑옷도 보이질 않으니 말예요. 아이고 불쌍한 내 신세! 이건 제가 죽기 위해 태어났다는 사실만큼이나 분명한 건데, 제 생각엔 나리께서 갖고 계시면서 늘 읽으시던 그 몹쓸 기사 소설들이 나리의 분별력을 흐리게 만든 거예요. 지금 생각났는데, 나리께서 혼잣말로 편력 기사가 되어 모험을 찾아 온 세상을 돌아다니고 싶다고 몇 번이나 말씀하신 걸 들은 적이 있어요. 그따위 책은 악마나 염병 귀신에게 줘버려야 해요. 라만차에서 가장 분별 있는 분의 머리를 돌게 만들어버렸으니

말이에요."

사랑하는 조카딸도 한마디 거들었다.

"이것도 알아야 해요, 니콜라스—이것이 이발사의 이름이었다—아저씨. 외삼촌께서 그 막돼먹고 재수 없는 기사 소설을 이틀 동안 주무시지도 않고 읽으신 적이 여러 번 있었어요. 그러고 나면 책을 내던진 다음 칼을 들고 벽을 마구 내리치시는 거예요. 그러다가 지치면 당신이 탑만큼이나 큰 거인을 넷이나 죽였다고 말씀하셨죠. 지쳐서 땀이 흐르면 싸움 도중 입은 상처에서 흐르는 피라고 하셨고요. (…) 외삼촌이 이렇게 될 때까지 알리지 않은 제 잘못이 커요. 미리 말씀드렸더라면 이 지경이 되기 전에 막을 수 있었을 테고, 외삼촌이 갖고 계신 악마 같은 이 많은 책들 모두 이교도를 화형에 처하듯 불살라버릴 수도 있었을 텐데 말이에요."[16]

이에 신부가 내일은 무슨 일이 있더라도 그 책들을 공식적으로 화형에 처해야겠다고, 앞으로 다른 사람이 그것을 읽고 우리 착한 친구가 한 일을 되풀이하는 일이 없어야 한다고 말했는데, 그때 누군가 창밖에서 이렇게 외치는 소리가 들렸다.

"어르신네들, 발도비노스 님과 심한 부상을 당한 만투아 후작님과 안테케라의 성주이신 용감한 로드리고 데 나르바에스가 포로로 데리고 온 무어인 아빈다라에스 님께 어서 빨리 문을 열어주십시오."[17]

문밖에는 이웃집 농부와 농부의 당나귀에 실려 온 돈키호테가 있었다.

반쯤 넋이 나간 돈키호테는 지독하고도 무모한 거인 열 명과 싸웠다느니 말의 실수로 중상을 입었다느니 현명한 우르간다를 불러 치료를 해야 한다느니 하는 허튼소리를 늘어놓았다. 그들은 돈키호테를 자리에 눕힌 후 농부를 불러 자초지종을 물었다. 그리고 날이 밝는 대로 빌어먹을 책들을 태워버려야겠다고 새삼 생각했다.

사연은 이랬다. 돈키호테가 상인들에게 믿음의 중요성에 대해 일장 연설을 늘어놓았다는 이야기를 했던가? 하지만 상대도 만만치는 않았다. 그렇게 아름답다는 부인의 초상화만이라도 보여달라고, 비록 부인의 한쪽 눈이 애꾸고 다른 눈에서는 진물과 고름이 쏟아진다고 하더라도 기사님을 기쁘게 할 수만 있다면 무슨 말이든지 하겠다고 받아쳤던 것이다. 아무것도 쏟아지지 않는다, 이 망할 놈아! "화산처럼 분노한"[18] 돈키호테는 사내를 향해 창을 겨누며 맹렬한 기세로 덤벼들었다. 누구든 함부로 입을 놀리면 반드시 봉변을 당하게 되는 법. 만약 로시난테가 길 중간에서 발이 걸려 넘어지지만 않았더라면 경솔한 상인은 커다란 벌을 받게 되었을 것이다. 돈키호테는 자신의 명마와 함께 땅바닥을 나뒹굴었고 오래된 갑옷의 무게에 눌려 옴짝달싹 못했다. 그리하여 처음부터 그 꼴을 못마땅하게 지켜보고 있던 상인 무리의 하인에게 몽둥이찜질을 당하기 시작하는데…… 아니, 눈물이 날 것 같으니 여기까지만 하자. 불의의 사고도 돈키호테의 의지를 꺾을 수 없었다는 사실을 밝혀두는 것으로 족하다.

> 그런데도 돈키호테는 이러한 불행을 편력 기사들에게만 일어나는 일로 여겨, 자기는 행복한 사람이라고까지 생각하며 잘못은 모두 말의 탓으로 돌렸다. 하지만 몸은 완전히 녹초가 되어서 도저히 일어날 수가 없었다.[19]

상인들이 떠난 후에도 몸을 움직일 수 없자 돈키호테는 늘 쓰던 방법을 써보기로 했다. 그건 바로 **전에 읽은 책들 가운데 비슷한 부분을 생각해내는 것**이었다.◆ 비통한 목소리로 자신과 비슷한 상황(이라고 혼자 생각하는)에 놓인 주인공이 등장하는 기사 소설의 구절을 읊는 돈키호테. 그가 "오, 고귀하신 만투아 후작님, 내 핏줄이신 삼촌이시여!" 하는 구절에 이르렀을 때 마침 같은 동네에 사는 농부가 그를 발견했다. 그를 당나귀에 태워 집으로 향하는 농부에게 돈키호테는 쉬지 않고 헛소리를 늘어놓았다. 늘 친절하던 이웃집 나리의 낯선 모습에 어리둥절해하던 농부는 가정부와 조카딸의 이야기를 들은 후에야 그의 병증을 이해했고 나름의 재치를 부렸던 것이다.

드디어 약속된 검열의 날이 밝았다. 우리의 주인공이 아직 잠들어 있는 동안 조카딸에게 서재 열쇠를 받은 이발사와 신부는 돈키호테의 장서를 앞에 두고 재판을 시작한다. 조카딸과 가정부는 성수를 뿌려대며 책들을 모조리 태워버려야 한다고 주장했지만 박식한 두 명의 검열관은 먼저 책의 내용을 살펴보기로 한다. 첫 번째 책은 돈키호테의 영웅, 아마디스 데 가울라의 모험을 그린 네 권짜리 전질이었다.

> "이 책은 불가사의지." 신부가 말했다. "내가 듣기로 이 책이 에스파냐에서 출판된 첫 기사 소설이라던데. 다른 책들 모두 이 책을 기반으로 하고 있네. 아주 사악한 분파를 만들어낸 거짓 교리서인 셈이니 당연히 화형에 처해야겠지."[20]

이발사의 생각은 다르다. 그 책이야말로 지금까지 쓰인 기사 소설 중에서 가장 훌륭한 걸작이기에 용서를 베풀어야 한다는 것이다. 신부도

◆ 좀처럼 침대에서 몸을 일으킬 수 없을 때 내가 쓰는 방법이기도 하다.

동의한다. 하지만 자비는 거기까지다. 나를 낳아주신 아버지라도 편력 기사의 모습으로 나타나신다면 그것들과 함께 불살라버리겠네, 라고 신부는 말한다. 아마디스 데 가울라의 합법적인 아들 『에스플란디안 무용담』은 아비의 덕이 아들에게까지 꼭 미친다는 법은 없으니 유죄요, 그 밖의 아마디스 일족의 이야기들은 여우를 말에 태운 것처럼 부질없으니 유죄라는 식이다. 판결은 이어진다. 멋이 없고 조잡한 문체—유죄! 장황하고 불필요한 대목—유죄! 사실성 혹은 창의성의 부족—유죄! 엉터리 번역—유죄! (…)

그런데 뭔가 이상하다. 신부와 이발사는 어떻게 사악하고 유해한 책들의 내용을 속속들이 알고 있는 걸까? 답은 뻔하다. 그들 역시 그 책들을 읽은 것이다. 돈키호테와는 다른 방식으로. 그러니까 프로나 슈퍼나 그레이트나 아무튼 그런 방식으로. 미치지 않은 그들은 나름의 문학적 편견을 가지고 재판관을 자처한다. 독창성. 문체. 캐릭터와 에피소드. 구성. 등등. 정전canon을 판별하는 비평가 선생님들이 그렇게 하는 것처럼 두 신사는 독자들을 대신해 남겨야 할 기사 소설과 그렇지 않은 기사 소설을 구분하는 것이다. 물론 그것은 세르반테스 자신의 기준이다.

세르반테스는 분명 기사 소설을 공격해 잘못된 점을 무너뜨리려고 했다. 하지만 작가이기 이전에 독자였던 세르반테스는 자신이 읽어온 기사 소설을 송두리째 부정할 수는 없었다, 고 나는 생각한다. 그렇기에 우스꽝스러운 재판을 통해 넘쳐나는 엉터리 기사 소설들을 폐기하는 동시에 남길 가치가 있는 몇 편의 걸작을 구하려던 것이다. 물론 자기 자신의 작품도 예외는 아니다.

> "미겔 데 세르반테스의 『라 갈라테아』◆인데요." 이발사가 말했다.
>
> "세르반테스도 내 오랜 친구지. 내가 알기로, 그 친구는 시 쓰는 일

보다 세상 고생에 더 이력이 나 있는 사람이라네. 그 책은 무언가 기발한 구석이 있지만, 제시만 할 뿐 결론이 아무것도 없단 말이야. 속편을 약속했으니 기다릴 수밖에. 약간 손질만 하면 지금은 못 받고 있는 자비를 완벽하게 얻을지도 모르지. 그때까지 자네 집에다 간수해놓도록 하게."[21]

모든 작가는 자기만의 문학사를 갖는다. 밀란 쿤데라의 말이다. 세르반테스 또한 그것을 갖고 있었다. 하지만 그것이 이발사와 신부의 검열이라는 구체적인 행위로 소설 속에 들어오는 순간 문제는 달라진다. 작가 자신이 젖줄을 댄 사적인 문학사에 대한 장난스러운 언급을 넘어서는 것이다. 선택과 배제. 이발사와 신부라는 (다소 자질이 의심스러운) 두 명의 검열관은 비평가가 되어 그들 자신의 이데올로기에 따라 공식적인(혹은 공익적인) 문학사를 정립하고 있는 것이다.

짝짝짝!

나는 잠시 타이핑을 멈추고 그들의 노고에 박수를 보낸다.

그러니 뛰어난 안목과 냉철한 감식안을 가지고 있다고 자부하는 검열관과 비평가 들을 누가 검열하고 비평할 것인지는 묻지 말기로 하자. 적어도 오늘은. 어차피 밤이 되면 무지몽매한 가정부가 감상적인 판관들을 대신해 이 책 저 책 가리지 않고 몽땅 태워버릴 예정이다.

하지만 아무리 책을 태운다 한들 이미 읽어버린 것은 어쩔 수 없다. 뒤늦게 잠에서 깨어나 벽에다 칼질을 하며 건재함을 과시하던 돈키호테는

◆ "La Galatea. 세르반테스가 1585년 알칼라에서 발표한 첫 번째 작품. 속편을 쓰겠다고 했으나 쓰지 못했다." —미겔 데 세르반테스, 『돈키호테』, 안영옥 옮김, 열린책들, 2014, 115쪽, 주석 112.

사악한 마법사가 나타나 책들을 모두 없애버렸다는 소식을 듣고서도 놀라지 않는다. 마법사의 이름이 현자 무냐톤이었다고 둘러대는 조카딸을 향해 이렇게 대꾸할 뿐이다. "그자는 아마 프리스톤이라고 말했을 거다."

돈키호테는 이미 읽었고 읽은 것을 받아들였다. 검열은 그가 읽은 것을 오히려 더 풍요롭게 만들어줄 뿐이다. 책이 금지된 세상에서 입에서 입을 통해 전해지는 책의 내용이 시간과 함께 그렇게 되는 것처럼.

그리하여 돈키호테는 두 번째 출정을 떠난다. 세르반테스의 소설이 기사 소설에 대한 공격 혹은 패러디와 이별하는 것도 바로 이 시점이다. 돈키호테의 모험은 이제 더 이상 이야기 속 기사들의 우스꽝스러운 답습이 아니다. 이발사와 신부라는 비평가, 그리고 조카딸과 가정부라는 대중에 의해 폐기된 어떤 전통을 새로운 방식으로 되살리기 위한 처절한 몸부림이 되는 것이다. 세르반테스 자신의 소설이 그런 것처럼.

> 소설의 정신은 연속의 정신이다. 모든 소설은 그에 앞선 작품들에 대한 대답이며, 소설에 앞선 모든 체험을 담고 있다. 그러나 우리 시대의 정신은 현재에만 고정되었다. 이 현재는 너무 넓고 방대한 것이어서 우리의 지평에서 과거를 몰아내고 시간을 현재의 순간만으로 축소해버린다. 이 같은 체계에 휩쓸려 있는 소설은 더 이상 '작품'(영속하게 하는 것, 과거를 미래에 결합시키는 것)이 아니라 다른 사건들과 다를 바 없는 시사적인 사건이며, 내일 없는 몸짓일 뿐이다.[22]

이렇게 말하는 건 어떨까. 돈키호테의 모험은 세르반테스 자신의 창작 과정에 대한 은유라고. 위대한 선배들이 밟았던 영웅적인 길을 나름의 방식으로, 때론 우스꽝스러운 형식으로 되풀이하는 것이라고. 그들이 남긴 것을 버리지 않고 그저 새롭게 반복하는 것이라고. 근대의 시작을 알린 또 하나의 소설 『돈키호테』는 바로 그렇게 탄생했다.

우리는 이 은유를 더 확장할 수도 있을 것이다. 돈키호테를 아예 작가라고 하는 건 어떤가? 허름한 주막에서 성을 보고 풍차를 거인이라고 믿으며 익숙한 모든 사물을 자기만의 방식으로 바라보는 미친 독자가 작가가 아니면 대체 무엇이란 말인가? 그렇다면 그의 곁을 지키며 때론 감탄하고 대개는 이죽거리며 세상과 그 사이의 (최소한의) 소통을 책임지는 산초 판사는 편집자라고 할 수 있다. 그리고 돈키호테가 한 번 보지도 못한 채 그토록 사모하는 둘시네아는 작품을 쓰는 작가가 상상하는 이상적인 독자일 것이다.◆

물론 이 또한 하나의 미친 소리처럼 들릴지 모른다. 어차피 판단은 당신의 몫이다. 나는 앞서 말했듯 나의 일을 할 뿐이다. 비난받을 두려움도 보상에 대한 기대도 없이 『돈키호테』에 대해 마음에 떠오르는 것을 깡그리 쓸 뿐이라는 말이다. 리포트를 쓸 때 참고할 만한 것을 기대했다면 이런 글은 접고(이런, 벌써 이만큼이나 읽어버렸는데!) 훌륭한 선생님들이 남기신 주옥같은 글을 참고하는 게 좋다.

- 에리히 아우어바흐, 『미메시스』
- 이언 와트, 『근대 개인주의 신화』
- 윌리엄 L. 랭어 엮음, 『호메로스에서 돈 키호테까지』
- 르네 지라르, 『낭만적 거짓과 소설적 진실』
- 로버트 스탬, 『자기 반영의 영화와 문학』
- 기타 등등.

◆ 이런 관점에서 봤을 때 10년 후 발표된 속편에서 마침내 둘시네아를 만난 돈키호테가 실망하는 장면은 꽤나 의미심장하다. 그런 돈키호테를 달래기 위해 공주가 나쁜 마법에 걸렸다고 둘러대는 산초 판사의 모습 또한.

어쩌면 나는 이 자리에서 우수에 찬 얼굴의 기사의 모험을 더욱 상세하게 기술해야 했는지도 모른다. 산초 판사와 나눈 세기적인 브로맨스에 대해서도, 그 유명한 풍차와의 싸움에 대해서도 말하지 않았다. 촉박한 마감과 게으름 등의 여러 사정이 있지만 무엇보다 보르헤스의 어느 단편을 읽어버렸기 때문이다. '피에르 메나르, 『돈키호테』의 저자'라는 제목을 가지고 있는 짧은 이야기를 통해 보르헤스는 말 그대로 『돈키호테』를 다시 쓴 남자의 이야기를 쓴다.

> 그는 또 다른 『돈키호테』를 집필하려고 하지 않았다. 그것은 쉬운 일이었기 때문이다. 그가 쓰려고 했던 것은 『돈키호테』 그 자체였다. 그가 원작을 기계적으로 옮겨 쓰는 것을 복표로 삼지 않았다는 사실은 덧붙일 필요가 없다. 그의 경탄스러운 야심은 미겔 데 세르반테스의 작품과 모든 단어와 모든 행이 완전히 일치하는 몇 페이지를 만들어내는 것이었다.23

피에르 메나르는 처음에 "스페인어를 열심히 배우고, 가톨릭 신앙에 귀의하고, 무어인들이나 터키인들과 전쟁을 벌이고, 1602년부터 1918년까지의 유럽 역사를 잊어버리고, 미겔 데 세르반테스가 되는" 계획을 세웠지만 이내 포기한다. 지나치게 단순하게 느껴졌기 때문이다. 세르반테스가 되어 『돈키호테』에 이르기보다는 피에르 메나르로 계속 존재하면서 피에르 메나르의 경험을 통해 『돈키호테』에 이르는 것이 더 흥미롭다고 판단한 것이다. 과연 어떻게? 우리로서는 알 길이 없다. 소설 속 피에르 메나르는 『돈키호테』 1부의 9장과 38장, 그리고 22장의 일부만 남긴 채 세상을 떠났기 때문이다. 소설의 화자는 친구가 남긴 작품의 의미를 이해하는 사람이다.

세르반테스의 작품과 피에르 메나르의 작품은 글자상으로는 하나도 다르지 않고 똑같다. 그러나 피에르 메나르의 작품은 세르반테스의 작품보다 거의 무한할 정도로 풍요롭다.(그를 비방하는 사람들은 더 '모호'하다고 말할 것이다. 그러나 모호성은 풍요로움이다.)

메나르의 『돈키호테』와 세르반테스의 『돈키호테』를 비교해보면 이것은 확연히 드러난다. 가령 세르반테스는 다음과 같이 적고 있다.

……'진리'의 어머니는 역사이자 시간의 적이며, 행위들의 창고이자 과거의 증인이며, 현재에 대한 표본이자 조언자고, 미래에 대한 상담자다.

—『돈키호테』 1부 9장

'재치 넘치는 평민'인 세르반테스가 17세기에 쓴 이런 열거들은 역사에 대한 단순한 수사적 찬양에 불과하다. 반면에 메나르는 이렇게 적는다.

……'진리'의 어머니는 역사이자 시간의 적이며, 행위들의 창고이자 과거의 증인이며, 현재에 대한 표본이자 조언자고, 미래에 대한 상담자다.

역사는 진리의 '어머니'이다. 이런 생각은 어마어마하게 놀라운 것이다. 윌리엄 제임스와 동시대 사람인 메나르는 역사를 현실에 대한 탐구가 아니라, 현실의 기원으로 정의한다. 메나르에게 역사적 진실이란 일어난 사건이 아니라, 우리가 일어났다고 생각하는 행위이다. 마지막 문장—"현재에 대한 표본이자 조언자고, 미래에 대한 상담자다"—은 뻔뻔스럽게도 잘난 척하고 있다.24

결국 보르헤스가 말하는 것은 텍스트를 둘러싼 컨텍스트를 변화시킴으로써 무한한 의미를 창출해내는 일의 즐거움, 한마디로 독서의 즐거움이다.◆ 나는 여기에 다소 고리타분한 서평가의 편견을 덧붙이고 싶다. 어떤 작품을 잘 설명하기 위해서는, 정말 잘 설명하기 위해서는 작품 전체를 고스란히 다시 쓸 수밖에 없다. 그리고 한 권의 책을 타이핑하는 일은 해본 사람은 알겠지만 정말 더럽게 힘든 일이다. 나는 『돈키호테』를 정말 잘 설명하고 싶었지만 보시다시피 그럴 수는 없었다. 나를 비난하는 것보단 서점에 가서 『돈키호테』를 구입하는 게 당신과 나 모두를 위한 일일 것이다. 설마 당신은 가련한 서평가에게 이토록 두꺼운 소설을 고스란히 다시 쓸 것을 요구할 정도로 뻔뻔한 사람인가?

설마. 나는 아니라고 믿는다.

◆ 보르헤스는 이렇게 쓴다. "메나르는 (아마 자기도 모르게) 새로운 기법—계획적인 시대착오와 잘못된 원저자 설정—을 통해 꼼꼼하고 흔적을 남기는 기술인 독서를 풍요롭게 만들었다."

300년 뒤에도 달라지지 않을 것들

조너선 스위프트 Jonathan Swift

『걸리버 여행기』

누구보다 신랄한 언어를 구사했던 17세기 아일랜드의 풍자 작가. 당대 아일랜드의 비참한 생활을 고발한 『겸손한 제안A Modest Proposal』에서 그는 사람들에게 갓난아기들을 고기 시장에 내다 팔 것을 '겸손하게' 제안하는데, 이를 통해 아일랜드인들은 가난을 해결하고 영국인들은 골칫거리인 아일랜드인을 제거할 수 있다는 것이다. 생애 말년을 정신병에 시달리며 보낸 그의 유산은 정신병원을 건립하는 데 쓰였다.

제8장

걸리버가 항해한 소인국의 이야기가 그려지고 라블레를 떠올리게 하는 몇몇 분변학적 장면이 언급된다

서른일곱의 레뮤엘 걸리버가 문제의 항해를 떠난 것은 1699년 5월 4일의 일이다. 그는 두 아이의 아버지이자 어엿한 외과 개업의였지만, 그런 현실도 여행을 향한 그의 오랜 열정을 막을 수는 없었다. 역마살이 끼었다고나 할까. 존재에 깊이 새겨진 잔인한 운명이었다.

11월 15일, 앤털로프호의 선원들은 곤경에 처한다. 남태평양에서 동인도를 향해 순조롭게 항해하던 도중 예상치 못한 폭풍에 휩쓸린 것이다. 항로에서 벗어난 그들은 남쪽 위도 30도 2분 근처까지 떠밀려가야만 했다. 열두 명의 선원이 과로와 영양실조로 죽었고, 나머지 사람들도 썩 좋은 상태는 아니었다. 하긴 건강이야 아무래도 좋았다. 앤털로프호는 얼마 못 가 사위를 가득 채운 짙은 안개 속에서 암초에 부딪쳐 산산조각 날 예정이었으니까. 여섯 명의 선원들이 보트를 타고 탈출에 성공한다. 하지만 여섯은 너무 많다. 감히 짐작할 수 없는 신의 계획에 따라 끝까지 살아남은 것은 오직 한 사람, 서른일곱의 외과의뿐이었다.

릴리퍼트의 사람들은 평소와 다름없는 일상을 보내고 있었다. 자연은 그들에게 익숙한 것이었고, 그들은 순응하는 사람들이었다. 제아무리 세상을 날려버릴 듯 사나운 폭풍이라도 그 뒤에는 자비로운 태양이 조용히 기다리고 있음을 알았던 것이다. 하지만 그들은 알지 못했다. 태양과 함께 거대한 공포가 그들을 기다리고 있다는 사실을, 이어질 비극을. 정말이지 상상조차 하지 못했다. 그리고 마침내 그것을 마주했을 때,

그날 인류는 떠올렸다
놈들이 지배하던 공포를
새장 속에 갇혀 있던 굴욕을

그것은 인간의 형상을 한, 아주 거대한 괴물이었다.

*

이렇게 쓰고 보니 그곳이 1699년의 릴리퍼트가 아닌 845년의 '시간시나 구'였으면 좋았을 거라는 생각이 든다. 그랬다면 걸리버가 사람들을 마구 잡아먹는 충격적인 장면과 함께 그에게 어머니를 잃은 한 소년의 복수와 성장의 드라마를 볼 수 있었을 텐데. 하지만 아쉽게도 우리 앞에 놓인 것은 〈진격의 거인〉이 아니다.◆ 동화책으로, 명작 만화로, 잭 블랙 주연의 영화로 지겹게 보았던 『걸리버 여행기』다. 신은 신비로운 방식으로 역사하시고, 세상은 우리 뜻대로 돌아가지 않는다. 그래도 우리는 걸리버에 비하면 운이 좋은 편이다.

◆ 그래, 애니메이션 〈진격의 거인〉을 인용하는 게 더는 재미있지 않다는 사실을 인정해야겠다. 하지만 이 글을 처음 발표했던 2013년까지만 해도 사정은 달랐다.

> 눈을 떴을 때는 이미 해가 높이 떠올라 있었다. 일어나려고 했지만 움직일 수가 없었다. 바닥에 등을 대고 누워 있는 동안 나의 두 팔과 다리가 땅에 단단히 붙들어 매 있었던 것이다. 길면서도 숱이 많은 나의 머리카락도 풀리지 않도록 묶여져 있었으며, 겨드랑이부터 허벅지에 이르는 온몸 전체에 몇 줄의 가늘고 긴 줄이 얽혀 있었다. 하늘을 향해 누워 있는 상태였기 때문에 햇볕이 뜨거워질수록 점점 눈이 부셨다. 주위에서 시끄러운 소리가 들렸지만 똑바로 누운 채 묶인 자세로는 하늘밖에 볼 수 없었다.[1]

15센티미터도 안 되는 작은 사람들에게 포박당했다는 사실을 깨달은 걸리버는 경악한다. 위협적인 거인이 되기는 애당초 글러먹었다. 하지만 바로 그 심약함이 그를 구했으니, 그에게 바늘같이 조그마한 화살을 날려대던 릴리퍼트 사람들도 그가 위험하지 않다는 사실을 눈치채고 그를 살려두기로 한 것이다.

릴리퍼트의 수도로 옮겨진 걸리버는 어느 사원에서 쇠사슬에 묶인 채 영어囹圄의 삶을 시작한다. 가장 큰 건물이라고 해도 그에게는 고급형 개집 정도의 크기에 불과하다. 새장 속에 갇힌 건 소인이 아니라 거인이었던 것이다. 순식간에 동물원의 원숭이 신세가 된 걸리버. 이보다 더 비참한 꼴을 상상할 수 있을까? 물론 있다. 그가 여전히 살아 있고, 살아 있는 한 생리적인 욕구를 처리해야 하기 때문이다.

> 마지막으로 대변을 본 지가 이틀이나 지났으니 아주 당연하다. 다급한 마음과 부끄러움 사이에서 나는 무척 난처했다. 생각할 수 있었던 최선의 방법은 사원 안으로 들어가는 것이었으므로, 나는 안으로 기어들어가 문을 닫은 후 발에 묶인 쇠사슬이 미치는 구석에서 대변을 보았

> 다. 그러나 내가 이처럼 불결한 행동을 한 것은 이번뿐이었다.[2]

그날 이후 그는 인간으로서의 존엄을 지키기 위해 노력한다. 아침 일찍 소인들의 눈을 피해 사원 밖으로 나가 일을 보기 시작한 것이다. 오랜 항해도 그의 장 건강을 해치진 못했으니 잘된 일이다. 매일 거대한 똥 냄새를 맡아야 하는 인근 주민들에게도 잘된 일인지는 모르겠지만, 이내 그의 배설물을 처리하는 두 명의 시종도 배치되었다. 낯모르는 두 사람을 대신해 말하자면, 먹고사는 게 이렇게 힘들다.

하지만 걸리버는 잘 먹었다. 릴리퍼트의 수학자들은 그의 키가 자신들의 열두 배이고 따라서 1728명분의 음식이 필요하다는 결론을 내린다. 나는 문과대 출신으로 그들의 계산에 아무런 불만도 없다. 국왕은 그를 먹이기 위해 수도를 중심으로 사방 900미터 이내의 마을에 식재료를 바치도록 명령했다. 시민들은 매일 아침 여섯 마리의 소와 마흔 마리의 양, 고기와 같은 비중의 빵과 마실 것 등을 납품했다. 비용은 재무성에서 지불했다. 제법 배포가 큰 왕이었던 셈이다.

국민들보다 (걸리버의 손톱만큼) 크고 당당한 체구를 자랑하는 국왕의 배포는 남다른 인사 검증 시스템에서도 드러난다. 릴리퍼트에서 관직에 오르려는 자는 줄타기를 해야 하는데, 약 30센티미터의 높이에 팽팽하게 매달린 60센티미터 길이의 줄 위에서 떨어지지 않고 가장 높이 뛰어올라 국왕을 즐겁게 하는 자가 요직을 차지했다. 우리에게도 이준익 감독의 영화 〈왕의 남자〉를 통해 익숙해진 광경이다. 매번 '유례없는' 인사 참사로 고민하는 한국의 행정부에서도 한번 검토해볼 만한 방식이 아닌가 싶다. 고전이 우리에게 교훈을 준다면 바로 이런 것이다.

걸리버는 공손하고 예의 바른 행동을 통해 점차 국왕의 신임을 얻는다. 그러던 어느 날, 그에게 국왕이 고민을 상담한다. 평화롭게만 보이는 릴리퍼트 왕국에도 우환은 있었다. 내부적으로는 '높은 굽의 구두를 신는 당파'와 '낮은 굽의 구두를 신는 당파' 간의 격렬한 당쟁으로 국정이 마비될 지경이며, 외부적으로는 이웃 나라로부터 침략의 위협을 받고 있다는 것이다. 특히 계란을 먹을 때 좁은 방향부터 깨는 릴리퍼트와 달리 넓고 둥근 방향으로 깨는 이웃 나라 블레훠스크가 왕국 내부의 '종블'◆ 세력들을 이용해 안보를 위협하고 있었다.

> 내란은 언제나 블레훠스크가 선동했으며, 진압이 되고 난 다음 반란을 주도했던 주동자들은 언제나 그 왕국으로 망명을 했습니다. 통계에 의하면 그동안 1만 1000명이나 되는 사람들이 여러 차례에 걸쳐 좁은 방향의 끝부분으로 계란을 깨기보다는 차라리 죽음을 택했던 것입니다. 이 문제에 관해 수백 권의 두툼한 책이 출판되었습니다.
>
> 그러나 넓은 방향의 끝부분을 깨는 것을 옹호하는 사람들은 오랫동안 출판과 판매의 자유가 금지되어왔습니다. 그리고 법에 의해 그들은 공직에도 취임하지 못하도록 되어 있습니다. (…) 계란의 넓은 방향 끝부분을 깨어 먹는 파에서 망명을 한 사람들은 블레훠스크 국왕으로부터 많은 신임을 받고 있으며, 또한 고향인 릴리퍼트에 있는 자기 파 사람들로부터도 많은 도움과 격려를 받고 있기 때문에 지난 36개월 동안 두 나라 사이에는 언제나 피비린내 나는 전쟁이 계속되었던 것입니다.3

그런데 이게 어디서 많이 들어본 이야기 같지 않나? 멀게는 조선의 붕당정치에서부터 가깝게는 남쪽과 북쪽을 둘러싼 이런저런 문제에 이르기까지……. 아마 기분 탓이겠지. 그러니 우리는 걸리버의 이야기에만

◆ 블레훠스크를 추종하는 세력들을 가리킨다.

집중하도록 하자. 국왕은 걸리버에게 거부할 수 없는 제안을 한다. 그에게 자유를 돌려줄 테니, 블레퀴스크로 가서 그들의 함대를 무력화하고 오라는 것이다. 걸리버는 730미터 거리의 해협을 걸어가 수많은 화살을 온몸으로 받아내며 군함 50척을 나포해 온다. 하지만 국왕은 더 큰 것을 원했다.

> 국왕의 야망이란 끝이 없었다. 아마도 그는 블레퀴스크의 영토 전체를 자신의 지배하에 두어 다스리고 싶었을 것이다. 그래서 지금 망명을 가 있는, 계란의 넓은 끝부분을 깨 먹어야 한다고 주장하는 사람들을 모두 처치하고 그곳에 살고 있는 사람들에게도 계란의 좁은 끝부분을 깨뜨리도록 강요하며, 이 세상에서 가장 위대한 국왕으로 남기를 바라는 것 같았다.
>
> 그러나 나는 정치 문제로 일어나는 많은 분쟁을 일깨워줌으로써 국왕의 마음을 돌리려고 애썼다. 또한 자유롭고 용감한 국민을 노예로 만드는 일을 도울 수는 없다고 딱 잘라 거절했다.4

순식간에 전 병력을 잃은 블레퀴스크는 화평을 요청한다. 릴리퍼트에 유리한 조건으로 조약이 성립된 후 임무를 마친 블레퀴스크의 대사들이 걸리버를 찾았다. 그들은 블레퀴스크에 방문해주기를 부탁했고 걸리버는 릴리퍼트 국왕에게 방문 허가를 받는다. 하지만 국왕의 뜻을 거역한 걸리버는 이미 궁정 내부에서 공공의 적이 되어 있었으니, 이에 관한 이야기는 잠시 후에 계속하도록 하자.

그러던 어느 날, 왕궁에 화재가 발생한다. 소설을 읽다가 그대로 잠이 든 시녀 때문에 왕비의 침소가 불에 타고 있는 것이다. 예나 지금이나 소설이 문제다. 그러니 건강한 삶을 살고 싶다면 담배와 술과 소설을 멀리하는 게 좋다. 담배도 술도 소설도 멀리했지만 운이 없던 걸리버는 잽싸게 궁전으로 달려간다. 하지만 골무만 한 물통으로는 좀처럼 불길을 잡을 수 없었다. 걸리버는 묘안을 떠올린다.

> 어제저녁 나는 '글리미그림'이라고 부르는 굉장히 맛있는 포도주를 잔뜩 마셨는데, 그것은 소변을 자주 보게 했었다. 다행히도 나는 아직 소변을 보지 않았다. 불 옆에서 소화 작업에 열중하고 있자니 몸속이 뜨거워지면서 곧 소변이 마려워지기 시작했다. 불길 가까이 다가선 나는 곧 참고 있던 소변을 보기 시작했다. 게다가 꼭 필요한 곳을 겨냥해 방출했기 때문에 불은 나의 오줌으로 3분 만에 완전히 꺼지게 되었다. 완성되기까지 오랜 세월이 걸렸을 궁전의 나머지 부분은 화재의 위험에서 안전하게 되었다.5

걸리버는 화제를 진압하는 데 성공하지만 하마터면 사형에 처할 뻔한다. 릴리퍼트의 법에는 지위 고하를 막론하고 궁전 부근에서 소변을 보는 자를 사형을 처하도록 되어 있었기 때문이다. 다행히 국왕의 요청에 의해 목숨은 구했지만 왕비는 자신의 방에 오줌을 싼 무식한 거인을 용서할 생각이 없었다. 들리는 소문에 의하면 왕비는 즉시 처소를 옮겼고, 원래 있던 방 쪽으로는 오줌도 누지 않았다고 한다. 가뜩이나 좁은 릴리퍼트에서 걸리버의 입지는 점점 더 좁아지고 있었다.

평소 걸리버를 시기하던 고위 관료들은 기회를 놓치지 않고 탄핵안을 제출했다. 그들은 왕궁에 소변을 봄으로써 국왕을 능멸했고, 적국인 블레훠스크에 방문하려는 의도가 의심된다며 걸리버를 '종블' 세력으로 몰아세웠다. 깊은 밤에 집에 불을 질러 참혹하게 태워 죽여야 합니다. 주무대신과 해군 사령관이 주장했다. 2만 명의 무장한 군사에게 독화살을 쏘게 해 고통 속에서 최후를 맞게 합시다. 육군 사령관의 말이었다. 걸리버의 친구인 비서실장은 그간의 공적을 감안해서라도 눈을 멀게 하는 정도로 마무리하자는 의견을 냈지만 재무대신이 반대했다. 걸리버의 식비를 감당하느라 재정이 파탄 날 지경이라는 것이다. 그리고 눈치채지 못할 정도로 식사량을 조금씩 줄여 굶어 죽게 만드는 방법을 제안했다. 어쩐지 예전 회사의 재무팀장이 떠오르는 대목이다. 재무대신의 의견이 마음에 들었던 국왕은 걸리버를 굶겨 죽이기로 결정하고 최대한 은밀하게 실행할 것을 당부한다.

자고로 밤말은 쥐가 듣고 낮말은 새가 듣는다고 했다. 그렇다면 거인이 그 소식을 듣지 못할 이유가 뭔가? 익명의 제보자에게 귀띔 받은 걸리버는 블레퓌스크로 탈출한다. 그리고 그곳에 머물며 국고를 먹어치운다. 모르긴 해도 블레퓌스크의 재무대신에게는 달갑지 않은 시간이었을 것이다. 그렇지만 고향보다 좋은 곳은 없다. 마침 고장 난 보트를 발견한 걸리버는 영국으로 돌아가겠다는 의사를 밝혔고, 한시라도 빨리 거대한 식객을 보내버리겠다는 국민적 염원에 힘입어 보트를 수리하는 데 성공한다. 나는 이 자리에서 그의 귀환을 너무 상세하게 늘어놓음으로써 독자들을 괴롭힐 생각은 없다. 다만 어떤 종류의 우연과 행운을 통해 1702년 4월 13일, 약 3년 만에 다시금 고향 땅을 밟게 되었다는 사실을 말해둔다.

하지만 천성이 그를 내버려두지 않았으니, 고작 두 달을 가족과 함께 보낸 그는 수라트를 향하는 300톤짜리 상선 어드벤처호에 몸을 싣는다. 참으로 빌어먹을 운명이다. 독하다는 역마살이다. 그리하여 거인국에 표류하게 될 걸리버의 두 번째 모험에 대한 이야기는 다음 장에서 이어질 예정이다.

제9장

거인국에 남겨진 걸리버의 수난이 그려지고 거대한 젖가슴에 관한 이야기와 걸리버가 떠나온 유럽에 대한 거인왕의 비판이 쏟아진다

1702년 6월 20일, 걸리버는 새로운 항해에 나선다. 중학교에 다니는 전도유망한 아들과 아직 어린 딸, "아무러치도 않고 여쁠 것도 없는 사철 발벗은 안해"를 두고 떠나는 그의 나이는 마흔이었다. 그러니 그에게 서둘러 집을 나서는 이유 같은 건 묻지 않기로 하자. 딱히 할 일도 없으면서 좀처럼 퇴근할 생각은 하지 않는 부장님에게 이유를 묻는 게 실례인 것과 마찬가지다.

불운을 타고난 걸리버의 항해는 이번에도 순탄치 않았다. 배에 물이 새더니 수리를 위해 정박한 곳에서 선장이 학질에 걸리고 이제 겨우 항해를 재개하나 싶던 차에 폭풍에 휘말린 것이다. 항로에서 2400킬로미터나 벗어난 곳으로 떠밀려 간 어드벤처호. 낯선 바다를 헤매던 그들은 커다란 섬을 발견하고 물을 찾기 위해 열 명의 무장 선원을 보낸다. 무언가 새로운 것을 찾을 수 있을까 생각하며 함께 가기를 자청한 걸리버는 과연 새로운 무언가를 찾아낸다. 자신보다 열두 배나 큰 거인들을 발견한 것이다.

다른 선원들이 물을 찾는 동안 멀리 떨어진 해안가를 서성이던 걸리버는 거인들의 섬에 홀로 남겨진다. 그는 과부가 될 아내와 아버지를 여읠 아이들을 생각하며 슬픔에 잠긴다. 떠나기 전에 그런 생각을 했으면 오죽 좋았겠느냐만 절절한 가족애는 언제나 절체절명의 순간에만 샘솟는 법이다. 하지만 그 순간 걸리버를 사로잡은 생각은 따로 있었으니, 다름 아닌 소인들의 나라 릴리퍼트의 추억이었다.

> 작은 사람들은 세상에서 가장 놀라운 존재로 나를 바라보았다. 그곳에서 나는 블레퀘스크의 함대를 한 손으로 끌고 올 수 있었다. 몇 백만 명이 그들의 후손에게 증언한다고 한들 좀처럼 믿을 수 없을 만한 기적들을 나는 이룩했던 것이다. 릴리퍼트의 후손들은 이 이야기를 아마도 믿지 않을 것이다. 릴리퍼트의 작은 사람 하나가 영국에 온 것처럼, 이 나라에서 나는 얼마나 보잘것없는 존재처럼 보일지에 대해 생각하니 무척이나 억울했다.6

이제 우리는 걸리버가 항해를 서두른 이유를 짐작할 수 있다. 작은 사람들의 나라에서 제법 거물 행세를 하던 걸리버다. 비록 눈칫밥을 먹긴 했지만 누구보다 커다란 남성으로서의 우월감 속에서 30대의 마지막 몇 년을 보낸 그가 평범한 생활에 쉽게 적응할 리 없다. 결국 사이즈가 문제였던 것이다.

비탄에 잠긴, 한때 거대했으나 이내 평범해졌고 어느새 쪼그라든 한 남성을 발견한 것은 시골의 한 농부다. 작지만 위험한 동물을 발견했을 때처럼 잠시 망설이던 농부는 엄지와 검지로 걸리버의 허리를 잡고는 관찰하기 시작한다. 압도적인 존재와 마주한 불혹의 걸리버는, 비슷한 경우에 많은 중년의 남성들이 그러는 것처럼, 조용히 고개를 숙인다. 그리고 심약한 성정은 다시금 그의 목숨을 구한다.

> 큰 사람이 나의 옆구리를 세차게 잡고 있었으나 그의 손가락 사이로 미끄러져 떨어지게 될까 봐 무척 두려웠다. 그래서 2미터 정도의 공중에서 탈출을 위한 몸부림은 전혀 하지 않기로 결심했다. 그동안 내가 했던 행동이라고는 하늘을 향해 기도하는 자세로 두 손을 모은 채, 지금 처한 상황에 어울리도록 겸손하고 서글픈 어조로 몇 마디 말을 하는 것뿐이었다.
>
> 다행스럽게도 큰 사람은 나의 목소리와 행동에 기분이 좋아진 것 같았다. 특히 내가 사람처럼 분명한 발음으로 말을 하는 것을 듣고는 매우 놀라면서 호기심 어린 눈으로 바라보았다.7

농부는 걸리버를 집으로 데려갔고, 처음에는 놀라 소스라쳤던 농부의 아내도 얼마 안 가 그를 귀여워하기 시작한다. 하지만 이것을 작고 약한 것에 마음을 쓰는 여성적인 취향 탓으로 돌린다면 걸리버의 노고를 무시하는 일이 될 것이다. 식사에 앞서 정중한 영어로 "부인의 건강을 위하여!" 하고 외치거나 겨드랑이에 끼고 있던 모자를 예절 바르게 머리 위로 흔들며 만세 삼창을 하는 등 걸리버 또한 자신의 매력을 알리기 위해 나름의 노력을 했으니, 그는 진정 사랑받는 법을 아는 남자였던 셈이다.

장난꾸러기 막내아들과 암소보다 세 배는 큰 고양이, 코끼리를 네 마리나 합쳐놓은 것만큼 거대한 개가 함께하는 아슬아슬한 생활이었지만 걸리버는 조금씩 적응해간다. "나는 이제부터 농부를 주인이라고 부르기로 했다"는 그의 모습에서는 참으로 충직한 영국인의 표본을 느낄 수도 있다. 물론 어려움이 없는 건 아니다. 무엇보다 그를 괴롭히는 건 유모의 젖가슴이다.

솔직히 나는 이제까지 유모의 거대한 젖가슴보다 더 구역질나는 물체를 본 적이 없었다. 궁금한 독자들에게 젖가슴의 크기와 모양 그리고 색깔에 대해 무엇인가 알려주어야 할 텐데, 나는 그 젖가슴과 비교해 말할 수 있는 것이 아무것도 없다. 그것은 가슴에서 180센티미터 정도 솟아오른 것이었다. 젖가슴의 둘레는 5미터나 됐다.

젖꼭지는 내 머리 크기의 절반 정도 되었고, 양쪽 젖가슴의 빛깔이며 그 주변에 나 있는 여러 개의 점과 여드름, 주근깨들이 무척 지저분하여 그보다 더 구역질 날 수 없을 지경이었다.[8]

순식간에 시골집의 애완동물로 전락한 걸리버. 이보다 더 비참한 꼴을 상상할 수 있을까? 물론 있다. 릴리퍼트에서 그랬던 것처럼, 그가 여전히 살아 있고, 살아 있는 한 생리적인 욕구를 처리해야 한다는 사실이다.

나는 대변이 몹시 급해서 어쩔 줄 몰랐다. 아무리 급해도 이것만은 누가 대신할 수 없는 일이다. 나는 농부의 아내에게 마루에 내려놓아달라는 뜻을 전하려고 애를 썼다. 그녀는 나를 마루에 내려놓았다.

나는 부끄러워 도저히 입으로 얘기할 수 없었다. 그래서 문을 가리키며 몇 번이고 허리를 굽히는 시늉을 했다. 친절한 농부의 아내는 노력한 끝에 드디어 내가 무엇을 원하는지 알게 되었다. 손으로 다시 나를 잡은 그녀는 정원으로 가서 놓아주었다. 나는 200미터 정도를 걸어서 구석으로 갔다. 농부의 아내에게 나를 보거나 따라오지 말라고 손짓을 하고는 괭이밥 잎사귀 사이로 몸을 숨기고 일을 보았다.[9]

절망적인 상황에서도 존엄을 지키려 노력하는 걸리버에게 영광 있으리. 그리고 그것을 잊지 않고 때마다 언급하는 조너선 스위프트의 분변학적 취향에도 마땅한 영광이 돌아가야 할 것이다. 그는 어리석고 천박한 정신을 가진 사람에게는 이것이 아주 사소한 일로 보일지 모르지만 매사를 깊이 사고하려는 현명한 사람에게는 이런 이야기야말로 자신의 사고와 상상력을 깊고 풍부하게 만드는 데 도움을 줄 뿐 아니라 개인이나 사회인으로 생활하는 데 있어서도 많은 도움을 줄 것이라 믿는다고 말한다. 과연 숙고할 가치가 있는 말씀이다. 제아무리 고뇌에 가득 찬 지식인 남성이라 한들 사람은 똥을 싸지 않고 살 수 없는 법이다. 사실 그들은 보통 사람들보다 더 자주 고약한 냄새가 나는 똥을 싼다.

말을 하는 작은 동물이 있다는 소문이 퍼지는 데는 많은 시간이 필요하지 않았다. 걸리버를 구경하기 위해 이웃들이 몰려들기 시작하자 주인은 아예 사업을 벌이기로 한다. 그리하여 걸리버는 주인과 함께 장터를 돌아다니며 몰려든 구경꾼들을 향해 연설하고, 골무에 술을 담아 “모두의 건강을 위하여” 하고 소리치며 건배를 청하고, 검술과 창술을 펼치는 식의 공연을 하루에도 열두 번씩 되풀이하게 되었으니, 이것이야말로 쇼비즈니스의 시초라 하겠다. 무리한 일정을 소화하느라 뼈만 남을 정도로 앙상하게 야윈 걸리버였지만 주인은 우리의 작은 스타가 죽기 전에 한몫 챙기겠다는 일념으로 그를 더욱 혹사시켰다. 물 들어올 때 노 저으라고 했던가? 연예기획사의 운영 방침은 300년 전에도 크게 다르지 않았던 모양이다.

어느덧 왕궁까지 소문이 흘러가 걸리버는 왕비 앞에서 특별 공연을 펼치게 되었다. 걸리버가 마음에 든 왕비는 그를 곁에 두고 싶어 했다. 든든한 스폰서가 생긴 것이다. 걸리버가 얼마 못 가 죽을 거라고 확신한 농부는 기꺼이 그를 바쳤다. 물론 두둑한 사례비를 챙기는 일은 잊지 않왔다.

릴리퍼트에 이어 다시금 권력의 핵심에 다가서게 된 걸리버. 그는 특유의 매력을 뽐내며 왕의 마음을 사로잡는다. 너그럽고 지적인 왕은 낯선 나라에서 왔다고 주장하는 작은 생물과 이야기하기를 즐겼고, 걸리버는 그에게 유럽의 관습과 종교와 법률과 정치와 학문에 대해 말해주었다.

> 그러나 내가 무역과 육지나 바다에서의 전쟁, 종교 분열, 그리고 정당에 관해 많은 이야기를 했을 때 왕은 지금까지 받았던 교육에 의한 편견으로 좀처럼 나를 신용하려 들지 않았다. 왕은 오른손으로 나를 잡고 왼손으로 등을 두드리며 한바탕 크게 소리 내 웃었다. 그러고는 나에게 "그대는 휘그당인가 토리당인가"◆ 하고 농담조로 물었다. 왕은 로열 서브린호의 돛만큼 커다란, 하얀색의 왕 홀을 가지고 뒤에 기립해 있는 대신을 향해 몸을 돌리고 '인간의 위대함이란 얼마나 하찮은 것인가'에 대해 이야기를 했다. 나와 같이 작은 벌레도 그것을 흉내 낼 수 있다니 말이다.[10]

걸리버는 사랑하는 조국이 모욕을 당했다는 사실에 화가 났지만 별수 없다. 그것 말고도 신경 써야 할 일들이 얼마든지 있었다. 무엇보다 그를 곤란하게 하는 건 왕궁의 난쟁이였다. 키가 고작 9미터도 되지 않는 그 작은 인간은 왕비의 총애를 빼앗겼다는 사실에 앙심을 품고 걸리버를 집요하게 괴롭혔다. 나는 이 자리에서 그것들을 일일이 늘어놓아 선량한 독자들을 괴롭힐 생각은 없다. 하지만 그를 괴롭게 한 시녀들의 행동에 대해서는 언급하고 넘어가야겠다. 이를테면 "시녀들은 가끔씩 나를 머리

◆ 만약 걸리버가 대한민국에서 왔다면 "그대는 새누리당인가 새정치민주연합인가" 하고 물었을 것이다.

에서부터 발끝까지 발가벗기고는 가슴에 꼭 껴안아주기도 했는데, 나는 그것이 아주 싫었다. 그녀들의 피부에서 아주 역겨운 냄새가 났기 때문이었다"[11]라거나 "시녀들 가운데 가장 아름답고 쾌활하며 장난을 좋아하는, 열여섯 살짜리 시녀는 때때로 나를 가슴 위에 올려놓고 자신의 젖꼭지를 타고 앉게 했다. 온갖 짓궂은 장난을 당했지만 자세하게 이야기하고 싶지는 않다" 같은 부분 말이다.

자세하게 이야기하고 싶지 않다는 걸리버가 야속하게 느껴진다면 박민규의 단편 「딜도가 우리 가정을 지켜줬어요」를 찾아보시라. 자동차를 팔기 위해 화성Mars까지 간 세일즈맨이 거대한 외계의 복부인을 만난다는 이야기다. 차를 본 그녀가 "저거…… 꼭 좆같이 생겼네"라고 콩떡같이 말하자 가정을 지키려면 차를 한 대라도 더 팔아야만 하는 주인공이 찰떡같이 알아듣고 "갑니다 누님!"이라고 외친 후 그대로 차를 몰아 "전진 후진…… 전진 후진…… 좌삼삼 우삼삼……"한다는 이야기다. 가히 21세기 버전의 『걸리버 여행기』라고 할 만하다.

(이쯤에서 나는 잠시 쓰기를, 당신은 읽기를 멈추는 게 좋겠다는 생각이 든다.)

이런저런 사건들이 있지만, 2부의 핵심은 걸리버와 왕의 대화다. 똑똑한 벌레 정도의 취급을 받지만 걸리버는 인류를 대표해 왕에게 유럽의 문화를 이해시키려는 시도를 포기하지 않는다. 어느 날 용기를 내 이성은 몸이 크다고 좋아지는 것은 아니며 오히려 그 반대로 유럽에서는 키가 큰 사람들이 거의 이성이 부족하다며 허두를 뗀 걸리버는 161쪽부터 166쪽까지 무려 5페이지에 걸쳐 유럽의 사회제도와 역사에 대해 장광설을 늘어놓는다. 물론 나는 시시콜콜 그 내용을 늘어놓을 생각이 없는데, 궁금한 독자는 정치·사회 분야의 뉴스를 읽으면 된다.

한편 걸리버의 연설에 귀를 기울이던 왕은 사려 깊은 미소를 지으며 이렇게 말한다.

나의 조그마한 친구 그릴드릭◆, 그대는 영국이라는 나라에 대해 아주 놀랄 만한 찬사를 했습니다. 그대는 의원의 자격을 갖추는 데 있어 무지와 태만, 부도덕이 적절한 요소라는 사실을 증명했습니다. 그리고 그대의 나라에서는 온통 법을 악용하고 왜곡하며 회피하는 일에 많은 관심과 노력을 기울이는 자들이 있으며, 이들에 의해 법이 가장 잘 설명되거나 해석되고 있으며 적용된다는 사실에 대해서도 잘 알려주었습니다.

만들었을 당시에는 아주 좋았을 제도들이 그대의 나라에서 조금씩 허물어지기 시작하다가 이제는 부패되어 완전히 희미해지거나 제멋대로 변모되었다는 것을 알 수 있었습니다. 그대의 말을 들으면서 알게 된 것인데, 어떤 지위에 오르는 데 가장 합당한 이가 그 지위를 갖지는 않는 것 같습니다.

덕망으로 귀족이 되거나, 사제들이 학식으로 승진하는 것 같지도 않으며, 용기 있는 행동으로 군인이 된다거나, 정직하기 때문에 재판관이 영달을 하고, 국가를 사랑한다고 국회의원에 선출되거나, 지혜가 있다고 해서 국왕의 고문들이 총애를 받는 것도 아닌 것 같습니다. 삶의 많은 부분을 여행하는 일에 바친 그대는, 그대의 조국이 저지른 많은 악덕으로부터 벗어나 있었다고 나는 믿고 싶습니다.

그대의 이야기와 내 질문, 그리고 그에 대한 대답을 종합해보았을 때, 그대의 민족 대부분이 세상의 표면에 기어 다니게 된 생물 중 가장 유해하고 밉살스러우며, 작은 벌레들의 모임인 것으로 나는 결론을 내

◆ 난쟁이라는 뜻이다.

릴 수밖에 없습니다.[12]

이게 정말 영국 이야기가 맞는지, 혹시 금정연이라는 작자가 『걸리버 여행기』라는 책에 대해 말하는 척 은근슬쩍 21세기 대한민국의 이야기를 하는 건 아닌지 의심하는 독자가 있을 줄로 안다. 놀랍지만 영국의 이야기가 맞다. 물론 영국의 이야기이기만 하라는 법은 없을 것이다.

덩치만큼이나 속도 넓어 보이는 왕의 인내심도 때론 바닥을 드러냈다. 걸리버가 왕의 환심을 사려는 소박한 마음으로 적절한 재료만 있다면 화약과 포탄을 만들어 당장이라도 성벽을 무너뜨리고 불순분자들을 제압할 수 있는 대포를 만들어 바치겠다고 말하자 왕은 노여움을 감추지 못한다. 그처럼 무기력하고 천한 벌레가 어쩌면 그렇게 잔인한 생각을 할 수 있는지, 또한 파괴적인 기계가 만들어내는 피와 살육의 장면을 어떻게 그리 태연하게 이야기할 수 있는지 경악한 왕은 목숨이 아깝다면 다시는 그런 이야기를 꺼내지 말라고 명령한다. 걸리버는 그런 왕을 이해하지 못한다.

> 편협한 원칙과 근시안적인 안목의 이상한 결과였다. 존경과 사랑과 숭배를 받을 수 있는 재능과 원대한 지혜와 깊은 학문을 갖춘 데다 훌륭한 통치력으로 국민에게 찬양받고 있는 국왕이, 이처럼 가엾고 불필요한 망설임 때문에(이러한 경우는 유럽에서 거의 생각할 수조차 없는 일이다) 국민의 생명과 자유 그리고 재산에 대한 절대적인 주인이 될 수 있는 기회가 손안에 들어왔는데도 거절을 한 것이다.[13]

대한민국에서도 거의 생각할 수조차 없는 일이지만 왕을 설득할 시간이 걸리버에게는 없었다. 누구도 예상치 못한 순간에 독수리가 걸리버의 집(이라기보다는 상자)을 물고 날아가는 일이 벌어진 것이다. 독수리는 거북의 껍데기를 깰 때처럼 상자를 바위에 떨어뜨려 걸리버를 꺼내 먹으려고 했지만 운명은 걸리버를 위해 더 많은 고난을 준비해두었으니 아직은 때가 아니었다. 다른 독수리들이 먹이를 빼앗으려 덤벼드는 통에 상자는 바다에 떨어졌고, 얼마 지나지 않아 걸리버는 그곳을 지나던 배에 구조된다.

마침내 자신과 같은 인간들을 다시 만난 걸리버지만 그가 처음 느낀 감정은 다름 아닌 놀람이었다. 이렇게 작은 사람들이 있다니! 그것도 이렇게 많이! 어느새 큰 사람들의 나라에 익숙해진 걸리버의 눈에 그들은 이제까지 보았던 것 가운데 가장 보잘것없고 형편없는 생물로 보일 뿐이었다. 집으로 가는 길에 마주친 집과 나무, 가축과 사람들이 너무 작아 릴리퍼트로 돌아온 것은 아닌가 하는 생각까지 들었다. 걸리버에게는 그 모든 것이 브롭딩낵 국왕의 말처럼 나약하고 무기력한 데다가 밉살스럽기까지 한 벌레처럼 느껴졌다. 동족 혐오. 큰 사람들과 함께 지내는 동안 걸리버의 내부에서는 무엇인가 영영 변해버렸고 다시는 제자리로 돌아오지 않을 것이었다.

그리하여 걸리버는 또다시 바다를 향할 수밖에 없었던 것이다.

제10장

어느 때보다 다양한 것들을 접하는 걸리버의 모험이 펼쳐지고 걸리버는 그 모든 것에서 혐오스러운 인류의 모습을 본다

언젠가 레비스트로스는 누구에게랄 것도 없이 이렇게 물었다.

> 도대체 누가, 또 무엇이 나로 하여금 내 인생의 정상적인 진로를 폭파하게 만들었단 말인가? 혹시 그것은 장차 내게 유리하게 작용하게끔 되어 있는 어떤 이점을 덧붙여서, 다시 나를 본래의 인생 궤도로 되돌아오게 하려는, 내 자신이 꾸민 하나의 술책 내지 교묘한 우회로가 아니었을까? 그것도 아니라면, 내가 취한 결정이 내가 소속하고 있는 사회집단과 나와의 공존 불가능성을 예고하고 있었단 말인가? 그래서 그 결과로 나는 기어코 그 사회와 점점 더 격리된 상태에서밖에 살지 못하게 운명 지어져 있었단 말인가?14

하지만 걸리버는 묻지 않는다. 원망하지도 않는다. 아무런 의심도 없이 묵묵히 받아들일 뿐이다. 그 결정이 한 집안의 가장이나 외과의사로서 마땅히 걸어야 할 인생의 정상적인 진로를 폭파한다고 해도, 나아가 그가 속한 사회로부터 그를 영원히 격리시켜 다시는 섞이지 못하게 만든다고 해도.

그는 말한다. "항해를 하면서 지금까지 겪었던 불행한 과거에도 불구하고 아직까지 가보지 못한 세상을 다시 알고 싶은 욕망도 솟아올랐다." 유일한 장애는 아내의 반대다. "그러나 아이들에게 앞으로 많은 도움이 될 것이라는 전망 때문에 아내도 마침내 허락했다." 세 문장 만에 상황은 종료되고, 그는 세 번째 항해를 떠난다. 그의 나이 마흔넷. 집으로 돌아온 지 고작 두 달하고 열흘이 지난 후였다.

이번엔 해적이 그를 기다리고 있었다. 해적들에게 배를 빼앗긴 그는 조그만 보트에 실려 망망대해를 표류하는 신세가 된다. 하지만 걱정할 건 없다. 우리가 읽고 있는 건 『걸리버 여행기』이고, 그것은 그가 살아남아 자신의 고난을 기록했다는 뜻이니까. 때마침 주변 관측도 해둔 상황이었다. 표류한 지 불과 세 시간이 지나기도 전에 걸리버는 가까운 섬에 닻을 내린다.

그렇지만 그 섬은 걸리버의 모험에 어울리지 않는 것처럼 보인다. 바위로 가득 찬 작은 무인도다. 소인이나 거인은커녕 프라이데이도 없다.◆ 걸리버는 익숙한 비탄에 잠긴다. 외진 곳에서 살아가는 것이 얼마나 어려운지 최후는 또 얼마나 비참할지를 생각하며 그는 버림받은 개처럼 해변을 쏘다닌다. 그렇다고 무작정 집을 나선 그를 비난할 필요는 없다. 아무려나 마흔넷이다. 집을 나서지 않더라도 충분히 서러울 나이다. 눈물이 차올라서 고개를 드는 걸리버. 바로 그 순간, 그는 새로운 모험을 발견한다.

◆ 대니얼 디포의 『로빈슨 크루소』에 등장하는 원주민의 이름. 프라이데이는 걸리버가 도착하기 20여 년 전에 로빈슨 크루소와 함께 섬을 탈출했다. 같은 섬인지는 잘 모르겠지만.

그때 갑자기 해가 가려졌다. 구름이 해를 가리는 것과는 아주 다른 기분이었다. 나는 고개를 돌렸다. 나와 태양 사이에 있는 무엇인가 커다란 불투명체가 이 섬을 향해 다가오고 있는 것을 보았다. 3킬로미터 정도의 높이로 떠 있었으며, 6~7분 동안이나 태양을 가렸다.[15]

걸리버는 침착하게 하늘을 향해 낡은 모자와 손수건을 흔든다. 그리고 그는 하늘을 나는 섬의 사람들에게 발견되어 스스로의 목숨을 구한다. 산전수전, 아니 소인거인 모두 겪은 아저씨다운 듬직함이 느껴지는 대목이다.

섬의 이름은 라퓨타였다. 천공의 섬 라퓨타. 그곳의 사람들은 어딘지 괴상한 모습이었는데 삐뚤어진 고개에 한쪽 눈은 아래로, 다른 쪽은 위로 올라가 있었으며, 해와 달 그리고 별들의 그림이 다양한 악기들과 함께 수놓인 옷을 입고 있었다. 그들은 항상 바람 주머니를 들고 있는 시종들을 데리고 다녔다. 언제나 깊은 사색에 잠겨 있기 때문에 시종들이 따라다니며 바람 주머니로 그들을 깨워야 했던 것이다. 심지어 시종이 없을 때는 외출을 삼갈 지경이었는데 "절벽이 나타나면 떨어지고, 기둥마다 머리를 부딪치며, 거리에서 다른 사람들을 밀치거나 혹은 다른 사람에게 밀려서 하수구에 떨어지는 위험에 아무런 대책도 없었"기 때문이다.

걸리버는 이번에도 국왕에게 불려간다. 그는 사색에 잠겨 있는 왕과 짧은 대화를 나눈 뒤 융숭한 식사를 대접받는다. 두 개의 코스로 이루어진 식사. 걸리버가 여행을 끊지 못하는 것도 다 이유가 있다.

첫 번째 코스에는 정삼각형으로 자른 양의 어깨 고기와 마름모꼴로 자른 쇠고기 그리고 동그란 푸딩이 나왔다. 두 번째 코스에는 날개와 다리를 함께 묶어서 바이올린 모양처럼 구워낸 두 마리의 오리와, 플루

트와 오보에를 닮은 소시지와 푸딩 그리고 하프 모양으로 만든 송아지의 가슴 고기가 나왔다.[16]

라퓨타인들은 수학과 음악을 사랑했다. 여자의 아름다움을 칭찬할 때도 사다리꼴이나 원, 평행사변형, 타원 및 그 밖의 기하학 용어나 음악에서 빌려온 용어로 표현했다. 그럼에도 그들의 집은 어떤 벽에도 직각이 없을 만큼 조잡한 수준이었다. 실용 기하학은 천박한 것이라고 경멸했기 때문이다.

그들은 언제나 비합리적이었으며, 올바른 의견을 갖는 경우란 거의 드물었다. 상상력이나 공상, 발명 같은 단어는 그들에게 있어 낯설 뿐 아니라, 그런 뜻을 나타내는 말조차 없었다. 그들의 정신이나 마음은 수학과 음악에 모두 갇혀 있는 것이었다.[17]

동시에 그들은 점성술을 믿었고 뉴스와 정치에 대해 떠들기를 좋아했다고 걸리버는 말한다. 하지만 이것은 수학과 음악이 아니지 않는가? 걸리버는 재빨리 덧붙인다. "내가 알고 있던 유럽의 대부분의 수학자들에게서 그러한 기질을 본적이 있다. (…) 자신과 아무런 관계가 없는 일에 더욱 많은 관심을 보이고, 잘난 체하기를 좋아하는 사람들로부터 이러한 성질이 나왔다고 생각한다." 혹시 수학자에게 사랑하는 여인을 빼앗기기라도 했던 걸까? 지금까지 역설과 반어에 의지해 당대의 인간 사회를 풍자했던 스위프트다. 걸리버가 우습게 바라본 소인들의 행태가 실은 우리의 모습이요 거인왕에게 피력했던 인류의 위대함이 실은 인류의 수치였다는 식으로. 그렇다면 이번에 그가 겨누고 있는 것은 무엇일까. 일단 라퓨타의 남자들은, 그러니까 수학자들과 음악가들은, 불안에 싸여 마음의 평화를 한순간도 누리지 못하는 겁쟁이들이다.

> 그들이 아침에 이웃을 만나면 처음으로 묻는 것이 태양의 상태였다. 태양이 지거나 뜰 때의 모습은 어떠했으며, 다가오는 혜성과의 충돌을 피할 수 있는 희망은 있을까 하는 것들이었다. 그들은 유령이나 귀신에 대한 무서운 이야기를 듣기 좋아하는 나이 어린 소년들이 이야기를 열심히 듣고 나서는 겁이 나서 혼자 침대로 가지 못하는 기분으로 이러한 대화를 나누었다.[18]

반면 여자들은 활기에 넘쳤고 남편을 멸시했으며 다른 곳에서 온 사람들을 좋아했다.

> 그들은 하늘을 나는 섬의 남자들과 같은 재능이 없었기 때문에 멸시를 받고 있었다. 이들 가운데에서 여자들은 자신과 정을 통할 사람을 찾는다. 이들은 언제나 안심을 하고 안전하게 행동을 했다. 남편이 언제나 사색에 잠겨 있기 때문에, 남편 앞에서도 정부와 함께 무척 다정하게 행동할 수 있는 것이다. 하지만 남편에게 종이와 도구가 들려 있고, 두드리는 시종이 곁에 있으면 그러지 못했다.[19]

일단 이런 교훈을 끌어낼 수 있을 거 같다. 현실에 발을 붙이지 못한 남자는 여자의 사랑을 받을 자격이 없다는 것. 그러니 아직도 재능 있는 남자에게 매력을 느끼는 젊은 여성분들은 걸리버의 말에 귀를 기울이시길. 그의 재능은 어디에도 쓸모가 없으며 설령 그가 당신을 사랑한다고 한들 그 재능이 당신 것이 되는 것은 아니다.

걸리버는 한 귀부인의 이야기를 들려준다. 총리대신인 남편을 버리고 땅으로 내려가 몇 달 동안이나 돌아오지 않던 그녀는 형편없는 음식점에서 누더기를 걸친 채 발견되었는데 원래 입고 있던 옷은 늙고 병든 어느 남자를 돌보기 위해 저당 잡혔다고 했다. 그 남자는 심지어 그녀를 매일 때리기까지 했다. 그럼에도 그녀는 좀처럼 총리대신에게 돌아오려 하지 않는데 총리대신은 조금도 비난하는 기색 없이 부드럽게 아내를 맞이하지만 그녀는 꾀를 부려 집안의 보석을 모두 가지고 다시 그 남자에게로 돌아간다. 그러고 다시는 나타나지 않는다. 걸리버는 이렇게 덧붙인다.

> 이것은 아주 멀리 있는 나라의 이야기로 들리기보다는 유럽이나 영국에서의 이야기로 느껴질지도 모르겠다. 그러나 독자들은 여자들의 변덕이 어떤 지역이나 국가에 한정된 것이 아니며, 우리가 상상할 수 있는 것보다도 더욱 보편적이라는 것을 알아야 한다.[20]

이 이야기 역시 우리에게 낯설지 않다. 전 세계 공통으로 퍼져 있는 여성 혐오 서사의 하나다. 물론 이 일화에도 사랑 때문에 고민하는 젊은 남성들이 귀를 기울일 만한 구석이 없지 않을 것이다. 하지만 나는 구태여 그것을 찾아낼 생각이 없다. 내가 왜 그래야 한단 말인가? 나는 여성들의 미움을 살 만한 어떤 일도 하고 싶지 않다.

문제는 스위프트의 태도다. 분변에 대한 집착에도 불구하고 1부와 2부의 이야기에는 하나의 목표가 있었다. 현실 정치에 대한 비판. 그것이 비록 영국계 아일랜드인으로서 그 자신이 품었던 정치적 열망과 좌절, 원한에서 비롯한 것이라고 한들 무슨 상관이랴. 그것은 우리 시대의 어떤 글쟁이들에게도 여전한 동력의 원천이다. 조지 오웰은 스위프트가 "당대 진보정당의 우매함에 심사가 뒤틀려 토리주의자가 되어버린 셈인 사람"이라며 그의 소설이 '정치적으로 공정하지 않다'고 투덜대지만, 어쨌거나 스위프트는 멋진 솜씨로 기억할 만한 이야기를 썼고 그것으로 족하다는 생각이다.

하지만 그렇게 넘어가기에 3부의 이야기는 어딘지 꺼림칙하다. 그는 당대를 향해 조롱이라는 기관총을 무차별적으로 난사하는 것처럼 보인다. 라퓨타에 싫증을 느낀 걸리버는 국왕에게 청해 땅에 있는 도시 래가도에 간다. 그는 그곳에서 누더기를 걸친 거지들과 이상하게 지어진 채 허물어가는 집과 제대로 경작하지 않아 잡초가 무성한 논밭을 본다. 의아한 얼굴의 걸리버에게 한때 래가도의 총독이었으나 대신들의 음모로 자리에서 밀려나 지금은 걸리버를 안내하고 있는 무노디가 설명한다.

과거에 라퓨타에서 유학한 사람들이 있었다. 그들은 라퓨타에서 배운 수학에 대한 아주 얕은 지식으로 이제까지 땅 위에서 해오던 모든 일들을 부정하고 예술과 과학과 언어와 기술을 새로운 기반 위에 올려놓겠다는 계획을 세웠다. 그들은 아카데미를 세웠고 전 국민이 열광했다. 아카데미의 교수들은 농업과 건축의 새로운 법칙과 방법 그리고 제조업을 위한 새로운 기구와 도구를 고안하는 일을 했다. 한 사람이 열 사람의 일을 할 수 있고 궁전을 일주일 안에 새로 지을 수도 있으며 어느 때든 원하는 계절에 과일을 열리게 하는 기술을 연구하는 것이었다. 물론 그 모든 계획 가운데 어느 하나도 완성된 것은 없었고 그러는 동안 나라 전체는 아주 비참할 정도로 황폐해졌지만 그들은 연구 계획을 포기하기는커녕 오히려 더욱 열렬히 연구를 하고 있다. 과거의 생활 습관을 고수하는 무노디는 예술의 적이자 반국가적인 인간, 구제할 길 없는 보수반동으로 멸시와 냉대를 받고 있다고 했다.

그래서 걸리버는 아카데미를 방문한다. 500개가 넘는 방에서 연구원들이 저마다의 실험에 몰두하는 곳이다. 누군가는 오이에서 태양 광선을 추출해내는 계획을 8년 동안 연구했다. 누군가는 인간의 대변을 다시 원래의 음식으로 되돌리는 일을 연구했다. 얼음에 열을 가해 화약으로 만드는 일에 골몰하는 사람이 있는가 하면 지붕부터 시작해 차차 아래로 내려와 기초를 만드는 새로운 건축법을 고안하는 독창적인 건축가도 있었다. 태어나면서부터 장님이었던 또 다른 연구자는 자기처럼 장님인 제자 몇 명을 데리고 화가들을 위해 색을 섞었다. 쟁기와 가축 그리고 노동력에 드는 비용을 절약하기 위해 돼지로 밭을 가는 방법을 연구하는 연구자도 있었다. 참고로 그 방법은 다음과 같다.

> ① 4000제곱미터 정도의 땅에 15센티미터 간격으로 20센티미터 깊이의 구멍을 판다.
>
> ② 그곳에 적당한 양의 도토리, 대추, 밤 등 돼지들이 좋아하는 먹이를 묻어둔다.
>
> ③ 600마리 이상의 돼지를 그곳에 몰아넣고 밭을 파헤치기를 기다린다.

스위프트는 무려 열여덟 쪽에 걸쳐 아카데미의 연구를 설명하며 과학과 예술, 정치와 사회, 언어에 이르는 온갖 분야의 기괴한 실험 사례들을 늘어놓는다. 물론 영 쓸모없는 연구만 있는 건 아니었다.

> 일반 국민의 불평에 따르면, 국왕의 대신들은 모두 기억력이 짧고 무엇이든 쉽게 잊어버리는 병에 걸려 있었다. 그 의사는 총리대신을 만나는 사람들에게 자기가 할 이야기는 아주 간단하고 쉬운 말로 하고, 물러나올 때는 그 대신의 코를 비틀거나 배를 힘껏 걷어차거나 대신의 티눈을 밟거나 해서 감정을 상하도록 해야 한다. 그렇지 않으면 양쪽의 귀를 세 번 잡아당기거나 다리를 핀으로 찌르거나 팔을 꼬집어 멍들게

해서 들은 이야기를 잊어버리지 않게 하라고 권고했다.

다시 접견할 때마다 그 일이 처리될 때까지 이러한 동작을 반복하라는 것이었다.[21]

래가도의 아카데미를 둘러보며 당대의 학자들을 조롱한 걸리버는 글럽덥드립을 향한다. 마법사의 섬이라는 뜻의 작은 섬이었다. 그곳의 총독은 마법을 이용해서 죽은 자를 불러내 자신의 시종으로 삼았다. 걸리버는 매일 총독을 방문해 수많은 인물들을 만난다. 알렉산더와 한니발, 시저와 브루투스, 호머와 아리스토텔레스, 데카르트와 가상디 그리고 위대한 혈통을 가졌다고 알려진 왕과 그 조상들에 이르기까지 지치지도 않았다. 그는 그 만남을 이렇게 정리한다.

특히 나는 현대사에 대해 많은 메스꺼움을 느꼈다. 지난 100년간 국왕들의 궁중에 있었던 저명한 인사들을 엄격하게 조사한 결과, 어떻게 매춘부와 같은 작가들이 엉터리 글을 써서 사람들을 잘못 인도했는가를 발견한 것이다.

즉 전쟁에서 가장 영예로운 공적은 겁쟁이들의 것으로 만들고, 가장 현명한 조언을 바보들이 했던 것으로 바꾸었으며, 아첨하는 사람들에게는 성실을, 조국을 팔아먹은 매국노에게는 진실을 부여했던 것이다. 대신들이 부패한 재판관에게 주었던 뇌물 때문에 그리고 한 정당의 악의 때문에 결백하고 능력 있는 많은 사람들이 사형을 당하거나 추방되었다. 얼마나 많은 악당들이 명예와 세력과 권위와 풍요로움이 보장되는 자리에 올랐으며, 궁중에서의 각료회의 그리고 상원의회의 움직임이나 사건들이 얼마나 많은 포주와 창녀, 뚜쟁이, 아첨꾼, 익살스러운 광대에 의해 도전을 받았는지 모른다. 세계의 위대한 사업이나 혁명 그리고 여러 사람들의 성공이 형편없는 사건 때문에 생겼다는 이야기를 들었을 때, 나는 인간의 지혜와 성실성에 대해 무척이나 경멸했다.[22]

당대를 넘어 역사까지 뻗어나가는 걸리버의 환멸. 이번에는 영국의 중류층 농민을 불러달라고 요청한 그는 역사 속 유명 인사들과는 달리 소박한 미덕을 지니고 있는 그들의 기품 있는 모습을 바라보며 개탄을 금치 못한다.

살아 있는 사람과 죽은 사람을 비교할 때, 진심으로 감동하지 않을 수 없었다. 그 사람들의 순수하고 천성적인 성품이 지금에 와서 그들의 손자들에 의해 돈 몇 푼에 팔리고 있었다. 투표권을 팔고 선거를 조작함으로써, 모든 악과 부패를 배워서 익혔던 것이다.[23]

만약 총독이 미래에서 사람을 부를 수 있었다면, 그래서 우리를 불렀다면 걸리버는 뭐라고 했을까.

이어서 걸리버는 럭낵을 향한다. 일본과 밀접한 관계를 맺고 있는 이웃 나라로 그곳에서 일본을 경유해 영국으로 가려는 계획이었다. 이번에도 걸리버는 궁정에 들르는 걸 잊지 않는다. 이를 두고 조지 오웰은 "3부에서는 1부에서와 상당히 비슷하나, 주로 궁정인들이나 학자들하고만 어울리기 때문에 신분이 상승하기라도 한 듯하다는 인상을 받게 된다"라고 비꼬고 있는데, 지나친 비난이다. 걸리버에게도 소셜 포지션이라는 게 있는 것이다. 럭낵의 사람들은 그걸 알았다.

우리는 노새를 타고 갈 수 있었다. 내가 떠나기 한나절 전에 전령을 보내서 미리 기별을 했다. 그리고 럭낵의 관례대로 내가 '국왕이 발을 두는 곳에 있는 먼지를 핥을 수 있는 영광'을 갖기에 적당한 날짜와 시간을 알려달라고 했다. 나는 이러한 관례가 단순한 형식에 그치는 것이 아니라, 아주 중요한 문제와 관련이 있다는 것을 알게 되었다.

이틀이 지난 다음 국왕을 만나게 되었을 때, 나는 배를 땅에 대고 기어가면서 바닥을 핥아야 했다. 하지만 내가 외국인이라는 이유로 바닥은 깨끗하게 치워져 있었다. 이것은 높은 신분에게만 허용되는 아주 특별한 처분이었다.24

그곳에서 걸리버는 "외국인들, 특히 국왕의 후원을 받고 있는 외국인에게는 더욱 친절한" 동부 국가들의 민족성 덕에 좋은 대접을 받는다. 그는 높으신 분들과 어울리며 영원히 죽지 않는 불멸의 존재인 스트럴드블럭에 대해 듣게 된다. 아아, 영원한 삶이란 얼마나 매력적인지! 하지만 실상은 조금 다르다.

스트럴드블럭이 80세에 이르렀을 때, 그들은 노망이 나거나 조금씩 어리석어질 뿐만 아니라 죽지 않음으로 생기는 무서운 절망을 갖게 된다. 그들은 고집이 세고, 불평을 많이 하고, 욕심이 많고, 언제나 침울하고, 허영심이 많고, 수다스럽고, 남을 사랑할 줄도 모르며, 손자보다 아랫대의 후손들에게는 어떠한 애정도 주지 않는다. 그들은 시기와 이루어질 수 없는 욕망으로 가득 차 있다.

그들이 주로 질투하는 것은 젊은 사람들의 행동과 나이 든 사람들의 죽음이었다. 젊은 사람들의 행동을 바라보면서 그들은 모든 쾌락으로부터 자신들이 제외되어 있다는 것을 깨닫게 되었다. 장례식을 볼 때마다 자신들이 갈 수 없는 영원한 안식처로 죽은 사람들이 떠나는 것을 보고 매우 한탄했다. 그들은 젊은 시절이나 중년에 배우고 관찰한 것이외에는 잘 기억하지 못하며, 기억한다고 할지라도 매우 불완전하다. 어떤 사건에 대한 확실한 내용을 알기 위해서는 그들의 기억력에 의존하느니 차라리 일반적인 전설에 의지하는 것이 훨씬 나을 것이다.25

여기서 굳이 스트럴드블럭의 모습을 묘사함으로써 독자들의 밥맛을 떨어뜨릴 필요는 없을 것이다. 그러니 걸리버는 이번에도 무사히 집으로 돌아왔다고 말하는 것으로 만족하기로 하자. 1710년 4월 10일에 그는 영국에 도착했다. 그는 "5년 6개월 만에 다시 고국의 사람들을 볼 수 있었다"라고 말하고 있지만 실은 4년 6개월이라는 사실 또한 덧붙인다. 이것이 번역본의 오류인지 조너선 스위프트의 오류인지는 확인하지 못했다. 하기야 4년이건 5년이건 무슨 상관이랴. 어차피 얼마 못 가 또다시 항해를 떠날 게 뻔한데.

하늘을 나는 섬과 인접 국가로의 여행은 브롭딩낵 국왕이 그의 마음에 싹 틔운 인간 혐오를 더욱 자라게 했고 그는 자신의 운명을 확인하기 위해서라도("그래서 그 결과로 나는 기어코 그 사회와 점점 더 격리된 상태에서밖에 살지 못하게 운명 지어져 있었단 말인가?") 다시 한 번 항해를 떠나야만 한다.

그것이 그의 마지막 항해가 될 것이었다.

제11장

마지막 항해를 떠난 걸리버는 말들의 나라에 표류하고 마침내 인간이길 포기한다

걸리버의 마지막 항해를 따라 나서기 전에 먼저 그간의 여정을 되짚어보자.

첫 번째 항해. 외과의사 자격으로 배에 오른 서른일곱의 걸리버는 폭풍우에 휘말린다. 파선된 배에서 홀로 살아남은 걸리버는 얄궂은 운명의 장난으로 릴리퍼트에 당도한다. 작은 사람들에게 생포된 걸리버. 커다란 덩치 덕에 음모와 배신이 난무하는 정치판에 끼게 된 걸리버는 작은 사람들의 사회를 가까이에서 관찰한다. 크기만 다를 뿐 그가 떠나온 영국 사회와 다를 바 없다는 사실을 인지하지 못한 채, 우스꽝스러운 작은 사람들의 행태를 비웃는다. 비록 영어의 몸이었지만 신체적으로나 도덕적으로 '큰 남자'가 된 듯한 기분에 걸리버는 제법 우쭐하다.

두 번째 항해. 마흔의 걸리버는 역시 외과의사 자격으로 배를 타고 또다시 폭풍우에 휘말린다. 물을 찾아 상륙한 브롭딩낵에서 다른 선원들이 모두 도망가는 바람에 홀로 남은 걸리버는 거인들의 손아귀(말 그대로)에 들어간다. 작지만 귀여운 구석이 있는 벌레 취급을 당하는 걸리버. 그는 현명한 거인 왕의 치세에 감탄하는 한편 사랑하는 소국의 영광을 위해 필사적으로 인류 문명을 변호한다. 하지만 그럴수록 인류가 이룩한 모든 진보는 하찮은 어린애 장난처럼 보일 뿐이다. 의기소침해진 걸리버의 마음속에 인간에 대한 회의가 싹튼다.

여기까지가 우리가 알고 있는 동화 『걸리버 여행기』의 전말이다. 그리하여 영국으로 돌아온 걸리버는 여행기를 써서 부자가 되었고 인간에 대한 회의는 까맣게 잊은 채 가족과 함께 오래도록 행복하게 살았습니다, 라는 이야기. 하지만 아이들의 바람과는 달리 걸리버는 세 번째 항해를 떠난다. 『걸리버 여행기』가 동화가 아닌 소설이 되는 순간이다.

세 번째 항해. 두 명의 조수를 둔 외과 과장(급료도 두 배)이 된 걸리버의 나이는 마흔넷이다. 하지만 이번에도 폭풍우는 그를 비켜가지 않았고 설상가상으로 낯선 바다에서 해적선을 만난다. 배에서 쫓겨난 걸리버는 작은 보트에 실려 망망대해를 표류하다 작은 섬에 도달하고 삶을 포기하려는 순간 하늘을 나는 섬을 발견한다. 반복된 수난에 지친 탓일까. 그 전까지 일정한 거리를 둔 채 역설과 풍자에 의지하던 걸리버는 라퓨타의 사람들을 바라보며 당대의 영국 사회에 대한 노골적인 비난을 쏟아내기 시작한다. 수학과 음악에 미친 귀족들을 비난하고 쓸모없는 연구에 매달리는 과학자들을 비난하고 품행이 단정하지 못한 부인들을 비난하고 오쟁이 진 남편들을 비난하고 과거의 유령들을 등장시켜 내리막길을 걷고 있는 인류 역사를 비난하는 한편 불사의 인간들을 통해 인간성 자체를 비난한다.

자, 이제 그에게는 두 가지 선택이 남은 것으로 보인다. 인류와 화해하거나 영원히 척지거나. 쉽지 않은 선택이지만 마지막 항해가 그의 결정을 도울 것이다. 그리하여 다시금 바다를 향하는 그의 나이는 마흔여덟. 하늘의 뜻을 안다는 쉰을 코앞에 둔 어느 날의 일이었다.

350톤 규모의 상선 어드벤처호의 선장이 된 걸리버는 1710년 9월 7일 포츠머스 항을 출발한다. 지난 항해에서 돌아온 지 고작 다섯 달이 되었다는 둥의 이야기도 이제 지겹다. 다만 그의 아내가 임신 중이었다는 사실은 밝혀두는 것이 좋겠다. 이제 독자들은 그가 다섯 달 동안 무엇을 하며 지냈는지 짐작할 수 있을 것이다.

걸리버의 항해에 폭풍우가 빠질 수는 없는 노릇이지만 정작 그를 궁지로 내몬 것은 사람이었다. 열대성 열병으로 죽은 선원들의 자리를 메꾸기 위해 리워드 군도에서 모집한 이들이 실은 해적이었던 것이다. 반란을 일으킨 그들은 걸리버를 어느 해안가에 내려놓는다. 걸리버는 물론 해적들도 이름을 모르는 낯선 나라였다. 언제나처럼 걸리버의 모험이 시작된 것이다.

하지만 걸리버는 평정을 잃지 않는다. 그는 베테랑답게 둑에 앉아 휴식을 취하며 이제부터 무엇을 하는 것이 최선의 방법인지를 차분하게 고민한다. 간단하다. 처음으로 만나는 야만인에게 팔찌나 유리 반지 같은 장난감을 주고 생명을 구한다. 일단 목숨을 구하면 그다음은 어떻게든 해결되게 마련이다. 과연 바다는 남자를 성숙하게 만드는 모양이다.

그곳에서 걸리버는 한 무리의 동물을 발견한다. 기형적으로 생긴, 기묘한 모습의 동물이었다.

> 그들은 꼬리가 없었으며, 항문을 제외한 엉덩이 부분에도 털이 없었다. 앉게 될 경우, 자신의 엉덩이를 보호하기 위해 자연스럽게 변한 것

이라고 생각했다. (…) 암컷은 길고 곧게 뻗은 머리카락을 가지고 있었으며, 항문과 음부를 제외한 신체의 나머지 부분에 잔털이 뒤덮여 있었다. 앞다리 사이에는 젖이 달려 있었다. 걸어갈 때는 젖꼭지가 거의 땅에 닿고는 했다. 머리카락의 빛깔은 암컷이나 수컷 모두가 갈색, 빨강, 검정, 노랑 등 여러 색깔로 되어 있었다.

나는 여행을 하면서 그렇게 기분 나쁜 동물은 결코 본 적이 없었다. 또한 지금처럼 반감을 품어본 적도 없었다. 그러나 이 동물에게서는 경멸과 혐오를 강하게 느꼈다.[26]

그는 왜 그렇게 강한 혐오를 느꼈을까? 동물들이 그에게 나쁜 짓을 했기 때문은 아니다. 그를 둘러싸고 으르렁거리며 위협하더니 급기야 나무에 올라가 그의 머리에 배설물을 떨어뜨리긴 했지만 혐오는 이미 그 전에 시작됐던 것이다. 하지만 이유를 밝히기에는 시간이 부족했다. 갑자기 동물들이 있는 힘을 다해 달아나기 시작했던 것이다. 어리둥절한 걸리버. 주위를 둘러보던 걸리버는 들판을 천천히 걷는 말을 발견한다.

나는 용기를 내 말을 쓰다듬어주려고 했다. 그리고 그 말의 목이 있는 곳으로 손을 뻗으려고 했다. 낯선 말을 다룰 때 기수들이 흔히 사용하는 것처럼 휘파람을 불었다. 그러나 이 말은 나의 행동을 아주 경멸적으로 받아들이는 듯했다. 머리를 양옆으로 흔들고 눈썹을 찡그리면서, 나의 손을 피하기 위해 슬며시 앞발을 들어 올렸다. 그러고는 서너 번 울부짖었다. 하지만 말 울음소리의 억양이 평소에 듣던 것과 너무나 달랐다. 그 말이 고유의 언어로 말을 하고 있다고 생각될 정도였다.[27]

과연 걸리버의 생각은 틀리지 않았다. 그곳은 바로 말들이 지배하는 나라였던 것이다. 그들 종족의 이름은 '휴이넘'. 그들은 걸리버를 '야후'라고 불렀다.

회색 말은 걸리버를 집으로 안내했다. 나무로 된 기둥과 나뭇가지와 밀짚으로 벽을 엮은, 조촐하지만 우아한 집이다. 바닥에는 부드러운 진흙이 깔려 있었고 선반과 여물통이 한쪽 벽을 따라 길게 뻗어 있었다. 회색 말의 손에 이끌려 아주 예쁜 암말과 인사를 나누기도 했다. 그런 걸 인사라고 할 수 있다면 말이지만. 암말은 걸리버를 잠시 관찰하더니 경멸스러운 표정을 지었고, 회색 말을 향해 몸을 돌린 후 불만을 토로했다. 이해할 수는 없었지만 야후라는 단어가 자주 반복된다는 사실만은 알 수 있었다. 도대체 야후가 뭔데? 그때 회색 말이 걸리버를 마당 한쪽의 작은 건물로 데려갔다. 야후들이 사는 곳이었다.

> 우리는 그 건물로 들어갔다. 나는 이 나라에서 처음으로 만났던, 혐오스러운 동물 세 마리가 나무뿌리와 고기를 먹고 있는 것을 보았다. 나중에 나는 그 고기가 당나귀나 개 그리고 사고나 질병에 의해 죽은 소라는 것을 알게 되었다. 세 마리 모두 등나무 덩굴로 엮어 만든 끈으로 목이 매어져 기둥에 연결되어 있었다. 그 짐승들은 앞발로 음식을 쥐고 뜯어 먹었다. 회색 말은 그의 하인이었던 갈색 말에게 이 동물들 가운데 가장 큰 놈을 마당으로 데려오라고 명령했다.
>
> 그 짐승과 나는 나란하게 세워졌다. 회색 말과 갈색 말은 우리의 모습을 자세하게 살펴보면서 비교했다. 그들은 야후라는 말을 몇 번이나 반복했다. 놀랍게도 나는 이 흉측한 동물들에게서 완전한 인간의 모습을 발견할 수 있었다. 그때의 공포감과 경악은 말로 표현할 수 없는 것이었다.28

휴이넘의 눈에 걸리버와 야후는 닮은 듯 닮지 않아 보였다. 피부색이 달랐고 손톱이 달랐으며 무엇보다 옷을 입고 있다는 사실이 달랐다. 옷을 입지 않는 휴이넘들은 그것이 걸리버의 피부라고 생각했던 것이다. 하지만 걸리버는 자신의 몸이 그들과 다르지 않다는 사실을 알았다.

그날부터 말들과 함께하는 생활이 시작되었다. 다행히 휴이넘은 그가 완벽한 야후라고는 생각하지 않았고 걸리버와 같은 식탁에서 밥을 먹으며(주인은 귀리와 건초를, 손님은 귀리로 직접 빵을 만들어 우유와 먹었다) 그를 손님으로 대우했다. 야후를 닮은 동물이 이성에 가까운 지적 능력을 가지고 있다는 사실이 그들을 놀라게 했다. 마흔아홉의 걸리버는 항상 그랬던 것처럼 그들의 말을 배우며 그들의 마음에 들기 위해 최선을 다했다. 그게 바로 이 남자가 살아가는 방식이었다. 그리고 그는 이번에도 살아남는다. 그러니 그가 회색 말을 주인이라고 부르기 시작했다고 해도 놀랄 필요는 없을 것이다.

걸리버는 주인과 오랜 시간을 보내며 이런저런 이야기를 나눈다. 걸리버는 그들의 이야기를 이해하지만 주인은 좀처럼 그의 말을 이해하지 못한다. 익숙한 전개다. 브롭딩낵 왕에게 걸리버가 한 마리의 벌레에 지나지 않았던 것처럼 휴이넘에게 걸리버는 한 마리 야후에 불과했던 것이다.

> 야후는 이 나라에서 가장 교활하고 악독한 성질을 지니고 있지만 학습 능력이 없기 때문에, 모든 짐승들 가운데 제일 길들이기 힘들다고 알려져 있었다. 나는 나와 같은 종류의 사람들이 많이 살고 있는 곳에서 나무로 만든 상자를 타고 바다를 건너왔다고 대답했다. 선원들이 나를 강제로 육지에 내려놓고는 떠나버렸다고 했다.
>
> 나의 말을 주인에게 이해시키는 데는 무척 힘이 들었다. 많은 몸짓의 도움도 필요했다. 그는 내가 오해를 하고 있거나 아니면 존재하지

> 않는 것을 말한다고 했다.(휴이넘의 언어에는 거짓말이나 허위라는 표현이 없기 때문에 주인은 존재하지 않는 것이라고 했다.) 바다의 저쪽에는 나라가 존재할 수 없으며, 짐승들이 나무로 만든 상자를 타고 물 위에서 마음대로 움직이는 것도 불가능한 일이라는 것이었다. 그는 어떠한 휴이넘이라도 그러한 상자를 만들 수 없으며, 더욱이 야후가 그렇게 한다는 것은 도저히 믿기 어려운 일이라고 했다.[29]

주인은 혼란스러웠지만 걸리버의 말을 받아들일 수밖에 없었다. 그곳에서는 의심이나 불신이라는 것이 거의 알려져 있지 않았기 때문에 그런 상황에서 어떻게 행동해야 하는지 알 수가 없었다. 주인은 언어라는 것은 서로를 이해하면서 사실에 대한 지식을 구하기 위해 사용하는 것인데 누군가 존재하지 않는 것을 말한다면(한마디로 거짓을 말한다면) 그건 언어가 아니라고 말할 뿐이었다.

그들은 많은 이야기를 나눈다. 영국에서의 휴이넘(즉 horse)의 비참한 처지에 대해 이야기할 때는 화를 내기도 했지만 그렇다고 걸리버에게 해코지를 하지는 않았다. 영국의 정치와 사회, 문화와 사람들의 삶에 대해 설명하는 것은 무척이나 고된 일이었다. 휴이넘에게는 범죄라는 개념이 없었고 권력과 재산에 대한 욕망, 정욕, 무절제, 질투와 같은 감정 또한 마찬가지였으며 권력, 정부, 전쟁, 법률, 처벌 같은 단어 또한 존재하지 않았기 때문이다. 하지만 뛰어난 지성으로 많은 걸 이해한 걸리버의 새로운 주인은 이내 유럽이라고 부르는 땅에 대해 자세하게 설명해주기를 요청한다. 그리고 인류의 온갖 악덕에 대한 익숙한 걸리버 식 진술이 다시금 변주된다. 전쟁에 대한 걸리버의 설명을 보라.

> 예를 들면 고기가 빵이냐 빵이 고기냐에 대한 논쟁, 딸기 주스가 피

> 냐 술이냐 하는 논쟁, 휘파람이 악행이냐 미덕이냐 하는 논쟁, 편지에 입을 맞추는 것이 좋은가 아니면 그것을 불에 던지는 것이 좋은가에 대한 논쟁, 외투의 빛깔이 검정색, 흰색, 붉은색, 회색 가운데 어느 것이 가장 좋냐 하는 논쟁, 그리고 외투가 길어야 하는가 짧아야 하는가, 좁아야 하는가 넓어야 하는가, 더러워야 하는가 깨끗해야 하는가에 대한 논쟁 등이 있으며, 그 밖에도 많은 의견의 대립이 있다. 게다가 그렇게 중요하지 않은 일에 대한 의견의 대립으로 일어나는 전쟁만큼 무섭고 잔인하며 긴 전쟁은 없을 것이다.30

트위터와 페이스북을 통해 여전히 반복되고 있는 일이다. 열여섯 쪽에 걸쳐 나열되는 나쁜 악덕들 또한 모두 마찬가지다. 나는 이 자리에서 익숙한 이야기를 반복함으로써 독자들을 지루하게 만들 생각은 없다. 다만 그들이 대화를 통해 서로에 대한 깊은 이해에 도달했다는 사실을 밝혀둔다. 주인은 인간이 아주 적은 분량의 이성을 부여받은 동물이지만 이성을 좋은 일에 사용하는 대신 새로운 잘못을 만드는 일에 사용해왔으며 아무런 소용도 없는 발명품으로 단점을 메우려고 노력한다는 사실을 알았고, 걸리버는 다른 야후 형제들과 자신의 몸이 아주 닮았듯이 기질에 있어서도 사실상 큰 차이가 없다는 사실을 깨달았던 것이다.

이어 열다섯 쪽에 걸쳐 야후의 악덕들이 나열된다. 이런 식이다.

> 주인은 그의 하인들이 야후에게서 발견한 또 다른 특징에 대해 말을 했다. 도저히 이해할 수 없는 것이었다고 했다. 어느 야후가 갑자기 변덕을 부리며 구석에 누워 있으면서 울부짖거나 신음했다. 그 누구도 가까이 다가오지 못하게 했다. 주인의 하인들은 그 야후가 왜 그러는지 이유를 알 수 없었다. 젊고 건강한 그 야후에게는 음식과 물도 부족하

지 않았다. 그들이 발견한 유일한 치료법은 그 야후에게 힘든 일을 시키는 것이다. 힘겨운 일을 하고 나면 반드시 정신을 차렸다고 한다.[31]

걸리버는 휴이넘들 사이에서 소박한 생활을 하며 마침내 찾아온 평안과 행복을 만끽한다.

나는 육체의 건강과 정신의 평온함을 즐겼다. 친구의 배반이나 변절에 대해 고민할 필요가 없었다. 숨어 있거나 드러나 있는 적의 비난을 두려워할 필요도 없었다. 지위가 높은 사람의 환심을 얻기 위해 몰래 뇌물을 주거나 아첨할 일도 없었다. 사기와 압력에 대해서도 마음을 쓸 필요가 없었다. 이곳에는 나의 건강을 해치는 의사도, 나를 파산시키는 변호사도 없었다. 나의 말과 행동을 지켜보면서 억지로 비난거리를 만들어내는 밀고자도 없었다. 비웃는 사람도, 비난하는 사람도, 뒤에서 헐뜯는 사람도, 소매치기도, 날치기도, 도둑도, 변호사도, 포주도, 익살광대도, 도박사도, 정치가도, 부자도, 짓궂은 사람도, 지리한 웅변가도, 논쟁을 좋아하는 사람도, 강탈자도, 살인자도, 강도도, 감정가도 없었다. 정당이나 파벌을 지도하는 사람이나 그들을 따르는 추종자도 없었다. 유혹하거나 표본이 됨으로써 악을 조장하는 사람도 없었으며, 죄수를 가두는 감옥도, 도끼도, 교수대도, 처벌대도, 죄수에게 씌우는 칼도 없었다. 값을 속이는 상점의 주인이나 직공도 없었다. 자만심도, 허영심도, 꾸밈도, 치장도 없었다. 깡패도, 주정꾼도, 매춘부도, 매독도 없었다. 음탕하고 소란스럽게 떠들면서 돈을 많이 쓰는 아내도 없었다. 어리석은 자만심을 가진 현학자도 없었다. 자랑을 하거나 싸움을 좋아하는, 시끄럽게 큰 소리를 지르는, 어리석으면서도 잘 아는 듯한 표정을 짓고 맹세를 잘하는 성가신 친구도 없었다. 악덕에 의해 거지 신세에서 벗어난 악당도 없었으며, 악덕에 의해 거지 신세로 전락한 귀족도 없었다. 지배자도, 악기를 연주하는 사람도, 재판관도, 춤을 가르치는 교사도 없었다.[32]

우리의 걸리버는 결단을 내린다. 그는 자신이 인간을 혐오한다는 사실을 인정했고 휴이넘들과의 삶을 감사히 받아들였다. 자신이 한때 속했던 인류에게 영원히 등을 돌리기로 마음먹은 것이다. 그는 자기 자신을 참을 수 없었지만 휴이넘들과 함께라면 그 사실을 잊을 수 있었다. 하지만 누구도 자기 자신으로부터 도망칠 수는 없는 법이다.

휴이넘들의 회의에서 걸리버를 추방해야 한다는 결정이 내려졌다. 그들은 그에게 떠날 것을 정중히 권고한다. 걸리버는 기절할 정도로 충격을 받지만 거부할 자유가 그에게는 없었다. 권고사직이라는 단어에서도 느껴지는 것처럼 권고란 때론 명령보다 무거운 것이다. 그리고 알다시피 걸리버는 누구보다 순종적인 남자였다. 그리하여 1714년("혹은 1715년이었는지도 모른다"라고 걸리버는 말한다), 쉰을 넘긴 중년의 걸리버는 천국을 떠난다. 해변에 모인 친구들이 그에게 작별 인사를 했다. 흐누이 일라 니하 마이야 야후! 그를 무척이나 사랑해주었던 갈색 말이 소리쳤다. 부디 조심하거라 예의 바르고 유순한 야후야, 라는 뜻이었다.

그는 야후, 그러니까 인간들에 대한 도저한 혐오와 함께 집으로 돌아온다. 아내와 남은 가족들은 살아 돌아온 가장을 기쁘게 맞이하지만 걸리버는 증오와 경멸감만을 느낄 뿐이었다. 그들이 그의 가족이라는 생각은 오히려 경멸감을 키웠다. 그는 자신이 바로 야후의 아버지였으며 더러운 야후와 오랫동안 성교를 해왔다는 생각에 극도의 수치감을 느낀다.

아내는 나를 껴안고 입을 맞추었다. 나는 거의 한 시간 동안이나 기절했다. 그렇게 역겨운 동물과 오래도록 접촉을 해보지 않았기 때문이다. 이 여행기는 영국으로 돌아온 후, 5년이 지난 다음에 쓰는 것이다. 처음의 1년은 아내나 아이들이 곁에 있는 것조차 참을 수 없었다. 그들에게서 풍기는 냄새는 정말로 견디기 어려운 것이었다. 그들과 함께 식사를 한다는 것은 더욱 참기 어려웠다. 아내와 아이들은 지금까지도 나의 음식에 손을 대거나 같은 잔으로 물을 마시지 못한다. 아무도 나의 손을 잡지 못하게 했다.

나는 두 마리의 수말을 구입하기 위해 처음으로 돈을 사용했다. 훌륭한 마구간에 말을 넣었다. 두 마리의 말을 제외하고, 내가 가장 좋아하는 것은 말을 돌보는 사람이다. 말을 돌보는 사람에게 배어 있는 마구간의 냄새만 맡아도 나는 정력이 솟구치는 것을 느낀다. 말들은 나를 잘 이해해주었다. 나는 매일 네 시간씩 말과 이야기를 나누었다. 아직까지 나는 말에게 고삐나 안장을 얹어보지 않았다. 나와 말은 서로를 사랑하고 있다. 말들끼리도 사이가 아주 좋다.33

인류에 대한 혐오와 휴이넘에 대한 사랑을 넘어 수간에 대한 암시까지 느껴지는 쓸쓸한 결말이다. 사실 걸리버는 한 장을 더 할애해 여행기를 낸 동기에 대해 쓰고 있지만 나는 이것이 결말이라고 주장하겠다. 여느 현대 소설보다 훨씬 근사한 결말이니까.

*

이 도저한 인간 혐오를 설명하기 위해서는 무척 많은 페이지가 필요할 것 같다. 하지만 우리에게 남은 페이지가 너무 짧다. 그렇다고 실망할 필요는 없다. 걸리버가 말한 것처럼 나 역시 "이 문제만을 다룬 책을 근간에 다시 출판할 예정이므로 독자들은 그 책을 참조하기를 바란다".

거짓말이다. 내겐 이 혼란스럽고 모순적인 정신을 설명할 능력이 없다. 그렇기에 그의 모험 각각을 분절해 제시했고, 그것이 최선이라고 믿는다. 그럴듯한 결론을 위해 찾아본 참고 자료도 같은 말을 하고 있다. "그렇기 때문에 『걸리버 여행기』를 각각의 부분으로 떼어내어 해석하지 않고 하나의 통합된 단위로 해석하게 되면 우리는 스위프트가 말하고자 하는 것이 정확히 무엇인지—그것이 당대 사회에 대한 풍자인지 인간에 대한 절망인지 아니면 인간의 비합리성에도 불구하고 인간에 대해 가져야 할 희망인지—에 대해 단언할 수 없게 되는 것이다."34

다만 혹시라도 『걸리버 여행기』를 읽으며 마치 걸리버가 야후를 처음 만났을 때처럼 혐오감을 느낀 독자가 있다면 조지 오웰의 말을 전하고 싶다. 오웰은 스위프트가 진보적이지 않고 정신적으로도 온전하지 않다며 끊임없이 불평한다. 그러나 "만일 책을 여섯 권만 남기고 나머지는 전부 없애야만 한다면, 나는 단연코 『걸리버 여행기』를 그중 하나로 꼽을 것이다"라고 말하며 이렇게 덧붙인다.

> 스위프트는 인간의 삶에서 더러움과 어리석음과 사악함 말고는 아무것도 보지 않으려는 태도로 온 세상에 대한 자신의 그림을 왜곡했지만, 그가 전체로부터 뽑아내는 일부분은 엄연히 존재하는 것이며, 그것은 우리가 언급하길 꺼려해서 그렇지 있는 줄은 다 아는 무엇이다. 우리 마음의 일부는(정상인의 경우 가장 우세한 부분이다) 인간이 고귀한 동물이며 삶은 살 만한 것이라는 믿음을 갖고 있다. 그에 비해 적어도 이따금씩은 존재의 끔찍스러움에 아연실색하는 일종의 내적 자아 같은 게 있는 것이다. 참으로 묘하게도, 쾌락과 혐오는 서로 연결되어 있다. (…) 작가의 관점은 정신 건강 차원의 온전함, 그리고 자기 생각을 밀어붙이

는 힘과 조화를 이루어야 한다. 그 이상으로 우리가 요구할 수 있는 게 있다면 재능일 것이며, 그것은 확신의 다른 이름이라 할 수 있을 것이다. 스위프트는 정상적인 의미의 지혜를 가진 사람은 아니었다. 하지만 무서울 정도로 강렬한 비전은 확실히 갖고 있었으며, 그것은 숨겨진 진실 하나를 골라내어 확대하고 비틀어서 볼 줄 아는 능력이기도 했다. 『걸리버 여행기』가 오랜 생명력을 유지하는 것을 보면, 작가의 세계관이 온전함이라는 기준을 겨우 만족시키는 수준일지라도, 작가의 확신이 뒷받침해 준다면 위대한 예술 작품을 충분히 낳을 수 있음을 알게 된다.35

정치적인 기준으로 작가와 그의 작품을 판단하려는 21세기의 많은 독자들◆이 한 번쯤 새겨들을 만한 구절이다.

◆ 정확히 말하자면 "많지 않은 독자들 중에서 많은 비중을 차지하는 그러한 성향의 독자들"이라고 해야겠지만.

어떤 조롱은 우주만큼 크다

볼테르Voltaire

「미크로메가스」『캉디드 혹은 낙관주의』

18세기 프랑스 계몽주의 시대의 대표적인 사상가이자 사교계의 풍운아. 볼테르와 대판 싸운 루소는 그를 "불경스러운 나팔, 얍삽한 천재, 야비한 영혼"이라고 부르며 그에게 "만약 당신의 재주 이외에 내가 존경할 수 있는 것이 아무것도 없다 해도 그것은 나의 잘못이 아닙니다"라는 정중한 편지를 보냈다. "나는 당신이 하는 말에 찬성하지는 않지만, 당신이 그렇게 말할 권리를 지켜주기 위해서라면 내 목숨이라도 기꺼이 내놓겠다"라는 명언으로 유명하지만 정작 그는 그런 말을 한 적이 없다.

제12장

우주에서 온 거인들이 지구의 철학자들에게 삶, 우주 그리고 그 밖의 모든 것에 대한 답이 담긴 한 권의 책을 선물한다

> 볼테르가 태어난 시기는 절대군주 루이 14세가 통치하던 시절이었고, 신앙의 자유를 허락했던 낭트칙령이 폐지되어 오직 하나의 종교만이 허용되던 시대였다. 이러한 시대에 볼테르는 뛰어난 지성과 특유의 독설로 모든 권위에 의문을 제기하고 권력을 비웃으며 기존의 관념들을 풍자하고 조롱했다. 그때까지 절대적인 종교와 권력을 그처럼 노골적으로 비아냥댄 사람은 없었다. 또한 볼테르는 평생 교회와 성직자들의 그릇된 권위와 광신을 공격했다. 언제나 불경함은 그의 죄목이었고 권위를 겁내지 않는 불온하고 신랄한 태도는 그만의 개성이었으며 날렵하게 치고 빠지는 재치와 빈정거림은 그의 문체의 뼈대를 이루었다.(이병애, 「이성의 빛으로 무장한 불온한 정신」)[1]

볼테르가 얼마나 날렵하게 치고 빠졌는지는 작품의 길이만 봐도 알 수 있다. 내가 가지고 있는 『미크로메가스/캉디드 혹은 낙관주의』는 「미크로메가스」와 『캉디드 혹은 낙관주의』라는 두 개의 소설에 옮긴이의 해설과 볼테르 연보까지 싣고 있지만 분량은 고작 232쪽에 불과하다. 참고로 지금까지 우리가 다뤘던 작품의 쪽수는 다음과 같다. 『가르강튀아/팡타그뤼엘』 512쪽, 『돈키호테』 784쪽, 『걸리버 여행기』 392쪽. 앞으로 다룰 작품들 역시 만만치 않은 분량을 자랑한다는 사실을 생각한다면, 그렇다, 우리에게는 더 많은 볼테르가 필요한 것이다. 이성의 빛으로 무장한 불온한 정신에 축복 있으리!

볼테르의 「미크로메가스」는 키가 무려 36킬로미터에 달하는 우주 거인이 등장하는 짧은 철학 콩트다. '거인'과 '짧은' 콩트라니, 과연 볼테르다운 조합이라고 해야 할까. 번역본 기준으로 40쪽이 채 되지 않는 이 소설은 그러나 만만치 않은 내용을 다룬다. 옮긴이의 해설을 다시 한 번 인용하자면 "외계인의 여행이라는 신선한 소재를 통해 우주 안에서 인간이란 어떤 존재이며 인간에게는 어떤 지혜가 필요한지, 그리고 인간의 능력과 인간의 오류, 과학의 진보와 행복한 삶에 대해 질문을 던지고 있"[2]는 것이다.

물론 그건 내가 답할 문제가 아니다. 중요한 질문이니 스스로 답을 찾아보세요. 나는 다만 볼테르의 짧은 소설을 읽는 몇 가지 방법을 제시하고자 할 따름이다. 정확하게 말하자면 네 가지 방법이다.

① 볼테르의 자전적 이야기로 읽기
② 돈키호테의 우주적 버전으로 읽기
③ 걸리버 여행기의 역전된 버전으로 읽기
④ 후대에 커다란 영향을 준 선구적인 작품 혹은 예상 표절의 사례로 읽기

지금부터 나는 미크로메가스의 여행을 따라가며 각각의 구절을 어떤 방법으로 읽을 수 있는지 친절하게 첨언할 생각이다.

*

시리우스 은하계 출신의 미크로메가스가 온 우주를 유랑하게 된 것은 한 권의 책 때문이었다. 그는 고작 30미터에 불과해서 특수 현미경이 아니고서는 볼 수도 없는 작은 벌레들을 연구한 책을 썼는데 그 책이 논란을 불러일으켰다. "아주 사소한 일에 트집 잡기 좋아하고 대단히 무식한 어떤 교리해석가"가 그의 책에서 이단의 냄새를 맡았던 것이다. 논쟁은 소송으로 이어졌고 200년이나 이어진 송사 끝에 미크로메가스에게 800년간 궁정에 모습을 드러낼 수 없다는 선고가 내려졌다. 그 책을 읽은 적도 없는 법률가들이 내린 판결이었다.

① 1717년, 스물네 살의 볼테르는 루이 14세의 섭정으로 있던 오를레앙 공을 비방한 시를 썼다는 죄목으로 11개월간 바스티유에서 감옥살이를 한다. 수감 생활 동안 집필한 희곡 『오이디푸스』로 일약 유명 인사가 되지만 그 후로 평생 이런저런 필화 사건에 휘말리며 권력의 횡포를 피해 이곳저곳 떠도는 삶을 살아야 했다.

② 시리우스 별 주위를 도는 행성 가운데 어느 별에 살던 재치 많은 한 젊은이가 그랬던 것처럼 이름을 굳이 기억하고 싶지 않은 라만차의 어느 마을에 살던 재지 넘치는 시골 귀족이 길을 떠난 것 역시 (여러 권의) 책 때문이었다.

③ 릴리퍼트의 대신들은 눈엣가시였던 걸리버를 제거하기 위해 사소한 트집을 잡아 그를 '종블' 세력으로 몰고 간다.

①+② 1726년, 사교계의 명사가 된 볼테르는 어느 귀족과 말다툼을 하다가 하인들에게 몰매를 맞는다. 정식 기사가 된 돈키호테 역시 상인 일행에게 시비를 걸다가 일행의 하인에게 몽둥이찜질을 당한다.

*

이 별 저 별을 일주하던 미크로메가스는 토성에 도착한다. 그리고 키가 채 2킬로미터도 되지 않는 "토성의 난쟁이"들을 만난다. 볼테르는 이렇게 쓴다. "미크로메가스는 새로운 사물을 보는 데 어느 정도 익숙해졌음에도 불구하고 자그마한 천체와 그곳에 사는 사람들을 내려다보니 우월한 자의 미소가 떠오르는 걸 참을 수가 없었다. 잘난 체하는 그런 미소는 현명하다는 사람들도 가끔 억제하기 힘든 법이다."[3]

① 비록 적지 않은 박해를 받았지만 볼테르의 명성은 해가 갈수록 점점 높아졌다. 그리하여 유럽 각국의 여러 고위 인사들이 그의 팬을 자처하며 그를 초대하려 했다. 볼테르는 1750년 프리드리히 2세의 요청을 받아 포츠담으로 거처를 옮겼는데, 많은 사람들의 기대와 달리 개성이 강한 두 영혼은 이내 불협화음을 일으켰다. 「미크로메가스」는 그 시기에 쓴 소설로 거대한 지성을 가진 볼테르의 자의식이 투영되었다고 추정할 수 있다.

③ 첫 번째 모험에서 릴리퍼트의 소인들을 만난 걸리버는 타고난 소심함과 생존 본능으로 그들에게 굴복하지만 그들 사회가 굴러가는 꼴을 보며 은근히 그들을 비웃는다. 만약 걸리버에게 볼테르의 호연지기가 있었다면 헤어날 길 없는 인간 혐오에 빠지지도, 자신이 키우는 말과 부적절한 관계(추정)를 갖지 않을 수도 있었을지 모른다.

*

미크로메가스는 이내 웃음을 거둔다. 키가 작다는 이유만으로 누군가를 조롱해서는 안 된다는 사실을 곧바로 이해했기 때문이다. 그는 토성 아카데미의 사무국장과 우정을 나누는데, 철학적인 대화를 통해 사무국장이 비록 새롭게 생각해낸 진리는 없다고 해도 나름의 재치와 그럭저럭한 이해력을 갖췄음을 인정하게 된다.

"우리에겐 일흔두 개의 감각이 있습니다." 아카데미 회원이 말했다. "그런데도 감각이 적다고 매일 한탄하지요. 우리의 상상은 필요 이상으로 멀리 뻗어갑니다. 우리는 칠십이감感과 토성 고리와 다섯 개의 위성만으로는 한계가 있다고 생각하고 있습니다. 그리하여 일흔두 개나 되는 감각에서 비롯되는 수많은 정념과 우리가 가지고 있는 그 모든 호기심에도 불구하고, 우리는 늘 권태를 느끼지요."

"그럴 거라고 생각합니다." 미크로메가스가 말했다. "우리 별에 사는 사람들은 거의 천 개의 감각을 가지고 있는데도 여전히 알지 못할 어떤 막연한 욕망, 알지 못할 어떤 불안이 남아 있어서 끊임없이 우리가 하찮은 존재이며 우리보다 훨씬 더 완전한 어떤 존재가 있다고 생각하게 됩니다. 여행을 좀 하면서 나는 우리보다 훨씬 열등한 필멸의 존재들도, 우리보다 훨씬 우월한 존재들도 보았습니다. 하지만 진정 필요한 것 이상으로 더 많은 것을 욕망하지 않거나 만족할 만한 양보다 더 많은 것을 필요로 하지 않는 존재는 한 번도 보지 못했습니다. 아마도 언젠가는 아무것도 부족하지 않은 나라에 가게 되겠지요. 하지만 아직까지는 아무도 내게 그런 나라에 대해 확실한 어떤 소식을 전해주지 못했습니다."4

① 볼테르 역시 망명 아닌 망명을 하며 우정을 나눈 사람들이 있었을 것이다. 볼테르는 그들이 자신과 같은 수준의 지성을 가졌다고는 결코 생각하지 않았겠지만 그럭저럭 대화가 통한다고 생각했을 게 분명하다.

③ 걸리버가 기록한 여행기의 대부분을 차지하는 건 그가 방문한 나라의 사람들과 나누는 기나긴 대화다. 물론 그는 단 한 번도 상대와 동등한 위치에서 대화를 나눈 적이 없다.

*

앞의 대화를 통해 우리는 미크로메가스가 『걸리버 여행기』를 읽지 않았다는 사실을 알 수 있다. 휴이넘의 나라에 대한 걸리버의 보고가 바로 그가 찾는 아무것도 부족하지 않은 나라에 대한 확실한 소식이 아니면 무엇이란 말인가?◆ 하지만 책이나 읽기에는 인생이 너무도 짧다. 1만 5000년쯤 산다는 토성인은 인생이 너무 짧아서 태어나는 순간에 죽는 것이나 다름없다고, 뭘 좀 배우려고 하면 경험을 쌓기도 전에 죽음이 찾아온다고 투덜댄다. 토성인보다 700배쯤 오래 사는 미크로메가스 역시 같은 생각이다. 그리하여 그들은 짧은 삶을 최대한 만끽하기 위해 가벼운 철학 여행을 떠나기로 한다. 그러자 어디선가 소식을 들은 토성인의 애인이 눈물을 흘리며 달려온다.

> 그녀는 자그맣고 귀여운 갈색머리 여인으로 키가 고작 660투아즈◆◆밖에 되지 않았지만 작은 키를 보완해줄 많은 매력을 지니고 있었다. "아, 잔인한 사람!" 그녀가 소리쳤다. "천오백 년 동안 뻗대다가 마침

◆ 볼테르는 그것을 읽었고 프랑스어로 번역했으며 조너선 스위프트와 친교를 나누기도 했다.

◆◆ 약 1320미터.

내 비로소 당신을 따르게 되었는데, 당신 품에서 겨우 이백 년을 보냈을 뿐인데 당신이 나를 떠나 다른 세상에서 온 거인과 함께 여행을 가다니요. 가세요, 당신은 한낱 호기심 많은 사람에 불과할 뿐 사랑은 한 번도 못했던 거라고요. 당신이 진정한 토성인이라면 마음이 변하지 않으련만. 어디로 가는 거지요? 뭘 원하는 건가요? 우리 다섯 개 위성도 당신보다는 덜 떠돌아다녀요. 우리 토성 고리도 당신보다는 덜 변덕스러워요. 이렇게 된 이상 나는 이제 아무도 사랑하지 않을 거예요." 철학자는 그녀를 껴안고 함께 눈물을 흘렸다. 그는 천생 철학자였던 것이다. 그러나 그 여인은 기절했다가 정신을 차린 다음에는 마음을 달랜답시고 그 별의 어느 젊은 멋쟁이 녀석과 함께 사라져버렸다.5

③ 여기서 우리는 영국 신사 걸리버가 자신의 여행기에서 굳이 언급하지 않았던 부분을 유추할 수 있다. 말하자면 다시 한 번 떠나야겠다고 선언하는 걸리버를 바라보던 아내의 마음 같은 것. 그렇게 볼 때 마지막 항해를 떠나기 전에 아내가 가졌다던 늦둥이에 대해서도 다른 해석이 가능해진다. 그때 걸리버의 마음에선 이미 돌이킬 수 없는 인간 혐오가 자라나고 있었다는 걸 감안하면 여러모로 미심쩍은 상황이었다. 그러니까 내 말은, 작고 매력적인 토성 여인과 마찬가지로, 밖으로만 나도는 남편을 둔 아내에게는 젊은 멋쟁이 녀석과 함께 어울리며 마음을 달랠 권리가 있다는 거다. 걸리버 역시 그런 사정을 어느 정도 눈치채고 있었던 것으로 보인다. 세 번째 항해에서 오쟁이 진 남편과 정숙하지 못한 아내를 향해 거칠게 내뱉던 그답지 않은 분노를 떠올려보라.

*

혜성에 올라타 우주를 여행하던 2인조는 목성과 화성을 거쳐 지구에 도착한다. 너무도 보잘것없는 작은 별의 모습에 눈물까지 날 지경이었지만 그들에게는 잘 곳이 필요했다. 하인들이 조리해준 산山 두 개로 식사를 한 그들은 자신들이 도착한 나라를 천천히 돌아보기로 한다. 우리가 지중해라고 부르는 작은 늪과 대양이라고 부르는 작은 연못을 넘어 지구를 한 바퀴 도는 데 걸린 시간은 총 서른여섯 시간. 너무 큰 키 때문에 어떤 생명체도 발견하지 못한 그들은 논쟁을 벌인다. "사실 내가 이곳에 아무도 없다고 생각하게 된 건 양식 있는 자라면 여기서 살고 싶지 않을 것 같았기 때문입니다." 토성인이 주장했다. "아니! 어쩌면 여기 사는 이들은 양식 있는 생명체가 아닐 수도 있습니다." 시리우스인이 받아쳤다. 한참 설전을 펼치던 중에 미크로메가스의 목걸이가 끊어졌고 그들은 땅에 떨어진 다이아몬드가 일종의 현미경 역할을 한다는 사실을 깨닫는다. 그리하여 본격적인 지구 생태 관찰이 시작되니, 첫 번째로 발견한 것은 고래요 다음으로 발견한 것은 북극을 관측하고 돌아오는 철학자들을 태운 배였다.◆ 미생물이나 다름없는 지구인들이 말을 하는 모습을 보고 깊은 감동을 받은 미크로메가스는 이렇게 선언한다.

> "보이지 않는 벌레들아, 조물주의 손길이 무한히 작은 연못 속에서 기꺼이 너희를 태어나게 하셨으니 내가 범접 못할 비밀을 발견하도록 해주신 것에 대해 그분께 감사드리는 바이다. 나의 궁정에서는 너희를

◆ 볼테르는 여기서 허구와 사실을 뒤섞는다. 그는 실제로 있었던 좌초를 언급하며 이렇게 쓴다. "우리가 알고 있듯이 한 무리의 철학자들이 북극권에서 그때까지 아무도 알아내지 못한 사실들을 관측하고 돌아왔던 것이 바로 그 무렵이다. 여러 신문은 철학자들의 배가 보트니아 만에서 좌초했는데 그들이 거기서 가까스로 목숨을 건졌노라고 전했다. 하지만 우리는 이 세상에서 결코 카드의 이면을 알지 못한다. 나는 이제 내 의견을 조금도 덧붙이지 않고 일이 일어난 대로 진솔하게 이야기하려는바, 역사가에게는 이것이 여간한 노력으로는 되는 일이 아니다."(25~26쪽)

거들떠보지 않을지 모르지만 나는 누구도 경멸하지 않고 너희들을 보호하겠다."6

허공에서 들려오는 목소리에 배의 사제는 마귀를 쫓는 기도를 읊었고 선원들은 욕을 했으며 배에 타고 있던 철학자들은 이 현상을 설명할 체계를 세웠다. 하지만 어떤 체계도 목소리의 정체를 규명하지 못했고, 조금 더 부드러운 목소리를 가진 토성인 난쟁이가 나서서 우왕좌왕하는 미물들을 달래주었다.

그는 그들에게 토성에서 시작된 여행 이야기를 해주었고 미크로메가스에 대해 알려주었다. 그리고 어쩌면 이토록 미미한 존재일 수 있냐며 그들을 불쌍히 여기고 나서 언제나 이렇게 무無와 다를 바 없는 비참한 상태에 있었느냐고 그들에게 물었다. 그리고 고래들의 소유로 보이는 이 별에서 그들이 무엇을 하고 있는지, 행복한지, 번식은 하는지, 영혼이 있는지 물었고 그리고 이러한 본성에 대한 질문을 백 가지쯤 더 던졌다.7

③ 낯선 존재들이 사는 나라를 홀로 여행하는 걸리버와 달리 여기서 방문을 당하는 것은 인간들의 세계, 즉 지구다. 소심한 걸리버와 달리 미크로메가스는 육체적으로나 정신적으로나 인간들보다 우월하다. 걸리버의 여행에서 문제가 되는 건 정확히 말해 걸리버가 가지고 있는 인간에 대한 관점이지만 여기서는 인간 자체가 문제가 된다. 이어지는 지구인들과의 대화에서도 주도권을 가진 것은 외계인들이다.

*

영혼이 있느냐는 질문을 받은 그들은 자존심이 상한다. 누가 뭐라고 해도 학자들이다. 그들에게 자존심마저 없다면 아무것도 남지 않는 것이다. 그리하여 그중 대담한 이가 사분의를 돌려 그들을 관측한다. 그는 토성인 난쟁이를 향해 말한다. "당신 키가 머리부터 발끝까지 천 투아즈◆라고 해서 그렇게 생각하시는 겁니까? 당신은……." 토성인이 깜짝 놀라자 우쭐한 물리학자는 미크로메가스의 키도 잴 수 있다고 장담했고 즉석에서 실험이 이루어졌다.

> 거인이 길게 누웠다. 서 있으면 머리가 구름 위로 너무 많이 올라가 버리기 때문이다. 우리의 철학자들은 그의 몸 가운데, 스위프트 박사라면 거뜬히 이름을 댔을 법한 자리에 커다란 나무를 심었다. 하지만 나는 어디라고 말하기가 조심스러운데 귀부인들에 대한 내 지극한 존경심 때문이다.◆◆8

명백한 지성의 증거 앞에서 미크로메가스는 우주의 경이로움을 본다. 나아가 물질은 얼마 안 되고 온통 정신으로만 이루어진 듯한 지구인들의 모습에서 그는 진정한 정신의 삶을, 서로 사랑하며 살도록 만들어진 신의 은총을 보았다고 생각한다. 하지만 인간은 휴이넘이 아니다. 야후다. 철학자들은 순진한 방문자를 비웃듯 말한다. "그들 가운데 다른 사람들보다 좀 더 솔직한 한 사람이 공언하기를, 제대로 존중받지 못하는 소수◆◆◆를 제외하면 나머지는 다 미치광이, 악한, 불행한 사람들이라고 했

◆ 약 2킬로미터.

◆◆ 옮긴이 주에 따르면 "조너선 스위프트가 『걸리버 여행기』에서 항문에 풀무질을 하는 실험 이야기를 거침없이 했던 것을 암시하는 듯하다". 참고로 볼테르는 다른 자리에서 라블레의 분변학적 취향에 대해 언급하기도 했다.

◆◆◆ 옮긴이 주에 따르면 "철학자들을 가리킨다".

다."[9]

> "당신 발꿈치만 한 커다란 진흙 더미 몇 개가 문제입니다. 하지만 서로 목을 치는 수백만 명 가운데 어느 한 사람도 이 진흙 더미에서 지푸라기 하나라도 차지하려고 그러는 게 아닙니다. 그가 술탄이라는 사람 편인지 아니면 이유는 몰라도 황제라는 다른 사람 편인지 그것이 문제일 따름입니다. 어느 쪽도 문제가 된 작은 땅 구석을 한 번도 본 적이 없고 결코 보지도 못할 것입니다. 서로 목을 베어 죽이는 이 짐승들 가운데 누구도 자신들이 어느 짐승을 위해 목을 바치는지 그 짐승을 한 번도 본 적이 없습니다."[10]

그리하여 걸리버의 여행을 통해 우리에게도 익숙해진 논쟁이 이어진다. 다만 정치와 사회에 대한 것은 아니었고 아리스토텔레스, 데카르트, 라이프니츠, 로크 등의 이름과 세계와 영혼에 대한 여러 학설이 난무하는 철학적인 논쟁이다. 이번에는 외계인들이 비웃을 차례였다. 그때, 사각모를 쓴 미세 동물◆이 다른 철학자들의 말을 자르며 끼어들었다. 그는 토마스 아퀴나스의 『신학대전』 속에 모든 비밀이 있다고 선언하더니 두 거인을 위아래로 훑어보며 그들의 인격, 세계, 태양, 별, 모든 것이 오직 인간을 위해 만들어졌다고 주장했다.◆◆ 댓글 논쟁 중에 뜬금없이 끼어들어 헛소리하는 사람을 만났을 때처럼 두 거인은 허탈한 웃음을 터뜨린다. 이토록 미미한 것들이 그렇게 커다란 자존심을 가지고 있다는 사실에 어쩐지 화가 나기도 한다. 하지만 미크로메가스는 관대하게 말한다. 그렇다면 너희들이 볼 수 있도록 아주 작은 글씨로 근사한 철학책 하나

◆ 라블레가 일찍이 철저하게 조롱한 바 있는 소르본대학의 신학자를 암시한다.
◆◆ 그들은 아직까지 그들의 주장을 굽히지 않고 있다.

를 써주겠다고. 그 책에서 너희들은 사물의 궁극을 보게 될 거라고.

> 그는 떠나기 전에 정말로 책 한 권을 주었다. 사람들은 그 책을 파리의 과학 아카데미로 가져갔다. 그러나 아카데미 사무국장이 그 책을 펼쳤을 때 눈에 보인 것은 아무것도 없는 완전한 백지뿐이었다. "아! 내 이럴 줄 알았어." 그가 말했다.[11]

미크로메가스의 짧은 여행기는 이렇게 끝난다. 얼핏 허무개그처럼 느껴지기도 하는 결말을 오늘 우리의 관점에서 정리하자면 이렇다.

① 볼테르는 평생 수많은 저작을 남겼다. 하지만 그가 자신의 작품을 사람들이 이해할 거라고 믿었을지는 모르겠다. 자고로 천재에게는 건방진 구석이 있는 법. 볼테르는 이해하지 못하는 사람들에게는 궁극의 진리를 담은 책도 백지나 다름없다는 말을 한다.

② 기나긴 모험의 끝에서 돈키호테는 결국 자기가 미쳤다는 사실을 인정하고 알론소 키하노로 돌아간다. 그리고 우울증에 빠져 시름시름 앓다 세상을 떠난다. 책이란 이토록 덧없는 것이다. 가장 좋은 책은 백지로 이루어진 책이다.

③ 걸리버는 휴이넘의 세계에서 지고의 행복을 발견했다고 믿지만 그곳에서 추방당한다. 그리고 절망한다. 반면 미크로메가스는 지구인들에게서 궁극의 행복을 보았다고 생각하지만 그것이 이내 자신의 착각이었음을 깨닫고 웃어넘긴다. 그가 남긴 책은 지구인들에게 전하는 그의 마지막 농담이다.

*

무엇 하나 마음에 들지 않는다고? 좋다. 우리에게는 아직 ④가 남아 있다. 어떤 우주적 농담 혹은 우연에 의해 내가 가진 한국어판 「미크로메가스」가 42쪽에서 끝난다는 사실에 주목하자. 그렇다. 나는 지금 볼테르가 더글러스 애덤스의 '은하수를 여행하는 히치하이커'에게 지대한 영향을 주었다는 뻔한 이야기를 하거나 혹은 그것을 예상 표절◆했다는 다소 과감한 주장을 하려는 것이다. 사실 구구절절 늘어놓을 이야기는 아니다. 만약 당신이 『은하수를 여행하는 히치하이커를 위한 안내서』를 봤다면 내 말을 이해할 것이다.

④ 아직도 영문을 모르겠다면 구글에서 "the answer to life the universe and everything"을 검색할 것.

또 하나의 우주적 농담 혹은 우연이 있다. 『은하수를 여행하는 히치하이커를 위한 안내서』가 BBC 라디오 드라마로 제작되어 처음 전파를 탄 건 어느 해의 3월 8일이었다. 그리고 나는 3월 8일에 결혼했다.

◆ 『예상 표절』(피에르 바야르 지음, 백선희 옮김, 여름언덕, 2010)을 참고할 것. 출판사의 소개를 인용하자면 "과거의 것을 후대에서 도용하는 전통적인 표절이 아니라, 미래의 작품이나 아이디어를 앞선 세대에서 도용하는 이른바 '예상 표절'에 관한 이야기이다".

제13장

닉 혼비가 『캉디드 혹은 낙관주의』를 싫어합니다. 그래서 어쩌라고?

특별할 것도 없는 어느 오후, 멍한 눈으로 깨어나 담배를 문다. 숙취에 찌든 몸은 해장을 원하지만 그런 게 있을 리 없다. 라면은 지겹고 매식은 귀찮다. 하릴없이 앉아 순댓국이니 북엇국이니 해장국이니 쌀국수니 하는 것들의 이름을 불러본다.

그때 누군가 벨을 누른다. 아마 택배겠지. 또 몇 권의 책이 배송됐을 것이다. 하지만 몸을 움직일 마음은 좀처럼 들지 않는다. 일단 문을 열면 이런저런 변명을 해야 할 것만 같은 기분이다. 낯선 방문자가 대뜸 "저기, 평일 오후인데 아직 눈곱도 떼지 않으셨네요……" 하고 묻는 일은 없을 테지만 나도 모르게 "하하, 제가 프리랜서라…… 어제는 마감한 김에 한잔했습니다……" 하고 말해버리지는 않을까 두렵다. 물론 나는 마감을 하지 않았고 한 잔만 마신 것도 아니다. 모르는 사람한테 거짓말을 늘어놓고 싶지는 않다.

하지만 낯선 이는 좀처럼 갈 생각을 하지 않는다. 초인종을 몇 번 누른 다음 문을 두드리더니 큰 소리로 사람을 찾기 시작한다. 여자 목소리다. 별수 없이 무거운 몸을 일으킨다. 만면에 미소를 띤 아주머니와 약간 몽롱해 보이는 아가씨의 2인조. 그들은 내게 전해줄 좋은 말씀이 있다고 했다. 그건 이런 말씀이었다.

> "사물들이란 달리 존재할 수 없다는 것이 증명되었습니다. 모든 것은 한 가지 목적을 위해 만들어졌으며 반드시 최선의 목적을 위해 존재하기 때문이지요. 코는 안경을 걸치기 위해 만들어졌고 그래서 우리는 안경을 쓰는 겁니다. 두 다리는 바지를 입기 위해 만들어졌고 그래서 우리는 바지를 입는 것이지요. 돌멩이는 다듬어져서 성을 쌓기 위해 그런 모양이 되었고, 그렇기에 영주님은 너무나 아름다운 성을 가지고 계십니다. 이 지방에서 가장 훌륭한 남작은 가장 훌륭한 곳에서 사셔야 하니까요. 돼지는 잡아먹히기 위해 태어났으니 우리는 일 년 내내 돼지고기를 먹습니다. 그러니까 모든 것이 선이라고 주장하는 것만으로는 말이 안 됩니다. 모든 것이 최선이라고 말해야 하는 거죠."[12]

그러니까 눈은 눈곱이 끼기 위해 만들어졌고(그래서 내 눈에는 눈곱이 껴 있고), 입은 담배를 피우기 위해 만들어졌다(그래서 나는 담배를 피우고 있다)는 것이다. 한마디로, 내가 원래 그렇게 생겨먹었고 그게 최선이라는 것인데 퍽이나 위안이 되는 말씀이 아닐 수 없었다. 그게 문제였다. 그렇게 좋은 말씀을 혼자서만 듣고 있기에는 내 그릇이 너무 작았다. 나는 고민한다. 이분들을 출판사로 보내 마감은 어기라고 만들어졌고 그래서 필자들이 그렇게 자주 마감을 어기며 사실은 그게 최선이다, 라는 식의 복음을 전파해달라고 부탁해볼까? 하지만 나는 그렇게 하는 대신 문을 닫는다. 문은 닫으라고 만들어진 것이었기 때문이다.

*

볼테르의 철학 콩트 『캉디드 혹은 낙관주의』는 모든 것이 최선으로 존재한다는 라이프니츠의 낙관주의 명제에 대한 철저한 조롱이다. 닉 혼비는 2005년 10월의 독서 일기에서 볼테르의 『캉디드』를 살짝 '디스'한다.

> 우리가 고전을 읽지 않는다면 어떻게 될까? 인생을 살다 보면 자신이 '문학가'인지, 아니면 그저 독서 애호가인지 결정해야 하는 시점이 온다. 그리고 나는 독서 애호가가 더 재미있게 산다는 것을 깨닫는 중이다. 문학가는 『캉디드』 같은 책을 읽어야 하는데, 그렇지 않으면 문학가로서의 함량이 약간 미달되기 때문이다. 반면 독서 애호가는 뭐든 원하는 대로 읽어도 된다.[13]

그는 속 편한 독서 애호가로 남을 수 없는 스스로에 대한 한탄과 얄팍한 분량(영역본의 경우 90페이지)에 귀여운 표지로 자신을 속인 출판사에 대한 불평을 늘어놓는다. 심지어 다음 달의 독서 일기에서는 자기가 보기에는 별로 웃기지도 않은 마이클 프레인의 소설에 앤서니 버제스가 "지난해 읽은 책 가운데 웃음을 터뜨리게 한 몇 안 되는 소설"이라는 추천사를 쓴 것을 두고 "버제스는 『캉디드』를 분명히 읽었을 것이다. 그것도 기쁨의 눈물을 줄줄 흘리며(나는 최근 『캉디드』와 안 좋은 일이 있었다)" 라고 부연하기도 한다. 보시다시피 문학가들이란 대체로 뒤끝이 심하다. 그렇지 않으면 문학가로서의 함량이 약간 미달되기 때문이다. 그런 의미에서 닉 혼비는 물론 SNS의 시대를 살아가는 우리 모두는 영락없는 문학가라고 해야겠다. 문학이 팔리지 않는 것도 그 때문이다. 모든 사람이 문학을 하는데 구태여 책을 읽을 필요가 어디 있단 말인가?

닉 혼비가 그토록 『캉디드』를 싫어하는 이유는 무얼까. 그는 『캉디드』의 문제가 "실제로는 읽었든지 안 읽었든지 간에 모두 다 읽었다고 말하는 책(비교하자면 『동물농장』 『1984』 『걸리버 여행기』 『파리대왕』) 가운데 하나"라고 말한다. 그것은 물론 고전에 대한 일반적인 정의다. 그는 우리가 이해하기도 전에 그 작품들의 풍자와 알레고리는 이미 해독되어 있어서 설령 처음 읽는다고 해도 동어반복적인 느낌을 받을 수밖에 없다고 덧붙인다.

> 어쨌든, 낙관론의 정체를 잔혹하게 폭로할 필요가 없는 시대에 사는 사람이 있다면, 그게 바로 우리다. 우리는 사방의 모든 것이 언제나 끔찍하다고 믿는다. 사실, 볼테르는 그 점을 처음으로 지적한 사람들 가운데 하나고, 그가 너무나 성공적으로 해내는 바람에 우리는 인생에 팡글로스 한 명쯤은 필요하게 되어버렸다. 씁쓸한 주석.[14]

하지만 과연 그런가? 말하자면 그는 고전 무용론을 완곡하게 펴고 있는 셈인데 나는 동의할 수 없다. 고전 마케팅으로 만성적인 불황을 극복하려는 출판사들과 고전에 대해 쓰고 강의하며 생계를 꾸려야 하는 여러 독서-멘토-선생님들도 마찬가지일 것이다. 성공적인 작품의 핵심 아이디어가 세월의 흐름 속에서 낡고 진부한 것으로 전락하는 일은 흔하다. 하지만 우리는 언제든지 그것을 또 다른 관점에서 다시 읽을 수 있다. 그러는 동안 어떤 작품은 영영 잊히기도 하고 주목받지 못했던 작품이 새롭게 고전의 지위를 획득하기도 한다. 어떤 것을 고전 혹은 정전으로 인정하느냐는 문학사의 해묵은 논쟁거리인데 '정전'이니 '인정'이니 하는 단어에서 드러나듯, 아니 사람이 하는 일이 다 그렇듯, 그것이 공정하고 객관적인 일이라고는 누구도 말할 수 없다. 사실 그것이 공정하고 객관적일 필요도 없다. 그렇기에 우리는 우리의 책을 읽어야 하는 것이다. 잠깐, 내가 지금 "읽어야 한다"라고 썼나? 제기랄. 나도 어느새 독서-멘토-선생님 다 된 모양이다.

낙관론에 대한 주장에도 동의할 수 없기는 마찬가지다. 그가 영국인이라는 사실과 독서 일기가 작성된 시점이 2005년이라는 사실을 감안하자. 그는 2006년 미국 아마존을 휩쓸고 미국화된 이런저런 나라들을 거쳐 한국에까지 불어닥친 『시크릿』 열풍을 아직 보지 못한 것이다. 지금은 어떤가? "긍정적인 생각과 강렬한 믿음이 만났을 때 강력한 힘을 발휘한다"라는 론다 번 여사의 "걸면 걸리는 걸리버" 같은 헛소리와 그 변종들이 여전히 전 세계 독자들을 사로잡고 있는 현실이다. 서점 자기계발 코너만 둘러봐도 우리 시대의 팡글로스들을 얼마든지 찾을 수 있는 것이다. 닉 혼비가 틀렸다.

바버라 에런라이크 여사는 우리의 일상을 지배하고 있는 긍정주의를 이렇게 분석한다.

> 긍정적 사고는 고용주의 손에 의해 19세기의 주창자들이 짐작도 하지 못했을 용도로 바뀌었다. 떨치고 일어나 앞으로 나아가라는 권고가 아니라 직장에서의 통제를 위한 수단, 더 높은 실적을 내라고 들들 볶는 자극제가 되었다. 노먼 빈센트 필의 『적극적 사고방식』을 낸 출판사는 1950년대에 일찌감치 기업 시장으로 눈을 돌려 "기업 임원 여러분, 이 책을 직원들에게 주십시오. 커다란 이익을 낼 것입니다"라는 광고를 냈다. 광고는 영업 사원이 이 책을 읽으면 자신이 파는 상품과 자기가 속한 조직에 새로운 신뢰를 갖게 될 것이며, 내근 직원들의 효율성도 높아져 퇴근 시간만 기다리는 사람이 현저히 줄어들 것이라고 장담했다. 동기 유발이 채찍으로 사용되면서 긍정적 사고는 순응적인 직

원의 품질 보증서가 되었고, 1980년대 이후 다운사이징 국면에서 고용 사정이 악화됨에 따라 채찍을 쥔 손에는 더욱 힘이 들어갔다.[15]

같은 이야기를 하는 볼테르의 솜씨는 좀 더 날렵하다.

"오, 팡글로스!" 캉디드가 소리쳤다. "이런 끔찍한 일을 당신은 예측하지 못하셨습니다. 이렇게 되었으니 결국 나는 당신이 말씀하셨던 낙관주의를 포기할 수밖에 없군요."

"낙관주의가 뭔데요?" 카캄보가 말했다.

"아아! 그건 나쁠 때도 모든 것이 최선이라고 우기는 광기야." 캉디드가 말했다.[16]

물론 낙관주의가 영 쓸모없기만 한 헛소리는 아닐 것이다. 적당한 낙관주의는 마치 소금처럼 인생에 맛을 더할 수도 있다. 이를테면 이런 낙관주의는 어떤가. 나는 슬슬 이 장을 마칠 생각인데 누군가는 중요한 이야기는 하지도 않은 채 변죽만 울리다 끝낸다고 불평할지 모른다. 하지만 조금만 낙관적으로 생각해보자. 다음을 위해 중요한 부분을 남겨둔 것이니 그 또한 좋은 일이 아니겠는가?

그 전에 한 가지 고백할 게 있다. 『캉디드 혹은 낙관주의』의 첫머리에는 "이 작품은 랄프 박사가 쓴 독일어 원본을 번역한 것으로 1759년 박사가 민덴에서 사망했을 당시 주머니에서 발견된 부록이 포함되어 있다"라고 설명이 붙어 있다. 라블레와 세르반테스와 조너선 스위프트◆가 했던 것과 비슷한 수법이다. 볼테르는 정치적 박해를 두려워하지는 않았지

◆ 스위프트는 『걸리버 여행기』의 서두에 「발행자가 독자에게」와 「걸리버 선장이 그의 사촌 심프슨에게 보내는 편지」라는 두 개의 장을 배치해 독자들이 진짜 걸리버가 쓴 여행기라고 믿게 했다.

만 이러한 철학적 콩트가 시인이자 극작가인 자신의 이름에 어울리지 않는다고 생각했다. 나 역시 이 책을 내며 가명을 써야 하나 고민했다. 서평가인 내 이름에 이보다 더 어울리는 책이 어디에 있겠느냐만 어쩐지 조금 부끄러웠던 것이다. 실제로 나는 몇 개의 이름을 생각해보기도 했다. 찰스 부코스키. 로베르토 볼라뇨. 오에 겐자부로. 유리 올레샤. 정영문. 기타 등등. 하필 똑같은 이름을 가진 작가들이 있는 바람에 어느 이름도 쓸 수 없었다. 아무려나.

*

특별할 것도 없는 어느 오후, 멍한 눈으로 깨어나 담배를 문다. 숙취에 찌든 몸은 해장을 원하지만 그런 게 있을 리 없다. 라면은 지겹고 매식은 귀찮다. 하릴없이 앉아 순댓국이니 북엇국이니 해장국이니 쌀국수니 하는 것들의 이름을 불러본다. 그리 나쁠 것 없는 오후다. 마감도 했겠다, 여름 해는 길고 담배는 아직 반 갑이 남았으니까. **#낙관주의의나쁜예**

제14장

닥터 팡글로스 혹은
캉디드는 어찌하여 낙관을 멈추고 정원을 가꾸게 되었는가

캉디드는 베스트팔렌 지방의 고귀하신 툰더 텐 트론크 남작의 성에서 자랐다. 우리가 살고 있는 최선의 세계 안에 존재하는 모든 성들 가운데에서도 가장 아름다운 성으로 이름 높은 곳이었다. 전화 투표를 통해 세계 7대 경관을 선정한다는 뉴세븐원더스 같은 재단도 없던 시절이다. 물론 순진한 지자체에 전화를 걸어 세계 7대 경관으로 선정해줄 테니 돈을 내놓으라는 국제 사기 같은 것도 없었다. 그렇다면 툰더 텐 트론크 남작의 성은 어떻게 가장 아름다운 성이라는 타이틀을 얻게 되었을까? 간단하다. '충족이유율'과 '인과율' 덕분이다.

일찍이 라이프니츠는 충족이유율과 인과율을 사용해 자신의 낙관주의 철학을 펼친 바 있다.

> 신은 모든 측면에서 완전하다.(이는 신에 대한 표준 정의를 구성하는 부분이다.) 이로부터 신은 우주를 정확하게 자신이 고안한 형태로 만들

기 위한 훌륭한 이유를 가졌음에 틀림없다는 결론이 따라 나온다. 아무것도 우연에 맡겨질 수 없었다. 신은 모든 측면에서 절대적으로 완전한 세계를 창조하지는 않았다. 그것은 세계를 신으로 만들 터인데, 왜냐하면 신은 존재하거나 존재할 수 있는 가장 완전한 것이기 때문이다. 그러나 신은 가능한 세계들 중에 가장 좋은 세계, 즉 이런 결과를 성취하기 위해 필요한 가장 적은 악이 도사린 세계를 만들었음에 틀림없다. 작은 부분들을 결합하는 데 이보다 더 좋은 방법은 있을 수 없었다. 어떠한 설계도 더 적은 악을 사용하여 더 많은 선을 산출하지는 못했을 것이다.[17]

팡글로스는 남작 집안의 예언자이자 가정교사로 라이프니츠의 신봉자였다. 그는 한 손에는 충족이유율을, 다른 손에는 인과율을 들고 특별할 것도 없는 남작의 성과 158킬로그램의 몸무게를 가진 남작 부인이 세상에서 가장 아름다운 성과 여인이라는 사실을 완벽하게 증명할 수 있는 사람이었다. 어느 평일 오후 내게 복음을 전하던 2인조와 같은 논리였다.

"사물들이란 달리 존재할 수 없다는 것이 증명되었습니다. 모든 것은 한 가지 목적을 위해 만들어졌으며 반드시 최선의 목적을 위해 존재하기 때문이지요. 코는 안경을 걸치기 위해 만들어졌고 **그래서** 우리는 안경을 쓰는 겁니다. 두 다리는 바지를 입기 위해 만들어졌고 **그래서** 우리는 바지를 입는 것이지요. 돌멩이는 다듬어져서 성을 쌓기 위해 그런 모양이 되었고, **그렇기에** 영주님은 너무나 아름다운 성을 가지고 계십니다. 이 지방에서 가장 훌륭한 남작은 가장 훌륭한 곳에서 사셔야 하니까요. 돼지는 잡아먹히기 위해 태어났으니 우리는 일 년 내내 돼지고기를 먹습니다. **그러니까** 모든 것이 선이라고 주장하는 것만으로는 말이 안 됩니다. 모든 것이 최선이라고 말해야 하는 거죠."[18]

과연 팡글로스에게는 모든 것이 최선이었다. '그래서' '그렇기에' '그러니까' 같은 마법의 접속사만으로 남작의 성에서 가장 훌륭한 스승으로 명성을 떨치며 행복하게 지낼 수 있었으니까. 라이프니츠도 울고 갈 'R=VD'◆라는 아름다운 공식을 가지고 우리 시대의 독서 멘토이자 인문학 리더로 거듭난 어느 베스트셀러 저자가 그런 것처럼, 팡글로스는 자신이 설파하는 낙관주의 철학의 살아 있는 증거요 지행합일의 표본이었다.

시대의 참스승 팡글로스는 강의실 밖에서도 참교육을 멈추지 않았다. 숲을 산책하던 남작의 딸 퀴네공드가 무성한 잡초 사이에서 "갈색머리에 대단히 예쁘고 온순한 남작 부인의 하녀"와 엉켜 있는 것을 목격했을 때도 박사는 그녀에게 "신체 실험 강의"를 하는 중이었다.

> 퀴네공드는 과학적 재능이 뛰어났으므로 그 증인이 되어 반복되는 실험을 숨죽이고 지켜보았다. 그녀는 박사가 말한 '충족 이유'와 '원인과 결과'를 분명하게 이해하게 되었고, 자신이 젊은 캉디드의 '충족 이유'가 될 수 있고 캉디드도 자신의 '충족 이유'가 될 수 있으리라는 상상을 했다. 그리고 몹시 흥분한 상태로 골똘히 생각에 잠겨 자신도 학자가 되고 싶다는 열렬한 욕망을 가득 품은 채 발걸음을 돌렸다.[19]

그러니까 그녀는 아무런 인과관계도 없는 두 단자가 자애로운 신의 뜻에 따라 '예정된 조화'◆◆를 이루는 것처럼 아무런 인과관계도 없는 두

◆ "생생하게(Vivid) 꿈꾸면(Dream) 이루어진다(Realization)."

◆◆ 라이프니츠의 『모나드론』 또는 빅토리아 베컴이 몸담았던 그룹 스파이스걸스의 노래 〈2 become 1〉을 참고할 것.

남녀가 학문으로 하나 되는 성스러운 순간을 목격한 것이다. 그야말로 지행합일이다. 이론과 실천이다. 그러니 그 순간 학문([발음: 항문])을 향한 주체할 수 없는 열정이 그녀를 사로잡았다고 한들 놀랄 일은 아니니다.

그녀의 열정은 뜻밖의 결과를 낳았다. 성으로 돌아오는 길에 캉디드를 만난 퀴네공드의 얼굴이 붉어졌고 캉디드의 얼굴도 따라 붉어졌으며 다음날 병풍 뒤에서 다시 만난 그들이 예정된 조화를 따라 입을 맞춘 것까지는 좋았다. 하지만 또 하나의 합일이 이루어지려던 순간, 근처를 지나던 남작이 이 '원인과 결과'를 본다. 쯧쯧. 남작에게 엉덩이(=항문)를 걷어차인 캉디드는 그 즉시 성 밖으로 쫓겨났고, 충격으로 잠시 기절했던 퀴네공드는 깨어나자마자 세상에서 가장 아름다운 남작 부인에게 158킬로그램의 무게가 실린 싸대기를 맞았다. 모든 것이 최선인 세상에서 캉디드와 퀴네공드에게 닥친 첫 번째 불행이었다. 하지만 그건 시작에 불과했다. 볼테르는 주요 인물을 소개하고 자신이 조롱할 철학을 늘어놓고 이론과 실천의 다양한 합일을 묘사하고 이어진 불행을 그리는 데 고작 네 쪽(정확하게는 세 쪽 반)을 할애하고 있을 뿐이다. 캉디드와 우리에게는 아직 수많은 최선의 페이지들이 남아 있다.

낙원에서 추방당한 캉디드는 팡글로스의 가르침을 갑옷처럼 두른 채 네덜란드에서부터 포르투갈, 남아메리카, 프랑스, 영국, 베네치아, 터키를 유랑하며 당대에 일어났던 온갖 사건을 몸소 겪는다. 허구와 사실을 뒤섞는 볼테르의 수법이 다시금 빛을 발한다. 1755년의 리스본 대지진, 종교재판소의 화형식, 식민정책을 반대했던 파라과이의 예수회 신부들과 열강의 갈등, 매독, 지중해와 대서양을 무대로 벌어지던 해적질, 모로코의 대살육전, 그 밖의 온갖 자잘하고도 구차한 작은 사건들까지. 볼테르는 캉디드가 겪는 이 모든 수난이 '가능한 최선의 세계에서 일어나는 최선의 일'이라는 사실을 우리에게 끊임없이 상기시키며 순진한 낙관주의를 철저히 조롱한다.

놀라운 사실은 이 모든 일들이 고작 156쪽 안에서 펼쳐진다는 것이다. 더욱 놀라운 사실은 닉 혼비가 분통을 터트린 영역본은 90여 쪽이고 이탈로 칼비노가 찬양한 (아마도 이탈리아어) 판본은 고작 80쪽◆에 불과하다는 것이다. 어떻게 이런 일이 가능한가? 해답은 바로 리듬과 속도에 있다.

> 오늘날 『캉디드』가 우리에게 읽는 즐거움을 주는 것은 그것이 '철학소설'이기 때문도, 특유의 풍자가 넘치기 때문도 아니다. 물론 뒷부분으로 갈수록 점점 더 뚜렷해지는 어떤 도덕관념이나 세계관 때문은 더더욱 아니다. 이 책이 주는 재미란 바로 그 리듬에 있다. 불운한 사고와 온갖 수난과 학살이 빠른 속도로 민첩하게 매 페이지마다 경합을 벌이듯 이어지고 장이 넘어갈 때마다 튀어나오며 이야기별로 갈라져 나가거나 증식하는데, 이 때문에 독자들은 숨 가쁜 흥분과 원시적인 활력을 흠뻑 느끼게 된다. (…) 유머 작가로서의 볼테르가 구사한 이 위대한 발견은 코미디 영화에서 가장 즐겨 사용되는 유머 기법이기도 하다. 엎친 데 덮친 격으로 재앙이 정신을 못 차릴 만큼 빠른 속도로 덮치는 것이다.[20]

성에서 쫓겨나 들판을 헤매던 캉디드는 불가리아군에 징집된다. 그는 첫날에 곤봉 서른 대, 이튿날엔 곤봉 스무 대를 맞고 셋째 날에는 2000명이 넘는 연대원에게 돌아가며 서른여섯 대씩 맞은 후에야 가까스로 군대를 탈출한다. 정처 없이 떠돌던 그는 "종기가 잔뜩 나고 눈빛은 퀭하고 코끝은 빨갛고 입은 비뚤어지고 이빨은 누렇고 목구멍에서 그렁그렁 소

◆ 칼비노는 『캉디드』를 가리켜 "80페이지 안에 세계 구석구석을 비추는 영화"라고 말했다.

리가 나고 심한 기침으로 괴로워하"는 거지를 만난다. 거지의 정체는 다름 아닌 팡글로스. 한때 잘나갔던 철학 선생은 옛 제자에게 슬픈 소식을 전한다. 성을 침략한 불가리아 군대에 의해 퀴네공드는 겁탈을 당할 만큼 당한 후에 배가 갈라져 죽었고 남작의 머리는 박살 나고 부인은 난도질을 당했으며 성에는 돌멩이 하나, 헛간 한 채, 양 한 마리, 오리 한 마리, 나무 한 그루 남아나지 않았다는 것이다. 아아, 비참하다. 너무나도 비참하다. 그렇다면 팡글로스를 끔찍한 몰골로 만든 '원인과 결과' 혹은 '충족 이유'는 무엇인가? 그는 말한다.

"저런! 그건 사랑 때문이네. 사랑, 인간의 위로자이며 우주의 수호자, 감각 있는 모든 존재의 영혼인 부드러운 사랑 말일세." 팡글로스가 말했다.

"아아! 사랑, 저도 압니다. 이 사랑, 마음을 지배하는 군주, 우리 영혼의 영혼이지요. 제게 사랑은 한 번의 입맞춤과 스무 번의 발길질입니다. 그런데 그 아름다운 원인이 어떻게 당신에게 이토록 무서운 결과를 낳았단 말입니까?" 캉디드가 말했다.

팡글로스는 이런 말로 대답했다. "나의 사랑스러운 캉디드! 자네도 파케트를 알겠지. 우리 존귀하신 남작 부인의 귀여운 시녀 말일세. 나는 그녀의 품에서 천국의 행복을 맛보았는데, 그것이 지금 자네가 보다시피 나를 집어삼킨 지옥의 고통을 낳았다네. 그녀는 성병에 걸려 있었고 아마도 그 때문에 죽었을 게야. 파케트는 꽤나 학식 있는 성 프란체스코 수도회 수사한테서 그 선물을 받았지. 역사는 거기서부터 시작되었다네. 왜냐하면 그 수사는 늙은 백작 부인에게서 그 병을 옮았고 백작 부인은 기병대장에게서, 기병대장은 후작 부인에게서, 후작 부인은 어느 시동에게서, 시동은 한 예수회 수사에게서 옮았다니까. 그는 수련 수사 시절에 크리스토퍼 콜럼버스 일행 중 한 사람에게서 직접 그 병을 옮았다네. 나는 아무한테도 옮기지 않을 걸세. 나는 죽어가고 있으니까."21

원인과 결과, 혹은 팡글로스의 매독을 둘러싼 하나의 작은 역사는 볼테르의 손에서 일종의 케빈 베이컨 게임이 된다. 아홉 명의 남녀와 (최소한) 여덟 번의 섹스가 얽혀 있는 복잡다단한 족보 속에서 개개인의 사연은 깔끔하게 소거되고 볼테르는 날렵한 솜씨로 성직자와 공직자와 귀부인들의 풍기를 풍자할 뿐이다.

그들은 우연히 만난 자크라는 인물의 도움을 받아 병을 치료하고 일자리를 얻어 리스본을 향하지만 대지진이 일어나 배가 침몰한다. 자신을 때린 성질 고약한 수부를 구하려던 착한 자크는 목숨을 잃고, 캉디드와 팡글로스와 못된 수부는 살아남는다. 언제나 그랬던 것처럼 팡글로스가 이 모든 현상의 충족 이유를 완벽하게 설명하는 동안 그들의 대화를 엿듣던 종교재판관 첩자의 신고로 스승과 제자는 체포된다. 한 사람은 사제 같은 태도로 말했고 다른 사람은 그 말을 들었다는 게 그 이유였다. 종교재판에 회부된 그들은 화형을 선고받는다. 지진으로 상처받은 사람들의 마음을 달래기 위해서는 어쩔 수 없는 일이었다. 예나 지금이나 대중을 달래는 데는 애먼 사람을 불에 태우는 것만 한 게 없는 것이다.◆ 하지만 무슨 이유에서인지 팡글로스는 교수형에 처해지고, 스승의 죽음을 바라보며 "이곳이 가능한 세계의 최선이라면 도대체 다른 세상은 어떨까?"라는 절박한 질문을 던지던 캉디드는 볼기 몇 대를 맞은 후 석방된다. 캉디드는 어디선가 나타난 친절한 노파를 따라간다. 그리고 그곳에

◆ 지진과 종교재판의 상관관계에 대해서는 1647년 산티아고 대지진을 다룬 하인리히 폰 클라이스트의 단편소설 「칠레의 지진」을 참고할 것.

서 꿈에도 그리던 퀴네공드를 만난다. 잠깐만, 당신은 겁탈당하고 배가 갈라져서 죽은 거 아니었어? 시련을 겪으며 어느덧 성숙해진 여인이 당차게 말한다. "맞아요. 하지만 그 두 가지 일로 해서 반드시 죽는 것은 아니랍니다."

"하늘이 우리들의 아름다운 툰더 텐 트론크 성에 불가리아인을 보냈을 때 저는 침대에서 깊이 잠들어 있었어요. 그들은 아버지와 오빠의 목을 베고 어머니를 난도질했어요. 내가 그 광경에 넋이 나간 것을 보고 키가 195센티미터나 되는 불가리아 병사가 나를 겁탈하려 했지요. 그 바람에 정신이 번쩍 들었고 의식을 되찾아 소리치고 발버둥치고 그 사람을 물어뜯고 할퀴었어요. 그 키 큰 불가리아 병사의 눈을 뽑아버리고 싶었답니다. 아버지의 성에서 일어난 모든 일이 세상에서는 흔한 일이라는 것을 알지 못했으니까요. 그 못된 놈이 칼로 내 왼쪽 옆구리를 찔렀어요. 아직도 상처 자국이 남아 있어요."

"오, 저런! 보고 싶어요." 순진한 캉디드가 말했다.

"보게 되겠지요. 지금은 이야기를 계속할게요." 퀴네공드가 말했다.[22]

속사포처럼 쏟아지는 퀴네공드의 이야기를 아우어바흐는 이렇게 논평한다.

이처럼 끔찍한 사건들이 희극적으로 보이는 것은 광대놀이처럼 빠른 속도로 마구 벌어지고 또 그것들이 신의 뜻이며 어디에서나 흔한 일로 그려져 있기 때문이다. 그리고 이것은 사건의 끔찍함이나 희생자들의 의향과는 희극적인 대조를 이루고 있다. 거기다가 마지막에는 색정

> 적인 신소리가 첨가되어 있다. 날카로운 대조법에 의한 문제의 단순화, 문제를 삽화의 차원으로 격하시키는 것이 어지럼증 나는 급한 속도와 함께 소설 전체를 지배하고 있다. 연이어서 불행이 일어나는데 이 불행은 필요한 것이며 그럴 만한 원인에서 비롯된 것이고 이치에 맞는 것이고 모든 가능한 세계 가운데서 최상의 세계에 값하는 것이라고 되풀이해서 설명되어 있다. 이것이 이치에 닿지 않음은 명백하다. 이리하여 냉정한 성찰은 웃음 속에 파묻히고 말아 흥이 난 독자는 볼테르가 라이프니츠의 논의나 형이상학적인 우주조화관 전반을 정당하게 다루고 있지 않다는 것을 전혀 보지 못하거나 보게 되더라도 가까스로 겨우 보게 되는 것이다.23

아우어바흐는 "그의 속도는 미적 성질을 잃어버리는 법이 없다"라며 볼테르의 솜씨를 추켜세우지만 『캉디드』를 높이 평가하진 않는다. 볼테르에게 있어 리얼리즘의 요소는 계몽주의적 이데올로기에 봉사하는 부차적이고 공허한 기교에 지나지 않는다고 지적하는 그는 볼테르가 사건의 원인을 극도로 단순화함으로써 현실을 왜곡하고 인간의 운명이나 신념을 결정하는 역사적 조건을 탐구하지 않는다고 비판한다. 글쎄, 나는 다만 옆구리의 상처 자국을 보고 싶다는 캉디드에게 "보게 되겠지요" 하고 말한 퀴네공드가 약속을 지켰는지가 궁금할 뿐이다. 리얼리즘에 대한 아우어바흐의 신념만큼이나 나의 취향은 단호하다. 나는 "색정적인 신소리"가 없는 소설에 반대한다.

퀴네공드는 계속해서 사연을 늘어놓는다. 썩 잘생겼고 희고 부드러운 피부를 가진 불가리아 대장에게 끌려갔다가 석 달 후에는 네덜란드와 포르투갈에서 암거래를 하며 여자를 몹시 밝히는 어느 유대인에게 팔려 시골 별장에 오게 되었는데, 그곳에서 다시 종교재판장의 눈에 띄어 두 남자의 공동소유가 되어 월요일과 수요일과 안식일은 유대인과, 나머지 요일은 재판장과 보내게 되었다. 그러던 중에 유대인을 겁주기 위해 열린 화형식을 구경하러 갔다가 팡글로스 선생과 캉디드를 보고 노파에게 부탁해 그를 그곳에 데려왔다는 것이었다.

슬슬 이야기가 지루해진다 싶을 무렵 문 뒤에서 대기하고 있던 유대인이 등장한다. "뭐야! 갈릴리의 개 같은 년, 종교재판장으로는 성이 안 찬단 말이냐, 이 녀석도 나와 나누라는 거야?" 다짜고짜 칼을 휘두르는 유대인은 캉디드가 반사적으로 뽑아 든 칼에 쓰러진다. 시체를 두고 우왕좌왕하는 동안 맞은편 문이 열리고 종교재판장이 들어온다. 일요일 새벽 한 시. 종교재판장이 퀴네공드를 차지할 순번이었다. 주저하지 않고 종교재판장을 찌른 캉디드는 퀴네공드와 함께 도망친다. 퀴네공드는 달리는 말 위에서 참았던 눈물을 터뜨린다.

> "도대체 누가 내 돈과 다이아몬드를 훔쳐 갔단 말입니까?" 퀴네공드가 울면서 말했다. "우리는 뭐로 살아가죠? 어떻게 해야 하나요? 내게 돈을 줄 다른 유대인이나 재판관을 어디서 구한단 말인가요?"[24]

하지만 그녀가 세상에서 제일 불행한 사람은 아니었다. 묵묵히 그녀를 돕던 노파가 자신의 사연을 털어놓는다. 열네 살까지 교황의 딸◆로 호사를 누리며 살던 그녀가 엉덩이가 한쪽밖에 없는 늙고 초라한 하녀가 되기까지의 이야기를 납치와 강간과 전쟁과 기아와 페스트와 인육이라는 키워드를 통해 서술하는 기나긴 사연이다. 교훈은 이랬다.

> 아가씨가 내 감정을 조금이라도 건드리지 않았다면, 그리고 배 안에

◆ 물론 교황은 결혼을 할 수 없다. 공식적으로는.

서 지루함을 달래고자 이야기하는 것이 으레 있는 일이 아니었다면, 나는 절대로 내 불행을 입 밖에 내지 않았을 겁니다. 마침내 말입니다, 아가씨, 나는 경험을 얻었고 세상을 알게 되었어요. 재미 삼아 배에 탄 사람들에게 자기 이야기를 한번 하라고 해보세요. 가끔 자기 인생을 저주하지 않는 사람, 자기가 세상에서 가장 불행하다고 말하지 않는 사람이 단 한 명이라도 있다면 나를 바다에 거꾸로 처넣어도 좋아요.25

우디 앨런은 〈애니 홀〉에서 인생을 두 가지 부류로 나눌 수 있다고 말한다. 끔찍한horrible 부류와 비참한miserable 부류. 끔찍한 부류는 신체적 장애 같은 치명적인 악조건과 함께 살아가야 하는 사람들이고 비참한 부류는 그들을 제외한 모든 사람이다. 끔찍한 부류의 사람들이 어떻게 삶을 견뎌내는지 모르겠다고 말하는 그는 이렇게 덧붙인다. 그러니 비참한 우리는 자신이 비참하다는 사실에 감사해야 한다고.

캉디드가 살고 있는 최선의 세계에서도 모든 인물들은 불행으로 점철된 삶을 살아간다. 심지어 그들에게는 죽음이라는 휴식마저 허락되지 않는 것처럼 보인다. 볼테르는 음험한 부두술사처럼 그들을 살려내고 살려내고 또 살려낸다. 아직 아니라는 듯이. 더 많은 불행이 남았다는 듯이. 아우어바흐의 불평처럼 "이렇게 가혹하고 상호 관련이 없는 연속적인 불행이 아주 순진하고 아무런 준비도 없는 사람들의 머리 위로 마른하늘의 소나기처럼 쏟아져 내려 순전히 우연에 의하여 휩쓸려버린다는 것은 있을 수 없는 일"인지도 모른다. 하지만 솔직히 말해서 남의 머리 위로 불행이 쏟아지는 모습을 지켜보는 것만큼 즐거운 오락이 또 어디 있겠는가?

그러니 우연히 찾은 엘도라도에서 행복한 시간을 보내던 캉디드가 끝내 속세를 잊지 못하고 다시금 길을 떠남으로써 자초한 불행에 대한 이야기는 언젠가 직접 이 책을 읽을 당신들을 위해 남겨두기로 하자. 설령 당신이 읽지 않는다고 해도, 그래서 이 재미있는 구경거리를 놓친다고 해도 그것은 내가 상관할 바가 아니다. 나는 내 몫의 불행을 생각하는 것만으로도 머리가 터질 지경이다.

불행과 여행. 그리고 만남. 그것들이 캉디드를 변화시킨다. 이탈로 칼비노가 지적하는 것처럼 "자세히 살펴보면 캉디드와 함께 가장 오래 여행하며 그를 이끈 사람은 불운만 골라 겪는 라이프니츠주의자가 아니라, 세상에서는 오직 악만이 승리한다고 보는 '이원론자' 마르틴이다." 굳이 말하자면 『은하수를 여행하는 히치하이커를 위한 안내서』에 등장하는 염세적인 로봇 마빈의 먼 조상뻘 되는 인물이다.◆

> "신부님, 프랑스에는 희곡이 몇 편이나 있나요?" 캉디드가 묻자 신부가 대답했다.
>
> "오륙천 편 정도 되지요."
>
> "많군요. 그 가운데 좋은 작품은 얼마나 되나요?" 캉디드가 말했다.
>
> "십오륙 편쯤 됩니다." 상대가 응수했다.
>
> "많군요." 마르틴이 말했다.[26]

어느덧 길고도 불행했던 여행의 끝에 다다른 일동. 그들은 조금쯤 지치고 조금쯤 성숙한 정신으로 세계란 무엇이고 그 속의 인간은 무엇인지에 대한 근본적인 질문을 던진다.

> 마르틴은 인간은 불안의 격동 속에 살거나 아니면 권태의 혼수상태

◆ 이 경우에도 우리는 더글러스 애덤스의 마빈이 볼테르의 마르틴의 영향을 받았다고도, 혹은 마르틴이 마빈을 예상 표절했다고도 말할 수 있다. Marvin과 Martin, 이름도 한 끗 차이다.

속에서 살기 위해 태어났다고 결론지었다. 캉디드는 그 말에 동의하지 않았지만 아무것도 확신하지는 못했다. 팡글로스◆◆는 자신은 언제나 끔찍할 정도로 고통을 겪었지만 일단 모든 것이 최선을 향해 나아가고 있다고 강변한 이상 계속 그것을 주장했는데, 사실은 아무것도 믿지 않았다고 털어놓았다.[27]

그들은 터키에서 가장 훌륭한 철학자로 통하는 유명한 이슬람교 수도승이 이웃에 살고 있다는 소문을 듣고 그를 찾는다. 그에게 인간이란 무엇이고 악이란 또 무엇이며 우리는 어떻게 살아야 하는지 묻는다. 수도승의 대답은 단순하다. 그건 네가 상관할 바가 아니며 그저 침묵하라는 것. 눈치 없는 팡글로스가 원인과 결과와 가능한 최선의 세상과 악의 근원과 영혼의 본성과 예정 조화에 대해 장황한 질문을 늘어놓자 수도승은 면전에서 문을 쾅 닫아버린다. 알다시피 문은 닫으라고 만들어진 것이기 때문이다.

집으로 돌아오는 길, 그들은 집 앞 오렌지나무 그늘에서 선선한 바람을 맞고 있는 선한 노인 한 사람을 만난다. 노인은 그들을 초대해 과일과 차를 내오고 향수를 뿌려주는 등 극진한 대접을 한다. 아마도 넓고 비옥한 땅을 갖고 있는 모양이라고 넘겨짚는 캉디드에게 노인은 땅이라고는 20에이커밖에 없으며 그 땅을 아이들과 함께 경작하고 있다고 대꾸한다. 그리고 노동을 하면 우리는 세 가지 악에서 멀어질 수 있다고 말하는데 그 세 가지 악이란 다름 아닌 권태와 방탕 그리고 궁핍이다.

언젠가 『걸리버 여행기』의 휴이넘들도 같은 말을 했다. "어느 야후가 갑자기 변덕을 부리며 구석에 누워 있으면서 울부짖거나 신음했다. 그

◆◆ 볼테르는 그에게 죽음이란 안식을 허락하지 않았다.

누구도 가까이 다가오지 못하게 했다. 주인의 하인들은 그 야후가 왜 그러는지 이유를 알 수 없었다. 젊고 건강한 그 야후에게는 음식과 물도 부족하지 않았다. 그들이 발견한 유일한 치료법은 그 야후에게 힘든 일을 시키는 것이다. 힘겨운 일을 하고 나면 반드시 정신을 차렸다고 한다."[28]

하지만 걸리버와 캉디드는 정반대의 결론을 내린다. 걸리버는 고된 일을 통해서야 겨우 진정시킬 수 있는 인간의 본성에 깊은 혐오를 품고 은둔의 길을 선택한 반면, 캉디드는 인간을 끊임없이 괴롭히는 인생을 그나마 견딜 만하게 해주는 유일한 방법이 일이라고 생각한 것이다. 그들은 농사를 짓고 빵과 과자를 굽고 수를 놓고 빨래를 하며 자신들의 집을 직접 짓는다. 제 버릇을 버리지 못한 팡글로스는 틈만 나면 공허한 낙관주의를 늘어놓지만 캉디드는 담담하게 대꾸할 뿐이다.

> "참으로 맞는 말씀입니다." 캉디드가 대답했다. "하지만 우리의 정원은 우리가 가꾸어야 합니다."[29]

이렇게 우리는 저 유명한 『캉디드 혹은 낙관주의』의 마지막 문장에 도달했다. 문제의 문장을 두고 귀스타브 플로베르는 "이 세상에서 가장 훌륭한 교훈"이라고 말했고 거기에 영감을 받은 영국의 밴드 스노패트롤Snow Patrol은 "show me your **garden** that's **bursting into life**"(〈Chasing Cars〉)라고 노래했다.◆ 우리의 정원은 우리가 가꿔야 한다는 게 도대체 무슨 말이길래? 나이절 워버턴은 이렇게 설명한다.

> 이 구절은 『캉디드』의 도덕이자 이 방대한 조크의 핵심 문구이다. (…) 더 깊은 수준에서 볼테르에게 있어 우리의 정원을 가꾸는 것은 그

◆ 거짓말이다. 하지만 좋은 노래다.

저 추상적인 철학적 담론이 아니라 인류를 위한 유용한 일의 은유이다. 이는 책 속의 인물들이 번영하고 행복한 삶을 누리기 위해 해야 할 일이다. 볼테르는 이것이 그저 캉디드와 친구들이 해야 할 일에 그치지 않음을 강력하게 시사한다. 우리 모두가 해야 할 일인 것이다.30

좋은 말씀이다. 동시에 하나 마나 한 말씀이기도 하다. 반면 이탈로 칼비노의 설명은 우리를 좀 더 생각하게 만든다.

이것은 너무나 간략하게 압축된 도덕적 경구지만, 우리는 이것을 반反형이상학적인 자세를 갖추어야 한다는 지적인 의미로 읽어내야만 한다. **스스로 직접 실천하면서 적용하여 풀 수 없는 문제라면 그러한 문제 자체를 던지지 말아야 한다는 것이다.** 또한 우리는 이 경구를 사회적인 의미 안에서 살펴야 한다. 이는 노동이 모든 가치의 핵심임을 처음으로 선언한 말이다. 오늘날 "우리의 밭을 가꾸어야 한다"라는 말은 자기중심적이고 부르주아적인 의미를 함축하고 있는 것처럼 들릴 수도 있다. 이러한 해석은 현대의 우리가 느끼는 불안과 근심이 투영된 것으로, 사실상 실제 의미하는 바와는 거리가 멀다. 노동 행위가 오직 저주의 결과로 그려지고, 인간이 일구어낸 밭이란 밭은 모두 쑥대밭이 되어버리는 이 책에서, 이 경구가 마지막 장에 가서야 나오는 것 또한 우연이 아니다. 우리의 밭 또한 옛 잉카 제국 못지않은 유토피아다. 『캉디드』에서 이성의 실현은 유토피아에서나 가능한 일이다. 그러나 이 말이 이 책에서 하나의 속담으로 전해질 만큼 가장 유명한 문구가 된 것 역시 우연이 아니다. 우리는 이 문구가 전조처럼 예언한, 인식론적이며 윤리적인 면에서의 급격한 변화를 놓치지 말아야 한다.(이 책은 정확히 바스티유 감옥이 함락되기 30년 전인 1759년에 씌었다.) 인간은 이제 더 이상 초월적인 선이나 악에 따라 심판받는 것이 아니라, 실제로 자신이 일구어낸 결과의 크고 작음에 따라 판단된다. 이러한 전환으로부터 바로 자본주의적 의미에서 '생산적'이라고 표현되는 노동이 지니는 윤리와, 실용적이고 책임을 피하지 않으며 구체적인 행위로서의 도덕(이러한 구체적 행위 없이 인간은 어떠한 보편적인 문제도 풀 수 없다)이 등장했다. 간단히 말해 오늘날 인간의 삶이 직면한 진정한 선택의 문제가 바로 이 책에서 출현했던 것이다.[31]

칼비노의 말은 내게 다시 〈애니 홀〉의 한 대목을 떠올리게 한다. 한 소년이 정신과 의사에게 말한다. "형이 미쳤나 봐요. 자신을 닭이라고 생각해요." 의사가 말한다. "한번 데려와 보지 그러니?" 그러자 소년이 난색을 표한다. "안 돼요." "왜?" "그러면 계란을 못 낳잖아요." 우디 앨런은 이렇게 덧붙인다. 우리 모두에게는 계란이 필요하다고.

어쩌면 볼테르 또한 같은 말을 하고 있는 게 아닐까? 그것이 설령 유토피아에서나 가능한 일이라고 하더라도 여전히 우리 모두에게는 저마다의 정원이 필요하다고. 우리는 스스로 그것을 가꿔야 한다고.

그리고 우리는 우리의 책을 읽어야 한다.

아주 조금…… 어쩌면 아무것도 아닌 운명

드니 디드로 Denis Diderot

『운명론자 자크』

프랑스 계몽주의 시대를 대표하는 또 한 명의 사상가이자 팔방미인. 그의 이름을 딴 '디드로 효과' 혹은 '디드로 딜레마'는 하나의 소비가 또 다른 소비를 부르는 현상을 가리킨다. 친구에게 진홍색 가운을 선물 받은 디드로는 낡은 가운을 버렸다. 그러자 책상이 너무 초라해 보였다. 디드로는 책상을 바꿨지만 책꽂이가 거슬렸다. 다음은 의자였다. 결국 하나부터 열까지 전혀 새로운 서재가 되었지만 디드로는 하나도 즐겁지가 않았다. 디드로는 즐거움을 위해 『운명론자 자크』를 썼고 그래서 즐거웠다.

Interlude

운명론자 자크 혹은 글쓰기의 모험 혹은 여름 그리고……

그들은 어떻게 만났는가? 모든 사람들이 그렇듯이 어쩌다 우연히. 그들의 이름은 무엇인가? 당신에게 그게 무슨 소용이 있단 말인가? 그들은 어디에서 오고 있었는가? 가장 가까운 곳에서. 그들은 어디로 가고 있었는가? 사람들은 자기가 가는 곳을 안단 말인가? 그들은 무슨 말을 하고 있었는가? 주인은 아무 말도 하지 않았고, 자크는 여기 우리에게 일어나는 모든 좋고 나쁜 일은 저기 높은 곳에 씌어 있다고 그의 전 주인인 대위가 말했다고 한다.[1]

*

편집자 그래, 지난번에는 낙관주의를 늘어놓더니 이번에는 운명론자란 말이지.

서평가 여기 우리에게 일어나는 모든 좋고 나쁜 일은 저기 높은 곳에 쓰여 있다고 말하는 하인과 그의 주인에 관한 이야기입죠.

편집자 "저 위의 누군가가 날 좋아하나 봐"◆ 같은 건가…….

짧은 침묵 후에 편집자는 소리를 질렀다. "그렇게 가는 거지!"◆◆

편집자 그렇다면 당신이 매번 마감에 늦는 것도 높은 곳에 쓰여 있기라도 하다는 건가?

서평가 그건 제가 싸구려 술을 마시기 전에, 혹은 마신 후라도, 숙취해소 음료를 마시는 것을 매번 잊어버리기 때문입죠. 부분적으로는 트위터 때문이기도 한데, 술에 취해 트위터에 주정을 늘어놓다 보면 신세한탄으로 이어지게 마련이고, 그러면 홧김에 책을 불태워야 한다느니 같은 소리를 주절거리게 되는 것입죠. 그러는 동안에도 시간은 흘러 하필 무더위가 시작되는 바람에…….

편집자 그래서 책도 태우지 못하고 마감 시간을 맞이했단 말이지?

서평가 잘 맞히셨네요. 마감이 어김없이 제 뒤통수를 때렸습죠. 다음에 이어질 엉터리 원고도 모두 그 마감 때문이라는 것은 명백한 사실입죠. 세상의 모든 일들은 모두 재갈사슬의 고리처럼 연결되어 있습죠. 마감이 뒤통수를 때리지 않았더라면 저는 예컨대 평생 원고지 한 바닥도 채우지 못하고, 따라서 이런 가망 없는 작업에 매달리지 않았을 테니 말입니다.

편집자 그래 엉터리 원고라는 건 알고 있단 말이지?

서평가 그렇습죠.

◆ 커트 보네거트의 소설 『타이탄의 미녀』의 과거 국내 번역본 제목이다.

◆◆ 커트 보네거트 『제5도살장』에서 반복되는 대사다.

편집자　그리고 그건 마감 때문이라는 거지?

서평가　그렇습죠. 그리고 원고료 때문이기도 하죠.

편집자　그런 말은 한 번도 한 적이 없었잖은가.

서평가　아마도 그럴 겁니다.

편집자　왜 그랬지?

서평가　그건 조금 일찍도 조금 늦게도 말해질 수 없기 때문입죠.

편집자　그렇다면 이제 모든 이야기를 할 때가 왔단 말이냐?

서평가　누가 아나요?

편집자　어쨌든 시작해보게나.

*

그리하여 이 원고는 이렇게 시작한다. 마감을 몇 시간 앞둔 오후였다. 날씨는 무더웠고 (내면의) 편집자는 깜박 잠이 들었다. 그들이 텍스트 주변을 어슬렁거리고 있을 때 혼란이 찾아왔다. 그들은 길을 잃었다. 편집자는 몹시 화가 나 회초리로 서평가를 세게 매질하기 시작했다. 그 불쌍한 서평가는 매를 맞을 때마다 "이것도 필경 저기 높은 곳에 쓰여 있겠지" 하고 말하곤 했다.

독자여, 그대도 보다시피 『운명론자 자크』의 서술 방식을 흉내 낸 내 이야기는 순조롭게 진행되고 있다. 그리고 내 마음대로 편집자와 서평가를 헤어지게 하고, 그들을 온갖 위험해 처하게 하여 그대로 하여금 『운명론자 자크』를 다루는 이 장을 1년 아니면 2년 혹은 3년 후에나 듣게끔 기다리게 하는 일도 오로지 내 손에 달려 있다.◆ 어느 출판사에서 정리

◆　정직하게 말하자면 당신은 그저 신경을 끄면 된다. 따라서 이 게임은 언제나 당신의 승리다.

해고를 하는 방식처럼 편집자를 물류 담당자로 발령하거나, 또 다른 출판사들에서 하는 것처럼 서평가를 홍보 담당자로 만들어 겉만 번지르르한 찬사를 늘어놓게 한다 해서 누가 뭐라고 말할 것인가? 서평을 쓴다는 것은 얼마나 쉬운 일인가! 하지만 그것은 아무래도 상관없는 일이었으니, 세상엔 그보다 중요한 일이 얼마든지 있기 때문이다. 노벨문학상의 단골 후보이자 "오징어 냄새 나는 소설을 쓴다"◆는 평을 동시에 받고 있는 무라카미 하루키 또한 언젠가 이렇게 말하지 않았던가.

> 예전에 어떤 월간지의 서평을 부탁받은 적이 있다. 나는 책을 쓰는 사람이지 비평하는 사람은 아니니 서평은 가능하면 쓰고 싶지 않다. 하지만 그때는 사정이 있어, "뭐, 좋아요, 하죠" 하고 받아들였다. 하지만 그냥 하면 재미가 없으니까, 가공의 책을 만들어서 그것을 자세히 평론하기로 했다. 실제로 존재하지 않는 사람의 전기에 대한 서평을 한번 써봤더니 여간 재미있는 게 아니었다. 없는 책을 만들어내는 것이니 그만큼 머리는 써야 했지만, 책 읽는 시간은 절약할 수 있었다. 게다가 거론한 책의 저자에게 '그 자식, 말도 안 되는 소리를 써대다니' 하고 개인적으로 원망 살 일도 없었다.
>
> 이 가상 서평을 쓸 때는 나중에 누군가에게 "돼먹잖은 거짓말 하지 마" 하는 항의 편지나, "어디 가면 이 책을 구할 수 있어요?" 하는 문의가 오지 않을까, 각오를 단단히 했다. 그렇지만 문의가 한 건도 오지 않아 되레 기운이 빠졌다고나 할까, 그건 그것대로 안심이었다고나 할까. 결국 월간지 서평 따위는 아무도 진지하게 읽지 않는구나 싶었는데 실상은 어떨는지.[2]

◆ 2013년 무라카미 하루키의 장편소설 『색채가 없는 다자키 쓰쿠루와 그가 순례를 떠난 해』가 일본에서 출간되었을 때 어느 독자가 인터넷에 올려 화제가 되었던 리뷰의 표현.

어쨌거나 내가 지금 서평을 쓰고 있지 않다는 것은 확실하다. 서평가라면 틀림없이 언급했을 것들을 무시하고 있으니까 말이다. 줄거리라거나 작가의 이력이라거나 시대적 정황이라거나 문학사적 의의라거나 작품의 내적 의미라거나 등등. 내가 쓰는 것을 헛소리로 간주하는 자는 서평이나 고백 혹은 그 밖의 다른 잡소리로 간주하는 자보다는 덜 오류를 범하는 셈이다. 그렇다고 헛소리라고 잘라 말하는 건 공정하지 못한 일이다. 비판이라는 게 원래 그렇다. 남한테 하는 비판은 언제나 공정하지만 내게 하는 비판은 그렇지 않은 것이다. 그러니 잡소리는 이쯤에서 끝내고 시작도 끝도 알 수 없는 길을 걸으며 끊임없이 신소리를 나누는 자크와 주인의 이야기로 돌아가기로 하자. 시작한 적도 없는 이야기로 돌아가는 일은 언제나 근사한 법이다.

> 그들은 여자에 대해 끊임없는 논쟁을 하기 시작하였다. (…) 이런 논쟁을 하면서 그들은 한순간도 말을 멈추지 않고 그렇다고 의견의 일치도 보지 못한 채, 아마 지구 한 바퀴라도 돌았을 것이다. 그때 폭우가 쏟아져 그들은 ……을 향해 갈 수밖에 없었다…… —어디로? —어디로라니? 독자여 그대의 호기심은 귀찮을 정도군. 그게 도대체 그대와 무슨 상관이 있단 말인가? 내가 그곳이 퐁투아즈나 생제르맹, 노트르담 드 로렛 또는 생자크 드 콩포스텔이라 한다 해서 그게 당신에게 무슨 상관이 있단 말인가? 당신이 계속해서 고집을 부린다면 난 그들이 ……을 향해 가고 있었다고 말할 수 있지. 그렇군. 그렇게 말하지 말라는 법은 없으니……3

그들은 말을 탄 채 길을 따라 걸으며 끊임없이 이야기를 나눈다. 주인은 자크의 사랑 이야기가 궁금하지만 저기 높은 곳에 쓰인 것들이 그것을 바라지 않기에 자크의 말은 거듭해서 끊기고 그들은 이런저런 사건들에 휘말린다. 이런저런……이라고밖에 표현할 수 없는 이런저런…… 사건들이다. 그게 소설의 전부다. 말했다시피 이 글은 그것을 흉내 내고 있는 중이다. 자크와 주인의 대화에 서평가와 편집자의 대화를 교묘히 뒤섞고 병치하며 때로는 그것을 겹치게 하고 또 갈라놓게도 하면서…….

*

서평가 나리께서는 제 얼굴을 뚫어지게 쳐다보시는군요? 왜, 제 안색이 불길해 보입니까?

편집자 아냐아냐.

서평가 다시 말하면 그렇다는 거겠죠. 제가 그렇게 나리를 무섭게 하면 여기서 그만두는 수밖에 없겠군요.

편집자 정신이 나갔군. 넌 자신감을 잃었단 말이냐?

서평가 아닙니다, 나리. 하지만 어느 누가 자신에 대해 확신할 수 있단 말입니까?

편집자 누구든지 선인이라면. 너 또한 조금 전에 이 원고의 진행에 대해 불안감을 느끼지 않았던가? 자, 이제 싸움은 그만하고 자크와 주인의 이야기를 다시 듣자.

서평가 안됩니다, 나리. 그 이야기로 돌아가지 맙시다.

편집자 넌 나와 독자들이 그 이야기를 더 이상 알기를 원치 않느냐?

서평가 항상 원하고 있습죠. 하지만 운명이 원치 않습죠. 이미 1992년에 흠 없는 번역본이 나왔던 그 책이, 오래전에 작자도 죽고 없어 저작권료도 없을 그 책이 절판된 후 지금까지 개정판이 나올 생각을 하지 않고 있다는 것을 나리께서도 보시지 않으셨습니까? 다시 말해, 제가 아무리 서평을 늘어놓아봤자 독자들이 그 책을 읽을 수도 없다는 뜻이고요.

편집자 보았지. 그리고 네가 2013년 8월에 그렇게 말하고 바로 다음 달에 '운명론자 자크와 그의 주인'이라는 제목의 개정판이 나온 것도 보았지.◆

서평가 나리께서는 제가 쓴 원고가 개정판 출간에 영향을 주었다는 생각은 하지 않으시는군요?

편집자 조금도.

서평가 아니, 그렇다면 제가 무슨 소리를 늘어놓건 그게 무슨 상관이란 말입니까? 마침 저기 높은 곳에도 그렇게 쓰여 있습죠.

편집자 뭐라고? 네 눈에는 저기 높은 곳에 쓰인 것들이 보인단 말이냐. 그래, 그럼 그다음에는 뭐라고 쓰여 있느냐?

서평가 그게…… 너무 멀어서 잘 보이진 않습니다만, 어디 보자, 넌…… 아팠지……만 다 나았……고 해야 할 일이…… 있다……?◆◆

편집자 옳거니, 서둘러라. 우리가 해야 할 일이란 그 이야기로 돌아가는 것밖에 더 있겠느냐?

*

그러나 자크가 탄 말은 다른 의견이었다. 갑자기 날뛰기 시작하더니 늪으로 달려가는 것이었다. 자크가 고삐를 짧게 쥐고 무릎으로 꽉 붙들어 늪의 낮은 곳에 말을 멈추게 하려고 아무리 애를 써도 그 고집 센 짐

◆ 이 글은 2013년 8월 9일에 〈프레시안북스〉에 발표되었다.

◆◆ 커트 보네거트의 소설에 등장하는 가상의 종교 보코논교의 교리다.

승은 전속력으로 돌진하여 언덕을 올라가더니 갑자기 멈춰 서는 것이었다. 자크가 주위를 돌아다보니 교수대 사이에 서 있는 것이었다.4

독자여, 그 교수대 위에 나도 함께 서 있었다고 말한다면 그대는 믿으시겠는가? 무시무시한 복면을 쓴 편집자가 그곳에서 누구라도, 마감을 지키지 않는 필자라면 더더욱 좋고, 목을 매달기를 몸이 달아올라 기다리고 있었다고 말한다면? 그대는 믿어야 한다. 암, 그렇고말고. 왜냐하면 이 세상에는 그보다 더 기이한 우연도 있는 법이고, 그렇다고 해서 사실이 아닌 것은 아니니까. 그러나 교수대는 텅 비어 있었다. 대신 커다란 팻말이 눈에 띄게 세워져 있었다.

말이 숨을 돌리도록 잠시 내버려두자 말은 스스로 언덕을 내려와 늪을 건너더니 자크를 주인 옆에 다시 데려다놓았다. 주인이 말했다. "얼마나 걱정했는지 아느냐? 네가 죽은 줄 알았으니……. 하지만 넌 딴생각을 하고 있구나. 무슨 생각을 하는 거지?"

자크 제가 거기서 본 것에 대해서요.

주인 뭘 봤는데?

자크 교수대, 형장이요.

주인 제기랄, 나쁜 징조군. 하지만 네 학설을 기억해라. 그것이 저기 높은 곳에 씌어 있다면 네가 무슨 짓을 한들 넌 결국 교수형에 처해지게 될 것이고, 만약 씌어 있지 않다면, 말이 거짓말한 셈이 되겠지. 말이 영감을 받은 것이 아니라면, 변덕을 부리는 경향이 있으니 조심해야 되겠군…….5

나는 쓰기를 멈추고 잠시 웃는다. 말이 거짓말을 한 셈이 된다는 주인의 말 때문이다. 그 말이 무슨 말이건 간에 무척이나 웃기는 말이라고 생각하지 않습니까? —잠깐, 그런데 교수대 옆에 있는 팻말에는 무슨 말이 적혀 있었지? —독자여, 그대가 내 말을 중단하고 또 나도 매번 중단한다면 자크와 주인의 이야기는 어떻게 되겠는가? —아니, 아니, 그 전에 팻말 이야기를 해달라. —"잠시 동안의 침묵 후에 자크는 이마를 비비며 귀를 흔들었다. 마치 사람들이 불길한 생각을 떨쳐버리려고 할 때 하는 것처럼. 그러다 갑자기 말을 했다……." —팻말 이야기, 팻말 이야기를 해달라고. —그냥 어느 곳에나 있는 평범한 팻말일 뿐이다. 그것이 당신과 무슨 상관이란 말인가? —팻말 이야기를 해달란 말이다. —싫소. —아무래도 이 책을 태워버리는 수밖에 없겠군. —그렇게 말씀하신다면, 좋아, 당신에게 이야기를 들려주도록 하지. 대신 화는 내지 않기요. —화는 내지 않겠소.

자크와 내가 함께 바라본 팻말에는 커다란 글씨로 이렇게 적혀 있었다.

여름휴가

제15장

선생님, 디드로의 넓적다리는 다른 어느 소설가의 다리보다 더 깁니다

> 돈키호테는 자신 앞에 넓게 열린 세상을 향해 떠났다. 그는 자유로이 세상으로 들어갈 수 있었고, 아무 때건 원하기만 하면 집으로 돌아올 수 있었다. 유럽 최초의 소설들은 무한해 보이는 세계를 편력하는 여행담들이다. 『운명론자 자크』의 첫 장은 길을 가는 두 주인공을 포착하고 있다. 사람들은 그들이 어디서 오는지, 어디로 가는지 전혀 알지 못한다. 그들은 시작도 끝도 없는 시간 속에 있으며 아무런 경계도 없는 공간, 창창한 미래로 열린 유럽의 한가운데에 있는 것이다.[6]

그것이 바로 『운명론자 자크』에 대해 말하는 일이 그토록 골치 아픈 이유다. 그것은 각양각색의 여행 상품이 쏟아지기 이전에 누구에게도 알려지지 않은 세계로 떠난 자유여행, 정해진 루트를 가기는커녕 목적조차 불분명한 기묘한 여행이다. "코사무이 6일—젊고 트렌디한 휴양지인 코사무이의 고급 풀빌라에서 둘만의 아름다운 시간" "여름 NO. 1 북해도

(홋카이도) 4일—더 매력적인 북해도의 여름! 시원한 바람 부는 북해도에서 여름 안녕!" "섬 속의 島 우도 팔경과 제주 일주 여행 3일—고운 모래와 푸른 바다가 있는 우도 실속 여행" 같은 요약이 불가능하다는 말이다.

그건 제법 이상한 일이다. 그전까지 이런 소설은 없었기 때문이다. 우리가 함께 살펴봤던 디드로의 선배들을 떠올려보라. 가령 그들이 오늘 할리우드 스튜디오의 영화제작자 앞에서 자신들의 작품을 피칭pitching하는 장면 같은 것을 상상해도 좋다.

*

제작자 준비된 사수부터 시작하시죠.

라블레 저의 『가르강튀아』는 공전의 히트를 기록한 대중소설 『거대한 거인 가르강튀아의 위대하고도 지고한 평전』을 패러디한 이야기로, 호탕한 거인 왕의 행적을 통해 사회 풍자와 웃음이라는 두 마리 토끼를 모두 잡았습니다. 또한 가르강튀아의 아들 팡타그뤼엘을 주인공으로 한 속편까지 전체 5부작 시리즈로 기획…….

제작자 좋아요. 시리즈라는 부분이 특히 마음에 드는군. 거인 왕이라, 〈반지의 제왕〉과 〈해리 포터〉를 잇는 판타지 대작이 될 수도 있겠어. 다음?

세르반테스 『돈키호테』는 과도한 독서로 머리가 살짝 돌아버린 시골 영감의 이야기인데요, 자기가 기사라고 철석같이 믿고 있는 영감의 기행과 유쾌한 시종 산초 판사와의 브로맨스, 그리고 아름다운 둘시네아와의 로맨스가 덧붙여진 코믹 어드벤처…….

제작자 흠, 브로맨스도 좋고 로맨스도 좋은데 주인공이 너무 올드하지 않나? 조니 뎁이나 로버트 다우니 주니어 정도면 그림 나올 거 같으니 나이 수정해서 다시 이야기합시다. 다음?

스위프트 '걸리버 여행기'라는 제목 그대로 영국 샌님 걸리버가 소인국과 거인국, 하늘을 나는 섬과 휴이넘의 나라를 방문하며 결국 인간 혐오에 빠지는 이야기입니다.

제작자 스위프트 씨, 지금 저랑 장난합니까? 잭 블랙이 주연한 영화 못 봤어요? 표절을 하려면 제목이라도 바꾸든가. (경비원에게) 당장 끌어내! (한숨을 내쉬며) 인간 혐오라니, 세상에……. 다음!

볼테르 『캉디드 혹은 낙관주의』는 낙관주의자 캉디드가 우연찮은 일에 휘말려 고향을 떠나 세계를 떠도는 이야기로, 가혹하고 상호 관련이 없는 연속적인 불행이 아주 순진하고 아무런 준비도 없는 사람들의 머리 위로 마른하늘의 소나기처럼 쏟아져 내리지만 결국 살아남아 해피엔딩을 맞는…….

제작자 그래, 그렇지. 낙관주의! 해피엔딩! 바로 그게 우리의 돈줄이란 말이지! 좋았어, 다음.

볼테르 아, 여기서 말하는 낙관주의란 일종의 반어법으로…….

제작자 다음!

볼테르 그렇지만 "낙관주의란 나쁠 때도 모든 것이 최선이라고 우기는 광기야!"라는 주인공의 대사가 핵심인데…….

제작자 다음! 다음!

디드로 (가만히 제작자를 바라본다)

제작자 귀가 먹었소? 다음!

디드로 그러니까 선생님은 지금 제게 『운명론자 자크』에 대한 이야기를 하라는 말씀이시죠?

제작자 그렇소.

디드로 그러니까 자크라는 하인과 그의 주인이 여행을 떠나는 이야기입죠.

제작자 여행이라. 여행에서 무슨 일이 일어난다는 거요?

디드로 그러니까 무슨 일이 일어난다고 할 수도 있고 일어나지 않는다고도 할 수 있는데, 일단은 자크가 주인에게 자신의 지난 사랑 이야기를 들려주는 이야기라고 해야겠네요.

제작자 아아, 〈타이타닉〉이나 〈노트북〉 같은 액자식 구성인가. 그래, 그렇다면 분명 감동적인 러브 스토리겠지?

디드로 그러니까 꼭 그렇다고는 할 수 없고, 자꾸만 끼어드는 사람들 때문에, 그러니까 선생님이 지금 그렇게 하시는 것처럼, 자크의 이야기가 자꾸 끊기는 이야기입죠.

제작자 복잡한 건 질색인데. 주인공들이 추구하는 목표는 뭐요?

디드로 그러니까 주인은 자크의 사랑 이야기를 듣고 싶은데 다른 사람들 때문에 자꾸 이야기가 끊기고, 다른 사람들은 저마다 각자의 이야기를 하고 싶어 하고, 자크는 말하기를 좋아하지만 사랑 이야기보다는 다른 이야기를 하고 싶다고 할까, 그리고 목이 아플 때면 주인의 사랑 이야기도 듣고 싶고요. 뭐, 그런 걸 추구하는 거죠.

제작자 뭐야, 당신 예술가야? 폴 토머스 앤더슨이야? 이봐, 지금 뭔가 단단히 착각하고 있는 모양인데…….

디드로 선생님, 인생이란 일련의 오해와 착각으로 이루어집죠. 사랑·우정·정치·재정·교회·사법부·상업·아내·남편들의 오해와 착각들.

제작자 지금 내 말을 끊은 건가? 당신이 뭐라도 되는 줄 아나 본데…….

디드로 물론 자기가 대중의 마음을 꿰뚫고 있고 작품을 보는 눈을 가졌다고 믿는 영화제작자의 착각은 말할 것도 없고요.

제작자 당장 나가!

(아무 말도 하지 않고 머리를 흔드는 디드로를 커다란 덩치의 경비원이 들어 밖으로 옮긴다)

*

그러니 언제나 그랬던 것처럼 다른 이의 말을 빌리기로 하자. 알다시피 이런 이야기를 요약하려면 적지 않은 품이 드는 법이다. 그리고 누군가가 이미 들여놓은 품을 무시하는 건 옳지 않은 일이다. 다시 말해, 이미 누군가 어떤 일을 훌륭하게 해냈다면 그보다 잘하지 못할 게 뻔한 내가 구태여 수고를 반복할 필요가 어디에 있겠는가? 그것이 내가 인용을 그토록 사랑하는 이유다. 무릇 작가라면 자신의 문장을 써야 한다는 고지식한 주장을 펼치는 이들이 있지만 내 생각에 그것은 ① 좀처럼 2차 텍스트라고는 찾아보지 않는 게으름이거나(60퍼센트) ② 단어 몇 개와 문장구조를 바꿔 자신의 말처럼 도용하며 그것을 자신의 문장으로 소화했다고 믿는 뻔뻔함(35퍼센트) 혹은 ③ 쉬운 길도 돌아가는 괴팍함일 뿐이다(5퍼센트). 원한다면 ③을 가리켜 성실함이라고 해도 좋다. 뭐라고 부르건 마감과 쥐꼬리만 한 원고료로 영원히 고통받는 자유기고가에게는 어울리지 않는 미덕이다. ②는 때때로 유용하지만 아쉽게도 내게는 부족한 것이다.

때마침 나는 『운명론자 자크』를 한 문장으로 정리한 책을 찾았다. 이런 문장이다. "이 작품은 놀랄 만큼 재미없는 플롯에도 불구하고 놀랄 만큼 재미있는 소설이다."7 명쾌하다. 마음에 쏙 든다. 여러분 보셨죠, 이렇게 재미있는 소설입니다, 기회가 닿으면 꼭 한번 읽어보세요, 라는 말을 덧붙여서 이 글을 이대로 끝내고 싶을 정도다. 하지만 모든 일에는 때가 있는 법이고 그 때는 아직 오지 않았다. 그러니 다시 한 번 다른 이의 문장을 빌리도록 하자.

> 소설의 서두에서부터 우리는 목적지도 이유도 모르는 여행의 흐름 속으로 빠져 들어간다. 주인은 이런 여행의 무료함과 피로를 달래기 위해 자크에게 이야기를 요청하고, 자크는 그의 사랑 이야기를 시작한다. 싸구려 포도주에 취해 아버지에게 매를 맞고 홧김에 입대를 했다는 이야기며, 전투에서 입은 무릎 부상 이야기, 초가집에서 치료받는 이야기, 그러나 선행을 베푼 대가로 데글랑 성주의 성에 가게 되고 거기서 드니즈를 만나게 되었다는 내용이다. 그러나 이 이야기는 현재 그들이 하는 여행과 모험 이야기로 자꾸만 중단되고, 그리하여 그들은 도중에 그랑세르 여인숙에서 여장을 푼다. 거기서 데자르시 후작의 변절에 분노한 포므레 부인의 복수극 이야기를 듣게 되고, 다시 여행은 계속되며 감기에 걸려 목병이 심해진 자크 대신 주인이 자신의 불행한 과거 이야기를 한다. 생투앵 기사의 사기에 걸려 아가트와의 결혼을 강요당하다 그녀가 낳은 사생아의 양육비마저 부담하게 되었다는 이야기다. 여행의 종말에 그들은 사생아의 집에 갔다가 주인이 10년 만에 우연히 만난 생투앵 기사를 죽이고 도망가자, 대신 자크가 감옥으로 붙잡혀 갔다는 것으로 이야기는 끝이 난다. 그러나 가상의 편집자의 결론 덕분으로, 산적 떼의 습격을 받아 감옥에서 빠져나온 자크가 드디어는 사랑하는 여인 드니즈와 결혼을 하여, 주인의 사랑을 받으며 스피노자와 제논

의 제자들을 만들며 데글랑 성에서 행복하게 살았다는 것으로 이 소설 은 막을 내린다.(김희영, 「디드로의 글쓰기」)8

바로 이런 이야기다. 도대체 이게 무슨 이야기인데? 당신은 묻겠지만 단언컨대 이것이 가장 훌륭한 요약이다. 자세한 사정이 궁금하다면 직접 책을 읽는 수밖에 없다. 하지만 당신은 당분간 그렇게 할 생각이 없는 것으로 보이니 결국 모든 것은 내 손에 달렸다. 디드로라면 이쯤에서 목에 힘을 주고 "독자여, 그러니 이렇게라도 들을 수 있는 것에 대해 내게 감사하라" 하고 말했을 테지만 나는 그와 같은 뻔뻔함을 갖지 못한 자신을 원망할 뿐이다. —하지만 이렇게 늘어놓는 것 자체가 이미 뻔뻔스러운 것 아닌가? —그렇게 생각한다면 독자여, 당신은 아직 뻔뻔함이 무엇인지 알지 못하는 것이다. —지난 장은 여름휴가라는 핑계로 대충 때우더니 이번에도 적당히 넘기겠다는 말인가? 그게 뻔뻔함이 아니면 무엇인가?— 질문, 질문, 질문! 당신은 내가 『운명론자 자크』 이야기를 하는 것을 원치 않는단 말인가? 이번에야말로 당신이 생각하는 바를 진짜 말해 보라. 이 이야기가 당신 마음에 드는가? 아니면 들지 않는가? 들지 않는다면 책을 덮으면 그만이고 마음에 든다면 나를 되바라진 하인과 덜떨어진 주인의 이야기로 돌아갈 수 있도록 내버려두라.

—어디로 돌아간다고?

—어디로든.

*

나는 "92. 11. 14. 土. 실비아. 저녁 무렵. 산책 나갔다가……"라는 낙서가 있는, 친구들 사이에서는 '독자왕'이라는 영광스러운 호칭으로 불리는 김준언이 헌책방에서 발견해 내게 선물한 빛바랜 『운명론자 자크』를 집어, 어느새 중년이 되었겠지만 한때는 청춘이었던 실비아라는 이름의 여인을 상상하며, 혹시나 그녀의 성이 크리스테바이 아니었을까 추측도 하면서, 만약 그렇다면 나의 '개인교수'가 분명할 그녀와의 기억을 잠시 더듬은 후, 일종의 아련함을 안은 채, 아무 페이지나 펼친다. 그리고 다음과 같은 문장을 발견한다.

> 왜 그대는 죽은 사람들에게만 관대한가? 그대가 이런 편파성에 대해 조금만 생각해본다면 그것이 어떤 사악한 원칙에 근거하고 있다는 것을 알게 될 것이다. 그대가 순진하다면 그대는 내 책을 읽지 않을 것이고, 그대가 타락한 사람이라면 내 책을 별 탈 없이 읽을 것이다. (…) 그대 중의 누가 감히 볼테르에게 『동정녀』를 썼다고 비난할 수 있단 말인가? 아무도 없다. 그렇다면 그대는 인간의 행위를 판단하기 위해 두 개의 저울을 가지고 있단 말인가? "하지만 볼테르의 『동정녀』는 걸작이다!"라고 그대는 말하겠지. —그거 안됐군, 그렇다면 사람들이 더 많이 읽을 테니. —게다가 당신의 『자크』는 사실적인 것과 상상적인 것을 멋없이 아무렇게 나열해놓는 무미건조한 잡동사니에 지나지 않는다. —그거 잘됐군, 그렇다면 나의 『자크』는 덜 읽힐 테니.9

왜 그대는 죽은 사람들에게만 관대한가? 나 역시 그게 궁금하다. 『운명론자 자크』에 대해 쓴 이 글을 읽으면서 당신은 필경 디드로를 비난하지 않을 것이다. 언제나 비난을 받는 건 나다. 그들은 죽었고 나는 살아 있으니까. 하지만 그것도 일종의 차별이 아닌가? 박해일을 닮은 어느 늙은 시인의 말을 비틀자면, 위대한 작가들의 죽음이 노력해서 얻은 상이 아니듯 나의 살아 있음도 잘못으로 받은 벌은 아니지 않은가? 언젠가 하루키는 작중 인물의 입을 통해 죽은 지 50년이 지나지 않은 작가의 작품은 읽지 않는다고 말했는데, 그렇다면 살아 있는 작가들은 어떻게 먹고 살란 말인가? 게다가 그런 말을 한 하루키는 어째서 그렇게 많은 돈을 버는 건가? 당신이 말해보라.

> 그대가 어느 쪽 편을 들든 간에 그대는 틀렸다. 내 책이 좋은 것이라면 그대에게 기쁨을 줄 것이고, 나쁜 것이라면 그렇다고 해서 그대에게 해를 끼치지도 않을 테니 말이다. 나쁜 책보다 더 순진한 책도 없다. 나는 그대가 저지르는 바보짓을 여러 이름들을 빌려 쓰며 즐기는 것이다. 그대의 바보짓이 나를 웃기는데 그대는 내가 쓴 것에 화를 내다니. 독자여, 솔직히 말해 우리 둘 중에 더 사악한 사람은 내가 아니다. 그대가 그대 자신을 내 책의 위험이나 권태로부터 보호할 수 있는 것만큼 그대의 비난으로부터 내 자신을 보호하는 일이 쉬울 수만 있다면 난 만족할 것이다! 비열한 위선자여, 날 좀 가만히 내버려두라. 미쳐 날뛰는 당나귀같이 교……교미하라. 내게 교미하라란 말을 쓰는 것을 허락해달라. 난 그대에게 그렇게 행동하는 것을 허락할 테니. 내게 그 말을 허락해 달라. 그대는 뻔뻔스럽게 죽이다, 훔치다, 배반하다란 말은 하면서도 그 말은 감히 하지 못하고 입안에서만 어물어물대니 말이다. 소위 상스러운 말이라고 일컬어지는 말은 내뱉지 않으면 않을수록 더 그대의 머릿속에 남아 있는 것이 아닌가? 그렇게 자연스럽고도 필연적이며 정당한 생식기적인 행위가 어떻게 했길래 그대의 대화에서는 그 표현이 배제되어야 한단 말인가.[10]

여기서 '교미하다'라는 단어의 자리에 디드로가 쓴 것은 'foutre'라는 프랑스어다. 네이버 프랑스어 사전에 따르면 "[속어] 여자를 차지하다,

성교하다"라는 뜻을 가지고 있는 타동사로, 구글 번역기에 따르면 한국어로는 '씨발', 영어로는 'fuck'이라는 단어로 변역될 수 있다고 한다. 그러니 화자가 더듬으며 뱉은 문장의 말맛을 살려 번역하자면 "미쳐 날뛰는 당나귀처럼 떡……떡이나 쳐라"가 되어야 할 것이다. —감히 책에서 그런 말을 하다니! 신성한 책에서! —그렇다면 나는 디드로를 따라 다시 묻겠다. 보시다시피 나는 디드로의 책에서 그것을 찾았고, 사전을 참고해 내 마음에 드는 말로 옮겼을 뿐인데 왜 그대는 왜 그렇게 화를 내는가? 그렇게 자연스럽고도 필연적이며 정당한 생식기적인 행위가 도대체 어떻게 했길래? —당신은 지금 인용이라는 핑계로 독자들에게 욕을 하는 게 아닌가? —오해다. 나는 그것이 꼭 필요했기 때문에 인용했을 뿐이다. 내가 지금 옮기려는 문장들과 마찬가지로.

우리는 『운명론자 자크』에서 서술 행위와 플롯 사이의 강력한 유비성으로 인해 놀라지 않을 수 없다. 저자가 서술 도중에 분기, 단절, 재개, 궤도 이탈, 대화 상대방의 호기심이나 의혹과 같은 문제에 부딪힌다면 인물 역시 어떤 이야기를 하느라 작은 액자 구조의 서술자 역할을 할 때면 이와 같은 문제에 부딪히는 것이다.[11]

말하자면 이런 식이다.

『운명론자 자크』에서 각각의 인물-서술자가 "이야기를 시작하는" 과정은 두 순간을 통해 우리에게 보여진다. 하나는 인물-서술자가 시작할 채비를 하는 순간이고 다른 하나는 그가 중단된 이야기를 재개하거나 이어가는 순간이다. 그런데 이 두 순간 사이의 부분, 곧 진짜로 이야기를 시작하는 순간은 텅 비어 있어서 시작은 실어증에라도 걸린 듯 사라진다.

“**주인** 네 연애담을 이제는 들을 수 있겠느냐?

자크 누가 알겠어요?

주인 아무렇게나 시작하거라.

자크는 자신의 연애 이야기를 시작했다. 그때는 식사 후였고 날씨는 무더웠다. 주인은 잠이 들어버렸다. 그들은 한밤중에 들판 한가운데서 깨어났다. 그들은 길을 잃은 것이다.”

여기서 (1) 텍스트는 시작이 있다는 것을 알려주지만 우리에게 시작을 보여주지는 않는다. (2) 텍스트는 이 시작이 길을 잃었다는 것을 분명히 말해주지 않고 서술자와 청취자가 대로에서 멀리 떨어져서 길을 잃은 사건을 통해 간접적으로 말해준다.[12]

다시 말해, 이 도무지 요약할 수 없고 설명할 수 없는 이야기의 분위기를 전달하기 위해 디드로의 형식을 흉내 내며 글을 쓰던 도중 나는 ‘foutre’ 같은 느낌에 부딪혔고, 무리하고 과격한 인용을 통해 내가 ‘foutre’ 그 자체라는 사실을 간접적으로 드러냈다는 말이다. 영어로 말하자면 Baby I’m fucked up. —그것이 지금 말이 된다고 생각하는가? —글쎄, 솔직히 나도 잘 모르겠다. 다만 한 가지 청을 하고 싶다. —무엇인가? —내게 마지막으로 ‘foutre’라는 말을 쓰는 것을 허락해달라.

foutre!

foutre!

foutre!

foutre!

어쩌면 나는 다른 구절을 인용해야 했는지도 모른다. 자연스럽고 필연적이며 정당하지만 교양 있는 독자 여러분들께는 불편하기만 한 생식기에 관한 단어 대신에 '사랑' 같은 아름다운 단어가 반복해서 등장하는 아래와 같은 구절을.

> 그런데도 독자여, 여전히 사랑 이야기라니. 내가 그대에게 한 하나, 둘, 셋, 네 개의 사랑 이야기나 아직도 그대에게 해야 할 서너 개의 사랑 이야기나, 여하간 사랑 이야기는 수없이 많다. 하지만 나는 그대를 위해 글을 쓰는 것이므로 당신이 그렇게도 사랑 이야기를 좋아한다면 당신의 찬사에는 개의치 않든가 아니면 당신의 취향에 따라 사랑 이야기를 계속 써야만 할 것이다. 운문이나 산문으로 씌어진 모든 단편도 사랑 이야기며, 당신의 시도, 비가며 전원시며 목가며 노래며 서한체 시며 희극이며 비극이며 오페라도 모두 사랑 이야기다. 거의 모든 그림이나 조각품도 사랑 이야기다. 당신이 태어난 이래 그대는 오로지 사랑 이야기만으로 양분을 취했으며, 그런데도 당신은 전혀 싫증을 느끼지 않고 있다. 남자며 여자며 큰 아이며 작은 아이며 이런 식이요법에 당신들을 붙잡아놓았고 또 앞으로도 오랫동안 붙잡아놓을 수 있을 것이다. 그래도 당신은 싫증을 느끼지 않을 테니까. 사실 그건 놀라운 일이다. 난 데자르시 후작 비서의 이야기가 여전히 사랑 이야기이기를 바란다. 하지만 그것은 사랑 이야기가 아니며 그래서 당신이 지겨워하지나 않을까 두렵다. 데자르시 후작이나 주인, 자크, 그대 독자나 나에게는 안된 일이지만 할 수 없지 않은가.[13]

디드로는 소설 내내 투덜대고 논평하고 가상의 독자와 다투며 끊임없이 텍스트에 끼어든다. 그가 바라는 것이 하나 있다면 모두가 바라 마지 않는 사랑 이야기를 하지 않는 것이다. 따라서 자크의 이야기는 끊임없이 중단되고 중단되며 다시 중단될 수밖에 없다. 사랑 이야기가 중단된 자리를 채우는 것은 여담, 논평, 신소리, 철학적 단상, 소설론, 그 자체로 하나의 작품이라고 할 수 있을 단편들이다. 이리저리 뒤틀리고 깨어진 액자들.

따라서 이 작품은 셀린의 『밤의 끝으로의 여행』처럼 사실주의적인 악당 소설의 형태를 취하면서도 모든 형태의 글쓰기를 수용하며 동시에 거부하는, 그리하여 장르 규정이나 단일한 의미로의 환원이 불가능한 글쓰기의 모험일 뿐이다. 여행이란 테마의 구체적인 동기도 목적도 밝혀지지 않은, 더구나 새로운 세계나 진리의 발견 같은 것의 상징으로 쓰여지는 전통적인 의미에서의 여행의 의미와도 거리가 먼 그것은, 에릭 발테르의 지적처럼 글쓰기의 모험을 가리키는 은유로 해석될 수밖에 없다. (…) 그것은 우연과 충동적인 생각의 나열에 몸을 맡기는 상상적인 여행을 의미한다. "나는 나의 성찰의 대상이 떠오르는 대로, 그리고 펜이 움직이는 대로 나의 사고를 따라가게 내버려두겠다. 그보다 더 정신의 움직임과 발걸음을 잘 대변하는 방법은 없기 때문이다"란 디드로의 말은 바로 글쓰기의 그 불확실한 모험, 상상력과 충동에 의한 역동적인 글쓰기의 움직임을 반영한다.(김희영)14

우연과 충동적인 생각의 나열에 몸을 맡기는 상상적인 여행으로서의 글쓰기. 그리하여 "저기 높은 곳에 씌어진" 디드로의 충동과 우연은 자크에게는 운명 그 자체가 된다.

그[자크]는 인간에게 자유가 전혀 없고 또 우리의 운명이 저기 높은

> 곳에 씌어 있다면 그 외에 다른 무엇이 될 수 있냐고 말했다. 인간은 마치 자기 존재를 의식하면서 산기슭을 굴러가는 공처럼, 영광이나 치욕스런 일을 향해 필연적으로 나아가게 마련이라고 믿고 있었다. 그리고 인간이 태어난 처음 순간부터 마지막 숨을 거둘 때까지 그의 삶을 이루는 이런 원인과 결과의 연속을 알았더라면 인간은 필연적으로 해야만 할 일을 했을 것이라는 걸 확신하는 것이었다.[15]

하지만 어느 순간 자크는 이야기와 함께 끝나야만 하는 자신의 운명을 거부하기도 한다. "전 할 수 없습니다. 더 이상 말을 한다는 것은 불가능합니다. 운명의 손이 또 한 번 제 목에 와 있어 목을 조르는 것처럼 느껴집니다. 제발 입을 다물게 허락하여주십시오, 나리." 그렇지만 소설의 마지막에서, 뼛속까지 운명론자였던 그는 자신에게 주어진 운명을 결국 받아들인다.

> "자크, 네가 오쟁이 진 남편이 되리라고 저기 높은 곳에 씌어 있다면, 네가 아무리 애를 써도 그렇게 될 것이다. 그 반대로 그렇게 안 될 것이라고 씌어 있다면 그들이 아무리 애를 써도 넌 그렇게 안 될 것이다. 그러니 자거라, 내 친구여……"라고 중얼거렸다.
>
> 그리하여 자크는 잠이 들었다.[16]

이것은 근대소설의 초창기에 나타난 위대한 소설이자 소설론이다. 동시에 위대한 반反소설이자 반소설론이다. 그리고 그것은 결국 소설이다. "놀랄 만큼 재미없는 플롯에도 불구하고 놀랄 만큼 재미있는" 소설. 우리가 잃/잊어버린 소설. 모든 것으로서의 소설. 그 이상으로서의 소설. 한두 마디로 요약할 수도 설명할 수도 없는 소설. 그렇다면 이 글은 어떻게 끝내야 할까? 고민일랑 접어두고 일단은 잠시 쉬도록 하자. 자크와 그의 주인이 그렇게 했던 것처럼.

"우리 여기서 내려 잠시 쉬도록 하자."

—왜입죠?

—십중팔구 네 사랑 이야기의 결말에 도달한 것 같으니 말이다.

—완전히 그런 것은 아닙죠.

—무릎에 이르렀을 때는 갈 길이 얼마 안 남는 법이지.

—나리, 드니즈의 넓적다리는 다른 어느 여자의 다리보다 더 긴걸요…….

—그래도 내리자.[17]

감상적이지 않은 모험

로렌스 스턴 Laurence Sterne

『신사 트리스트럼 섄디의 인생과 생각 이야기』

18세기 아일랜드에서 태어나 케임브리지대학을 졸업하고 성직자로 일하며 사교 생활을 즐겼다. 그는 뒤늦게 작품 활동을 시작했는데 『신사 트리스트럼 섄디의 인생과 생각 이야기』를 발표했을 때 그의 나이는 (한국 기준으로) 50세였다. 만약 그가 40대에 죽었다면, 그래서 『트리스트럼 섄디』가 세상에 나오지 않았다면 나는 이 책을 쓰지 못했을 것이다. 다행인지 불행인지는 모르겠다.

제16장

로렌스 스턴 혹은 글쓰기의 기술 —첫 문장은 내가, 다음 문장은 하느님께

지금보다 어리고 민감하던 시절 직장 상사가 충고를 한마디 했는데 아직도 그 말이 기억난다. 누군가를 비판하고 싶을 때는 이 점을 기억해두는 게 좋을 거다. 세상의 모든 사람이 다 너처럼 유리한 입장에 서 있지는 않다는 것을……◆이라고 했다면 물론 좋았겠지만 나는 닉 캐러웨이가 아니고 그 역시 나의 아버지는 아니었다. 세상 모든 직장 상사가 그렇듯 사려의 깊이라고는 손가락 두 마디도 채 되지 않는 그의 말은 이랬다.

"야, 마감이 영어로 뭐야? 그래, 데드라인이지. 데드라인이라는 말을 생각해봐. 데드, 죽음. 라인, 선. 넘으면 죽는 선이라는 거야. 죽는다고. 죽어, 알겠어?"

그는 거기서 말을 멈추고 나를 쳐다보았는데 나는 그의 말이 훨씬 더 많은 뜻을 함축하고 있다는 걸 알고 있었다. 당신이 직장인이라면 내 말을 이해할 것이다. 아직 모른다면, 나는 당신이 영원히 알지 못하길 바란

◆ 스콧 피츠제럴드의 『위대한 개츠비』 참고.

다. 세상엔 알아서 좋지 않은 것들도 있으니까. 이것이 오늘의 교훈이다. 그러니 교훈을 찾아 이 글을 읽는 사람은 이쯤에서 페이지를 넘겨도 좋다.

-----------페이지를 넘기시오-----------

교훈에 대해서. 언젠가 사카구치 안고는 이렇게 말했다.

> 교훈에는 두 가지가 있다. 앞 세대가 그 때문에 실패했으므로 후세 사람은 그걸 해서는 안 된다는 의미의 교훈이 하나. 앞 세대는 그 때문에 실패했고 후세 사람도 실패할 것이 뻔하지만, 그렇다고 하지 말라고 할 수도 없는 교훈이 또 다른 하나.(『사카구치 안고 전집 5』, 지쿠마쇼보)[1]

내가 오늘의 교훈이라고 떠들었던 "나는 당신이 영원히 알지 못하길 바란다. 세상엔 알아서 좋지 않은 것들도 있으니까"라는 말은 후자에 속하는 것이다. 단순히 하지 말라고 말할 수 없는 종류라는 말이다. 어차피 모든 인간은 죽게 마련이니 그냥 살지 마시오, 라고 말할 수 없는 것과 마찬가지다. 사실 그런 말을 하는 것은 아무것도 말하지 않는 거나 다름없다. 직장을 구하지 못한 채 물려받은 유산도 없이 가난하게 살다가 죽으라는 말을 하는 게 아니라면. 물론 그것은 교훈이 아니고 나는 그런 말을 하고 싶은 생각이 없다. 그렇다면 나는 무슨 말을 하고 싶은 건가?

글쎄. 일단은 로렌스 스턴과 그의 『신사 트리스트럼 섄디의 인생과 생각 이야기』에 대해 말해야할 것이다. 서두를 건 없다. 어차피 250여 년이

나 기다린 양반들이니 조금 더 기다리게 한다고 화를 내지는 않을 것이다. 미안합니다, 신사 양반들. 기다리는 게 지루하다면 이쯤에서 페이지를 넘기시기를.

-----------페이지를 넘기시오-----------

상사에 대한 반작용이라고 해야 할까. 직장을 그만둔 후로 나는 모든 원고를 마감 직전까지 미루는 버릇이 생겼는데 그 때문에 애꿎은 편집자의 속을 썩였고 종종 생명을 위협당하기도 했다. 그들의 심정이 이해가 가지 않는 것은 아니지만 변명은 있다. 마감이 코앞에 닥치기 전에는 좀처럼 원고를 쓸 생각이 들지 않는 것이다. 들지 않는 정도가 아니다. 눈을 감고 귀를 막고 입을 다문 채 모른 척 다른 곳으로, 이를테면 바덴바덴으로 달아나고 싶은 생각도 든다. 아니면 세상의 모든 책을 태워버리거나.

하지만 아무리 도망쳐도 자기 자신으로부터 도망칠 수 없다. 그리고 죽음 또한 우리의 일부다. 혹은 전부이거나. 논쟁의 여지가 있으니 적당히 절반이라고 해두자. 그것이 실존주의가 우리에게 남긴 교훈이다. 대부분의 사람들은 죽음이라는, 분명하지만 동시에 모호한 위협을 외면한 채 하루하루를 살아간다. 하지만 마감은 그 속성상 구체적인 날짜와 함께 온다. 그러니 마감이라는 상징적인 죽음에게 당하지 않기 위해서는 어떻게든 쓰는 수밖에 없다. 1000일하고도 하루 동안 끊임없이 이야기를 늘어놓았던 세헤라자데가 그랬던 것처럼.

하지만 어떤 글쓰기는 때때로 쓰는 이를 죽음에 이르게 한다. 이를테면 스턴의 경우.

스턴은 1759년 『트리스트럼 섄디』를 집필하기 시작한 지 반년 만에 1, 2권을 완성하였다. 계속해서 1761년에는 3~6권이 출간되었다. 지속적인 집필 생활은 스턴의 건강을 악화시켜 그는 가족들과 함께 프랑스 남부로 요양을 떠난다. 2년 반이 지난 후 가족들을 남겨두고 혼자 귀국한 스턴은 1765년 7, 8권을 펴낸다. 건강이 완전히 회복되지 않은 상태에서 프랑스와 이탈리아를 여행하며 『감상적인 여행』이라는 자전적인 기행문을 구상하고, 1767년에는 『트리스트럼 섄디』 9권을 완성한다. (…) 1768년 2월 『감상적인 여행』을 출간하고 나서 그는 감기가 늑막염으로 악화되어 그해 3월 18일 숨을 거둔다.(홍경숙, 「18세기에 씌어진 현대 소설」)[2]

나도 이쯤에서 글쓰기를 멈춰야 하나. 죽지 않기 위해 쓰는 글 때문에 죽는다면 그보다 억울한 일이 또 어디 있겠는가? 어차피 마감은 상징적인 죽음에 불과한 거 아닌가? 그리고 나는 이미 너무 많은 말을 늘어놓았다. 글쓰기에 대한 어쭙잖은 자의식으로 가득한 말들을. 아시다시피 21세기에 그런 말을 할 수 있는 라이센스를 가진 건 오직 힙합 MC들뿐이다.

오늘도 난 몇 장의 평범한 글을 노트에 적었고
그 대부분은 쓰레기통으로 가요
단어들이 소금 이 까마득한 백지 위를 채우려니
내 영혼이 통째로 쓰라려
—매드 클라운, 〈Get Busy〉

난 그때 내가 암에 걸렸으면 좋겠다고 생각했어
그럼 이 힘든 매일이 사라지게 되겠지

한숨 쉬며 교복을 입고 학교로 향했지
교과서를 닫고 걸레가 된 공책을 펴
수업 시간마다 난 턱을 괴고 가사를 썼어
모두가 웃는 얼굴로 날 대하지 않았고
난 그 자식들을 종이 위로 세게 밟았어
난 그 시간이 제일 행복했어
작고 하얀 종이 위로 난 참 많은 얘기를 썼어
그 시간이 없었다면 지금 난 어떻게 됐을까
몇 년이 지나고 다시 봤어 내가 썼던 말
오글거렸지만 나는 갈 길을 정했어
내게 찾아온 또 다른 어둠은 그때부터
—블랙넛, 〈내가 할 수 있는 건〉(feat. 제시)

만약 오늘 어떤 '문필가'가 이런 글을 썼다고 생각해보라. 그랬다면 어떤 멘트가 붙어 리트윗(=조리돌림) 당했을지 뻔하다. 상상만으로도 바덴바덴으로 도망치고 싶어진다. 존중은 죽었다.◆ '리스펙트'는 그저 힙합 용어일 뿐이다. 그런 의미에서 "내가 시작한 이 글쓰기에서는 호라티우스의 원칙뿐 아니라 이 세상에 존재했던 어느 누구의 원칙에도 얽매일 생각이 없다" 하고 당당히 밝힐 수 있던 스턴은 행복한 시대를 살았다고 해야겠다. 실제로 그는 『트리스트럼 섄디』를 쓰며 시도 때도 없이 이야기의 흐름과는 아무 상관 없는 '스웩swag'을 늘어놓는다.

세상에는 독서가들도 있지만, 독서가가 아닌 좋은 사람들 역시 수없

◆ "존중은 죽었지 아마도 인터넷 속에 매일 남아도는 악플과 기사 play" —릴보이, 〈RESPECT〉(feat. 로꼬, GRAY, DJ Pumkin).

이 많다는 것을 안다. —이런 사람들은 당신에 대해 무엇이든, 처음부터 끝까지 모든 비밀에 전적으로 가담시켜 주지 않으면 매우 심기가 불편해진다.

내가 이렇게 세세한 이야기를 늘어놓고 있는 것은 이런 사람들의 기분을 제대로 맞춰주고 싶은 순수한 선의와, 또 살아 있는 그 어느 누구도 실망시키기를 꺼리는 내 천성 때문이다. 사실상 나의 인생과 생각 이야기가 세상에 제법 파장을 일으킬 것 같은 데다, 내 추측이 맞다면 모든 계층과 직업, 종파의 사람들을 다 독자로 끌어들일 것이고, —『천로역정』 못지않게 널리 읽힐 것이고—게다가 마침내는 몽테뉴가 자신의 수필집이 그렇게 될까 두려워했던 바로 그대로, 즉 거실 창문 앞에 놓이는 책이 될 것이 분명해 보이니—내가 모든 사람들이 제각각 원하는 바를 어느 정도 신경을 써주어야 할 필요가 있을 것이 아닌가. 그러니 내가 지금까지 했던 방식을 조금 더 고수하더라도 양해해주기 바란다.3

드디어 그를 소개할 시간이 왔다. 독자 여러분, 트리스트럼 섄디 씨입니다. 트리스트럼 섄디 씨, 독자분들입니다. 여기 섄디 씨로 말씀드릴 것 같으면 1760년 2월 〈런던매거진〉에 실린 익명의 서평을 통해 다음과 같은 평가를 받으신 분입니다.

오, 희한한 트리스트럼 섄디여!—참으로 분별력 있고—유머러스하고—애잔하고—인간미 넘치고—뭐라 설명할 수 없는 그대!—그대를 뭐라 불러야 할까?—라블레, 세르반테스, 또는 뭐라 해야 하지?—우리가 그대의 인생을 살펴보는 동안 그대가 얼마나 많은 진정한 즐거움을 제공해주었는지—하긴 그대의 인생이라 부를 수도 없겠지, 그대의 어머니는 아직도 진통 중에 있으니 말이오—그대가 제공한 여흥에 대해 고마운 마음을 표현해야 할 것 같소. 그대의 삼촌 토비—그대의 요릭—그대의 아버지—닥터 슬롭—트림 상병, 이 모든 인물들을 그대는 뛰어나게 그려내었고, 그대의 의견들 역시 따뜻하고 정감 어린 것이구려! 그대가 앞으로 이런 식으로 50권까지 출판한다 하더라도, 그게 모두 이 작품처럼 유익하고 즐거운 것으로 풍성하다면, 감히 말하건대, 그대는 계속 읽히고 칭송받을 것이외다, —칭송받는다고? 누구에 의해? 글쎄요, 혹시 가장 수가 많은 인간 집단이 아니라면, 적어도 가장 좋은 사람들이 그리할 겁니다.(김정희, 「불완전한 인간, 그 신비와 불확정성의 유희 속에서 웃는다」)4

1760년이면 1권과 2권(국내 번역본 기준으로 200페이지 남짓한 분량)이 출간된 시점이다. 그리고 주인공 트리스트럼 섄디가 아직 태어나지도 않은 시점이기도 하다. 그는 자신의 인생 이야기를 부모가 자신을 잉태하던 순간에서 시작하는데 어찌나 시시콜콜한 이야기들을 늘어놓고 있는지 2권을 마칠 때까지도 그는 여전히 어머니의 배 속에 있다. 도대체 이야기를 하자는 건가 말자는 건가 하는 생각이 들 정도다. 물론 섄디는 정색할 게 분명하다. "선생님, 당신과 나로 말하자면 전혀 낯선 사이인데, 나와 관련된 상황을 한꺼번에 너무 많이 알려주는 것은 합당치 않은 일이 아니겠습니까."

하지만 장황하다. 너무나도 장황하다. 누구라도 그의 이야기를 듣는다면 그렇게 생각할 것이다. 그것은 『천로역정』 못지않게 널리 읽힐 것이며 몽테뉴의 수상록에 버금가는 위상을 차지할 자신의 책에서 누구도 실망시키고 싶지는 않다는 섄디의 입장 때문이다. 또한 자신의 창작 비결을 "첫 문장은 내가 쓰고 그다음 문장은 하느님께 맡긴다는 식"◆이라고 밝히는

◆ 다시 말해 그가 'Hip'이라고 쓰면 하나님이 'Hop'이라고 쓰는 식으로.

스턴의 서술 방식 때문이기도 하다. 하지만 거기엔 또 다른 이유가 있다.

> 이것을 보면 사람이 역사를 쓰는 작업에 착수했을 때, ―그게 그저 잭 히카스리프트의 역사나 엄지손가락 톰의 역사◆에 불과할지라도, 가는 길에 어떤 장애물이나 방해물을 만나게 될지, 어떤 모험을 만나게 될지, ―어떤 춤에 휩쓸리게 될지, 작업이 끝나기 전까진 자기 발뒤꿈치를 못 보는 것만큼이나 모를 일이란 것을 알 수 있다. 노새 몰이꾼이 노새를 몰고 가듯이 역사가가―똑바로 앞만 보고―이야기를 이끌어 갈 수 있다면, 예를 들어 그 역사가가 로마에서 로레토까지 왼쪽이건 오른쪽이건 고개 한 번 돌리지 않고 똑바로 갈 수만 있다면, ―목적지에 언제 도착할지 한 시간도 틀리지 않게 예측할 수 있을지도 모른다. ―하지만 도덕적으로 말해서 그런 일은 있을 수 없다. 왜냐하면 약간이라도 기백 있는 사람이라면, 가는 길에 이런저런 사람들과 어울리느라 직선에서 벗어나 옆길로 새게 되는 상황을 50번도 넘게 만날 것이고, 이런 일은 아무리 애를 써도 결코 피할 수 없을 것이다. 그는 끊임없이 자기의 눈길을 끄는 정경이나 경치를 만날 것이고, 그가 걸음을 멈춰 그것을 구경할 수밖에 없다는 것은 그가 날아다닐 수 없다는 것만큼이나 확실한 일이다. 더구나 그는 여러 가지
>
> 처리해야 할 계산,
> 주워 모아야 할 일화,
> 판독해야 할 비문,
> 짜 넣어야 할 이야기,
> 걸러서 골라야 할 전해오는 이야기,
> 방문해야 할 사람들도 있을 것이고,

◆ 민화나 동화, 싸구려 책의 주인공들을 가리킨다.

이 대문에는 칭송의 글을,

저 대문에는 풍자문을 갖다 붙여야 할 일도 있을 것이다.5

말하자면 그것이 바로 인생이다. 인생만큼 우리를 혼란스럽게 만드는 것도 없고 따라서 인생에 대해 정직하게 말하려는 작가라면 혼란은 피할 수 없다. 그게 스턴과 샌디의 입장이다. 물론 당신의 입장은 다를지도 모른다. 우리가 소설을 읽는 이유는 혼란스러운 세상에서 잘 정돈된 이야기를 읽는 기쁨을 누리기 위해서이고 소설에는 명백한 플롯과 손에 땀을 쥐는 드라마가 있어야 하며 그렇지 않은 소설은 예술가병에 걸린 비대한 자의식의 배설물일 뿐으로 그렇게 독자들을 무시할 거면 자기들만의 성을 짓고 그 안에서 굶어 죽든 역병에 걸려 뒈지든 아무튼 알아서 하라고 말할 수도 있다. 많은 사람들이 그렇게 했다. 하지만 세상에는 다양한 소설이 있고 다양한 독서가 있다. 가독성이 높고 흥미진진한 서사를 가진 소설에는 그것에 맞는 독서가 있고, 도무지 무슨 이야기인지 알 수 없어 우리를 혼란스럽게 만드는 이러한 소설에는 그것에 맞는 독서가 있다는 말이다. 그러니 쉽게 읽히는 소설만이 소설이라고 주장하며 그렇지 않은 소설은 현실에 발을 붙이지 않은 말장난에 불과하다고 분노하는 것은 스스로에게 화를 내는 것이나 다름없다. 그가 그런 독서를 갖지 못한 게 작가의 잘못은 아니기 때문이다. 오해하지 마시라. 나는 독서의 등급을 나누려는 게 아니다. 어떤 소설이 더 낫다는 이야기를 하는 것도 아니다. 나는 지금 분노를 말하는 것이다. 말하자면 두 종류의 독자가 있다. 자신의 독서로 이해할 수 없는 작품 앞에서 조용히 책을 덮거나 호기심을 느끼는 독자와 작가를 향해 분통을 터뜨리는 독자. 어떤 독서로 어떤 책을 읽을지 혹은 읽지 않을지 선택하는 것은 순전히 독자의 자유다. 하지만 자신이 가진 방식에서 벗어난다고 무작정 작품을 비난하는 건 또 다른 문제다. 샌디도 비슷한 말을 한다.

> 그것은 요즘 그녀 외에도 수천 명의 사람들 사이에 퍼지고 있는 아주 사악한 취향을 질책하고자 하는 것이다. —사람들이 이런 성격의 책을 그 책이 요구하는 식으로 읽어주면 틀림없이 얻을 수 있는 깊은 학식과 지식은 찾아볼 생각도 하지 않고 이야기 줄거리만 좇으면서 마냥 읽어가는 현상 말이다. ——책을 읽을 때는 현명한 성찰을 하고 참신한 결론을 끌어내는 습관을 가져야 한다.[6]

그렇다면 이제 당신이 반문할 차례다. 도대체 『신사 트리스트럼 샌디의 인생과 생각 이야기』가 우리한테 주는 깊은 학식과 지식이 무언가? 무슨 현명한 성찰을 하고 참신한 결론을 이끌어내라는 말인가? 좋은 질문이다. 내 생각을 말하자면 그건 바로 *****와 *****, 혹은 ********이거나 ************ 아니면 ********라는 것에 대한 *********의 *****라고 할 텐데, 이런, 자세한 이야기를 늘어놓기에는 밤이 너무 깊어버렸다. 아시다시피 건강한 삶을 살기 위해서는 적절한 수면이 필수다. 자칫 생활 리듬이 무너지기 쉬운 나와 같은 직업군에 종사하는 이들에게는 더더욱 그렇다. 말이 나와서 말이지만 건강을 생각했다면 이 글은 이미 오래전에 끝냈어야 한다.

그러니 독자여, 이제 정말로 페이지를 넘겨주시길.

샌디 씨, 죄송하지만 조금 더 기다려주시겠어요?

살아서 만납시다.

-----------페이지를 넘기시오----------

제17장

오, 독자여 어디 있는가?

(O Reader, Where Art Thou?)

지난 장의 마지막을 나는 "살아서 만납시다"라고 썼다. 당신에게 했던 말이다. 그리고 이렇게 새로운 장을 쓰고 있다. 그러니 일단은 죽지 않았다고 해야겠다. 하지만 문제는 그리 간단하지 않다. 만남이 성립하기 위해서는 적어도 두 명이 필요하기 때문이다. 보시다시피 나는 여기에 있다. 당신(들)은 어디에 있는가? 단지 내가 여기서 글을 쓰고 있다는 이유만으로 당신(들)과 내가 살아서 만났다고 할 수 있을까? 몇 가지 가설을 세워본다.

가설 Ⓐ 우리는 만나지 않았다.

—지난 장의 마지막을 읽은 당신(a)과 지금 이 장을 읽고 있는 당신(b)이 같지 않다는 가설이다. 이 가설은 인간에 대한 제법 보편적이고도 선량한 나의 믿음과 나 자신에 대한 객관적인 평가에 기초한다. 나는 당신들(a+b)이 '난폭한 독서'라는 그다지 끌리지 않는 제목을 달고 있는 이

책을 펼치게 된 것은 순전히 실수였을 가능성이 크다고 생각한다. 어떤 당신(a)은 실수로 지난 장을 펼쳤고 어떤 당신(b)은 실수로 지금 이 장을 펼쳤다. 당신들을 탓하자는 게 아니다. 누구나 실수를 한다. 문제는 이 가설 속에서 어떤 당신(a)이 지난 장을 끝까지 읽었다는 사실이다. 바로 여기가 (인류의 역사와 개인의 생애에서 적지 않은 비극이 그렇게 일어나듯) 사소한 실수가 커다란 실수가 되는 지점이고 동시에 이 가설이 흔들리는 지점이다.◆ 나는 묻고 싶다. 왜 당신(a)은 다루고 있는 작품을 닮아 그토록 혼란스러우면서도 정작 재미는 스턴의 소설의 발끝에도 미치지 못하는 그 글을 끝까지 읽었는가? 나는 모르겠다. 정말 모르겠다. 아마도 그 이유를 끝까지 파고드는 것은 인간에 대한 제법 보편적이고도 선량한 나의 믿음을 송두리째 흔들어놓는 일이 될 것이다. 그러니 일단 넘어가도록 하자. 나는 가설을 전개하는 많은 이들이 그렇게 하는 것처럼 최대한의 지적 성실성을 가지고 흔들리는 가설을 끝까지 밀어붙일 생각이다. 다시 말해 '답정너'를 시전하겠다는 말이다. "누군가를 비판하고 싶을 때는 (…) 세상의 모든 사람이 다 너처럼 유리한 입장에 서 있지는 않다는 것을" 기억해야만 한다. 당신들과 나 모두에게 해당하는 말이다. 나는 당신(a)이 지난 장을 끝까지 읽었다는 사실을 비판하지 않겠다. 내가 이해할 수 없는 이유로 당신(a)은 벌써 그렇게 했다. 이 사실을 인정하는 게 중요하다. 그래야 내가 그래도 괜찮다고, 돌이킬 수 없는 실수는 없는 법이라고, 당신(a)도 그 실수를 통해 무언가를 배우지 않았느냐고 위로할 수 있는 맥락이 열리기 때문이다. 그것이야말로 베스트셀러 작가가 되는 지름길이다. 그리하여 구원이 찾아온다. 무슨 이유에선가 지난 제16장을 읽어버린 당신(a)은 한번 침을 뱉은 후 낭비한 시간을 아까워하며 다

◆ 롤랑 바르트 식으로 말하자면, 도무지 이해할 수 없는 타인의 행동 앞에서 우리 모두가 반복하는 외침—"설마 그렇게까지 했을까?"

시는 이따위 글을 읽지 않으리라 다짐한다. 어쩌면 나와 이 책에 대한 악플을 쓰고 있을지도 모른다. 따라서 당신(a)은 지금 이 글을 읽고 있지 않다. Q.E.D. 그것은 실수로 펼친 이 페이지를 아직까지 읽고 있는 당신(b)에게도 추천할 만한 태도다. 돌이킬 수 없는 실수는 없다지만 가능하다면 빨리 돌이키는 게 좋다. 배움이란 이런 것이다. 아, 이 얼마나 계몽적인가?

하지만 문제는 남는다. 만약 당신(a)과 당신(b)이 같지 않다면 내가 썼던 "살아서 만납시다"라던 제법 비장한 결구도, "『신사 트리스트럼 섄디의 인생과 생각 이야기』가 우리한테 주는 깊은 학식과 지식"을 들려드리겠다는 약속도 아무 의미 없는 것이 된다. 물론 나는 여기에 있다. 깨어진 약속을 지킨답시고 홀로 고군분투할 수도 있다. 하지만 정작 그것은 지금 이 글을 읽고 있는 당신(b)에 대한 예의가 아닐 것이다. 그런데 당신(b)은 도대체 왜 아직도 이 글을 읽고 있는가? 그리고 나는 도대체 왜 이 글을 쓰고 있는가?

가설 Ⓑ 당신들(a+b)은 처음부터 존재하지 않았다.

—이 가설은 전형적인 유아론唯我論에 빠질 위험이 있다는 사실을 미리 밝혀둔다. 지금까지 나는 아무도 읽지 않을 글을 쓰며 당신이 어쩌고 독자가 저쩌고 하는 말로 혼자 북도 치고 장구도 쳤다는 가설이다. 하지만 이 가설의 타당성을 검증하는 것은 나의 일이 아니다. 아마 강신주 선생이 해야 할 것 같다.(워낙 많은 일을 하시니 이미 했는지도 모른다.) 다만 인간에 대한 제법 보편적이고도 선량한 믿음과 자기 자신에 대한 객관적인 평가를 끝까지 밀고 나가는 작가라면 누구나 유아론과 맞닥뜨릴 수밖에 없다는 사실은 지적해야겠다. 추상적인 이야기를 하자는 게 아니다. 현실이 그렇다. 계속되는 불황으로 출판계가 울상을 짓고 있는 가운데◆

베스트셀러 쏠림 현상은 갈수록 더욱 심해지고 있기 때문이다. 그리하여 나와 같은 비인기 작가의 책을 읽는 독자는 실제로 존재하지 않는지도 모른다. 이건 출판계가 자초한 일이라고 해야겠다. 표절 시비니 사재기니 베스트셀러 순위 조작이니 하는 뉴스를 보라. 물론 나와 같은 필자들에게도 책임은 있다. 충분히 좋은 글을 쓰지 않은 것이다. 결국 독자들은 책에 대한 신뢰를 잃었고, 높은 확률로 형편없는 책을 고를 수밖에 없는 위험을 감수하느니 차라리 관심을 끊는 편을 택했는지도 모른다. 이것도 어떤 의미에서는 배움이다. 역설적인 계몽이다.

(하지만 선생, 저는 계몽주의자가 아닙니다. 일단 저 자신부터 계몽되지 않았기 때문입니다. 따라서 저는 다시 한 번 지적 성실성이라는 불성실한 단어로 무장한 채 이 가설을 이어가려 합니다.)

유아론이란 무엇인가? 실재하는 것은 자아뿐이고 다른 모든 것은 자아의 관념이거나 현상일 뿐이라는 주장이다. 한마디로 세상 전체가 되어버린 비대한 머리통이다. 사실 그런 비대한 자의식이 없다면 누구도 글을 쓰지 않을 것이다. 따라서 소설을 읽는다는 것은 자의식의 괴물들이 만들어낸 저마다의 세계를 방문하는 것과 같다.◆◆ 그러니 소설에 대해 말할 때 우리의 머리통이 조금쯤 커지는 건 자연스러운 일이다.◆◆◆ 하지만 그것이 오직 한 사람의 머릿속에서만 일어나는 일이라면, 그것을 아무도 보아주지 않는다면 글을 쓴다는 것에 대체 무슨 의미가 있는가?

칸트는 유아론을 해결하기 위해 그의 철학 체계에 '물자체Ding an sich'라는 개념을 도입했다. 우리가 알 수 없는, 알지 못하는, 현상 너머에 존

◆ 여기에는 좀 더 자세한 분석이 필요할 거 같다. 출판계가 울상을 짓고 있는 건 사실이지만 한국 출판계는 유사 이래 단 한 번도 울상을 짓지 않았던 적이 없기 때문이다. 금정연, 「〈2030 세상 보기〉 말 조심, 소원 조심」, 〈한국일보〉, 2015. 8. 27. 참고.

◆◆ 옮긴이 김정희는 해설을 통해 "스턴이 자아의 확고성, 실재성, 우월성을 인정받고 싶은 낭만주의적 욕구로부터 자유롭지 못했던 사람"이라고 지적한다. 그렇지 않은 사람도 있나?

재하는 그 자체로서의 사물, 객관적 실재가 존재한다는 것이다. 이것을 우리의 가설에 도입한다면 알 수 없는, 알지 못하는, 현상 너머에 존재하는 그 자체로서의 '독자자체Leser an sich'가 있어야 한다는 결론을 내릴 수 있다. 물론 여기서 말하는 '독자자체'는 현실과는 별개로, 자기가 쓰는 책에 의미가 있을 거라는 작가의 믿음 체계를 지키기 위해 도입된 추상적인 개념이다. 칸트의 경우와는 다르다. 따라서 다시 한 번 지적 성실성을 밀고 나간다면 나는 어쩔 수 없이 첫 번째 가설로 돌아가야만 한다. 비록 일부일지라도 이 책을 읽은 사람이 있다고 가정하는 수밖에 없는 것이다. 하지만 첫 번째 가설은 두 번째 가설로 이어지므로 나는 다시 두 번째 가설로 돌아온다. 어딘가에서 실수가 있었던 게 분명하지만 세상 어딘가에는 실수를 통해 배우지 못하는 사람도 분명히 존재하는 법이다. 그리고 나의 비대한 자의식은 실수를 통해 배우지 못하는 사람이 내가 아니어야 할 이유가 어디에 있느냐고 묻고 있으므로 나는 다시금 첫 번째 가설로 돌아간다. 그리고 다시 두 번째로. 다시 첫 번째로. 다시 두 번째로. 다시. 다시. 다시.

이것이 바로 헤겔이 말하는 악무한이다. 새로운 가설이 필요한 시점이다.

가설 © 나는 살아 있지 않다.

—앞서 나는 만남이 성립하기 위해서는 적어도 두 명이 필요하며 보시다시피 나는 여기에 있다고 썼다. 이때 문제가 되는 건 당신(들)의 존재다. 하지만 만남에는 사람만 필요한 게 아니다. 장소가 필요하다. 우리

◆◆◆ 따라서 많은 현대인들이 이런 것—시쳇말로 '작가부심'이나 '독자부심'이라 부를 수 있을—을 견디지 못하는 것도 당연한 일이다. 트위터와 페이스북을 통해 우리는 굳이 소설을 통하지 않고서도 거대한 머리통을 얼마든지 보고 또 스스로의 머리통을 키울 수 있게 되었기 때문이다.

가 만나는 장소는 바로 책의 지면이다. 그런데 책이 어디에 있는가? 책이 나오려면 먼저 내가 이 글을 끝내야만 한다. 그런데 나는 마치 이미 책이 나오기라도 한 듯 그것을 당연시했다. 고작 첫 문단을 쓰는 주제에! 사실을 말하자면 지금 이 글을 쓰고 있는 나는 아직 이 글을 끝내지 못했고 데드라인은 시시각각 다가오고 있다. 그러니 지금 나는 데드라인이라는 상징적인 죽음을 앞에 두고 "죽음과 추는 의무적인 춤"◆을 추고 있는 셈이다. 그런 춤을 추고 있는 자신이 부끄러워서 자살이라도 하고 싶게 만드는 춤이다. 만약 내가 이 글을 끝마치지 못한다면, 다시 말해 상징적으로나 실질적인 차원에서 죽어버린다면 당신(들)이 누구건 이 글은 결코 당신에게 가닿지 못할 것이다. 당신(들)이 어디에 있건 만남은 이루어지지 않을 것이다. 확률은 반반이다. 그것은 내게 슈뢰딩거의 고양이를 떠올리게 한다.

> 이 사고 실험에는 알파입자와 고양이 한 마리가 등장한다. 고양이는 외부 세계와 완전히 차단된 상자 속에 들어 있고, 이 상자는 독가스가 들어 있는 통과 연결되어 있다. 독가스는 밸브에 가로막혀 상자 속으로 들어갈 수 없으며, 독가스가 든 통 역시 외부 세계와 완전히 차단되어 밸브가 열리는지 볼 수 없다. 이 밸브는 방사능을 검출하는 기계 장치와 연결되어 있는데, 그 기계 장치는 라듐 등이 붕괴하며 방출한 알파입자를 검출하여 밸브를 연다. 밸브가 열린다면 고양이는 독가스를 마셔 죽게 된다. 그리고 처음에 라듐은 단위시간당 50퍼센트의 확률로 알파붕괴하도록 세팅되어 있다. 그렇다면 그 단위시간이 흐른 후에 고양이는 50퍼센트의 확률로 살아 있거나 죽어 있을 것이다.7

◆ 커트 보네거트의 소설 『제5도살장』의 부제.

외부 세계와 완전히 차단된 상자 속에 있는 그 고양이와 마찬가지로 나 역시 외부 세계와 완전히 차단된 어떠한 공간 속에 있다. 그때 고양이의 목숨을 좌우하는 것이 단위시간이라면 나의 목숨을 쥐고 있는 것은 마감 시간이다. 하지만 차이가 있다.

슈뢰딩거는 양자역학의 불완전함을 설명하기 위해 이 실험을 고안했다고 한다. 일반적으로 통용되는 코펜하겐 해석에 따르면, "이 실험에서는 관측자가 상자를 여는 동시에 상태가 고정된다. 즉 대상에 대한 관측 행위가 대상의 상태를 결정한다는 것이다".[8]

나의 경우 생사를 결정하는 관측자는 다름 아닌 독자다. 하지만 독자가 관측을 하려면 먼저 마감을 해야 한다. 그러니 나의 죽음은 두 단계로 나뉘어 있다고 볼 수 있다. 먼저 마감 시간(데드라인)이라는 죽음. 마감을 지키지 못한 나는 상징적인 죽음을 맞는다. 어쩌면 성난 편집자의 손에 진짜로 죽을지도 모른다. 마감을 지킨 나를 기다리고 있는 건 두 번째 단계다. 바로 독자다. 어떤 독자(들)가 이 글을 본다면 나는 살아 있는 게 된다. 하지만 어떤 독자도 이 글을 보지 않는다면 나는 죽은 거나 다름없다. 지금 내가 쓰고 있는 이 글 속에서 내가 나라고 칭하고 있는 어떤 나는 말할 것도 없고 책을 팔아 생계를 꾸려야 하는 현실의 나도 마찬가지다. 밥을 먹어야 살든지 말든지 할 거 아니겠는가?◆◆

그렇다면 지금의 나는 무엇인가. 당신이 이 글을 읽고 있는 시점으로서의 지금이 아니라 이 글을 내가 쓰고 있는 시점으로서의 지금. 내가 세운 가설에 따르면 나는 마감을 아직 하지 못했고 책은 아직 나오지 않았으므로 슈뢰딩거의 고양이처럼 죽은 것도 산 것도 아닌 상황이다. 그렇지만 죽어 있지도 살아 있지도 않은 사람은 엄밀하게 말해서, 물론 좀비나 야근으로 파김치가 된 직장인이나 마감 때문에 이틀 밤을 새운 프리

◆◆ 그러니 이 대목을 읽고 있는 당신에게 고맙다는 말을 해야겠다. 고맙습니다.

랜서나 깊은 잠에 빠져 있는 누군가 등등을 상상할 순 있겠지만, 존재하지 않는다. 그런데 나는 여기에 있다. 이렇게 말도 안 되는 글을 쓰고 있다는 게 그 증거다. 이것이 바로 데카르트의 코기토다. 그렇다면 우리는 데카르트의 성찰을 따라 내가 이 글을 쓰고 있는 한 독자의 존재가 필연적으로 요청된다는 사실 또한 증명할 수 있을 것이다.◆ 설령 그럴 수 없다고 해도 상관은 없다. 평소 철학에 관심 있던 누군가 이 글을 읽으며 고개를 갸웃한다고 해도 어쨌거나 독자가 있는 것이므로 내가 옳은 것이고, 누구도 보지 않는다면 내가 틀렸다는 것을 지적당할 일도 없으니 아무래도 좋은 것이다.

> 사람을 괴롭히는 것은 사물 자체가 아니라
> 사물에 대한 사람들의 생각이다.◆◆

그러니 이쯤에서 로렌스 스턴과 트리스트럼 섄디에게로 돌아가자. 섄디는 자신이 태어나기도 전인 1718년에 이야기를 시작해서 그 5년 전인 1713년의 일화로 끝을 낸다. 플롯의 연속성 따위는 가볍게 무시하는 것이다. 물론 그는 유아론에 빠진 멍청이가 아니다. 그는 제법 독자들이나 비평가 선생님들의 비위를 맞출 줄도 아는데, 때로는 그들을 초대해 파티를 열기도 한다.

> 이만한 수준의 대접거리를 만들어내느라 실컷 고생하고도, 뭔가 일을 잘못 처리해서 세련된 취향을 가진 신사 양반들이나 비평가들에게 헐뜯길 빌미를 제공하는 것만큼 어리석은 일은 없을 것이다. 그런 양반

◆ 내가 '우리는'이라는 주어를 사용한 건 그 때문이다.

◆◆ 로렌스 스턴이 『트리스트럼 섄디』 1, 2권의 제사로 쓴 에픽테토스의 말이다.

들의 심사를 건드리는 일 중에서도 그들을 파티에서 배제하는 일이 가장 위험하고, 또한 식탁에 비평가(직업상) 같은 사람은 있지도 않은 것처럼 다른 손님들에게 온통 신경을 쏟는 것 역시 그에 못지않게 그들의 감정을 상하게 할 수 있는 일이다. ―나는 이 두 가지 경우에 다 대비를 한다. 우선 첫째로, 나는 그들을 위해 여섯 개의 좌석을 일부러 챙겨두었다. ―그리고 그다음으로, 나는 그들에게 온갖 예의를 갖춘다. ―선생님, 당신 손에 입을 맞추겠습니다. ―단언컨대, 어떤 손님도 당신의 반만큼 즐거움을 줄 수 없습니다. ―뵙게 되어 충심으로 기쁩니다. ―바라건대, 마음 편히 가지시고, 격식 같은 것은 차리지 말고 자리에 앉아주십시오. 그리고 마음껏 즐겨주세요.

내가 좌석 여섯 개를 마련해놓았다고 했는데, 좀 더 친절을 베풀어서, ―내가 서 있는 바로 이 자리를 일곱 번째 좌석으로 제공할까 하는 생각을 하던 참이다. ―그런데 한 비평가가(직업상은 아니지만, ―타고난 천성으로) 그만하면 잘한 것이라고 말씀해주셔서, 내가 그냥 그 자리를 채우려 한다. 다만 내년에는 훨씬 더 많은 자리를 마련해드릴 수 있기를 희망하면서 말이다.9

그렇다면 나 역시 파티를 열지 못할 게 뭐냐? 지금부터 여러분을 늪처럼 음험한 나의 자의식에서 펼쳐지는 파티로 초대하겠다. 18세기 영국풍의 파티. 음료는 공짜. 그럼 지금부터 책 따위는 던져버리고 신나게 놀아보자.

I say 힙! You say 합!

제18장

(파티 타임)

(마음껏 파티를 즐기시오)

제19장

토비 삼촌,
우리 모두에게는 죽마가 필요한 거죠, 그죠?

파티는 끝났다. —벌써? 고작 한 페이지 만에? —독자여, 그것이 바로 문학의 시간이라오. 누군가는 돌아가고 누군가는 남아서 뒷정리를 한다. 그리고 나는 지금껏 미뤄왔던 약속을 지켜야 한다. 그건 물론 "『신사 트리스트럼 샌디의 인생과 생각 이야기』가 우리한테 주는 깊은 학식과 지식"이 무엇인지 분명하게 밝혀드리겠다는 약속이다.

그런데 문제가 있다. 정말이지 언제나 문제는 있다. 하지만 이런 경우는 더욱 고약하다고 할 수 있는데, 다름 아닌 나 자신의 탁월함 때문이다. 알다시피 나는 탁월함과 함께 지금까지 잘해왔다. 그러니 눈살을 찌푸릴 필요는 없다. 나의 탁월함은 당신의 언짢은 기분을 진작부터 눈치채고 있었으니까. 나의 탁월함이 말한다. 이대로라면 조만간 따귀가 날아올 게 분명하니 닥치고 있으라고.

그렇긴 해도, 다른 한편으로 생각해보면, 어떤 일이 탁월한 대가의 솜씨로 처리되었지만 세상에서 주목받을 가능성이 별로 없는 경우, ―그 사람이 그 영예를 누리지 못한 채, 그 기발한 착상이 그의 머릿속에서 썩어가다가 세상을 떠난다면 그 역시 대단히 혐오스러운 일이 아닐 수 없다고 생각한다.

내가 정확히 바로 그런 상황에 놓여 있다.

어쩌다 빠져들게 된 이 긴 탈선적 작업에는, 나의 모든 일탈이(단 하나만 빼고) 그렇듯이, 일탈의 대가의 필력이 들어 있다. 그런데 그 장점이 아무래도 그동안 내내 독자에 의해 간과되고 있는 것 같다. ―뭐 독자가 통찰력이 부족해서 그렇다는 것은 아니고, ―그 탁월성은 흔히 일탈적 여담에서 기대되거나 발견되는 그런 종류가 아니기 때문일 것이다. ―그 우수성은 바로 여기에 있다.[10]

결국 문제는 나 역시 어떤 영예도 누리지 못하는 바로 그런 상황에 놓여 있다는 사실이다. 대출 상담을 받기 위해 은행을 방문했던 일이 떠오른다. 양복도 차려 입었다. 나는 담당 직원에게 서류를 제출하고 상담 고객용 의자에 얌전히 앉아 있었다. 한참 동안이나 서류를 들여다보던, 그냥 보는 것으로 모자라 기울여도 보고 뒤집어도 보았다, 그가 당황한 듯 내게 물었다. ―혹시 사업소득자용 서류를 떼어야 하는데 잘못 떼신 거 아닙니까? ―저는 사업가가 아니라 자유기고가입니다. ―그게 정확히 어떤 거죠? ―이런저런 신문 잡지 등에 글을 쓰고 책도 쓰고 뭐 그런……. ―근로소득자도 아닌 거죠? ―저는 종합소득세신고자……. ―아아…… 그럼 이 서류는…… 말도 안 돼……. 그는 고개를 저었고 자신만의 직업적 고뇌에 빠져들었다. 그를 바라보던 나는 거의 눈물을 흘릴 뻔했다. 먹고살기 위해 분투하는 그가 가련하게 느껴졌던 것이다.

그럼에도 그는 좋은 사람이었다. 나를 친절히 대하려 노력했고, 그의 노력은 대체로 성공적이었다. 그렇지만 설명하는 일에는 영 재주가 없었다. 언젠가부터 우리의 대화는 제자리를 맴돌았는데, 스무 바퀴쯤 돌았을 즈음에야 나는 그가 하는 말을 대충 이해할 수 있었다. 한마디로 은행의 입장에서 보자면 내가 내민 소득증명서에 찍힌 소득은 내게 직업이란 게 없다는 사실을 증명하는 거나 마찬가지라는 말이었다. 그러는 동안 내 오른손은 몇 번이나 재킷 안쪽을 들락거려야 했는데, 안주머니에 꽂아둔 권총의 차가운 감촉을 느끼며 닥치고 돈이나 내놓으라고 소리칠 타이밍을 재고 있었던 것이다, 라고 하면 물론 거짓말이고, 단지 가슴이 아팠을 뿐이다. 나는 로베르토 볼라뇨의 어떤 단편소설을 떠올렸다. 다음과 같이 시작하는 단편이었다.

> 시인은 무슨 일이든 견뎌낼 수 있다. 고로, 인간은 무슨 일이든 견뎌낼 수 있다. 하지만 두 번째 문장은 거짓이다. 사실 인간이 진심으로 견뎌낼 수 있는 일은 손꼽을 정도이다. 그렇지만 시인은 진심으로 무슨 일이든 견뎌낼 수 있다. 우리는 그러한 확신을 지닌 채 성장했다. 이 문단의 첫 번째 문장은 참이다. 그러나 파멸과 광기와 죽음으로 이어지는 길이다.[11]

그날 대출 상담 고객용 의자에 앉아 난생처음으로 나는 내가 시인이 아니라는 사실을 후회했다. 두 가지 해결책이 있었다. 총잡이가 되어 내키는 대로 쏴버리거나 지금이라도 시인이 되어 무엇이건 견뎌내거나. 아니면 자살행위라는 것을 알면서도 끝끝내 굽히지 않다가 주인공의 총을 맞고 파리처럼 픽 쓰러지는 영화 속의 서툰 총잡이들처럼 맹목적이고 무분별한 고집으로 시를 쓰는 시인이 되거나.[12]

이 글도 마찬가지다. 총잡이가 되어 이런 '글' 따위는 쓰지 않을 수도 있고, 시인이 되어 '이런' 글 따위는 쓰지 않을 수도 있다. 이 글을 읽는 당신도 마찬가지다. 물론 당신은 운이 좋은 편이다. 이 책을 던져버리기 위해 총잡이나 시인이 될 필요는 없기 때문이다. 하지만 내게는 총이 없고(한국은 총기가 허가되지 않으니까) 나는 시를 모른다(한국에는 시인이 너무 많으니까). 솔직히 말하자면 "파멸과 광기와 죽음으로 이어지는 길"을 걷고 싶은 마음도 없다. 그러니 나는 오로지 한 벌의 양복(그렇다, 나는 지금 그 양복을 입은 채 이 글을 쓰고 있다)과 나의 탁월함만으로 이러한 곤경을 벗어나야 하는 것이다.

(그러니까 선생, 나는 그냥 하던 대로 하겠습니다.)

나는 섄디의 삼촌 토비를 떠올린다. 전쟁에서 부상당해 집으로 돌아온 토비 삼촌은 동생이 상심에 빠지지 않게 하려는 아버지의 배려로 새로운 문병객들을 끊임없이 상대하게 된다. 자신이 어떻게 부상을 당하게 되었는지를 반복해서 설명해야만 하는 곤경에 처한 것이다.

> 삼촌은 이때 상대가 알아듣게 설명하려고 노력하다 보니, 번번이 거의 극복할 수 없는 어려움에 봉착했고, 그때마다 심한 곤혹감에 빠졌다. 즉 성벽 아래 해자의 내벽과 외벽, ―제방과 통로, ―반월보와 삼각 보루 같은 것의 차이를 구별하고 그 개념을 명확히 전달함으로써 이야기를 듣는 사람들에게 자신이 어디에서 무얼 하고 있었는지를 완전히 이해시키려 하다 보니 겪게 되는 그런 어려움 말이다. (…) 아버지가 위층으로 모셔 오는 손님들의 머리가 비교적 명석하거나, 토비 삼촌이 마침 설명이 아주 잘 풀리는 최상의 컨디션에 있을 경우 외에는 사실상 삼촌이 어떻게 설명하건 간에 이야기가 모호성을 면하기는 어려운 형국이었다.
>
> 게다가 삼촌의 설명을 더욱더 뒤엉키게 만드는 사안이 있었으니, 다름 아니라, ―삼촌이 공격했던 성 니콜라스 성문 앞에 있는 해자 외벽

은 뫼즈 강둑에서 대수문까지 뻗쳐 있었는데—이 일대에는 수많은 도랑, 배수구, 개울, 수문들이 얽히고설켜 있었다는 사실이다. —그러니 삼촌은 딱하게도 이런 것들 사이에서 당황하고 발이 묶여 목숨이 걸렸다 한들 전진도 후퇴도 할 수 없는 일이 허다했다. 그리고 바로 그 때문에 공격을 포기하는 경우도 빈번했다.13

내가 놓인 상황 또한 그와 같다. 나는 당신들에게 설명을 해야 하는데 『트리스트럼 섄디』의 복잡성은 삼촌이 겪었다는 전투를 훨씬 능가하는 것이다. 게다가 나는 항상 컨디션이 좋지 않고 당신의 머리가 명석한지 아닌지도 알지 못한다. 말이 나와서 말이지만 당신이 이 글을 어떻게 읽을지 내가 무슨 수로 예측한단 말인가? 만약 당신이 명석하다면 우리 모두에게 좋은 일이겠지만 나는 당신에게 명석함을 요구할 정도로 뻔뻔하지는 않다. 어쨌거나 그건 나의 탁월함으로도 어떻게 할 수 없는 일인 것이다.

그 원인이 무엇인지는 내가 앞에서도 암시했는데, 그것은 이미 모호성의 비옥한 원천이 되고 있고, —앞으로도 언제나 그럴 것이며—가장 명징하고 가장 고양된 이해력을 가진 사람도 혼란에 빠지게 만드는 원인으로서, 바로 언어의 불안정한 사용 때문입니다.

십중팔구 당신은 과거의 문학사를 읽어보았을 터인데,◆ —만약 그렇다면, —작가들이 얼마나 많은 심술과 잉크를 동원하여, 소위 언어 전쟁이란 이름의 끔찍한 전투를 수도 없이 일으키고 진행시키고 있는지, —심성 착한 사람은 눈물 없이는 그것을 읽어낼 수 없다는 것 또한 잘 아시겠지요.14

◆ 만약 당신이 이 책을 처음부터 읽었다면, 그래서 이 문장에 도착했다면 당신도 나름대로 "과거의 문학사" 비슷한 걸 읽었다고 할 수 있다.

샌디가 단언하는 것처럼 "삼촌의 인생이 위험에 처한 것은 바로 언어 때문"이었고 나와 당신이 지금 처한 곤경도 마찬가지다. 하지만 토비 삼촌은 언어의 위험에서 탈출한다. 어떻게? 바로 전기 비트겐슈타인의 그림 이론을 통해서.

> 비트겐슈타인이 1914년 가을, 어느 전선에서 교통사고 재판에 관한 기사를 읽고서 '그림'이라는 영감을 얻었다고 알려져 있다. 관련 기사에 따르면, 그 재판에서는 교통사고가 일어났던 과정이 모형을 통해 설명되었다. 자동차, 사람들, 길, 건물들 등이 모형으로 제작되었던 것이다. 그렇게 모형(모델)이 사실을 묘사할 수 있다는 생각으로부터 비트겐슈타인은 명제 또한 그러한 역할을 한다는 생각에 이르게 된다. 우리는 그림을 그려서 어떤 사실을 묘사하듯이, 명제를 통해서 어떤 사실을 그린다. 요컨대, 비트겐슈타인의 그림 이론의 골자는 명제는 일종의 그림이라는 것이다.[15]◆

어느 날 아침, 침대에 반듯이 누워 있던(사타구니에 입은 상처 때문에 다른 자세로 누울 수가 없었다) 삼촌에게 한 가지 생각이 번뜩 떠올랐다. "나무르 시의 요새와 성채 그리고 그 주변을 보여주는 큰 지도 같은 것을 구입해서 널빤지에 붙여놓는다면 일이 쉬워지지 않을까?" 비트겐슈타인식으로 바꿔 말하면 이렇다. 지도와 모형을 이용한다면 언어의 불완전성을 넘어 보다 정확한 묘사를 할 수 있지 않을까?

토비 삼촌은 아이디어를 행동으로 옮긴다. 정확한 지도 제작을 위해 군사건축학과 포술학을 다룬 수많은 저서를 섭렵하고("부목사와 이발사

◆ 물론 당신은 비트겐슈타인이 로렌스 스턴보다 2세기 늦게 활동했다는 사실을 지적할지 모른다. 그렇다면 이 또한 예상 표절의 사례가 될 수 있을 것이다.(이 책의 제12장을 참고할 것.)

가 돈키호테의 서재에 침입했을 때 보았던 돈키호테의 기사도에 대한 소장 서적들을 능가할 정도로 온갖 군사건축학 서적들을 갖추게" 되었고) 대포알이 날아가는 방향을 계산하는 기하학적 법칙을 공부하며 3년이라는 세월을 보낸다.("그만! 나의 사랑하는 토비 삼촌, 그만 멈춰요! 이 가시투성이의 혼란한 길에 한 발짝도 더 들어서지 말아요.") 그러는 동안 지식의 양분을 듬뿍 섭취한 아이디어는 쑥쑥 자라나서 지도와 모형이라는 협소한 생각을 훌쩍 뛰어넘는다. 삼촌은 시골의 한적한 땅을 얻어 실물 그대로의 전장을 만들겠다는 계획을 세운다.

바로 이 순간 찰리 카우프만의 영화 〈시네도키, 뉴욕〉이 떠올랐다면 당신은 나의 친구다. 예술과 재현의 문제를 다룬 감동적인 작품이다. 보르헤스의 짧은 이야기를 떠올려도 좋다. 이런 이야기 말이다.

> ……그 왕국에서 지도술은 너무도 완벽한 수준에 이르러 한 도의 지도는 한 시의 전체를 담고 있었고, 한 왕국의 지도는 한 도 전체를 담고 있었다. 시간이 지나면서 그 거대한 지도들조차 만족감을 주지 못했고, 지도학교들은 왕국과 똑같은 크기에 완전히 왕국과 일치하는 왕국지도 하나를 만들었다. 지도 연구에 덜 중독되어 있던 다음 세대들은 그 널따란 지도가 쓸모가 없다고 생각했고, 약간은 불경스럽게도 그 지도를 태양과 겨울의 자비에 내맡겨버렸다. 동물들과 거지들이 득실거리고 있는 지도의 폐허들은 남서부의 사막에서 허물어져가고 있다. 나라 전체에 그것 외에 지도술과 관련한 다른 유물들은 없다.[16]

토비 삼촌의 계획 또한 비슷한 운명에 처한다. 따라서 나는 토비 삼촌의 방식을 따르지 않을 것이다. 『트리스트럼 섄디』의 모든 복잡한 구성과 농담과 일탈을 당신(들)에게 정확하게 설명하겠다는 일념으로 810쪽에 이르는 이 방대한 소설을 고스란히 타이핑하지 않겠다는 것이다. 그게 필요하면 서점에 가면 된다.

그렇지만 스턴이 토비 삼촌의 기벽을 설명하며 끌어들인 죽마hobby-horse라는 비유에 대해서는 짚고 넘어가야겠다. "철없는 어린 시절 아이들이 가지고 노는 죽마는 스턴에게 있어 욕망을 감추거나 억압해야 하는 당위성이 지배하는 사회에서 인간이 찾는 비교적 순수한 욕망의 분출 통로다."(김정희) 내 생각에 스턴은 토비를 일종의 '오덕'으로 바라보는 것 같다. 그렇지만 스턴은 그를 비난하지 않는다. "누군가 대로 상에서 자기의 죽마를 조용히 그리고 평화롭게 타고 가면서, 당신이나 나한테 뒤에 타라고 강요하지만 않는다면, —선생, 그 일이 도대체 우리랑 무슨 상관이 있겠습니까?" 스턴의 관점에서 죽마란 "고달프고 실패와 좌절로 점철된 삶에서 활기와 순수한 기쁨을 담보 받을 수 있는 중요한 통로다". 우디 앨런 식으로 말하자면, 우리 모두에게는 죽마가 필요한 것이다.

그건 이렇게 생겼다.

물론 나 또한 죽마를 가지고 있다. 아니라면 왜 이런 글을 쓰고 있겠는

가? 그렇다면 이 글은 『트리스트럼 섄디』를 핑계로 늘어놓는 혼자만의 죽마 타기인가. 음침한 자의식이 벌이는 인형 놀이인가. 독자는 신경 쓰지 않은 채 자신만의 성 안에 틀어박혀 하는 자위행위인가. 과연. 그래서 나는 리포트를 써야 하지만 두꺼운 책을 읽기는 싫은 대학생들을 위해 스턴의 전기를 소개하고 내용을 요약하고 문학사적 의의와 작품의 내적 의미를 밝혀주기는커녕 주인공 섄디가 아직 태어나기도 전에 이 글을 끝내려고 하고 있는 건가. 하지만 친구여, 스턴이 섄디를 세상에 내보내는 데 2년이라는 시간이 필요했다는 사실을 기억하라. 스턴이 2년에 걸쳐서 한 일을 내가 어떻게 더 빨리 할 수 있겠는가?

> 글쓰기란, 그것을 제대로 관리했을 때, (내가 내 글이 그렇다고 생각한다는 것은 당신도 알 것이다) 단지 대화의 또 다른 이름이라 할 수 있다. 좋은 사람들과 함께하는 자리에서 어떻게 처신해야 하는지를 아는 사람치고 혼자서 이야기를 독점하는 사람은 없을 것이다. —따라서 예의범절과 교양의 올바른 범주를 이해하는 작가라면 감히 혼자서 모든 것을 생각해내는 무모한 짓은 하지 않을 것이다. 당신이 독자의 이해력에 진정으로 존경심을 표하고 싶다면 글 쓰는 일을 사이좋게 반 토막 내어, 독자도 작가처럼 상상할 거리를 남겨주어야 한다.
>
> 나로 말할 것 같으면, 이런 종류의 예의를 끊임없이 실천하고 있다. 나는 독자의 상상력이 나의 상상력처럼 분주히 움직이게 도와주기 위해, 내 힘 닿는 대로 모든 노력을 경주하고 있다.[17]

바로 이어지는 문장을 스턴은 이렇게 썼다.

> 그러니 이제 독자의 차례다.

낭만적인, 너무도 낭만적인

요제프 폰 아이헨도르프 Joseph von Eichendorff

『방랑아 이야기』

아이헨도르프는 소설을 쓸 때도 서정시인이다. 프란츠 마르티니는 『독일문학사』의 「소설가 아이헨도르프」 항목을 그렇게 시작한다. 이 책에 실린 다른 작품들과 비교했을 때 아이헨도르프의 소설은 조금쯤 무난하고 평이하게 느껴지는데, 아마 익숙하기 때문인 것 같다. 드라마에서 영화에서 대중가요에서 끊임없이 반복되는 낭만주의적인 요소들의 전형을 발견할 수 있다. 누구나 마음속에 아이헨도르프 한 명쯤은 있는 것이다.

제20-1장

이토록 낭만적인 마음 (1)

요제프 폰 아이헨도르프의 『방랑아 이야기』는 지금까지 우리가 만나 본 인물들과 달리 무척이나 한가한 주인공이 등장하는 이야기다. 얼마나 한가한지 짜증이 날 지경이다. 첫 문단부터 그렇다.

> 아버지의 물방앗간이 다시 덜커덩거렸다. 물레바퀴가 어느새 신명나게 돌아가고 있었다. 녹은 눈이 지붕으로부터 물방울이 되어 뚝뚝 떨어졌다. 그 속을 짹짹거리며 날아다니는 참새 떼들. 나는 문지방에 걸터앉아 잠을 쫓아내느라 눈을 비볐다. 따사로운 햇살이 더할 수 없이 좋았다.[1]

내가 이 글을 쓰는 지금은 가을이다.◆ 그것도 더럽게 추운 가을이다.

◆ 이 글은 2013년 10월 25일에 〈프레시안북스〉에 발표되었다. 그리고 이 글을 수정하고 있는 지금은 2015년 10월 2일이다.

밤새 비바람이 불었고 나는 점심도 거른 채 이 글을 쓰고 있다. 쳇, 하는 소리가 절로 나온다. 그러니 아버지의 분노도 이해할 만하다. 꼭두새벽부터 물방앗간을 분주히 오가며 일하는 양반에게 느긋하게 졸고 있는 아들놈이 곱게 보일 리 없잖은가? 어느새 나도 꼰대 다 됐다.

> "이 게으름뱅이 녀석! 또 해바라기를 하고 앉았구나. 기지개를 켜는 걸 보니 뼛속까지 녹작지근한 모양이지. 일은 모두 나 혼자 도맡으란 말이냐? 여기선 네 녀석을 더 이상 먹여줄 수가 없다. 봄이 바로 코앞에 다가왔으니 너도 한번 넓은 세상으로 나가보아라. 네 힘으로 빵을 벌 줄도 알아야지."[2]

"알았어요." 순순히 대답을 한 아들은 "저 같은 건달에게는 그편이 낫겠네요. 넓은 세상에 나가 행운을 잡아보도록 하겠"다며 그길로 바이올린을 꺼내들고 집을 나선다. 물론 아버지에게서 노잣돈을 뜯어내는 일은 잊지 않았다.

> 나는 건들거리며 긴 마을길을 걸어 나갔다. 가슴속은 은밀한 기쁨으로 가득 차 있었다. 여기저기서 일하러 나가는 친지나 친구들을 만났다. 이들은 어제나 그제처럼 또 땅을 파고 쟁기질을 해야겠지. 나는 이렇게 자유 천지로 활보해 나가는데 말이다. 나는 뽐내듯 사방을 둘러보며 이 불쌍한 사람들을 소리쳐 불렀다. 그리고 쾌활하게 안녕을 고했다. 그러나 나에게 관심을 보이는 사람은 아무도 없었다.
>
> 나에게는 영원한 일요일 같은 기분이었다. 이슥고 탁 트인 들판으로 나왔을 때, 사랑하는 바이올린을 꺼내 들었다. 그리고 큰길을 따라가면서 연주에 맞춰 노래를 불렀다.[3]

그로부터 약 160여 년 후, 영국의 가수 모리세이가 리메이크하게 될 그 노래의 가사는 이랬다……

> 매일이 일요일 같은 기분이야
> 매일이 고요하고 회색이지
> 산책을 하다 숨어서
> 엽서에 끄적거려
> "내가 여기 있지 않기를 얼마나 원하는지"
> 그들이 깜박 잊고 폭파하지 않은
> 바닷가 마을에서
> 오라, 오라, 오라—핵폭탄이여!
> —Morrissey, 〈Everyday is like Sunday〉

……라고 하면 물론 거짓말이고, 청년이 부른 것은 하느님의 은총과 기적과 아름다운 자연과 상쾌한 마음과 대책 없는 낙관을 찬양하는 노래였다. 모리세이의 일요일이 지루하고 고요한 날이라면 이 한가한 친구의 일요일은 "사랑하는 하느님께 모두 맡긴" "목청 높여 노랫소리 절로 나오"는 날이다. 조금의 아이러니도 없다. 일말의 의혹이나 한 점 얼룩도 없다. 멍청이다. 멍청이도 이런 멍청이가 없다.

길을 걷는 그에게 호화로운 여행용 마차 한 대가 다가온다. 설마 아름다운 아가씨가 탄 마차는 아니겠지, 라고 생각하는 순간 귀부인이 마차에서 고개를 내민다. 한 명도 아니고 두 명이다. 청년은 그녀들의 얼굴이 마음에 들었다. 그녀들도 청년의 노랫소리가 듣기에 좋았다. 귀부인들이 청년에게 행선지를 묻자 청년은 부끄러움을 느낀다. 자기 자신조차 갈 곳을 모른다는 사실에 생각이 미친 것이다. 청년이 빈으로 간다며 아무렇게나 둘러대자 두 명의 귀부인이 서로를 마주 보고 웃는다. 그들이야말로 빈으로 가고 있었던 것이다. 그들은 동행을 제안하고 청년이 마차에 올라탄다. 혹시라도 헛된 기대를 품을지 모를 당신을 위해 일러두자면, 그녀들은 강도가 아니고 인신매매단도 아니다. 마녀도 아니다. 아름답고 선량한 두 명의 귀부인일 뿐이다. 내친김에 말하자면 우리의 주인공은 이내 좀 더 젊고 예쁜 쪽과 사랑에 빠지게 될 예정이었다.

문득 이런 글을 쓰고 있는 나 자신이 한심하게 느껴진다.

설렘과 불안이 묘하게 섞인 복잡한 마음으로◆ 마차를 타고 가던 청년은 까무룩 잠에 빠진다. 아무리 중요한 순간에도 숙면을 취하기를 잊지 않는 주인공이다. 얼마나 잤을까. 잠에서 깬 그는 주위를 둘러본다. 커다란 성이다. 귀부인과 마부는 어디로 사라졌는지 보이지 않고 심지어 말도 없이 마차만 덩그러니 놓여 있다. 그는 본능적으로 주머니를 확인하는데 아뿔싸, 아버지가 주신 노잣돈이 사라졌다. 물론 귀부인이 가져간 건 아니다. 그 역시 그럴 거라고는 조금도 의심하지 않는다. 이제 바이올린 연주나 해서 빌어먹어야 하나, 여기선 연주로 한 푼도 못 벌 거 같은데…… 같은 한가한 생각을 할 뿐이다. 그때 어디선가 하녀가 나타나 그에게 마님의 전갈을 전한다. 혹시 정원사 조수로 일하지 않겠느냐는 것이었다. 그가 대꾸한다. "좋아요."

> 이윽고 정원사가 나타났다. 그는 수염 밑으로 시정잡배들의 상소리를 쏟아내더니 나를 정원으로 데려갔다. 도중에 그는 내게 긴 설교를 늘어놓았다. 이제부터 성실하고 부지런해야 한다, 일없이 세상이나 쏘다니며 밥벌이도 못하는 깡깡이 연주나 하고 다녀서야 되겠느냐, 예서

◆ 이것이 소설 전체를 통해 주인공이 처음이자 마지막으로 느끼는 복잡한 감정이라는 사실을 비통한 마음으로 기록해둔다.

잘만 하면 차츰 팔자가 트일 수도 있을 게다, 등등. 그 밖에도 아주 훌륭한 교훈을 많이 얻었지만, 나는 그 대부분을 곧 잊고 말았다. 지금으로선 앞길이 막막하기만 하니 어찌하랴? 그저, 예예 알겠습니다만을 연발할 수밖에.4

이제 악독한 정원사의 밑에서 고초를 겪는 청년이 이야기가 이어지는 건가, 라고 생각했다면 오산이다. 바로 다음 문단에서 그는 이렇게 말한다. "그 저택의 정원에서 나는 잘 지냈다." 일이 조금 고되고 고귀하신 신사숙녀 여러분과 어울리지 못하는 게 안타깝긴 하지만 청년은 잘 먹고 잘 산다. 정말이지 속 편한 인생이다. 그리고 그런 일상에도 조금씩 익숙해질 무렵, 본격적인 러브 스토리가 펼쳐진다.

사랑이 시작되기 위해서는 한 병의 포도주로 충분했다. 어느 날 청년이 흥얼거리는 노래를 우연히 들은 아가씨가 하녀를 통해 그에게 보낸 것이다. 포도주를 받아 든 그는 자신이 '철학적인 생각'이라고 부르는 공상에 빠져든다. 처음에는 자신의 현재 상황을 냉정하게 분석("이건 영락없이 타고난 건달 꼴이었다")하는가 싶었지만 곧바로 그런 나약한 생각을 떨쳐버린("사람이란 날 때부터 미래가 결정되는 게 아니다") 그는 집을 떠나오며 아버지에게 장담했던 것처럼 행운을 자신의 것으로 만들기로 결심한다("최후의 승자가 진짜 승자다").

바로 그때부터 이 대책 없는 청년의 조울증이 시작된다. 도무지 중간이라고는 없는 남자다. 아가씨의 창문을 훔쳐보고 창가 아래에서 노래를 부르고 감자며 채소들을 뽑은 자리에 키운 꽃을 몰래 바치며 가슴 설레는 한편, 잘생기고 돈 많은 귀족 청년들과 함께 있는 그녀를 바라보며 헤어날 길 없는 우울에 빠진다. 한마디로 조울증이 의심되는 청년이었다.

조증 〔마님이 꽃이 필요하다고, 꽃을 받으러 직접 오실 거라고 전하는 하녀에게〕 "어머나, 흉측한 잠옷 좀 봐!" 갑자기 집 밖으로 튀어나오는 나를 보고 시녀가 외쳤다. 나는 화가 났다. 여성에 대한 예의에 관한 한 누구에게도 뒤지지 않는다고 자부하는 터였다. 좀 짓궂은 장난 같지만 그녀를 붙잡고 키스를 해주려던 참이었다. 그러나 잠옷이 너무 길었기 때문에 나는 두 발이 걸려 그만 땅 위에 길게 나뒹굴고 말았다. 내가 다시 일어섰을 땐 시녀가 벌써 달아난 뒤였다. 그녀는 멀리서 배꼽을 쥐고 깔깔대었다.5

울증 노래를 부를 때부터 내 눈엔 이슬이 맺혀 있었다. 수치와 고통 때문에 마음이 찢어지는 것 같았다. 갑자기 온갖 상념이 물밀듯이 몰려왔다. 그녀는 너무나 아름답다. 그런데 나는 가련하게도 조롱이나 당하고 세상으로부터 버림받았다. 그들이 모두 덤불 뒤로 사라졌을 때, 나는 더 이상 견딜 수가 없어 풀밭에 쓰러져 흐느껴 울었다.6

그리하여 160여 년이 흐른 후 세계적인 록스타이자 '오징어 댄스'의 창시자인 톰 요크가 청년의 울증에서 영감을 받아 한 곡의 노래를 작곡했으니 제목 하여 'Creep'이었다, 라고 하면 물론 거짓말이고, 어쨌거나 청년이 아가씨를 바라보며 '당신이 전에 여기 있었을 때 / 나는 당신의 눈을 바라볼 수 없었지 / 당신은 마치 천사 같았어 / 당신의 무결점 피부는 나를 울게 만들었지 / 당신은 마치 이 아름다운 세상을 떠다니는 깃털처럼 가벼워 / 나도 그렇게 특별하면 좋을 텐데 / 나도 당신처럼 특별하면 좋을 텐데 / 벗 암 어 크립◆' 같은 생각을 했다는 건 분명하다. 모르긴 해도 미시마 유키오가 그를 봤다면 냉수마찰이나 하라며 빽! 소리를

◆ Radiohead, 〈Creep〉.

질렀을 거다. 나라면 모른 척 지나치는 편을 택하겠다. 나는 이런 사내의 이야기를 참고 듣는 성격이 못 된다. 이토록 낭만적인 마음. 사랑밖에 난 모른다고 소리치는 영혼. 사실 이것은 드라마나 영화, 대중가요에서 지겹도록 변주되는 플롯이다. 그리고 나는 그런 것들을 좋아한다. 그렇지만 이것은 소설이 아닌가. 지금으로부터 약 180여 년 전에 요제프 폰 아이헨도르프가 이런 책을 썼고 세월의 흐름을 이기고 살아남아 아시아의 한 나라에까지 번역되어 출판된 고전이란 말이다.

하지만 아직 본격적인 이야기는 시작도 하지 않았다. 그러니 이번 장은 이쯤에서 마치도록 해야겠다. 별다른 내용도 없이 과장된 감정들만 주고받다 백지영의 노래와 함께 끝나는 드라마들처럼.

나는 다음 회가 시작되기 전까지 PPL을 알아보겠다.

(다음 회에 계속)

제20-2장

이토록 낭만적인 마음 (2)

지난 이야기

옛날하고 아주 먼 옛날, 독일의 한 마을에서 한가한 나날을 보내며 무위도식하던 '나'는 일중독에 빠져 자식을 사랑하지 않는 아버지에 의해 집에서 쫓겨나고 바이올린 하나 등에 진 채 거친 세상을 유랑하게 된다. 우연히 치명적인 매력을 지닌 귀부인들의 고급 마차를 얻어 타게 된 '나'는 아름다운 낯선 성에 도착하고 그곳에서 정원사 보조로 자연을 벗 삼아 일하며 신분 상승을 꿈꾼다. 한편 '나'는 언제나 자신을 바라보고 있는 누군가의 시선을 느끼는데 그것이 귀부인 중 좀 더 젊고 좀 더 아름다운 아가씨의 것임이 얼마 지나지 않아 밝혀진다. 적어도 그는 그렇게 생각한다. 그녀는 좀처럼 모습을 드러내지 않은 채 계속해서 그를 지켜보고 하인을 통해 포도주를 전해주는 등 순진한 사내의 마음을 뒤흔든다. 그의 마음에 걷잡을 수 없는 욕망의 불씨가 피어오르고 그것은 이내 그 자신도 감당할 수 없는 불꽃이 되어 번진다. 그렇게 그는 희망과 절망의 양극단을 미친 듯이 오가며 금지된 사랑을 키워가는데…….

제2화

악몽 같은 일요일이었다. 청년은 사랑하는 아름다운 아가씨와 잘생긴 귀족 청년들이 뱃놀이를 즐길 수 있도록 노를 저어야 했다. 그들을 위해 한 곡조 뽑기도 했는데 그건 이런 노래였다.

내 인생에서
차라리 눈에다 한 방 발길질을 해주고 싶은
저 사람들에게
왜 나는 억지로 미소를 지어 보이는 것일까
예전 취해서 몽롱해 있던 동안은
나 행복했지만
지금 나의 이 비참함을 알고 있는 사람은 누구일까
—The Smiths, 〈Heaven Knows I'm Miserable Now〉(성문영 번역)

아니면 이런 노래였던가.

옆구리에 가시를 안은 듯 언제나 고민이 떠나지 않는 소년
하지만 그 차가운 증오 뒤에는 사랑을 향한
실로 살인적일 정도의 무시무시한 갈망이

……

—The Smiths, 〈The Boy with the Thorn in His Side〉(성문영 번역)

아무려나. 견딜 수 없는 비참함에 풀밭에 쓰러져 울던 일요일은 지나갔다. 며칠 후, 아침 댓바람부터 집사장이 청년을 찾았다. 집사장은 그에게 이름과 출신을 묻고 읽고 쓰고 셈할 수 있는지 물은 다음 이렇게 말했다. 새 세관원으로 뽑힌 것을 축하하네. 마님께서 그의 성실한 품행과 특별한 공적을 높이 사서 죽은 세관원의 자리를 그에게 맡기기로 했다는 것이었다. 아시다시피 죽음은 낭만주의의 단골손님이다.

하지만 성실한 품행과 특별한 공적에 대해서라면 금시초문이다. 당신은 나의 성실함을 의심할지도 모르겠지만, 내가 아는 한 이 청년이 그런 덕성을 보인 적은 없다. 맹세할 수도 있다. 그 또한 놀라긴 마찬가지여서 재빨리 지금까지 자신이 보였던 행동과 태도를 돌아보는데, 실은 돌아보고 말고 할 것도 없다. 정원사 보조로 일하기 시작한 지 며칠 되지도 않았기 때문이다. 그리하여 그는 "결국은 집사장의 말씀이 지당하다는 결론을 내릴 수밖에 없었다". 셈이 빠른 친구다. 세관원이 될 만하다.

나 역시 혹시 내가 놓친 부분이 있나 생각하며 지난 페이지를 재빨리 들춰봤다. 실은 들춰보고 말고 할 것도 없었다. 소설은 20여 페이지도 채 지나지 않았고, 그가 정원사로 일하기 시작한 것은 고작 10여 페이지 전이었던 것이다. 대신 이런 문장을 발견했다.

> 그녀를 보지 못한 채 많은 날들이 흘러갔다. 그녀는 더 이상 정원에 나오지 않았다. 창가에도 나타나지 않았다. 정원사는 나를 게으름뱅이라고 윽박질렀다. 나에겐 세상만사가 다 귀찮아졌다. 하느님이 만드신 세상을 바라보고 있노라니 내 자신의 콧잔등조차 짜증이 날 지경이었

다.[7]

조금도 지체하지 않고 세관원의 거처로 짐을 옮긴 그가 제일 먼저 한 건 선임자가 남긴 물품들을 챙기는 일이었다. 노란 점박이 무늬가 있는 붉은색의 화려한 잠옷. 푸른 실내화와 잠잘 때 쓰는 모자. 대롱이 긴 담뱃대. 과연 낭만주의의 거장이라는 평가답게 색채를 아끼지 않는 아이헨도르프다.(다자키 쓰쿠루는 순례를 떠나는 대신 방구석에 앉아 낭만주의 소설을 읽어야 했다.◆) 생각보다 빨리 성공을 향한 첫 걸음을 뗀 청년은 선임자가 남긴 잠옷을 입고 모자를 쓴 채 손에는 담뱃대까지 들고 벤치에 앉아 지나가는 행인들을 바라보았다. 그리고 생각한다.

> 내 소망은 단지, 내 앞날이 신통치 않으리라고 늘 말하던 고향 사람들이 몇 명이라도 이곳을 지나며 내 모습을 보아주는 것이었다. 잠옷은 내게 기막히게 어울렸고, 요컨대 모든 게 유쾌하기 짝이 없었다. 거기 앉아서 나는 이것저것 많은 생각을 하였다. 모든 것은 시작이 어려운 법이다, 귀족들의 생활이란 참으로 쾌적한 것이구나, 등등. 그리고 은밀히 결심하였다. 이제 방랑을 중단하고 나도 남들처럼 돈을 벌어 장차 세상에서 그럴듯한 무언가를 이루어내야지, 하고. 그러나 그사이에도 나의 결심, 걱정, 업무를 떠나 그 아름다운 아가씨를 한시도 잊은 적이 없었다.[8]

마침내 그도 정신을 차리려는 건가. 왜 있잖은가, 아름다운 여인의 사랑을 얻기 위해 수단과 방법을 가리지 않고 성공을 향해 달려가는 남자의 이야기. 마침내 정상에 도달한 그는 사랑을 쟁취하지만 어느덧 달라

◆ 무라카미 하루키의 소설 『색채가 없는 다자키 쓰쿠루와 그가 순례를 떠난 해』 참고.

진 눈높이 때문에 그녀를 버리고 다른 여인, 이를테면 영주의 딸이나 대상인의 조카 같은 사람과의 결혼을 선택하고 홀로 남은 여인은 복수하겠다는 일념으로 얼굴에 점을 찍고 나타나 남자를 철저하게 부숴버린다는 찝찝하지만 어째선지 계속해서 보게 되는 그런 이야기 말이다. 설마. 그의 결심은 불과 네 페이지 만에 눈 녹듯 사라지는데, 그 또한 사랑하는 아가씨 때문이다.

어느 저녁 청년은 애꿎은 문지기 영감의 멱살을 잡는다. 사냥을 떠나는 귀족들을 바라보며 "아 정말 고상한 일이로구나, 사냥이란 것은!" 하고 감탄하던 그에게 사냥이란 별로 고상할 것도 없는 중노동이라며 눈치 없는 영감이 초를 쳤기 때문이다. 내심 청년을 미친놈이라고 생각하던 문지기 영감은 고개를 절레절레 저었고 한바탕 난리를 피우며 감정을 배출한 그는 화통하게 웃으며 발걸음을 옮긴다. 마침 아가씨에게 꽃다발을 바칠 시간이 되었던 것이다. 바친다고 해봐야 그녀가 지나가는 산책길 정자에 몰래 꽃다발을 놓아두는 것뿐이었지만, 그녀가 꽃다발을 가져간다고 상상하는 것만으로도 그는 흐뭇한 마음을 감출 수 없었다. 확실히 정상은 아니다.

그런 그의 앞에 그녀가 우연히◆ 모습을 드러낸다. 마침 그녀에 품에는 꽃다발이 들려 있었는데 어제 그가 바친 그 꽃다발이었다. 그녀가 꽃다발을 소중하게 간직해주었어! 나의 꽃다발을! 주체할 수 없이 들뜬 그는 운명의 여신에게 자신을 맡기기로 한다. 그녀에게 고백한 것이다. "아가씨, 이 꽃다발도 받아주세요. 제 꽃밭의 모든 꽃, 아니 제가 가진 모든 것을 다 드리겠습니다. 오 당신을 위하는 일이라면 불 속엔들 뛰어들지 못하겠습니까!"

◆ 나는 이 장을 쓰며 '우연히'라는 단어를 사용하지 않으려고 무척 노력하고 있다. 그렇지 않았다면 당신은 모든 문단에 박힌 '우연히'라는 단어를 봐야만 했을 거다.

하지만 그녀는 아무 말도 하지 않는다. 단지 화가 난 듯 그를 노려볼 뿐이었다. 얼마나 그렇게 있었을까. 어디선가 사냥꾼들이 떠들썩하게 지껄이는 소리가 들려왔고, 그의 손에서 꽃다발을 낚아챈 그녀는 아무 말도 없이 가버린다. 그녀의 뒷모습을 바라보는 청년. 하지만 그녀는 이내 모퉁이 길을 돌았고 더 이상 그녀를 볼 수 없는 청년은 절망한다.

> 그녀의 사랑을 얻기 위해
> 나는 얼마나 더 많은 모퉁이를 돌아야 하는가?
> 얼마나 더 많은 것을 배워야 하는가?
> 이토록 많은 사랑이 내 안에 있는데?
> —The Verve, 〈Lucky Man〉

그날 이후 그의 마음에서 세 개의 단어가 사라졌다. 안정, 휴식 그리고 성공. 까닭 없는 불안과 행복에 대한 근거 없는 예감 속에서 흔들리는 그의 손에는 좀처럼 일이 잡히지 않는다. 숫자는 그에게 온갖 상념을 불러일으킬 뿐이었다. 8은 널따란 머리 장식에 코르셋을 바싹 조여 맨 나이 든 숙녀. 못된 7은 영원히 뒤쪽을 가리키는 이정표 혹은 교수대. 그를 가장 자주 놀라게 하는 것은 9였는데, 그것은 물구나무를 서며 눈 깜짝할 사이에 6으로 변했다. 2는 마치 물음표처럼 그를 향해 물었다. "결국 무엇이 될 셈이냐, 이 가련한 0아! 그녀, 그 날씬한 1이자 모든 것인 그녀가 없다면 네놈은 영원히 아무것도 아닐걸!"◆◆

그는 담배나 피우며 해바라기하는 허랑방탕한 삶으로 돌아간다. 번역서에는 '방랑아'로 번역된 원제의 '타우게니히츠Taugenichts'가 가리키는 그대로다. "[멸어] 무능한[쓸모없는] 사람, 백수건달."[9] 한마디로 빌어먹

◆◆ BGM으로는 Placebo의 〈Without You, I'm Nothing〉(Feat. David Bowie)가 적당하겠다.

을 낭만주의자다. 결국 다시금 길을 떠난 운명이란 말이다.

지금까지 그의 연애가(거기에 연애라고 할 만한 게 있다면 말이지만) 그랬던 것처럼 이별 또한 하나의 오해에서 비롯되었다. 어느 날 하녀가 그를 찾아와 성에서 열리는 가장무도회에서 정원사로 분장할 생각이니 꽃을 준비해달라는 아가씨의 말씀을 전했다. 꽃은 아가씨가 직접 받으러 올 거라고 했다. 야호! 그리하여 그는 두근거리는 마음으로 꽃다발을 들고 약속 장소를 향한다.

장미꽃 한 송이를 안겨줄까 무슨 말을 어떻게 할까
머릿속에 가득한 그녀 모습이
조금씩 내게 다가오는 것 같아
하늘에 구름이 솜사탕이 아닐까
어디 한번 뛰어올라볼까
오늘은 그녀에게 고백을 해야지 용기를 내야지
—이상우, 〈그녀를 만나는 곳 100미터 전〉

너무 일찍 도착한 그는 나무 위에 숨어서 그녀를 기다린다. 그녀를 놀래주고 싶은 건지 수줍어서 그런 건지는 나도 모르겠다. 솔직히 말해 알고 싶지도 않다. 얼마나 기다렸을까. 멀리서 걸어오는 아가씨가 보인다. 그녀와의 거리가 점점 가까워질수록 그의 심장도 점점 빠르게 뛰기 시작한다. 그런데 웬걸. 모습을 드러낸 건 첫날 만났던 두 귀부인 중에 조금 더 늙은 쪽이었다. 아아, 사랑의 여신이여, 이게 도대체 무슨 일이란 말입니까? 조증과 울증을 넘나드는 그의 극단적인 마음이 다시금 울증으로 기우려고 할 때, 성 쪽에서 세레나데가 들려왔다. 모여 있는 사람들의 머리 위로 군복 차림에 번쩍이는 훈장을 단 귀공자가 당당한 자세로 발코니에 서 있는 게 보였다. 그녀는 거기에 있었다. 키가 늘씬한 귀공자의 손을 잡은 채, 사람들의 환호에 미소로 화답하면서. '나' 따위는 감히 범접할 수도 없는 곳에 그렇게 서 있었던 것이다. 벗 암 어 크립……. 만세를 부르는 사람들. 참을 수 없는 격정으로 터질 것 같은 가슴을 부여잡고 있던 그도 사람들을 따라 만세를 부른다. 혼신의 힘을 다해 외친다. 만세! 만세! 도련님 만세! 아가씨 만세! 돌이킬 수 없는 내 사랑 만만세…….

> 그때 나는 문득 알아차렸다. 원래 꽃을 원했던 사람은 나이 든 여자였다는 것, 그 미인은 오래전에 결혼하여 나 같은 건 생각지도 않았다는 것, 따라서 나 자신은 그야말로 지독한 바보였다는 것을.
>
> 이 모든 것이 나를 깊은 사색의 나락으로 몰아넣었다. 나는 고슴도치처럼 생각의 가시에 휩싸였다. 성으로부터는 아직도 춤곡 소리가 간간이 들려왔다. 구름은 쓸쓸하게 어두운 정원 위로 흘러갔다. 나는 올빼미처럼 나무 위에 앉아 행복을 잃은 황량한 마음으로 꼬박 밤을 지새웠다.[10]

아마 그 시절 독일에서는 사색이란 단어를 요즘과는 다른 의미로 썼던 모양이다. 사색 끝에 그가 내린 결론은 단순하다. 다시 길을 떠날 때가 왔다는 것. 그러자 아련한 슬픔과 기쁨과 크나큰 기대와 익숙한 절망 같은 것들이 밀려오는 것이 느껴졌다. 아름다운 아가씨가 지금쯤 비단 이불을 덮고 장교와 함께 꽃에 묻혀 잠들었을 거라는 생각도 떠올랐다. 그는 준비했던 꽃바구니를 공중으로 던지며 외쳤다. "그렇다. 나는 이곳을 떠나야 한다. 영원히, 하늘이 푸른 곳이면 어디까지든!" 낭만주의의 거장 아이헨도르프는 꽃들이 흩어지는 모습을 묘사하는 일을 잊지 않는다. "꽃들이 나뭇가지며 푸른 잔디밭에 흩뿌려진 모습은 정말로 아름다워 보였다." 그때 청년의 마음속에서 '참된 음향'이 울려왔다. 오랫동안 손에서 놓았던 바이올린의 선율이었다. "그렇다. 이리 오너라, 나의 충실한 악기여. 우리의 왕국은 이런 세계가 아니다!" 볼을 타고 흐르는 눈물을 닦을 생각도 하지 않은 채 그는 노래를 부르기 시작했다.

모든 것은 열려 있어
영원한 건 없지
강물은 바다가 되고
바다는 너를 집으로 이끄네
집이란 마음이 머무는 곳
하지만 너의 마음은 방황하지
다리들 사이를 부유하는 마음은
결코 돌아가지 않으며
불타는 다리를 바라보네

〈코러스〉
너는 물속을 떠도는 유목이야
조각 조각 조각들로 부서지는
텅 비고 아무 쓸모도 없는 그런 유목
폭포는 너를 찾고 감싸고 이윽고 갈아버리겠지
—Travis, 〈Driftwood〉

이렇게 해서 대책 없는 건달의 본격적인 방랑이 시작된다. 음모와 속임수가 난무하는 비열한 현실을 자신의 바이올린과 천재성에 의지한 채 걸어가는 음유시인의 낭만적인 모험이 마침내 시작된 것이다, 라고 하면 물론 거짓말이고, 거대하지만 단순한 구조를 가진 자의식 속에서 벗어나 '진짜' 세상과 마주하게 되는 것이다, 라고 하면 그건 개인적인 희망 사항인데, 어쨌거나 짜증 나지만 사람을 묘하게 끌어들이는 이야기라는 사실은 인정해야겠다. 영화와 드라마를 통해 로맨틱 코미디에 익숙해진 현대인들이라면 다들 그렇게 느낄 것이다. 수없이 보고 들은 뻔한 이야기이지만 그래서 더욱 궁금해지는 것이다. '나'는 그녀를 잊을 수 있을까? 새로운 사랑을 만날까? 그런데 그녀 역시 그에게 호감이 있었다는 느낌은 단순한 착각이었던 걸까? 두 귀부인은 무슨 관계일까? 젊은 장교와 함께 있는 것만 보고 그녀가 결혼했다는 결론을 내린 건 너무 선불렀던 게 아닐까? 아아, 우리의 주인공 앞엔 정말이지 어떤 모험이 기다리고 있는 걸까?

(다음 회에 계속)

공지 사항

시청자 여러분께 알립니다. 총 3회로 기획되었던 『방랑아 이야기』는 저조한 시청률과 기타 제작상의 문제로 조기 종영될 예정입니다. 그동안의 애정에 감사드리며 더 나은 작품으로 찾아뵐 것을 약속드립니다. 감사합니다.

미안하다. PPL을 구하지 못했을 때부터 이런 상황을 예상했어야 하는데. 본격적인 이야기는 3회에서 시작될 예정이었지만 어쩔 수 없이 뿌려놓은 떡밥을 수거하며 이 글을 마쳐야겠다.

*

• '나'는 과연 그녀를 잊을 수 있을까? —잊을 리 없다.

• 새로운 사랑을 만날까?—새로운 여자들이 등장하기도 하지만 사랑은 아니다.

• 그녀 역시 그에게 관심이 있었다는 느낌은 그저 착각에 불과했던 걸까? —놀랍지만 착각이 아니었다.

• 두 귀부인은 무슨 관계일까? —스포일러라서 말할 수 없다.

• 젊은 장교와 있는 모습을 보고 그녀가 결혼했다고 내린 결론이 너무 선불렀던 건 아닐까?—선불렀다.

• 어떤 모험이 우리의 주인공을 기다리고 있나?—할리우드식 스크루볼 코미디 혹은 90년대식 로맨틱 코미디를 떠올리면 된다. 약간 억지스러운 깜짝 반전도 있다.

*

무엇보다 중요한 것은 정신적인 모험, 끝없이 극단을 오가는 낭만적인 마음의 여정이다. 지금까지 보았던 그대로다. 그는 길 위에서도 여전히 흔들리고 잠에 빠지며 바보처럼 순응하는 동시에 광대처럼 돌발행동을 한다. 이 모든 것이 낭만주의의 특징이다. 내게 시간이 좀 더 있었다면 자세히 풀어서 설명할 수도 있었겠지만 실제로는 아무리 시간이 많아도 그렇게 하지는 않았을 게 분명한 낭만주의의 특징은 다음과 같다.

> 그는 자기 자신에게 기댈 수밖에 없었고 자신 속에서 모든 근거를 찾아야만 했다. 개인은 그 스스로에게 끝없이 중요하고 끝없이 흥미로운 존재가 되었다. 그는 세계의 체험을 자신의 체험으로 대체하였으며, 그리하여 결국 내적인 움직임, 사고와 감정의 흐름, 어느 한 정신적 상

> 태에서 다른 정신적 상태로의 이행 과정을 외부적 현실보다 더 현실적이라고 느끼게 되었다. 개인은 세계를 단지 자신의 체험을 위한 질료이자 바탕으로만 간주하였고, 또 세계를 자기 자신을 얘기하기 위한 구실로 이용하였다. (…) 세계는 내면적 움직임의 단순한 계기가 되고 예술의 체험은 내용이 한순간 그 속에서 형태를 얻게 되는 우연한 용기容器가 된다. 바꾸어 말하면 지금까지 사람들이 낭만주의의 기회원인론Occasionalismus이라고 불러온 사고방식이 생겨나게 된다. 기회원인론이란 현실을 일련의 실체가 없고 본질적으로 정의 내릴 수 없는 기회로, 정신적 생산성을 위한 단순한 자극으로 분해시키는, 즉 현실을 오직 주체가 자신의 존재와 자신의 본질성을 확인해보기 위해서만 그렇게 있다고 여기는 상황으로 해체시키는 관점이다. 그 자극들이 더 애매모호하고 분위기적·'음악적'이면 그럴수록 체험하는 주체가 겪는 반응의 진폭은 더욱 격렬하며, 또 세계가 파악 불능이고 변덕스럽고 실체가 없으면 없을수록 자신의 타당성을 획득하기 위해 싸우는 자아는 더욱 강하고 자유롭고 자율적이라고 느끼게 되는 것이다.[11]

그것은 우리에게도 낯선 생각이 아니다. 실제로 근대 이후의 모든 예술은 낭만주의의 영향을 지우지 못했다고 하우저는 말한다. 비단 예술뿐일까. "직접적인 체험과 기분에 대한 신뢰, 순간과 순간적으로 스쳐 지나가는 인상들에 대한 탐닉" 같은 낭만주의의 몇몇 특성은 SNS를 붙잡고 있는 우리에게 대입해도 어색하지 않다. "계몽주의의 문학이 시민을 추켜세웠을 때는 자기보다 높은 신분에 대항하기 위해 다소간은 논쟁적 색조를 띠고 있었다. 그런데 낭만주의에 이르러 비로소 시민은 너무나 자명한 인간의 기준이 된 것이다"와 같은 지적은 또 어떤가? 어쩌면 우리는 낭만주의라는 관점 아래에서, 다름을 인정하지 않는 뒤틀린 평등주의를, 우리의 망탈리테를 분석해볼 수도 있을 것이다. 하지만 오늘은 아니다. 아마 앞으로도 아닐 거다.

그러니 이렇게 말하자. 『방랑아 이야기』에 도달해 우리는 비로소 우리와 닮은, 참을 수 없을 정도로 한심하지만 그래서 결국 마음을 쓰게 되는 어떤 주인공의 탄생을 목격하게 되었다. 오늘날 수많은 영화와 드라마와 음악과 소설과 우리의 삶이 모방하고 있는 낭만주의의 전형이 그곳에 있다. 당신은 웃을지도 모른다. 손사래를 칠 수도 있다. 하지만 당신 안에도 이미 한 명의 낭만주의자가 살고 있다.

그렇기에 우리 마음의 드라마는, 사랑과 증오와 실망과 기대를 함께 품은, 이유 없는 불안과 근거 없는 희망을 쉼 없이 왕복하는 그 이야기는 좀처럼 사라지지 않을 것 같다. 자신은 남들과 다르다는 똑같은 믿음 또한. 우리의 건달이 불렀음 직한 이 노래처럼.

어젯밤 나는 꿈을 꾸었다
누군가 나를 사랑하는 꿈을
희망이 없는…… 하지만 불행도 아닌,
그저 지금까지와 다를 것 없는 똑같은 기대의 실패를
어젯밤엔
정말 누군가 나를 안아주는 것 같았다
희망일 것도…… 그렇다고 손해일 것도 없는,
또다시 경험한 허무한 기대
그러니, 이젠 말해다오
얼마나 더 이 꿈을 견뎌내야 하는지
얼마나 더 이 고통이 지나야
진짜 사랑을 얻을 수 있는지

이건 진부한 얘기…… 나도 알고 있다
하지만 결코 끝나려 하지 않는다
지겨운 스토리라는 걸…… 나도 잘 알고 있다
하지만 아직도 계속되고 있다

—The Smiths, 〈Last Night I Dreamt That Somebody Loved Me〉(성문영 번역)

지금 여기, 뻬쩨르부르그

니콜라이 고골 Nikolai Gogol

「코」「외투」

푸시킨이 집에 앉아 생각했다. '난 천재야, 좋다 이거야. 고골도 천재지. 그런데 톨스토이도 천재, 도스토옙스키도(하늘에서 평안하시길) 천재잖아! 대체 누구까지 가야 이게 끝나나?' 바로 딱 거기까지였다.

—다닐 하름스, 「신나는 친구들」, 박하연 옮김, 『analrealism vol. 1』, 서울생활, 2015, 217쪽.

우리 모두는 고골의 외투에서 나왔다, 도스토옙스키는 말했지만 그 말은 반만 맞다. 어떤 우리는 고골의 콧구멍에서 나왔다. 적어도 나는 그렇다.

제21장

그래, 자기. 잘 봐.
우리 모두는 고골의 콧구멍에서 나왔어

1

"뭐 해?" 평소와 달리 거울 앞에서 머뭇거리고 있는 나를 보면서 아내가 물었다.

내가 대답했다. "별건 아닌데, 여기를 좀 봐. 이쪽 콧구멍을 보라고. 누르면 약간 아파."

아내는 웃으며 대답했다.

"휜 쪽을 보고 있군."

나는 누군가에게 꼬리를 밟힌 개처럼 몸을 돌렸다.

"휘었다고? 이쪽으로? 코가?"

그러나 아내는 조용하게,

"그래, 자기. 잘 봐. 오른쪽으로 기울었어."[1]

아무것도 아닌 이날의 대화는 비탄젤로 모스카르다의 인생을 영원히 바꾸었다. 스물여덟 살의 그는 또래 남자들이 대부분 그런 것처럼, 아니 아무리 나이를 먹어도 모든 남자들이 간단없이 그러는 것처럼 자신이 그리 아름답지는 않지만 딱히 못나지는 않고 자세히 살펴보면 은근히 매력적인 것이 어디에서 꿀리지 않는 외모를 가지고 있다고 믿었다. 물론 그의 코도 예외는 아니었다. 하지만 그의 코는 한쪽으로 휘어 있었고 그는 그것도 모른 채 휘어진 코와 함께 28년을 살았다는 사실을 이제야 알게 되었다. 더 나쁜 것은, 그를 제외한 모든 사람들이 그것을 알고 있었다는 사실이다. 그는 더 이상 자신이 알고 있던 비탄젤로 모스카르다가 아니었다. 멍청이다. 휜 코로 거들먹거리는 못난이다. 그가 믿었고 또 살았던 현실은 그렇게 무너졌고, 그날 이후 그는 무시무시한 광기에 사로잡힌다. 1925년 10월의 일이다.

그래도 모스카르다는 운이 좋은 편이다. 1836년 3월 25일, 8등관 나리인 꼬발료프에게 일어났던 사건과 비교한다면.

그날 아침, 뻬쩨르부르그의 보즈네센스끼 거리에 살던 이발사 이반 야꼬블레비치는 아침 식사를 위해 식탁에 앉아 있었다. 메뉴는 따끈따끈한 빵과 파. 예절을 지키기 위해 남방셔츠 위에다 모닝코트를 입고 식탁에 앉아 심각한 표정으로 빵을 자르던 그는 빵 속에서 무언가 하얀 것을 발견한다.

> 이반 야꼬블레비치는 조심스럽게 나이프 끝으로 빵을 헤집은 다음 손가락으로 그것을 살짝 만져보았다.
>
> "단단한걸."
>
> 혼자 중얼거렸다.
>
> "대체 이게 뭘까?"

그는 손가락을 쑤셔 넣어 그것을 빼냈다. 코다……! 이반 야꼬블레비치는 양손을 얼른 움츠렸다. 눈을 비비고 다시 손가락으로 건드려보았다. 역시 코다. 사람의 코가 틀림없다! 게다가 아는 사람의 코 같았다. 이반 야꼬블레비치의 얼굴에 공포의 빛이 감돌았다.[2]

그런 그에게 아내가 다정하게 "그래, 자기. 잘 봐. 코야" 하고 말해줬다면 좋았으련만 강단 있는 슬라브 여인의 반응은 좀 더 현실적이었다. 당장 불호령이 떨어졌다. 그녀는 버럭 성을 내며 그를 사기꾼 술주정뱅이 날강도 엉터리 이발사 등신 바보라고 부르며 당장 경찰에 신고하겠다고 으름장을 놓았다. 이반은 그런 경우에 모든 사려 깊은 남편들이 하는 일을 했다. 아내를 향해 그만하라고 맞고함을 친 후 영원히 끝나지 않을 것 같은 잔소리를 뒤로한 채 헝겊에 코를 싸 들고 서둘러 집을 빠져나온 것이다. 이 코가 도대체 어디서 온 건지 혼자 얼떨떨해하면서. "어제 내가 술에 취해 집에 들어왔나? 어쨌든 아무리 생각해 봐도 이건 도저히 있을 수 없는 일이야. 빵은 잘 구워졌는데 그 속의 코는 말짱하잖아. 어찌 된 영문인지 알 수가 없네."

공연한 말썽에 휘말리지 않기 위해 그는 코를 버리기로 마음먹는다. 대문 아래 주춧돌 사이에 끼워 넣거나 아니면 실수인 양 땅에 슬쩍 떨어뜨리고 유유히 걸어가는 거다. 완전범죄다. 하지만 말처럼 쉽지 않다. 아는 사람이 말을 걸어 타이밍을 놓치기도 하고 감쪽같이 떨어뜨렸다 싶은 순간 경찰이 나타나 칠칠맞게 물건이나 흘리고 다닌다며 코와 함께 주의를 건네는 것이었다. 누구보다 술을 좋아하고 손에서는 정체를 알 수 없는 구린내가 나는 이 모범적인 이발사는 절망하지만 곧 좋은 생각을 떠올린다. 그래, 네파 강에 코를 슬쩍 던져버리는 거야. 거기라면 사람들이 알아챈다고 해도 대충 얼버무릴 수 있겠지. 누구도 내가 던진 게 코라는 사실을 알아차릴 수는 없을 테니까.

그래서 그는 그렇게 한다. 주위를 한번 살펴본 후 다리 밑에 물고기가 많이 놀고 있는지 어떤지를 살피는 척하며 난간에 몸을 기대며 헝겊에 싼 코를 슬쩍 던져버린 것이다. 그는 또래 남자들이 대부분 그런 것처럼, 아니 아무리 나이를 먹어도 모든 남자들이 간단없이 그러는 것처럼 자신의 대담성과 치밀함에 더없는 만족감을 느꼈다. 그리고 그런 경우에 모든 건강한 남자들이 하는 일을 하기 위해 걸음을 옮겼다. 술 한잔 하기 위해 가까운 주점을 향한 것이다.

하지만 세상에 완전범죄는 없다. 뜻밖에도◆ 어디선가 삼각모에 대검을 차고 구레나룻을 넓게 기른 경찰 하나가 그를 불렀다. 경찰은 이발사에게 다리 위에서 무얼 하고 있었는지 추궁했고 당황한 이발사는 그에게 일주일에 세 번씩 공짜 면도를 하겠다고 제안했다. 나쁘지 않은 거래였지만 강직한 경찰은 쉽게 넘어가지 않았다. 그에게는 이미 공짜 면도를 해주는 세 명의 이발사가 붙어 있었던 것이다. 경찰은 계속해서 그를 몰아붙였고,

> 이반 야꼬블레비치는 새파랗게 질려버렸다. 하지만 여기서 사건은 완전히 안개 속에 묻혀 그 후 어떻게 되었는지 전혀 알 길이 없다.3

2

같은 날 아침, 8등관 꼬발료프는 기지개를 켜며 일어났다. 그리고 책상에 놓여 있던 거울을 들어 얼굴을 살펴보았다. 콧등에 생긴 여드름이 어떻게 되었는지 궁금했던 것이다. 다행히 여드름은 흔적도 없이 사라졌

◆ '당연하게도'를 조금 더 드라마틱하게 서술하고 싶을 때 작가들이 사용하는 단어다.

다. 문제는 여드름만 사라진 게 아니라는 사실이었다. 코도 사라지고 없었다. 납작해진 것도 잘려나간 것도 아니었다. 그냥 사라져버렸다.

> 꼬발료프는 소스라치게 놀라 물을 가져오게 하여 세수수건으로 눈곱을 닦았다. 다시 보아도 정말로 코는 없었다. 꿈은 아닌 것 같았다. 그곳을 만져보기도 하고 자신을 꼬집어보기도 했지만, 아무래도 꿈인 것 같지는 않았다. 8등관 꼬발료프는 침대에서 벌떡 일어나 몸을 흔들어보았으나 역시 코는 없었다……! 그는 하인에게 서둘러 옷을 가져오게 하고, 옷을 몸에 걸치자마자 경찰서장한테로 달려갔다.4

카프카의 「변신」이 떠오르는 대목이다. 우울하고 침착했던 20세기의 세일즈맨은 어느 날 아침 불안한 잠에서 깨어나 벌레로 변해버린 자신을 발견한다. 그는 여전히 우울하고 침착했다. 하지만 세일즈맨과 8등관 나리는 급이 다르다. 벌레 한 마리야 죽든 말든 아무도(심지어 그의 가족도) 신경 쓰지 않지만 잘생기고 야망에 찬 8등관 나리의 코가 사라졌다면 문제가 다르다. 그가 여자를 좋아하고 사교계를 드나드는 건강한 8등관 나리라면 더더욱. 세상 어느 숙녀가 코 없는 신사를 좋아하겠는가?

꼬발료프는 손수건으로 코를 가리고 거리로 나섰다. 그런데 정말 코가 사라졌을까? 그는 좀처럼 믿을 수 없다. 자신의 손이 코가 있어야 할 그러나 이제는 언제 그런 게 있었냐는 듯 평평한 얼굴의 한 부분을 누르고 있었는데도. 그 또한 세상 모든 남자들과 마찬가지로 좀처럼 자신의 확신을 버릴 수가 없었던 것이다. 그는 확인차 제과점에 들어가 남들 눈을 피해 슬쩍 거울에 자신의 얼굴을 비춰보았다. 그리고 그만 분통을 터트렸다. "코가 없으면 뭐 다른 거라도 붙어 있어야 할 것 아니야! 이건 아무것도 없으니!" 이가 없으면 잇몸이라지만 코가 없으면 아무것도 없다. 그는 비통한 심정으로 제과점을 나섰다.

그때, 그의 눈앞에 믿을 수 없는 광경이 펼쳐진다.

> 갑자기 그는 어떤 집 대문 앞에 못 박힌 듯 멈춰 섰다. 상식적으로는 도저히 이해할 수 없는 기이한 광경이 눈앞에서 벌어지고 있었다. 현관 앞에 사륜마차가 멎더니 이내 문이 열리며 정복을 입은 신사가 몸을 구부리고 뛰어내려 계단을 따라 뛰어올라갔다. 그런데 그 신사가 바로 자신의 코였던 것이다. 이때 꼬발료프의 놀람과 두려움은 어떠했는지! 이 기이한 광경을 본 순간 그는 눈에 비친 모든 것이 거꾸로 뒤집어진 듯해서 그대로 서 있을 수도 없을 것 같았다. 그는 열병 환자처럼 온몸을 떨면서도 어쨌든 자신의 코가 마차로 돌아올 때까지 기다리기로 했다. 정확히 2분 후에 코가 돌아왔다. 코는 커다란 깃을 세우고 금실로 수놓은 정복에 양가죽 바지를 입고, 허리에는 대검을 차고 있었다. 모자의 깃털 장식으로 보아 5등관이라는 걸 알 수 있었다. 그리고 그 밖의 모든 정황으로 보아 코는 누군가를 방문하러 온 게 분명했다.5

코는, 이제 5등관 나리라고 불러야겠지만, 위풍당당한 모습으로 마차를 부른 다음 어안이 벙벙한 꼬발료프를 지나쳐 어디론가 떠나버렸다. 하지만 그대로 포기할 꼬발료프가 아니다. 그 또한 당당한 8등관이다. 다행히 마차는 얼마 가지 않아 성당에 섰고 코를 따라 성당으로 들어간 그는 자신의 코에게 조심스럽게 말을 걸었다.

> "저 실례합니다만…… (…) 좀 이상한 일이 있어서 말씀드리는 건데…… 제 생각으로는…… 귀하는 자기가 있어야 할 자리를 알고 계실 텐데요? 그런데 이런 성당 안에서 귀하를 뵙게 되다니 참으로 이상하

군요……. 그렇지 않습니까?"

"미안합니다만 저는 무슨 말을 하고 계신지 통 이해할 수가 없군요. 좀 더 분명히 말해주시죠."6

그래서 꼬발료프는 그렇게 한다. 조심스럽지만 분명한 말투로 "……귀하는 바로 제 코가 아닙니까?" 하고 직구를 던진 것이다. 하지만 코는 별 황당한 소리를 다 듣겠다는 투로 그러나 위엄을 잃지 않은 채 미간을 약간 찌푸리며 이렇게 말할 뿐이었다. "당신은 실수하고 있소. 나는 어디까지나 나 자신이오. 더욱이 나와 당신 사이엔 어떤 밀접한 관계도 있을 수 없잖소? 당신의 제복에 달린 단추를 봐도 나와는 다른 관청에 속해 있으니까요. 나는 문관이지만 당신은 원로원이나 법무성에 근무하는 것 같군요."

꼬발료프는 순간 할 말을 잃었지만 때마침 아름다운 귀부인이 성당에 들어섰고 자신이 당황했다는 사실조차 잊은 8등관 나리는 손수건으로 코가 있던 자리를 가린 채 그녀에게 다가가 눈빛을 나누었다. 비록 코는 없지만 여전히 건강한 남자다. 하지만 누가 뭐래도 코가 없는 남자다. 그 사실이 다시금 떠올라 그를 괴롭혔고 그는 분한 마음에 눈물까지 글썽이며 이번에야말로 그 정복을 입은 신사를 향해 너는 가짜 5등관으로 사기꾼에 악한일뿐더러 내 코에 불과해(그리고 나는 네가 잘생겼다고 생각하지만 어쩌면 너는 휘어 있는지도 몰라), 라고 쏘아붙이기 위해 돌아섰지만 코는 이미 자리를 뜬 지 오래였다.

그날부터 코를 붙잡기 위한 꼬발료프의 분투가 시작된다. 경찰서장을 방문하고(자리에 없었다) 사기꾼 코를 찾는다는 광고를 내기 위해 신문사를 찾고(담당자는 신문의 권위를 떨어뜨릴 수 있기 때문에 그런 광고는 낼 수 없다고 말했고 꼬발료프가 이래도 못 믿겠느냐며 코가 있던 자리를 보여주자 그제야 그의 처지에 공감하며 정중하게 코담배를 권했는데 그것은 꼬발료프의 화를 더욱 돋울 뿐이었다) 또다시 경찰서장을 찾지만(그는 똑똑한 사람이라면 코를 떼이는 일은 결코 없을 거라며 요즘 세상에는 제대로 자기 자리도 지킬 줄 모르면서 이리저리 나대는 관리들이 많다는 소리를 늘어놓을 뿐이었다) 코가 없는 남자에게 세상은 녹록지 않았다. 코가 없어졌으니 코를 찾는 것인데 코가 없기에 코를 찾는 일이 쉽지 않았던 것이다. 삶이란 게 그렇다.

하지만 신은 꼬발료프의 편이었다. 애초에 코가 사라지도록 만든 것이 신이었다는 사실만 모른 척한다면 확실히 그랬다. 절망에 빠진 8등관이 애꿎은 하인에게 화를 내고 있는 동안 한 풍채 좋은 경찰관이 찾아와(1부의 마지막에 네파 강의 다리에 서 있었던 바로 그 경찰이다) 그에게 코를 내민 것이다.

> "어, 어떻게 찾았습니까?"
>
> "정말 우연하게 여행을 막 떠나려는 놈을 체포했습니다. 역마차를 타고 라뜨비아의 리가로 도망치려던 찰나였지요. 여권도 어느 관리의 이름으로 오래전에 발급받았더군요. 경찰관인 나 자신도 처음엔 의젓한 신사로 알았어요. 다행히도 마침 안경을 쓰고 있었기 때문에 그게 코라는 걸 금방 알아챘지요."7

과연 여드름이 있는 것이 그의 코가 분명했다. 문제는 코를 다시 얼굴에 붙일 방법을 모른다는 것이었다. 그는 의사를 찾아가 코를 붙여달라고 사정하기도 하고(의사는 그럴 수는 없다며, 다만 보드카와 따뜻하게 데운 식초 두 순갈을 넣은 용액에 코를 상하지 않게 보관해두면 비싼 값에 팔아줄 수 있다고 했다) 자신의 딸과 결혼하기를 거절한 것에 앙심을 품은 귀부인이 저주를 걸었다고 확신하며 편지를 쓰기도 했지만(그녀는 영문을 모르겠다는 듯 "코 꿰기 싫다고 한 건 당신이 아니었나요?" 하고 되물었다) 아무 소용 없었다.

소문은 빨리 퍼졌다. 8등관 나리와 그의 5등관 코의 이야기는 장안의 화제가 되어 사교계에 몸담고 있는 사람들이 코가 없는 그와 그가 없는 코를 보기 위해 몰려들었다. 그들(8등관 나리와 5등관 코)이 어딘가에 모습을 드러냈다는 소식이 전해지면 순식간에 몰려든 사람들로 발 디딜 틈이 없을 지경이었다. 하지만 실제로 그들의 모습을 본 사람들은 그리 많지 않았다. 학구열에 불타는 의학도와 호기심 많은 외국의 귀족들이 교육적인 목적으로 방문을 요청하는 편지를 써댔지만 8등관이 그들의 요청을 받아들였는지는 확실하지 않다.

> 이런 일들이 있은 후에 뒤이어…… 그러나 여기서 이 사건은 또다시 미궁에 빠져버렸다. 그 후 일이 어떻게 되었는지는 전혀 알 길이 없었다.[8]

3

세상엔 정말로 말도 안 되는 일이 일어나기도 한다. 때로는 도저히 이해하기 어려운 사건이 벌어진다. 그리고 그런 일들은 한 번만 벌어지는 것도 아니다. 한때 8등관 꼬발료프의 얼굴에 자리 잡고 있던 코가 어느 날 5등관 나리가 되어 위세를 뽐내며 돌아다니는 일이 벌어지는가 하면 그렇게 기세등등하던 코가 아무 일도 없었다는 듯 다시금 8등관의 얼굴로 돌아오는 일도 일어나는 것이다. 4월 7일, 바로 그런 일이 일어났다. 잠에서 깨어 무심코 거울을 들여다본 꼬발료프는 기쁨에 차서 외쳤다. 코다! 틀림없는 코다!

그는 신이 나서 하인에게 내 코에 여드름을 보라며 자랑도 하고 이반 야꼬블레비치의 손가락 냄새를 맡으며 면도도 하고 제과점으로 달려가 코코아 한 잔을 주문한 후 언제나 남의 약을 올리길 좋아하는 친구에게 다가가 친구가 코가 없다고 놀리지 않는다는 사실도 확인했으며 마침내 육체에 아무 이상도 없다는 사실을 확인한 후 길가에 서서 여자들과 한참을 이야기를 나누었다. 보란 듯이 코담배를 양쪽 콧구멍에 집어넣기도 하면서 동시에 속으로는 '어리석은 여자들이야! 아무튼 난 당신 딸에게 장가들지 않겠소. 뭐 별다른 이유가 있는 건 아니지만……. 흥, 미안하게 됐습니다!' 하는 생각을 하면서. 말하자면 다시금 완벽한 남자로 돌아온 것이다.

그리하여 우리의 8등관 나리와 코의 이야기도 막바지에 다다랐다. 길지 않은 소설이다. 이야기를 하자면 끝도 없는 소설이기도 하다. 그렇지만 어디에선가는 끝을 내야만 한다. 고골 자신은 이런 말로 끝을 맺는다.

> 그러나 무엇보다 이상하고 무엇보다 이해하기 어려운 것은 작가들이 어떻게 이런 종류의 사건을 주제로 삼을 수 있겠느냐 하는 문제이다. 솔직히 말해서 이것은 이미 인간의 두뇌로써는 풀어낼 수 없는, 다시 말하자면…… 아니, 아니, 나로서는 도저히 이해할 수 없는 문제다. 첫째로 이런 사건을 주제로 써봐야 국가에 이로울 건 조금도 없을 거고, 둘째로는…… 둘째도 역시 아무런 이익이 없을 것이다. 하여튼 나는 뭐가 뭔지 도무지 알 수가 없다…….
>
> 그렇긴 하지만 하나하나 따져본다면 전체적으로 이 사건을 수긍할 수 있을 것이다. 물론 하나에서 열까지 모두가 비현실적인 것만은 사실이지만, 그러나 생각하고 다시 생각해보면 이 이야기 속에는 분명히 무엇인가 내포되어 있다. 누가 뭐라 해도 이와 비슷한 사건들은 이 세상

에 있을 수 있다. 드물긴 하지만 있을 수 있는 일이다.9

그러니 내가 뭐라고 덧붙일 수 있을까. 나는 다만 이렇게 말해야겠다. 언젠가 도스토옙스키는 "우리 모두는 고골의 외투에서 나왔다"라고 말했지만 사실 우리 모두는 고골의 콧구멍에서 나왔다고. 그러니까 루이지 피란델로의 모스카르다도, 카프카의 잠자도, 엠마뉘엘 카레르의 『콧수염』의 주인공도, 그 밖의 멋지고 우습고 동시에 슬픈 모든 현대적인 주인공들도.

그건 매일 눈 뜨고 코 베이는 세상을 살고 있는 우리 모두 마찬가지다.

제22장

패딩 일기

11월 25일

지난 장의 마지막을 너무 선부르게 마무리한 것 같다. 특히 "우리 모두는 고골의 외투에서 나왔다"라는 도스토옙스키(하늘에서 평안하시길)의 말을 비틀어 "우리 모두는 고골의 콧구멍에서 나왔다"라고 시부렁거린 부분이 자꾸만 마음에 걸린다. 내가 뭘 안다고 그런 말을 했을까? 찝찝한 게 마치 코를 풀다 코딱지가 입술에 묻은 기분이다. 그런 것도 모른 채 하루 종일 거리를 싸돌아다니다 돌아와 거울 앞에 선 기분이다.

11월 27일

아무래도 그 글이 「외투」 파를 자극한 모양이다. 누군가 내게 메일을 보내 「외투」의 진가도 알아보지 못하는 너 같은 놈은 코딱지나 다름없다고 말했다. 물론 「코」 파의 지원은 없었다. 내가 알리지 않았기 때문이다. 이 일이 「코」 파와 「외투」 파의 해묵은 논쟁을 다시 불붙게 하는 것은 내가 가장 원하지 않는 일 중의 하나다. 어차피 똑같은 놈들이다. 『죽은 혼』은 너무 길어서 읽지 않고 「검찰관」은 희곡 형식이라 읽지 않는다는 멍청이들이다.

11월 28일

코딱지라니. 그거야말로 우리 모두가 콧구멍에서 나왔다는 이야기 아닌가? 적어도 나는. 물론 그게 누구의 콧구멍인가는 여전히 논쟁의 소지가 있긴 하겠지만.(어쩌면 신은 거대한 콧구멍이 아닐까?) 그나저나 자꾸만 콧물이 나온다. 인중이 쓰리다. 날씨 탓이다. 외투를 장만할 때가 왔다.

12월 1일

겨울 외투를 구경하기 위해 백화점에 들렀다. 형형색색의 패딩들이 늘어선 진열대를 보고 있자니 눈알이 빠질 것 같았다. 내키지는 않았지만 하나를 골라서 입어보았다. 점원이 조용히 웃으며 내게 그것을 입혀주었다. 그런데 이럴 수가. 너무 가볍고 포근한 게 아닌가! 하마터면 그 자리에서 스르륵 잠들 뻔했다. 물론 그러지는 않았다. 나는 그런 사람이 아니다. 내 말은, 그런 곳에서 잠들지 않는 사람이라는 뜻이 아니라(사람 일은 모르는 거니까) 그런 가격표를 보고도 태연히 잠들 수는 없는 사람이라는 뜻이다. 그 돈을 주고 옷을 사다니. 말도 안 되는 일이야. 그제야 나는 점원의 웃음을 이해할 수 있었다. 그건 '네가?'라는 웃음이었다.

나는 점원을 향해 크게 콧방귀를 뀌어주고 백화점을 나섰다. 바람이 유달리 찼다.

12월 2일

잠이 오지 않는다. 외투 때문이다. 어제 입었던 패딩이 머리를 떠나지 않는다. 눈을 감고 천천히 양을 세어보았다. 양 한 마리, 양 두 마리, 양 세 마리……. 양이 작은 무리를 이루자 어디선가 양 치는 소년이 나타나 양털을 깎았다. 소년은 그것으로 외투를 만들었다. 하얀색 패딩. 잠깐만, 어제 내가 입어본 건 구스다운이었는데? 아무려나. 양털로 만든 패딩 또한 너무나 포근해 보여서 나는 가만히 눈을 감은 채 그것을 오래도록 바라보았다. 백화점에 가서 한번 물어봐야겠다. 양털로 만든 패딩은 없느냐고. 사실 구스다운만 있으면 양털 따위 없어도 상관없다는 생각이 들지만, 그냥 호기심이다.

12월 3일

뜬눈으로 밤을 새웠다. 눈을 감으면 자꾸 거위와 오리와 양과 너구리와 여우와 곰과 알파카와 그 밖에 털과 가죽을 가진 동물들이라면 이름을 알 수 없는 것들까지 등장하는 바람에 도무지 잠들 수 없었다. 머릿속이 동물 똥으로 가득한 느낌이다. 그걸 치우려면 여러 명의 사육사가 필요했다. 하지만 내게는 사육사를 고용할 돈이 없다. 하릴없이 지인들의 SNS를 구경하다 놀라운 사실을 발견했다. 너나없이 패딩 이야기를 하고 있는 것이었다. 심지어 같은 브랜드의 같은 모델을 색깔별로 사 모은 이도 있었다. 왜 나는 지금까지 그런 사실을 전혀 눈치채지 못했던 걸까? 누구나 가슴에 3000원쯤은 있다더니 누구나 옷장에 구스다운 하나쯤은 있는 모양이었다. 나만 빼놓고?

나는 네이버 검색창에 패딩이라고 검색해보았다. 백화점에서 본 것과는 비교도 할 수 없을 만큼 다양한 종류가 있었다. 색상도 디자인도 가격도 천차만별이었다. 나는 그 자리에 얼어붙어버렸다. 콧물이 흘렀지만 닦는 것도 잊을 지경이었다. 너무 많은 선택지는 나를 언제나 겁먹게 했다. 하지만 자세히 살펴보니 디자인은 거기서 거기였다.(어느 블로거에 따르면 많은 업체들이 유명한 브랜드의 디자인을 도용하고 있다고 했다. 마침 그건 내가 백화점에서 입어본 바로 그 옷이었다.) 휴, 다행이다. 이제 선택의 폭을 좁힐 수 있다. 색상이야 '고독한 남자의 그레이'와 '남자라면 네이비'와 '진짜 사나이라면 카키' 중에서 고르면 그만이지만 문제는 가격이다. 10만 원대에서 수백만 원대에 이르기까지 엄청난 차이가 있었다. 하나하나 꼼꼼히 비교하다 보니 어느새 날이 밝았다. 그건 정말이지 넓고도 깊은 세상이었다. 하룻밤 사이 나름 전문가가 된 것 같아 나는 어쩐지 뿌듯했다. 콧물은 좀처럼 멈추지 않는다.

12월 4일

밤을 꼬박 샌 것으로 모자라 계속해서 스마트폰을 들여다보았더니 눈알이 빠질 것 같다. 「외투」 파의 일원에게 새로운 메일이 왔다. "정말로 시급한 문학적 문제는 단 하나, 바로 외투"라는 문장으로 시작하는 메일이었다. 알베르 카뮈라니. 도대체 이놈들의 독서는 어디에서 멈춘 건지 문득 궁금해졌다. 묻지 않아도 뻔하다. 아니나 다를까, 제법 격식을 갖춘 것처럼 시작한 메일은 이내 유치한 비방이 되었다. "코 풀다 콧구멍이 헐어서 패혈증에 걸려 뒈질 놈"이라는 부분에서는 한숨이 나올 지경이었다. 하지만 분명 내 잘못도 있었다. 나는 (조심스럽게 코를 푼 후) 답장을 쓰기 시작했다. 아무래도 내 생각이 짧았던 것 같다고 사과한 다음 곧바로 작금의 패딩적 현실을 어떻게 생각하느냐고 물었다. 과연 오리지널의 가치가 몇 배가 훌쩍 넘는 가격 차를 상쇄할 정도로 의미 있느냐고도. 그게 내가 궁금한 것이었다. 시급한 당면 문제였다. 나는 최대한 정중하게 쓰려고 노력했다.

얼마 지나지 않아 놈에게 답장이 왔다. 어투가 지금까지와는 달랐다. 아무래도 오해가 있었던 것 같다고 정중하게 사과한 녀석은 각 패딩의 충전재와 필파워의 차이를 조목조목 비교했다. 보기보다 깊은 지식에 나는 감탄하지 않을 수 없었다. 역시 사람은 글로만 봐서는 알 수 없다. 사람을 사람답게 만드는 것은 어떤 책을 읽느냐가 아니라 어떤 패딩을 입느냐에 달린 것인지도 모른다는 생각도 들었다. 하지만 결론은 단순했다. 역시 패딩이라면 캐나다 거위로 만든 오리지널을 입어야 한다는 것이다. 단순해서 오히려 더욱 믿음이 가는 결론이다. 녀석은 이렇게 덧붙였다.

"PS. 고골의 「외투」를 다시 한 번 읽어보시길. 당신의 패딩적 고뇌를 해결해줄 단 하나의 소설입니다."

12월 5일

그래서 그렇게 했다. 다시 읽은 고골의 「외투」는 과연 놀라운 영감으로 가득한 소설이었다. 눈이 아파 아직 절반밖에는 읽지 못하긴 했지만(여전히 한숨도 자지 못했다) 그럼에도 당면한 나의 패딩적 현실에 대한 해법을 일러주었다. 잊기 전에 정리해둔다.

주인공 아까끼 아까끼예비치는 불쌍한 양반이다. 찢어지게 가난한 9급 관리다. 소설의 첫머리에서 고골은 거장다운 필치로 그를 묘사한다.

> 아주 뛰어나다고 할 수 없고 키가 작은 그 관리는 약간 얽은 자국이 있는 불그스름한 얼굴에 눈에 띄게 시력이 안 좋았으며, 이마가 조금 벗겨지고, 양 볼에 주름이 진 데다 치질 환자 같은 얼굴빛을 하고 있었다. 어쩌겠는가! 뻬쩨르부르그 기후 탓인 것을. 관등에 관한 한(우리 나라에서는 우선 관등부터 밝혀야 한다) 그는 만년 9급 관리였다. 아시다시피 밟혀도 꺽소리 한번 못하는 사람들을 억압하는 훌륭한 습성이 있는 온갖 종류의 작가들이 마음껏 놀려대고 마구 비꼬는 바로 그 9급이

다. (…) 그가 언제 어떤 시기에 관청에 들어왔는지, 또 그를 관직에 앉힌 사람이 누구인지는 아무도 기억할 수 없었다. 부장과 국장이 수없이 갈리는 동안, 그는 언제나 같은 자리와 같은 직위에서 서기로서 같은 업무를 되풀이하였다. 나중에는 그가 제복을 입고 이마가 벗겨진 모습을 한 채 9급 관리가 되기 위해 이미 완전한 준비를 하고 세상에 태어난 것처럼 보인다고 다들 믿게 되었다. 관청에서는 모두 그를 아무렇게나 대했다.[10]

그의 업무는 문서를 정서하는 일이었다. 젊은 관리들이 그를 조롱하고 일흔 살 먹은 주인집 노파하고 언제 결혼하냐며 놀려대고 눈이 내린다며 종이 부스러기를 그의 머리 위에 뿌리기도 했지만 그는 아랑곳하지 않았다. 아무 일도 없었다는 듯 계속해서 글을 써내려가는 것이다. 누군가 그의 팔을 건드리며 일을 방해할 때에야 "날 좀 내버려둬요, 왜 이렇게 나를 못살게 구는 거요?" 하고 말할 뿐이었다. 그건 어쩐지 남의 이야기 같지가 않아서 나는 다시금 콧물을 훔쳤다.

자신의 일을 사랑하는 소시민이다. 세상은 왜 그를 가만히 놓아두지 않는가? 아주 뛰어나다고는 할 수 없는 말단 9급 관리라서? 작고 볼품없는 외모를 가지고 있어서? 이마가 벗어진 가난뱅이라서? 그럴 수도 있지. 하지만 그건 그가 충분히 감내할 수 있는 일이었다. 그뿐이었다면 그는 반쯤은 체념하고 반쯤은 즐기며 남은 인생을 꾸릴 수도 있었을 것이다.

〔문서를〕 쓸 만큼 다 쓰고 나면 '내일은 또 무엇을 정서해야 하나?' 하고 미리 내일을 상상해보며 그는 미소 띤 얼굴로 잠자리에 드는 것이었다. 400루블의 급료로 자신의 운명에 만족하며 살아가던 한 인간의 평화로운 삶은 그렇게 흘러가고 있었고 아마 또 그렇게 순조롭게 말년

을 맞이할 수도 있었을 것이다. 9급이든, 3급이든, 7급이든, 또 어떤 공직자이든, 관청 근처에도 안 가본 사람이든 인간이라면 누구에게나 닥치는 삶의 길에 뿌려진 갖가지 큰 불행이 없었다면 말이다.[11]

문제는 그가 입고 있는 외투였다. 악명 높은 뻬쩨르부르그의 북풍에서 그가 의지하는 낡고 얇은 외투가 그를 비참하게 만들었다. 하도 덧대고 기워서 모양까지 이상해진 그것을 동료들은 실내복이라고 불렀다. 그 실내복이 그를 동료들 사이에서 만만한 남자로 마음껏 놀리고 조롱해도 되는 존재로 만들었던 것이다. 그것이 바로 그의 외투적 현실이었다. 설상가상 그것이 완전히 못쓰게 되면서 아까끼 아까끼예비치의 고난이 시작된다. 망가진 외투적 현실. 한마디로 망함. 놀란 그는 재봉사에게 달려가지만 주정뱅이 재봉사는 냉정한 외과의사의 어투로 사형선고를 내린다.

"안 되겠는데요, 못 고치겠어요. 옷이 완전히 망가졌네요!"

아까끼 아까끼예비치는 그 한마디에 가슴이 철렁했다.

"왜 안 된다는 거야, 뻬뜨로비치?" 그의 목소리는 거의 떼쓰는 어린아이 같았다. "겨우 어깨가 좀 닳은 것뿐인데, 사실 덧댈 만한 천이 있지 않나……?"

"그래요, 천 같은 거야 뭐, 얼마든지 있지요, 하지만 꿰맬 수가 없어요. 너무 심하게 삭아서 바늘을 갖다 대면 찢어질걸요."

"찢어지면 어때, 또 즉시 기우면 되지."

"덧댈 수가 없어요. 받쳐주는 게 아니라 닳아버린 옷감을 더 잡아당길 테니까요. 말이 양복지지 바람만 불어보세요, 금방 갈가리 찢어질 텐데요."

"그래도, 어떻게 해보게. 정말, 이럴 수가 있나, 내 참……!"

> 뻬뜨로비치가 단호하게 말했다.
>
> "안 돼요! 손댈 수가 없어요. 완전히 엉망이에요. 이제 겨울 추위도 다가오고 할 테니 잘라서 각반이나 만들어 쓰는 게 나아요. 추울 땐 양말만으론 부족할 테니까."[12]

재봉사는 그에게 이 기회에 새 외투를 장만하라고 했다. 가격은 50루블짜리 석 장, 즉 150루블이다. 그런 이야기를 듣고 아까끼 아까끼예비치의 잠이 달아나지 않았다면 거짓말일 것이다. 그 또한 그런 남자인 것이다. 아마 콧물도 조금 흘렸을 것이다.

나는 초조했다. 이 가련한 남자가 어떻게 이 위기를 어떻게 극복할지, 극복이나 할 수 있을지 걱정이 되어 잠도 못 잘 지경이었다. 그가 꼭 나처럼 느껴…… 아니다, 그건 아니다. 나는 단지 그가 걱정되었을 뿐이다. 책을 읽는 이라면 누구나 가지고 있는 공감 능력, 그래, 공감 능력이다.

아까끼 아까끼예비치는 주인공답게 문제를 정면으로 돌파한다. 그는 술주정뱅이 이웃에 대한 이해와 가계에 대한 산수로 문제를 풀어나가기 시작한다.

> 물론 뻬뜨로비치가 80루블을 받고도 일을 할 사람이라는 것도 모르는 바는 아니다. 그렇다 해도 그 80루블은 대체 어디서 가져온단 말인가? (…)◆ 절반은 이미 수중에 있으나, 나머지 반을 어떻게 충당할 것인가? 40루블이나 되는 돈을 어디서 구한단 말인가? 생각하고 또 생각한 끝에 아까끼 아까끼예비치는 적어도 1년간만이라도 생활비를 줄이기로 결심했다. 저녁마다 마시던 차도 끊고, 저녁에 촛불도 켜지 않고

◆ 생략된 부분에서 아까끼 아까끼예비치에게는 평소에 잔돈을 모아두는 저금통이 있었고, 몇 년간 모아온 그 돈이 대략 40루블 정도 될 거라는 계산을 한다.

> 꼭 필요할 때는 주인 여자 방에 있는 촛불을 사용하면 된다. 길에서는 되도록 살살 걸어 다니고, 돌과 석판을 밟을 때는 조심조심 발끝으로 걷다시피 하여 밑창이 빨리 닳지 않도록 주의하고, 속옷이 빨리 해지지 않도록 세탁부에게 맡기는 횟수를 줄이고, 집에 돌아와서는 속옷 대신 오래됐지만 아직 쓸 만한 목면 가운만 걸치고 살기로 했다.[13]

아, 이 불행한 사람! 이 대목에서는 나도 모르게 눈물을 흘렸다는 사실을 고백해야겠다. 콧물은 킁킁 남몰래 삼킬 수 있지만 눈물은 도로 삼킬 수 없으니 어쩔 수 없었다. 고작 새 외투를 사기 위해 1년 동안이나 그런 궁상을 떨어야 하다니 정말이지 받아들이기 힘든 이야기였다. 하지만 그는 그런 상황에서도 놀라운 정신력을 발휘한다. 그야말로 정신의 승리다.

> 솔직히 말해 처음엔 그런 내핍 생활에 적응하기 어려웠다. 그러나 차츰 익숙해지더니 어느덧 순조롭게 되었다. 나중엔 저녁을 굶는 것이 완전히 습관처럼 되어버렸다. 그 대신에 미래의 외투에 대한 끝없는 이상을 머릿속에 그려보며 정신적인 포만감을 얻을 수 있었다. 이때부터 그 자신의 존재는 보다 완전해진 것 같았고, 마치 결혼한 것 같기도 하였고, 다른 사람과 함께 있는 것 같았으며, 혼자가 아니라 일생을 함께 하기로 한 마음에 맞는 유쾌한 삶의 동반자를 만난 것 같았다. 그 동반자란 다름이 아니라 두꺼운 솜과 해지지 않는 튼튼한 안감을 댄 외투였던 것이다. 그는 웬일인지 생기가 돌았고, 이제 스스로 목표를 정한 사람처럼 성격이 보다 강인해졌다. 그의 얼굴과 행동에서 보이던 불안과 우유부단함이, 언제나 망설이기만 하던 불확실한 특징이 이제 사라졌다. 때때로 눈에서 불꽃이 보였고, 머릿속으로는 아주 뻔뻔스럽고 대담

> 한 생각까지 하게 되었다. 그래, 옷깃에다가 담비 가죽을 달아보는 것은 어떨까?14

하늘은 스스로 돕는 자를 돕는다고 했던가. 그는 그런 궁핍한 생활을 이겨냈고 생각보다 빨리, 고작 6개월 만에, 생각보다 많이 들어온 보너스의 도움으로 필요한 80루블을 모은 그는 마침내 새 외투를 구입한다! 윤이 반지르르하고 몸에도 꼭 맞는 따뜻한 새 외투가 생긴 것이다!

다음 날 그는 떨리는 마음으로 출근길에 나선다. 마치 축제를 즐기듯 그는 새 외투를 뽐내며 걸어갔다. 고골에 따르면 새 외투가 좋은 이유가 두 가지 있는데 "하나는 따뜻하다는 것이고, 다른 하나는 기분이 좋다는 것이다". 관청에 도착하자마자 어떻게 알았는지 동료들이 몰려왔다. 그들은 새 외투를 구경하며 따뜻하게 축하해줬다. 여전히 아주 뛰어나다고는 할 수 없는 말단 9급 관리에 작고 볼품없는 외모와 이마까지 벗어진 가난뱅이인 아까끼 아까끼예비치였지만 새 외투를 구입함으로써 마침내 그들의 동료로 인정받은 것이다. 그들은 새 외투를 위해 기념 축배를 들어야 한다고 주장했고 아까끼 아까끼예비치가 수줍게 거절하자 계장대리가 대신 나서 축하 파티를 열어주기로 했다. 바야흐로 새 외투와 함께 새 인생이 시작되려는 참이었다.

*

여기까지 읽었다. 그리고 나는 「외투」 파의 친절한 사내가 내게 하려던 말을 이해했다. 삶을 바꾸고 싶다면 패딩을 바꿔야 한다는 것. 그렇다면 무리를 해서라도 좋은 패딩을 사야 한다는 것. 그리고 그것은 온전히 나의 결단에 달려 있다는 것이었다. 물론 내게는 돈이 없다. 아까끼 아까끼예비치처럼 청승을 떨고 싶은 마음도 없다. 하지만 걱정 없다. 내게는 신용카드가 있다. 12개월 할부로 결제하면 그만이다.

12월 6일 (1)

간만에 단잠을 잤다. 자세히 기억나진 않지만 멋진 꿈도 꾸었던 것 같다. 간만에 생기가 돌았고 강인해진 느낌이 들었다. 나는 망설이지 않고 집을 나섰다. 바람이 찼지만 그건 나를 오히려 더욱 들뜨게 했다. 웬일인지 콧물도 흐르지 않았다.

백화점에는 예의 점원이 있었다. 기다렸다는 듯 일전에 입었던 그것을 다시 한 번 입혀주었다. 똑같은 미소와 함께. 하지만 이제 내게 그의 미소는 더없이 다정하게 느껴졌다. 그의 친절한 도움으로 패딩을 입고 있자니 왈칵, 눈물이 터질 뻔했다. 며칠 동안 내가 그리던 패딩적 이상이 나를 둘러싸고 있었기 때문이다. 그건 여전히 포근하며 따뜻했으며 아무것도 입지 않은 것처럼 가벼워 정말로 하늘을 날 수도 있을 것 같았다. 물론 비유적 의미에서의 비행이라면 실제로 가능할 것이었다. 그것이 바로 「외투」의 교훈이다.

지체할 것 없었다. 나는 점원에게 카드를 내밀었다. "결제는 어떻게 해드릴까요?" 그가 물었고 "12개월로 해주세요" 내가 말했다. "보너스라도 받는다면 6개월로 끊어도 되겠지만, 제가 프리랜서라서." 그러자 그가 예의 웃음을 지으며 나를 바라보았다. "손님은 분명 「외투」를 읽으셨겠네요. 그렇죠?" 나는 깜짝 놀라 그를 바라보며 그렇다고 했다. 그는 내게 패딩이 든 쇼핑백을 건네며 이렇게 물었다. "그렇다면 손님, 혹시 그 결말에 대해서는 어떻게 생각하십니까?" 나는 대충 얼버무리고는 백화점을 빠져나왔다. 명색이 서평가인데 끝까지 읽지 않았다는 말은 할 수 없었던 것이다.

12월 6일 (2)

지하철 화장실에서 패딩으로 갈아입었다. 한시라도 빨리 새로운 패딩적 현실을 느끼고 싶었다. 과연 고골이 옳았다. 새로운 패딩에는 두 가지 장점이 있었다. 하나는 더럽게 따뜻하다는 것이고 다른 하나는 더럽게 기분이 좋다는 것이다. 지하철에서는 땀이 났지만 벗지 않았다. 앞으로는 사우나를 갈 필요가 없을 것 같다.

12월 6일 (3)

집에 돌아오자마자 SNS에 '착샷'을 올렸다. 친구들의 축하 멘션에 일일이 답을 해주다 보니 어느덧 밤이 깊었다. 내일은 「요설」◆ 마감이 있는 날이라 일찍 잠을 자야만 했다. 하지만 좀처럼 잠은 오지 않았다. 가슴이 두근거려서 잠을 잘 수가 없었다. 할 수 없이 불을 켜고 「외투」를 마저 읽었다. 그런데 뭔가 이상하다. 이건 내가 생각했던 결말이 아니다. 나는 이런 걸 기대한 게 아니었는데……. 잠깐 생각을 좀 해야 할 것 같다.

12월 7일, 마감 당일

밤새 「외투」를 몇 번이고 다시 읽었다. 읽고 또 읽고 혹시라도 내가 잘못 읽었나 싶어 다시 읽었다. 하지만 아니었다. 나는 당연히 아까끼 아까끼예비치의 앞에 새 삶이 기다리고 있을 거라고 믿었다. 새로운 외투적 현실과 함께 보다 따뜻하고 풍요로운 삶을 사는 게 당연하다고 생각했다. 그에게는 그럴 자격이 있었다. 하지만 아니었다. 동료들의 축하를 받고 조금 더 사교적이 되어 주말이면 함께 즐거운 시간도 보내고 그러다 여자를 소개받아 결혼도 하는 삶을 살 거라고 생각했다. 하지만 아니었

◆ 이 글 연재 당시의 제목.

다. 정말이지 아니었다.

새 외투를 입고 출근한 그날, 그러니까 동료들의 축하를 받고 축하 파티까지 열게 된 그날 아까끼 아까끼예비치는 외투를 강탈당한다. 파티장에서 늦게까지 머물다 집으로 돌아오던 그를 괴한이 덮친 것이다. 그들은 무자비하게도 그에게서 외투를 빼앗아 갔고 그는 잠시 기절한 후 일어나 집으로 돌아왔다. 그는 후두염에 걸린다. 너무 낙담한 나머지 멍하니 입을 열고 걸었던 것이다. 그리고 죽어 유령이 된다. 밤마다 거리를 떠돌며 남녀노소 가리지 않고 사람들의 외투를 빼앗는 불쌍한 유령이……. 그것이 그의 외투적 미래였다. 그렇다면 나는, 나의 패딩적 미래는 과연 무엇이란 말인가?

같은 날, 마감 시한을 얼마 남기지 않은 몇 시쯤

메일 알람 소리에 정신이 들었다. 얼마나 넋을 놓고 있었는지 모르겠다. 콧물이 흘러내려 하마터면 질식할 뻔했다. 아니지. 이렇게 죽을 수는 없다. 나는 코를 세게 풀었다. 인중이 다시금 쓰려왔다.

두 통의 메일이 와 있었다. 하나는 담당 편집자에게서 온 것이었다. '^^'라는 이모티콘으로 시작하는 메일은 원고를 언제 줄 것인지 묻고 있었다. 나는 아직 시작도 못했는데. 아니, 시작이라도 할 수 있을지 모르겠는데. 나는 답을 하지 않았다.

다른 메일은 「외투」 파의 일원에게 온 것이었다. 그는 내게 옷은 마음에 드는지 따뜻한지 묻더니 곧이어 당연히 마음에 들고 따뜻하겠지 자답했다. 이놈은 또 뭐란 말인가? 미친놈? 스토커? 그런데 이 녀석이 내가 새 패딩을 산 것을 어떻게 알지? 무언가 이상했다. 나는 계속해서 메일을 읽었다. 녀석은 내가 12개월로 패딩을 구입한 것까지 알고 있었다. 아! 거위의 울음소리와도 같은 둔탁한 깨달음이 뇌리를 스쳤다. 녀석이 바로 백화점의 점원이었던 것이다! 녀석은 정중하게 그러나 어딘가 조롱하는 투로 메일을 마무리 지었다. 새로운 패딩적 현실에 적응하시라고 했다. 그리고 이렇게 덧붙였다.

"PS. 「외투」는 다시금 끝까지 읽어보셨나요? 부디 그러셨기를 바랍니다."

아무것도 모르겠다. 몇 시인지도. 아직 마감은 넘기지 못했다는 사실만은 분명한 시時

아까부터 전화기가 계속 울린다. 처음에는 카톡이 다음에는 문자가 그리고 전화가 왔다. 보지 않아도 뻔하다. 마감을 묻는 것이다. 하지만 나는 그것을 받을 수 없다. 없고말고. 새로운 나의 패딩적 현실에서는 그것이 불가능했다. 그렇다면 나의 패딩적 미래는 어떤가? 그러니까 앞으로 12개월 동안 할부금을 갚기 위해 내가 감내해야 하는 궁핍은 무엇인가? 앞으로 몇 개의 원고를 더 써야 하는가? 겨울은 고작 세 달 남짓일 뿐인데? 원고를 써야 할부금을 갚을 수 있는데 당장 마감을 넘기지 못하면 어떻게 하자는 건가? 얼마나 많은 청탁과 원고가, 얼마나 많은 거위가 필요할까? 얼마나 많은 마감과 사과가, 얼마나 많은 헛소리가 필요할까? 얼마나 많은 거위가 필요할까?

알 수 없는 나는 패딩을 입는다. 따뜻하고 포근한 패딩 속에 안긴 채 이 모든 겨울과 마감과 기나긴 할부가 지나가기를 바라며 눈을 감는다…….

얻을 수 없는 건 얻을 수 없는 대로 두라

귀스타브 플로베르 Gustave Flaubert

『부바르와 페퀴셰』

19세기의 가장 위대한 소설가 중 한 명이자 BL(Boys Love 또는 Book Lovers) 문학의 선구자.

제23장

자연의 빛에 의한 진리 탐구 혹은 불행한 독서

1

언젠가 데카르트는 이렇게 썼다.

> 유년기에 내가 얼마나 많이 거짓된 것을 참된 것으로 간주했는지, 또 이것 위에 세워진 것이 모두 얼마나 의심스러운 것인지, 그래서 학문에 있어 확고하고 불변하는 것을 세우려 한다면 일생에 한 번은 이 모든 것을 철저하게 전복시켜 최초의 토대에서부터 다시 새로 시작해야 한다는 것을 이미 몇 해 전에 깨달은 바가 있다. 그런데 이것은 보통 일이 아니라고 생각했기 때문에, 이 일을 적절하게 실행할 수 있는 성숙한 나이가 되기를 기다렸다.[1]

자, 우리도 그렇게 하자. 아마 당신은 당신이 생각하는 것보다 조금 늙었거나 조금 어리겠지만, 상관없다. 이 글을 읽고 있는 사람이라면 누구나 그렇게 할 자격이 있고 엄밀히 말하자면 그렇게 해야만 한다. 유년기에 우리가 얼마나 많이 거짓된 책을 참된 책으로 간주했는지, 또 이것 위에 세워진 독서가 모두 얼마나 의심스러운 것인지, 그래서 독서에 있어 확고하고 불변하는 것을 세우려 한다면 일생에 한 번은 이 모든 것을 철저하게 전복시켜 최초의 토대에서부터 다시 새로 시작해야 하는 것이다. 장마철 곰팡이처럼 어느새 집안을 점령한 책 더미에 불을 싸지르고 싶은 충동에 시달리지 않기 위해서라도. 나쁜 습관이 만든 운명에 굴복하지 않기 위해서라도.

부바르와 페퀴셰는 그러지 못했다. 행운이 그들을 찾아왔고, 이미 성숙한 나이였으며, 다른 삶을 살 수 있었음에도 불구하고 나쁜 습관이 그들을 망쳤다. 한마디로 계속해서 책을 읽은 것이다. 아아, 슬프도다. 나는 그들의 이야기를 읽는 내내 내게 찾아온 기회에 감사를 해야만 했다. 마감이라는 시간에게. 만약 그것이 아니었다면 나는 결코 데카르트를 떠올리지도 않고 이런 글을 지어내지도 않았을 테니 이 얼마나 감사한 일인가?

2

어느 무더운 여름날이었다. 두 남자가 길 양끝에서 걸어왔다. 키가 크고 좋은 혈색에 금발의 곱슬머리를 가진 호쾌한 인상의 남자와 가발을 쓴 듯 곧고 검은 머리에 짧은 다리, "밑으로 길게 내리뻗은 코 때문에 마치 옆모습처럼" 보이는 얼굴을 가진 진지한 표정의 남자다. 그들은 더위를 식히기 위해 같은 벤치에 앉았다. 그리고 동시에 모자를 벗었다. 어느 모로 보나 닮은 구석이 없는 한 쌍이다. 하지만 이내 그들은 서로를 알아보았다. 정확히 말하자면 상대방의 모자 안쪽에 이름이 적혀 있다는 사실을 알아보았다고 해야겠지만.

> "저런! 우리는 똑같은 생각을 했군요. 모자에 이름을 써두는 것 말입니다."
>
> "정말 그렇군요! 사무실에서 바뀔 수도 있기 때문이죠!"
>
> "저도 그래요. 저도 사무원이거든요."
>
> 그들은 서로 바라보았다.
>
> 부바르의 사랑스러운 모습은 곧 페퀴셰를 매료시켰다.
>
> (…)
>
> 페퀴셰의 진지한 모습은 부바르에게 강한 인상을 주었다.[2]

"시골에 산다면 얼마나 좋을까요!" 진지한 페퀴셰가 말을 꺼냈고 도시 생활에 염증을 느끼던 호쾌한 부바르가 동의했다. 그리고 그들은 허물없이 이야기를 나누기 시작했다. 비틀거리며 보도를 건너는 한 주정뱅이를 보며 노동자에 관한 정치적인 대화를, 결혼식 광경을 보고 여자에 관한 대화를, 창녀가 군인과 함께 걸어하는 모습을 보면서는 외설스러운 이야기를, 산책하는 신부를 보고 종교에 대한 이야기를. 이를테면 이런 식이었다.

> 그들은, 여자들이란 경박하고 까다로우며 고집쟁이라고 선언했다. 여자들은, 때로 남자들보다 더 나은 경우도 있기는 하지만, 대개의 경우 더 위험한 존재라는 것이었다. 요컨대, 여자 없이 사는 게 더 나았다. 그래서 페퀴셰는 독신 생활을 하고 있었다.
>
> "저도 홀아비입니다. 자식도 없고요."
>
> 부바르가 말했다.

"그건 어쩌면 당신에게는 다행한 일인지도 모르지요."

그러나 고독도 오래 지속되면, 비참한 일이었다.3

물론 그들의 입장을 이해하지 못하는 건 아니다. 하지만 한 여자의 남편으로서 나는 그들에게 동의할 수 없다는 사실을 분명히 밝힌다. 비록 저 부분에 밑줄을 긋긴 했지만 그건 가위표를 할 수 없었기 때문이다. 세상에, 가위표라니. 내가 편집자는 아니지 않은가?

그들의 대화는 지칠 줄 모르고 계속 이어진다. 시시콜콜한 신변잡기와 개똥철학을 늘어놓기도 하고 "토목국, 담배의 전매사업, 상업계, 연극계, 항해술을 비롯해 모든 인간에 대해 마치 큰 환멸을 겪은 사람들처럼 비난"하기도 하며 마치 잃어버린 반쪽을 찾은 듯 샘솟는 기쁨과 애정을 느낀다. 자고로 친해지는 데에는 다른 사람 욕만 한 것이 없는 법이다.

그렇게 벤치에 엉덩이를 붙인 채로 적지 않은 시간이 흘렀다. 누군가 그들을 보았다면 별 수다스러운 양반들도 다 있다고 생각했겠지. 사실 그들은 몇 번이나 자리를 일어나려고 시도했다. 하지만 그때마다 그들은 서로에 대한 매혹으로 다시금 자리에 앉아야 했고 겨우 엉덩이를 뗀 후에도 차마 헤어질 수가 없어 가로수 길을 위에서 아래로 몇 번이나 왕복해야만 했다. 끝내 안타까운 이별의 순간이 찾아왔지만 그들은 결코 수줍은 소년들이 아니었다. 적어도 부바르는 그랬다.

마침내 헤어지려고 악수를 할 때, 부바르가 불쑥 말했다.

"우리 함께 저녁 먹으러 갈까요?"

"저도 그런 생각을 하고 있었어요. 하지만 제가 먼저 제안할 용기가 없었지요."4

부바르는 쾌적한 식당으로 페퀴셰를 안내했고 그곳에서 그들은 대화를 이어갔다. 의학과 과학에 대해서. 학문의 위대함에 대해서. 그리고 그들은 모자에 이름을 적어놓는 습관보다 더욱 결정적인 공통점을 찾아내는 데 성공한다. 그들은 (바틀비와 아까끼예비치 그리고 내가 그런 것처럼) 필경사였던 것이다! 더욱 친밀해진 그들은 커피숍을 향한다. 그곳에서 부바르는 페퀴셰를 즐겁게 해주기 위해 당구공과 큐대를 가지고 묘기를 부리다 주인과 시비가 붙지만 페퀴셰가 나서서 부바르의 편을 들어주었다. 비록 쫓겨나기는 했지만 카페 따위는 아무 상관 없었다. 그들의 관심은 오직 서로에게 있었다.

3

처음 만난 사람을 집으로 부르기까지 얼마만큼의 시간이 필요한가? 일주일? 보름? 한 달? 그렇게 생각하는 당신은 아직 젊고 인생에 남은 시간이 많다고 믿고 있는 사람일 것이다. 하지만 부바르와 페퀴셰는 아니었다. 그들은 마흔일곱 살의 동갑내기 아저씨였고, 인생이 길지 않다는 것을 누구보다 실감하고 있는 사람들이었다. 아마 그럴 것이다. 그렇지 않으면 처음 만난 사람을 다짜고짜 집으로 초대하지는 않았을 테니까.

페퀴셰의 집은 평범했다. 온통 책으로 가득하다는 사실을 제외한다면. 부바르는 아마도 냄새 때문인 듯 창문을 열어도 되느냐고 물었고 페퀴셰는 서류 뭉치가 날아가서 안 된다며 거절했다. 페퀴셰는 굳이 창문을 꼭꼭 닫아놓은 더운 방에서 숨을 헐떡이기 시작한다. 그런 그에게 부바르가 말했다. "저 같으면, 플란넬 내복을 벗어버리겠어요!" 과연 거침없는 아저씨들이다.

하지만 진지한 페퀴셰는 내복을 벗지 않는다. 그는 건강용 플란넬 내복을 벗는 일이 생각만 해도 두려워 고개를 숙이며 대신 바람을 좀 쐬러 나가자고 제안한다. 산책이 어느 틈에 배웅으로 바뀌었는지는 잘 모르겠다. 플로베르는 말하지 않고 나도 궁금하지 않다. 어차피 그들은 헤어질 생각이 없었고 그리하여 페퀴셰는 꽤 먼 거리에 있는 부바르의 집에까지 따라갔다. 진지하지만 그 역시 속은 영락없는 상남자였던 것이다. 그리고 그들은 다시금 이야기를 나눈다. 출근을 위해 그들이 어쩔 수 없이 잠자리에 들어야만 하는 시간이 찾아오기 전까지.

"우리가 아까 산책하러 나가지 않았다면, 서로 모르는 채 죽을 뻔했지요."

그들은 직장의 주소를 교환하고 작별 인사를 했다.

"여자와 재미 보러 가지는 마쇼!"

페퀴셰는 짓궂은 농담에는 대꾸도 하지 않고 계단을 내려갔다.[5]

다음 날, 아침부터 부바르가 일하는 가게를 찾은 페퀴셰는 기쁨에 겨워 소리쳤다.

"병이 나지 않았어요! 그것을 벗어버렸는데요!"

"뭐 말이오!"

"그거요!"

페퀴셰는 자기의 가슴을 가리키며 말했다.[6]

4

함께하는 시간이 길어지면서 그들은 서로에 대해 더 많은 것을 알게 되었다. 소상인의 아들로 태어나 생계를 위해 온갖 직업을 전전해야 했던 페퀴셰의 배움에 대한 열망이나 부바르의 다소 복잡한 가계와 여섯 달 만에 돈을 가지고 달아난 전 부인은 서로에게 아무런 흠도 되지 않았다. 상대를 알아갈수록 그들의 우정은 더욱 깊어져만 갔다.

문득 그들이 과연 서로의 어떤 점에 끌렸는지 궁금해진다. 그다지 매력적인 인물들로는 보이지 않는 탓이다. 플로베르는 굳이 시시콜콜 설명하지 않는다. 다만 대가다운 솜씨로 슬쩍 언급할 뿐이다.

> 그들은 곧 눈에 보이지 않는 끈에 의해서 묶이고 말았다. 게다가 서로에 대해 느끼는 그들의 호감을 어떻게 설명할까? 한 사람의 하찮은 특징이나 가증스러운 결점과 같은 것들이 왜 상대방의 마음을 끄는 것일까? 첫눈에 반한다고 하는 것은 열정의 세계에 있어서는 진실이 아닐 수 없다. 일주일도 되기 전에 그들은 서로 말을 놓았다.7

그들은 골동품 상점이 늘어선 거리를 산책하고, 공예 학교, 대성당, 국영 공장, 기념관 그리고 모든 공공 전시장을 함께 다닌다. 가끔은 영국인이나 외국인인 체하면서 즐거워하기도 한다. 하지만 모든 일에는 명암이 있는 법. "생각이 많아질수록 그들은 더욱 많은 고통을 느꼈다." 마음이 맞는 친구를 만난 그들은 머리를 합쳐 세상의 모든 비밀을 풀고 싶었지만 그러기엔 그들이 가진 학식과 시간이 너무 짧았던 것이다. 단조로운 사무실도 지겨워졌다. 예전에는 괜찮다고 생각했던 동료들이 이제는 어리석게만 느껴졌고 그들과 이야기를 나누는 횟수도 점점 줄어들었다. 게다가 날마다 지각을 해서 상사에게 혼나기 일쑤였다.

이전에 그들은 그런대로 행복하다고 생각하고 있었다. 그러나 자존심을 갖게 되면서부터 그들은 자신들의 직업에 굴욕을 느끼게 되었다. 그리하여 혐오감 속에서 서로 힘을 북돋워주고, 서로 칭찬을 주고받으며, 서로를 아껴주었다. 페퀴셰는 부바르의 거친 면을 닮게 되었고, 부바르는 페퀴셰의 우울함을 다소 지니게 되었다.8

한마디로 그들은 벗어나고 싶었다. 이 지루한 세상을 떠나 그들만의 집을 갖고 싶었다. 하지만 어떻게? 살아가기 위해서 그들은 일을 해야만 했고 자유로운 광장의 곡예사나 넝마주이가 될 수도 없었다. 결혼 적령기에 접어든 직장 3~7년 차의 대한민국 선남선녀들이 흔히 하는 고민을 그들 또한 하고 있었던 것이다. 알다시피 그들에게도 이렇게 저주스러운 상황에서 벗어날 방법이나 희망은 없었다. 그래도 우리에게는 로또가 있다. 다행스러운 일이다.

하지만 행운은 그들의 편이었다. 그들에게는 로또보다 더 강력한 유산이 있었다. (복잡한 가계도 덕에) 부바르는 엄청난 유산의 주인이 되었다는 전보를 받는다. 서로를 바라보는 그들의 입술은 떨렸고 멍한 눈에서는 눈물이 흘러내렸다. 이러저러한 절차 끝에 마침내 거금을 손에 쥔 부바르의 첫마디는 이랬다.

"우리 시골로 은퇴하기로 하자!"

자기의 행복에 친구를 결부시킨 이 말을 페퀴셰는 지극히 당연하게 받아들였다. 두 사람의 결합은 이루 말로 할 수 없을 만큼 깊었기 때문이다.9

바로 여기에서 끝났다면 좋았을 텐데. 행복해하는 그들의 모습이 정지된 채 갈색으로 물들고 맛없기로 유명한 커피 체인점의 배너가 올라가며 "꾸쥬워마걸~"이라는 국적 불명의 가사를 가진 노래가 나왔다면 아름답고 행복한 이야기로 남을 수도 있었을 것이다. 하지만 부바르와 페퀴셰에게는 불행하게도 그런 일이 일어나지 않았다. 플로베르가 그렇게 호락호락할 리 없다. 게다가 앞의 인용문에서 확인할 수 있는 것처럼 우리는 아직 25쪽밖에 읽지 못했다.(그리고 『부바르와 페퀴셰』는 두 권이다.) 이 글을 써야 하는 내 입장에서도 그리 달가운 소식은 아니다.

5

그들은 한적한 시골에서의 새로운 삶을 계획한다. 자연과 더불어 일하고 아름다운 종달새의 노래에 귀를 기울이며 나막신을 신고 저녁을 먹는 꿈! 그들은 멋대로 살기로 마음먹고 필요한 물건들을 구입하기 시작한다. 연장통과 저울, 측량기, 욕조, 온도계와 기압계. 좋은 문학작품이 몇 권 있는 것도 나쁘지 않을 것 같긴 했지만 그들은 이내 생각을 바꾼다. 그들 인생에서 가장 훌륭한 선택이었다.

> 그들은 문학 서적을 구해보았지만, 과연 그런 책이 정말로 서재의 장서가 될 수 있을지 알 수가 없었다. 부바르가 딱 잘라 말했다.
> "이봐, 우리에겐 아마 장서가 필요 없을 거야."[10]

부바르가 자신의 호언장담을 지킬 수 있었으면 얼마나 좋았을까? 책 없는 삶이라니. 그런 천국은 과연 어디 있을까? 정말 있기는 한 걸까? 하지만 공동생활을 앞둔 모든 남자들이 그렇듯 그의 말 또한 지켜질 리 없는 것이었다. 부바르와 페퀴셰의 모든 불행은 바로 거기에서 시작되었다.

제24장

18×6=백팔번뇌

귀농은 생각보다 쉽지 않았다. 그들은 맞춤한 곳을 찾아 무려 십팔 개월 동안이나 이곳저곳을 돌아보지만 그들이 기대하는 '진정한 시골'은 좀처럼 찾을 수 없다. 알다시피 모든 '진정한' 것은 오직 SNS 속에만 있는 법이다. 안타깝지만 부바르와 페퀴셰의 시대에는 SNS가 없었고 그들은 자신들의 상상력에 의지할 수밖에 없었다. 십팔 개월이라는 시간은 그래서 의미심장하다. 이쯤에서 눈치채셨겠지만 플로베르는 거장의 솜씨로 디테일 속에 악마를 숨겨둔 것이다.

"지금 플로베르가 십팔이라는 한국어 욕을 알았다는 거야?" 좋은 질문이다. 그것이야말로 플로베르 전공자들이 풀어야 하는 숙제다. 다행히 나는 국문학을 전공했고 그래서 한국어에서 십팔이 욕으로 쓰인다는 걸 비전공자보다 잘 알고 있으며 불문학을 전공하지 않은 것을 후회하지는 않는다.(Non, je ne regrette rien.)

그들을 구원한 것은 바르브루였다. 바르부르가 누구인가? "전직 외무

사원인 바르브루는 지금은 회계원으로 일하는 아주 선량한 사람으로, 애국자이고 부인네들과도 친하게 지내며 변두리 말씨를 쓰는"(18쪽) 인물이다. 한때 부바르의 가장 친한 친구였으나 페퀴셰가 그를 마음에 들어하지 않아 조금 소원해진 상황이다. 그가 샤비뇰에 자리한 "성 모양의 집과 정원이 딸린 수확이 좋은 삼십팔 헥타르의 농장"(28쪽)을 그들에게 소개했다. 부바르와 페퀴셰는 뛸 듯이 기뻐했지만 우리 한국어 독자들은 여기서 무언가 석연찮음을 넘어 차라리 불길함을 읽는다. 굴러들어 온 페퀴셰 때문에 가장 친한 친구◆를 잃은 바르브루의 호의를 무시해서가 아니다. 플로베르가 직접 밝히고 있듯, 그는 선량한 사람이 맞을 것이다. 다만 농장의 면적이 마음에 걸린다. 삼십팔이라면 그건 십팔이 세 번이라는 말이 아닌가? 바르부르가 처음 등장한 게 십팔 쪽이고 농장을 소개한 것은 이십팔 쪽이니 결국 십팔이 여섯 번이라는 뜻이 아닐까?

여기서 우리는 하나의 식을 세울 수 있다. '18×6=백팔번뇌'라는 등식이다. 비록 'R=VD'라는 성공의 공식만큼 아름답지는 않지만 어떤 수학 전공자도 나의 등식이 참이 아니라고는 말하지 못할 것이다. 그렇다면 플로베르는 한국어 욕설뿐 아니라 수학과 불교에도 조예가 깊었던 걸까? 전공자들의 조속한 연구를 기대한다.

과연 계약은 처음부터 난항을 겪는다. 주인은 농장과 집을 합해 14만 3000프랑을 요구했지만 부바르는 12만 프랑밖에 낼 수 없다고 버틴다. 그가 물려받은 유산은 25만 프랑이나 되었는데도 말이다! 페퀴셰는 부바르를 어르고 달래다 결국 포기하고 초과액은 자기가 보태겠다고 선언한다. 어머니의 유산과 저축을 모은 전 재산이었다. 플로베르는 이렇게 덧붙이기를 잊지 않는다.

◆ 얼마나 혹은 어떻게 친했는지는 신만이 아시리라.

그는 중요한 경우를 대비해서 그 돈을 가지고 있으면서도 그 돈에 대해서는 한마디도 하지 않고 있었다.[11]

여기서 우리는 플로베르가 그들의 포지션을 어떻게 설장하고 있는지 짐작할 수 있다. 요즘 말로 하자면 누가 공攻이고 누가 수守인가? 이어지는 문단은 더욱 노골적이다. 먼저 귀농을 앞둔 부바르의 모습을 보라.

부바르는 더 이상 필경을 하지 않고 있었다. 처음에는 미래에 대한 확신이 없어서 일을 계속했지만, 상속이 확실해지자 직장을 그만두었다. 그러나 그는 자주 데캉보 상회에 들렀으며, 시골로 떠나기 전날 밤에는 사무실의 모든 직원들에게 펀치를 한 잔씩 대접했다.[12]

이번에는 페퀴셰의 경우.

그와 반대로 페퀴셰는 동료들에게 무뚝뚝한 태도를 보였고, 마지막 날 문을 거칠게 꽝 닫고 나와버렸다.

그는 짐 꾸린 것도 점검해야 하고 쇼핑할 것도 아주 많았으며, 뒤무셸과 작별 인사도 나눠야 했다![13]

눈 밝은 독자라면 처음부터 짐작하고 있었겠지만 부바르가 공이고 페퀴셰가 수다. 정치적으로 올바른 독자들은 플로베르의 서술에서 드러나는 성 역할에 대한 고정관념을 지적할지도 모른다. 하지만 플로베르가 19세기 사람인 게 내 잘못은 아니지 않은가? 물론 그건 플로베르의 잘못도 아니다. 그때는 PC도 스마트폰도 SNS도 없었고 수많은 이들에게 RT로 '조리돌림'을 당하며 자신의 실수를 뼈아프게 깨닫고 교정할 수 있는 기회 또한 없었던 것이다. 언젠가 닉의 아버지가 어린 아들에게 충고했듯 누군가를 비판하고 싶을 때는 세상의 모든 사람이 다 우리처럼 유리한 입장에 서 있지는 않다는 것을 기억해야 한다.

그러니 플로베르의 소설로 돌아가자. 그가 곳곳에 숨겨놓은 작은 악마들에게로. 이번에 주목할 것은 느낌표다. 플로베르는 19세기의 작가답게 느낌표를 조금 과하게 사용하는 경향이 있지만 그렇다고 해도 "뒤무셸과 작별 인사도 나눠야 했다!"에 붙은 느낌표는 조금 이상하다. 부바르와 페퀴셰의 대화에 사용해서 그들의 복받치는 감정을 표현한 것도 아니고, "얼마나 저주스러운 상황인가! 그러나 이러한 상황에서 벗어날 방법도, 희망도 전혀 없었다!"에서처럼 강조를 위한 것도 아니다. 플로베르는 왜 느낌표를 사용했을까?

뒤무셸이라는 인물을 주목할 필요가 있다. 부바르에게 바르브루가 있었다면 페퀴셰에게는 뒤무셸이 있었다. 그 역시 십팔 쪽에 처음 이름이 등장하며 한때 페퀴셰의 가장 친한 친구였지만 이제는 조금 멀어진 상황이다. 부바르의 눈에는 뒤무셸이 지루한 사람으로 보였기 때문이다. 문제는 뒤무셸이 작가라는 사실이다. 그는 기억법에 대한 소책자를 출판했고 '청소년 기숙학교'에서 '문학'을 가르치며 심지어 전통적인 의견과 진지한 태도를 지니고 있는 사람이었다. 그러니 어찌 느낌표를 쓰지 않을 수 있을까?

도망쳐, 페퀴셰, 도망쳐!

작별 인사를 받아들이는 바르브루와 뒤무셸의 태도에서 회계원과 작가의 차이는 더욱 분명하게 드러난다. "바르브루는 부바르와 작별을 하면서 더욱 섭섭해했다. 그는 일부러 도미노 게임도 져주고, 시골로 만나러 가겠다고 약속도 했다. 그리고 아니스 술을 두 잔 시키고 부바르를 껴안았다." 이 얼마나 상식적이고 건전한 작별인가? 반면 뒤무셸은 페퀴셰에게 거부할 수 없는 제안을 한다. "편지로 문학에 대한 소식을 알려주겠다고 하면서 서신 왕래를 하자고" 한 것이다!(이건 강조의 느낌표다!)

이제 우리는 플로베르가 사용한 느낌표의 의미를 짐작할 수 있다. 그건 단순히 해야 할 일을 가리키는 게 아니다. "꾸린 짐 점검과 쇼핑, 그리고 뒤무셸과의 작별 인사가 남아 있었다"라는 의미가 아니라는 말이다. 그건 차라리 어떤 회한을, 해야 했으나 그러지 못한 과거의 행위에 대한 뼈아픈 후회를 담고 있는 문장이다. 차라리 "아, 페퀴셰! 너는 그때 뒤무셸과 작별 인사를 나눠야만 했다! 영원히 빠이빠이해야 했단 말이다!"에 더욱 가까운 문장인 것이다. 느낌표 하나로 저런 감정을 표현하다니, 과연 거장이다.

물론 페퀴셰는 그렇게 하지 않았다. 페퀴셰가 거부하지 못한 게 뒤무셸인지 문학인지는 모르겠지만 이제 와서 그걸 따지는 건 부질없는 짓이 될 것이다. 플로베르가 쓴 것이 BL(Boys Love)이건 또 다른 BL(Book Lover)이건 아무 상관 없다는 말이다. 분명한 것은 그들에게는 기회가 있었다는 사실이다. 지난 장의 마지막에서 말했던 것처럼 "이봐, 우리에겐 아마 장서가 필요 없을 거야"라는 부바르의 말이 지켜졌더라면. 페퀴셰가 뒤무셸에게 철저한 작별을 고했더라면. 하지만 이미 늦었다. 어떤 운명들이 그런 것처럼 그들을 기다리고 있는 건 백팔 개의 번뇌였고 그 뒤에는 물론 파국이 자리하고 있었다. 문제는 파국 이후에도 그들이 계속해서 살아가야 한다는 사실이다.

하지만 아직 이르다. 우리는 아직도 30여 쪽까지밖에 읽지 못했고(참고로 지난 장에서 우리는 27쪽까지 읽었다) 부바르와 페퀴셰는 아직 샤비뇰에 닿지도 않았다.(그 여정 또한 갖은 고난으로 점철되어 있지만 우리의 갈 길을 위해 사소한 고난들은 그냥 넘어가기로 한다.) 그러니 일단은 멈춰서 그들이 행복을 만끽하는 모습을 지켜보도록 하자. 곧 무너져 내릴, 하지만 그 순간만큼은 느낌표로 점철된 어느 밤의 시간을.

"우리가 드디어 도착했어! 이 행복! 마치 꿈을 꾸고 있는 것 같아."

밤이 깊어 자정이 되었는데도 페퀴셰는 정원을 둘러보자고 했다. 부바르도 마다하지 않았다. 그들은 촛불을 들고 신문으로 바람을 막으면서, 화단을 따라 걸어갔다.

두 사람은 큰 소리로 채소의 이름을 말하며 즐거워했다.

"저런, 홍당무다! 아! 배추다!"

그리고 과수장을 살펴보았다. 페퀴셰는 싹을 찾아보려고 애썼다. 이따금씩 벽 위에서는 거미 한 마리가 갑자기 달아나곤 했다. 두 사람의 그림자가 몸짓을 반복하며 벽 위에 크게 나타났기 때문이다. 풀잎에는 이슬이 맺혀 있었다. 칠흑같이 어두운 밤이었다. 한없는 고요와 평온함 속에 모든 것이 잠들어 있었다. 멀리서 닭 우는 소리가 들렸다.

두 개의 침실 사이에는 작은 문이 있었는데, 벽지로 가려져 있었다. 서랍장이 그 문에 부딪혀서 못을 뽑아내자, 문이 열리는 바람에 부바르와 페퀴셰는 깜짝 놀랐다.◆

그들은 옷을 벗고 침대에 누워, 한참 수다를 떨다가 잠이 들었다. 부바르는 맨머리에 입을 벌리고 반듯이 누워서 자고 있었으며, 페퀴셰는 면으로 된 모자를 쓰고 무릎을 구부려 배에 대고는 오른쪽으로 돌아누워서 자고 있었다. 창문으로 들어오는 달빛 아래에서 둘 다 코를 골며 자고 있었다.[14]

◆ 플로베르가 그들을 자연스럽게 한 방에서 잠들게 만드는 신묘한 솜씨에 나 역시 깜짝 놀랐다는 사실을 덧붙인다.

친애하는 부바르와 페퀴셰여, 부디 오늘 밤은 편안히 잠들기를. 내일 아침에는 지옥에서 눈을 뜨게 될 것이니.

제25장

"어떤 책이든 언제나 너무 길다!"

첫날, 부바르와 페퀴셰는 눈을 뜨자마자 농장부터 둘러보았다. 소작농과 그의 아내가 그들을 따라다니며 연신 불평을 늘어놓았다. 수레 창고부터 브랜디 증류소까지 모든 건물을 손봐야 하고 치즈 창고도 짓고 울타리도 새로 치고 2층도 다시 올려야 하며 토질은 아주 나쁜 데다가 자갈이 너무 많아 골라낼 수도 없다는 것이었다. 그들은 신경 쓰지 않았다. 이제 막 새로운 인생이 시작되었는데 뭐가 대수겠는가? 정작 문제는 따로 있었다. 집, 그중에서도 서재가 문제였다.

> 페퀴셰는 그중 한 방에 수집품을 넣어두었고, 나머지 한 개의 방은 서재로 쓰기로 했다. 장롱 문을 열자 다른 책들도 많이 있었지만, 그들은 책의 제목조차 읽을 생각이 나지 않았다. 가장 다급하게 그들을 사로잡는 것은 정원이었기 때문이다.[15]

1막에 총이 등장한다면 그 총은 반드시 쏘아져야만 한다고 말한 것은 체호프였다. 책도 예외는 아니다. 그러니 삼십팔 쪽에 등장한 책이 조만간 읽히리란 건 불 보듯 뻔한 일이다.

한동안 그들은 잘해나갔다. 두 팔을 걷어 올리고 땅을 일구며 잡초를 뽑고 잔가지를 쳐내고 풍뎅이 애벌레를 두 동강 내고 퇴비를 만들고 말똥을 주우며 노동의 즐거움을 만끽하는 것처럼 보였다. 그들의 정원은 그들이 가꿀 수 있을 것처럼 보였다. 나쁜 날씨가 이어질 때면 철망을 짜거나 난롯가에서 이야기를 나누며 시간을 보냈다. 그리고 봄이 찾아왔다. 그들은 본격적으로 농업을 시작하기에 앞서 다른 사람들이 어떻게 하는지 알아보기 위해 백작의 영지를 방문하기로 한다. 그러지 않았으면 좋았을 것을. 하지만 이미 늦었다. 미래의 두 농학자는 잘 가꾸어진 백작의 농지를 보았고 한번 본 것을 어찌할 수는 없었다.

> 부바르와 페퀴셰는 그들이 본 모든 것에 매료되었다. 그리하여 곧바로 결정을 내렸다. 그날 저녁부터 그들은 서재에서 『농촌 가옥』이라는 네 권의 책을 꺼내어 봤고, 가스파랭의 강의록을 구해 읽었다. 그리고 농업 잡지를 구독 신청했다.[16]

책을 읽은 부바르와 페퀴셰는 소작인을 괴롭힌다. 자기계발서를 본 팀장들이 그렇게 하는 것처럼 책의 내용을 곧이곧대로 따르며 '일해라 절해라' 지시하기 시작한 것이다. 결국 참다못한 소작인이 일을 그만두고 그들은 이만 프랑을 들여 직접 농사를 시작하기로 한다. 그들에게 남은 돈이 모두 13만 프랑이었으니 결코 적은 돈은 아니다. 물론 잘될 리 없다. 운도 능력도 없었지만 무엇보다 책이 문제였다. "서로 상의도 하고 이 책 저 책을 뒤적여보았지만 여러 가지 상반되는 [저자들의] 의견들 앞에서 아무것도 결정할 수가 없었"던 것이다.

> 심사숙고한 끝에, 부바르는 자기가 틀렸다는 것을 깨달았다. 그 분야는 대규모 농업과 집중적인 체계를 요구하는 것이다. 그래서 그는 쓸 수 있는 현금 중에서 그에게 남아 있는 3만 프랑을 투자하기로 했다.[17]

부바르는 양귀비를 길러 아편을 만들고 자운영을 키워서 '가족 카페'라는 이름으로 팔겠다는 거창한 계획을 세우지만 이번에는 불운이 그들의 앞길을 막는다. 소를 살찌운답시고 보름마다 피를 뽑다 소 세 마리를 죽였고 무더위에 양 스물다섯 마리를 잃었으며 풍뎅이의 유충을 없애려고 바퀴 달린 우리에 암탉을 가둔 채 쟁기 뒤에서 밀다 암탉의 다리를 부러뜨렸다. 게다가 알 수 없는 이유로 건초 더미에 불이 붙어 농작물을 모조리 태워버렸다. 결국 3만 3000프랑의 적자를 본 그들은 농장을 팔아야 할 지경에 이르렀다. 하지만 아직 상심하기엔 이르다. 부바르는 호기롭게 외쳤다. "전보다 더 불행해지지는 않을 거야! 단지 우리가 절약하기만 하면 되는 거야!"

한편 정원을 가꾸는 일에 푹 빠진 페퀴셰는 부바르를 설득해 수목 재배를 본격적으로 시작하기로 한다.

> 그는 부바르의 상상력을 부추겨서, 곧바로 사야 할 식물의 목록을 책에서 찾아보았다. 진귀하게 보이는 이름을 골라서 팔레즈의 종묘업자에게 주문을 했더니, 팔리지 않던 묘목 300그루를 서둘러 보내주었다.[18]

페퀴셰는 하루 종일 퇴비를 주고 가지를 치고 접을 붙였지만 좀처럼 성과는 나지 않았다. 유일하게 그를 위로하는 것은 이따금 일을 멈추고 주머니에서 입문서를 꺼내 "속표지에 그려져 있는 정원사와 같은 포즈로 삽을 옆에 놓고 서서 책을 읽"는 순간이었다. 그럴 때면 기분이 좋아졌고 책의 저자를 더 높이 평가할 수 있었다. 하지만 책의 저자가 아무리 그럴듯한 말을 하더라도 그건 결국 (벌어먹을) 책일 뿐이었다. 그리하여 어느 날, 폭우가 그들의 나무와 돈과 땀과 희망을 한꺼번에 휩쓸어 갔다.

상심에 빠진 그들은 그런 일을 겪은 대부분의 커플이 하는 일을 한다. 한마디로 말다툼을 한 것이다.

> 저녁을 먹은 후에〔거의 먹지도 않았지만〕 페퀴셰가 조용히 말했다.
>
> "농장에는 별일 없는지 보러 갈까?"
>
> "체, 뭣하러! 끔찍한 모습을 또 보려고?"
>
> "어쩌면, 우리는 이렇게도 운이 없을까!"
>
> 그들은 하느님과 자연의 조화를 원망했다.
>
> 부바르는 팔꿈치를 식탁에 대고 앉아, 조그맣게 중얼거렸다. 온통 고통에 사로잡혀 있는 가운데, 농업에 관한 예전의 계획, 특히 전분 제조소와 새로운 종류의 치즈에 관한 기억이 되살아났다.
>
> 페퀴셰는 큰 소리로 한숨을 내쉬었다. 그는 한 줌의 코담배를 코에 갖다 대며 운이 좋았다면 지금쯤 농업 단체의 회원이 되고 품평회에서도 뛰어난 성과를 올려서 신문지상에 이름이 오르내렸을 거라는 생각을 했다.
>
> 부바르는 슬픔에 잠긴 눈으로 주위를 둘러보았다.
>
> "정말이지, 이 모든 것에서 벗어나서 다른 곳으로 이사를 가버리면 좋겠어!"
>
> "좋을 대로."

페퀴셰가 말했다.[19]

그리고 회의가 찾아왔다. 그들은 책의 내용에 의문을 던진다. 저마다 하는 말이 다르다면 도대체 원칙이란 게 어디 있고 성공한다는 희망을 어떻게 가질 수 있단 말인가? 수목 재배라는 건, 아니 농업이라는 건 말짱 거짓말이 아닌가? 그리하여 그들은 열성이 지나쳤던 것을 스스로 인정하고 앞으로는 돈과 노력을 아끼기로 결심한다. 그렇다면 폭우에 쓰러진 나무는 어떻게 할 것인가? 걱정할 건 없다. 그들은 서재에서 '정원 건축'이라는 제목의 책을 찾아냈고, 책에서 일러주는 대로 부러진 나무와 바위, 가짜 무덤을 통해 그로테스크한 정원을 꾸몄다. 그런 책은 읽어본 적도 없을 무식한 이웃들이 그들을 비웃었지만 정작 비웃음을 당해야 하는 건 그러한 이웃들이었다.

그들은 절약을 위해 손수 햄을 훈제하고 잼을 만들기 시작했는데 얼마 안 가 온갖 종류의 통조림과 술, 절임 음식으로 영역을 넓혀갔다. 그들의 연구는 날로 발전하여 그들은 모든 식료품에 부정행위가 있다고 의심하게 되었으며 스스로를 유익한 일에 몰두하는 매우 훌륭한 사람이라고 생각하게 되었다.

하지만 결과는 실망스러웠다. 술에서는 감초 시럽 냄새가 났고 통조림으로 만든 송아지 고기 조각은 삶아놓은 구두창 같았으며 바닷가재 통에는 더러운 액체가 가득 차 있었다. 설상가상 폭음과 함께 증류기가 산산조각 나 그들의 연구실은 아수라장이 되었다. 도대체 왜 이런 일이 벌어진 거지? 어디서부터 잘못된 걸까? 깨진 조각들 속에서 벌벌 떨며 움직일 엄두도 못 내고 같은 자세로 꼼짝 않고 있던 그들은 실패의 원인을 자문했다. 그리고 결론을 내렸다.

"아마 우리가 화학을 몰랐기 때문일 거야!"[20]

자신들의 부족함을 통감한 부바르와 페퀴셰는 먼저 레그노의 강의록을 구한다. 너무 어렵다. 좀 더 쉬운 지라르댕의 저서를 읽는다. 조금 이해가 가는 것도 같지만 아직 부족하다. 잘 알기 위해서는 기구가 있어야 한다. 하지만 그들에게는 돈이 없다. 대신 그들은 의사를 찾는다. 그라면 화학에 대해 알고 있을 거라고 생각한 것이다. 하지만 의사는 화학이 남용되고 있다고 주장하며 그들에게 해부학 도감을 빌려주었고 그들은 알렉상드르 로트의 개론서와 함께 인체에 대해 많은 것들을 알게 되었다. 근육을 연구하던 중 난관에 봉착한 그들은 인체 마네킹을 구입한다. 동네 사람들이 마네킹을 진짜 시체로 오인해 소동이 벌어지자 그들은 생각한다. "굉장한 고장이군! 이렇게 어리석고, 미개하고, 퇴보적이라니! 부바르와 페퀴셰는 다른 사람들과 그들 자신을 비교하며 위안을 얻었다. 그리고 과학을 위해 고통받기를 갈망했다."

물론 갈망하지 않아도 그들은 고통을 받게 될 것이었다. 그들에게는 아직도 400여 페이지가 남아 있었고 그들이 읽어야 할 책들은 그보다 더 많았으니까. 최초의 고통은 바로 다음 페이지에 온다. 그들의 부탁으로 이런저런 의학서를 빌려주었던 의사가 어느새 흥미를 잃고 마네킹을 상자에 넣고 있는 그들을 찾아온 것이다.

"브라보! 난 이렇게 될 줄 알고 있었어요."

그 나이에는 그런 연구를 할 수 없다는 것이었다. 그런 말을 하면서 미소 짓는 의사의 모습이 부바르와 페퀴셰의 마음에 깊은 상처를 주었다.

무슨 권리로 그들이 능력이 없다고 판단한단 말인가? 과학이 자기의 전유물이라도 되는 것인가! 마치 자기 자신이 훨씬 우월한 인물이기라도 한 것처럼 말이다![21]

의사의 도발은 그들을 더 나쁜 쪽으로 이끈다. 그들은 자신들에게 부족한 것이 생리학 지식이라고 판단하고 책을 사러 바이외(가 어딘지는 모르겠다. 내게는 지리학 지식이 부족하다. 원고료를 받으면 『조르주 뒤비의 지도로 보는 세계사』를 구입할 예정이다)까지 간다. 그들은 이런저런 연구를 감행하지만 좀처럼 이해할 수 없고 "그래서 그들은 생리학이란 [구태의연한 말로 하자면] 의학적인 소설에 불과하다고 결론을 내렸다". 하지만 우연히 만난 외판원이 그들에게 프랑수아 라스파유가 쓴 『건강 개론』을 권했고 그것이 그들의 의학 인생에 전환점이 되었다. 그들은 몇 권의 관련 서적을 더 읽은 후 직접 환자들을 치료하겠다고 나선다. 그들은 칼바도스(역시 어딘지는 모른다)에 간호인 학교를 세우기 위해 왕에게 편지를 쓰기도 하는데 물론 그들이 직접 학생들을 가르칠 생각이었다. 그들은 종종 의학적인 견해차를 두고 의사와 전문적인 논쟁을 벌이기도 했다. 이런 식이었다.

"아무래도 좋소! 그에게는 음식물이 필요해요!"
"천만에! 맥박이 구십팔이란 말이오."
"맥박이 무슨 상관이람!"
페퀴셰가 권위 있는 책의 이름을 들먹거렸다.
"이론은 집어치우시오!"
의사가 말했다.
페퀴셰는 팔짱을 꼈다.
"그럼 당신은 경험만으로 치료하는 돌팔이 의사요?"

"천만에! 진찰해서 치료하지요."

"하지만 진찰이 잘못되었다면?"

(…)

"무엇보다도 실제 경험을 쌓는 게 필요하단 말이오."

"과학을 혁신시킨 사람들은 실제 경험이 없었소이다!"[22]

백팔 쪽에 나오는 대화다. 과연 의사 입장에서는 백팔번뇌를 떠올리게 하는 대화가 아닐 수 없었으리라. 하지만 의학에 대한 그들의 열정 또한 농업의 경우와 마찬가지로 그리 오래가진 않았다. 그들은 건강과 질병에 대한 명쾌한 정의를 원했으나 책 속에는 그런 게 없었다. 게다가 "여러 가지 독서를 한 까닭에 그들의 머릿속은 뒤죽박죽이 되었다". 그리하여 그들은 건강염려증에 걸리고, 한 걸음 더 나아가 통증이 있나 생각해보다가 진짜 통증을 느끼는 경지에 이른다. 언젠가 볼라뇨는 "문학+병=병"이라고 말했다. 책 더하기 병 또한 그저 병이다. 결국 그들은 서재에서 모랭 박사가 쓴 위생학 개론서를 꺼내고 베크렐의 개론서를 산다. 그리고 위생학 또한 빌어먹으라는 결론을 내린다.

그렇지만 아직도 책은 많다. 너무도 많다. 문득 모든 것의 기원을 알고 싶다는 욕망에 휩싸인 그들은 『자연의 기원』과 『조화론』을 읽고 "프랑스에서의 자연의 신비와 아름다움"에 관한 데핑의 저서를 사고 뷔퐁의 책을 다시 펴 보며 자연에 대한 거부할 수 없는 흥미를 느낀다. 어디서부터 시작할까? 작은 것부터. 그래서 페퀴셰는 뒤무셸에게 현미경을 하나 보내달라는 편지를 쓴다. 페퀴셰가 끝내 이별을 고하지 못한 그놈의 작가 말이다. 부바르와 페퀴셰가 잘못된 사용법으로 미생물을 들여다보고 서로 보겠다고 밀다 현미경을 망가뜨리며 결국 현미경 제작자를 욕하고 현미경을 통해 이루어진 발견을 회의하는 동안 계산에 밝은 작가 나으리께서는 그들에게 현미경값을 청구한다.

> 뒤무셸은 계산서를 보내면서, 암몬조개나 성게, 또는 샤비뇰에 많이 있는 진귀한 것들을 수집해달라고 부탁했다. 그는 여전히 진귀한 물건에 대한 애호가였다. 부바르와 페퀴셰에게 지질학에 대한 흥미를 부추기려고, 뒤무셸은 베르트랑의 『서간집』과 퀴비에의 『지각의 변동에 대한 담화』를 보내주었다.23

부바르와 페퀴셰는 뒤무셸의 계략에 넘어갔다는 사실도 모르고 이런 저런 지질학 책을 구해 읽으며 얼마 후에는 직접 화석을 찾고 지질을 조사하기 위한 여행을 떠난다. 그들은 해안에서 화석을 캐다 전원 감시원에게 들켜 혼이 나기도 하지만 기죽지 않고 계속해서 책을 읽는다. 『지질학 여행자의 안내서』라는 책에 나온 대로 복장을 갖추고 '기술자의 자질'을 갖춘다. 정확하게 말하자면 "좋아! 우린 기술자의 자질을 가지고 있잖아!" 하고 외쳤다고 해야겠지만. 그렇게 현장 조사와 이론 사이에서 적절한 균형을 유지하던 그들의 생각은 세상의 기원에 대한 호기심에서 세상의 종말에 대한 걱정으로 자연스럽게 이어졌다. 언젠가 지구가 멸망하고 모든 것들이 재로 사라질 그날로. 나무도 풀도 악어도 개도 사라지고 부바르와 페퀴셰 자신들마저 사라질 순간을 향해서.

> "지금은 아직 그때가 아니야."
> 부바르가 말했다.
> "그러기를 바라야지!"
> 페퀴셰가 대답했다.
> 아무래도 좋다! 아무리 먼 훗날의 이야기라지만, 이 세상의 종말은

부바르와 페퀴셰를 슬프게 만들었다. 그들은 자갈이 깔린 해변 위를 아무 말 없이 나란히 걸었다.[24]

잠시 후, 생각에 빠진 페퀴셰를 뒤로하고 100보쯤 앞서 걷던 부바르 위로 자갈이 비 오듯 떨어졌다. 때마침 대지진에 대한 생각으로 불안해하던 그는 패닉에 빠진다.

미친 듯이 도망치는 부바르를 본 페퀴셰는, 부바르가 공포에 떨고 있다는 것을 깨닫고 멀리서 소리쳤다.

"멈춰 서! 서라고! 세상이 끝난 게 아니야."

그는 부바르를 따라가 붙잡기 위해서 여행자용 지팡이로 커다랗게 점프를 하며 울부짖었다.

"세상 끝난 게 아니야! 세상 끝난 게 아니라고!"[25]

물론이다. 연인이 서로를 사랑하는 한 세상은 끝나지 않는다. 〈오직 사랑하는 이들만이 살아남는다〉라는 짐 자무시의 영화도 있지 않은가. 심지어 책도 그렇다. 부바르와 페퀴셰가 읽어야 할 책들의 목록도 또한 우리가 읽고 있는 플로베르의 책도 끝나려면 아직 멀었다. 플로베르 그 자신이 『부바르와 페퀴셰』의 2부로 여긴 『통상 관념 사전』(정확하게 말하자면 『통상 관념 사전』의 서문으로 쓰기 시작한 게 『부바르와 페퀴셰』라고 해야겠지만)에서 직접 밝히고 있는 것처럼.

책 어떤 책이든 언제나 너무 길다![26]

그러니 이미 충분히 시달린 당신을 위해 짧게 말하겠다. 부바르와 페퀴셰는 그 후로도 이런저런 책들을 읽으며 고고학, 역사, 문학, 철학, 종교 등을 두루두루 섭렵한다. 몇 번의 다툼을 하고 분쟁에 휘말리며 서로 다른 여자들과 연애 사건을 벌이기도 한다. 남자가 아닌 여자들과? 놀랄 필요는 없다. 『통상 관념 사전』에서 플로베르는 이렇게 말했다.

남색가 모든 남자들이 일정한 나이에 감염되는 질병.27

다시 한 번 말하지만 플로베르가 19세기 사람인 게 내 잘못은 아니다. 그렇지만 좀처럼 나아지지 않는 형편과 계속해서 쌓이는 책, 그리고 피할 수 없는 권태에도 불구하고 그들의 관계는 지속된다. 그리하여 소설의 마지막 장에서 그들은 어느 남매를 입양한다. 아이를 원하지만 가질 수 없는 부부들이 그렇게 하는 것처럼. 물론 적법한 절차를 통한 정식 입양은 아니었지만 루소의 『에밀』을 비롯한 이런저런 책들을 읽고 실험하(고 또 실패하)기엔 부족함 없는 관계였다. 심지어 그들은 일말의 깨달음을 얻기도 하는데, 수양딸(이라고 해두자)의 일탈과 수양아들의 고쳐지지 않는 손버릇을 탄식하며 비통한 심정으로 이렇게 말하고 있는 것이다.

"빅토린이 타락한 것은 독서 때문이야."

"나는 빅토르를 정직한 사람으로 만들려고 카르투슈의 전기를 읽혔네."

(…)

"아! 그래! 교육이란 아무 소용 없는 짓이야."28

그렇다고 그들이 모든 것을 포기했다고 생각하면 곤란하다. 실패가 뭐 어떻다고? 그들은 생각했고 "아이들에 대해서는 실패했지만, 어른들에 대해서는 좀 쉬울 수도 있지 않을까?" 생각했다. 그래서 그들은 그렇게 한다. 휴, 한숨이 절로 나오는 이야기다. 하지만 플로베르는 그 부분을 완성하지 못한 채 죽었다. 다시 말해 하나의 세상이 끝났다는 말이다. 그리고 당신은 영원히 그것을 읽지 못할 것이다. 축하한다.

교훈은 분명하다. 남자를 망치는 취미는 '통상적으로' 생각하듯 카메라도 오디오도 차도 아닌 바로 책이라는 사실이다. 그러니 혹시라도, 정말 혹시라도 이 글을 읽고 『부바르와 페퀴셰』를 읽고 싶은 마음이 생겼다면 접어두시라. 부바르와 페퀴셰의 생활이 궁금해졌다면 차라리 결혼을 하시라. 톨스토이가 말했듯 "행복한 가정은 모두 고만고만하지만 무릇 불행한 가정은 나름나름으로 불행하다." 온갖 불운과 독서라는 나쁜 습관에도 불구하고 부바르와 페퀴셰가 이룬 건 행복한 가정이었고 당신이 이룰 것 또한 그것이 분명하니까.

+ 이 자리에서 미처 다루지 못한 가난과 독서의 관계◆에 대해서라면 다음 기회를 기약해야겠다. 그런 기회 따위는 없는 게 낫겠지만. 독서 다음으로 피해야 할 게 바로 가난이다.

◆ 부바르와 페퀴셰가 본격적으로 독서에 빠진 게 파산 이후라는 사실을 기억할 필요가 있다.

가까워질수록 멀어지는

프란츠 카프카 Franz Kafka

『소송』 『성』

세계에서 가장 유명한 보험회사 직원. 평생 벗어나지 못한 아버지와의 갈등과 펠리체 바우어와의 두 번의 파혼으로도 유명하다. 소설가 오한기는 단편 「햄버거들」에서 카프카를 가리켜 머저리이자 햄버거광이라고 말했고, 『카프카와의 대화』를 쓴 구스타프 야누흐는 그를 인류 최후의 종교와 이성적 가치의 위대한 전도자들 가운데 한 사람이라고 말했다.

제26장

독자들께 드리는 보고 (1)

그렇다면 문학의 힘은 어디에 있는가? 문학은 세계 내에서 작업하고자 하고, 세계는 그의 작업을 무의미하거나 위험한 것으로 여긴다. 문학은 실존의 어둠을 향한 길을 열어가고, 그리고 거기서 저주를 멈추게 할 수 있는 '더 이상은 안 돼'라는 말을 발음하지 못한다. 그렇다면 문학의 힘은 어디에 있는가? **왜 카프카 같은 한 인간은, 그가 자신의 운명을 그르쳐야 한다면, 그로서는 작가가 되는 것이 진실을 가지고 삶을 그르칠 수 있는 유일한 방법이라고 판단했던 것일까?**[1]

*

고매하신 독자 여러분!

여러분은 독자로 살아온 저의 이력에 대한 보고서를 제출하도록 요구하심으로써, 최소한 막지는 않음으로써 저에게 영광을 베풀어주셨습니다. 그리고 이 자리는 벌써 16개월이나 이어진 연재를 마무리해야 하는 자리입니다. 다시 말해 그것은 보고인 동시에 일종의 결론이 되어야 할 것입니다. 그리고 그것이 결론이라면, 시대의 요청에 따라, 분명 명쾌해야만 하겠지요.

하지만 그런 맥락에서라면 저는 권고를 따를 수가 없습니다. 거의 6년 가까이 저는 서평을 써서 먹고살고 있습니다. 그것은 트위터의 타임라인을 통해서라면 눈 깜빡할 사이의 세월입니다만, 제가 그래왔듯이 달음질쳐 지나가기에는 무한히 긴 세월이었습니다. 구간에 따라서는 유명한 작가들의 인터뷰를 하기도 했고, 충고, 그보다 많은 질책, 그리고 거의 절대적인 무관심을 받았지만, 아무튼 여전히 달리고 있는 셈입니다. 왜냐하면 제가 읽었던 모든 책이—비유적으로 말씀드리지만—제 등 뒤에서 저를 떠밀고 있었기 때문입니다. 제가 만약 가족의 기대나 월급봉투의 추억에 고집스레 집착하려 했다면 이러한 성과는—이런 것도 성과라고 할 수 있다면 말이지만—불가능했을 것입니다. 바로 모든 고집을 포기하는 일이 제 자신에게 부과했던 최고의 계명이었습니다. 천진난만한 원숭이나 마찬가지였던 저는 이 명에에 순응했습니다. 그러나 그로 인해 통장 잔고가 점점 저에게 등을 돌려버렸습니다. 과거의 상사들이 허락했을 경우에, 내가 나의 전 직장으로 되돌아가는 문은 처음엔 하늘이 지상 위에 세운 문 전체만큼이나 커다랬는데, 그 문은 앞으로 앞으로 채찍질로 이루어진 저의 독서와 더불어 점점 낮아지고 옹색해졌습니다. 오직 책 속에서만 한결 편안하고 안정된 느낌을 가졌습니다. 텅 빈 잔고 위로 불어오는 차가운 북풍도 이제는 익숙해졌습니다. 오늘날 저의 뒷덜미를 서늘하게 하는 것은 다만 늦은 밤 가계부를 들여다보며 내쉬는 아내의 작은 한숨일 뿐입니다. 아마 이런 보고를 하고 있다는 사실을 알게 되면 좀 더 큰 한숨을 내쉬겠죠. 어쩌면 혼날지도 모릅니다만 그 또한 저를 책으로 이끄는 채찍질이나 다름없습니다. 그리고 그것은 어쩌면 한 남자와 함께 살도록 운명 지어진 모든 여자들의 숙명이므로, 어쨌거나 숨은 쉬어야 하니까요, 그녀의 한숨을 덜어주기 위한 힘과 의지가 아무리 충분하다 하더라도 그렇게 하기 위해서는 다만 제가 그녀의 눈에 되도록 띄지 않도록 조심하는 수밖에 없을 것입니다. 솔직히 말씀드리자면, 이런 사안들에 대해서는 비유를 택하고 싶지만 그래도 솔직히 말씀드리자면, 부장님들이 할 일도 없으면서 늦도록 퇴근을 미루는 이유도 바로 그것이 아닙니까? 신사 여러분, 여러분이 그러한 어떤 다정함을 지니고 있는 한 저의 일상이 여러분에게도 무관한 것이라고 외면할 수는 없습니다. 그리고 그것은 가볍지 않은 머리통을 이고 다니는 모두의 목덜미를 간질이고 있습니다. 그것이 가난한 서평가든 뻣뻣한 부장님이든 간에 말입니다. 하지만 상황이 그렇다면 제가 무슨 보고를 드릴 수 있을까요? 어차피 다 아시는 이야기일 텐데요? 언젠가 모리스 블랑쇼는 이렇게 말했습니다.

> 희망 없는 시도이다. 왜냐하면 독자는 자신을 위하여 쓰여진 작품을 원하는 것이 아니라, 그는 거기서 미지의 무엇을, 또 다른 현실을, 그를 변화시킬 수 있고 그가 변화시킬 수 있는 별개의 정신을 발견할 수 있는 바로 그러한 낯선 작품을 원한다. 곧장 대중을 향하여 글을 쓰는 저자는 사실 쓰지 않는 것이다. 쓰는 것은 대중이고, 이러한 까닭에 대중은 더 이상 독자가 될 수 없다. 독서는 겉치레에 불과하며, 실제로 아무것도 아니다.[2]

제가 정확히 이해했는지는 모르겠지만, 블랑쇼의 말을 따르자면 이 지면을 채우는 것은 여러분의 몫입니다. 독서는, 그러니까 제가 끊임없이 도피하는 그 무형의 장소는 겉치레에 불과합니다. 그러니 그렇게 해주십시오. 저는 원래 말하거나 쓰는 것보다는 듣고 읽는 걸 더 좋아하는 사람이고, 원고료만 제 통장에 들어온다면 저는 아무래도 좋습니다.

아, 잠시 양해의 말씀을 드려야겠습니다. 여러분의 말씀을 듣기 위해서는 먼저 마감을 해야 한다는 사실을 깜박했습니다. 그러니 저는 계속해서 이 가망 없는 보고를 이어가야 할 것입니다. 오직 여러분의 도움으로만 완성될 수 있을 원고를 완성하기 위해서는 혼자서 완성을 해야만 하다니 아이러니가 아닐 수 없습니다. 그것은 글쓰기 자체의 모순을 닮았습니다. 다시 한 번 블랑쇼를 인용하겠습니다.

> 헤겔이 말하기를 글을 쓰고자 하는 자는 처음부터 글을 쓰기 위해서는 재능이 필요하다는 모순에 봉착한다. 그러나 그 자체를 두고 볼 때 천부적 소질이란 아무것도 아니다. 책상 앞에 앉아서 작품을 쓰지 않는 한, 작가는 작가가 아니며 그리고 그는 자신이 작가가 될 능력이 있는지 알지 못한다. 글을 쓴 다음에야 재능을 갖게 되는데, 하지만 글을 쓰기 위해서는 재능이 필요하다.3

물론 여러분은 저의 보고를 들으며 실은 재능 따위는 아무것도 아니라는 사실을 이미 눈치채셨을 겁니다. 블랑쇼 또한 이 사실을 알고 있었습니다. 그는 자신의 최고작들이 내적인 요구가 아닌 우연한 주문에서 태어났음을 고백하는 발레리를 통해 "발레리에게 유팔리노스를 의뢰하였던 출판사 아르쉬텍튀르 자체가 바로 그 작품을 쓰기 위해 발레리가 처음 가졌던 재능을 가능하게 한 형식이다. 이러한 의뢰가 그 재능의 시작이었고, 그 재능 자체였다"라고 말합니다. 하지만 여기에는 의문이 있습니다. 의뢰가, 다시 말해 원고 청탁이 재능 자체라면 누군가 그에게 그것을 의뢰하도록 만든 이전의 글, 그것을 쓰는 데 필요한 재능은 어디에서 왔단 말입니까? 블랑쇼는 곧바로 "하지만 또한 발레리라는 존재, 그의 재능, 그의 세상 사람들과의 대화 그리고 그가 그러한 주제에 관해 보여주었던 관심, 이 모두를 통해서만 의뢰는 실제의 형식을 얻게 되고 진정한 계획이 되었음을 덧붙여야겠다"라고 말하고 있습니다만, 이 또한 명쾌한 답은 아닌 것 같습니다.

어쩌면 저는 이쯤에서 이 보고가 불가능하다는 사실을 인정해야 할지도 모릅니다.

그러나 저는 여러분들의 요청에 대하여—침묵은 곧 동의라는 말을 기억하시길 바랍니다—극히 제한된 의미에서는 물론 답변할 수 있을 것이며, 더구나 매우 기쁜 마음으로 그렇게 할 것입니다. 제가 지난, 지난한 경력을 통해 배운 것은 독서의 무용함입니다. 다소 나쁘게 말하는 것처럼 들릴 수도 있겠지만 어쨌거나 오늘 저는 그렇게 말하겠습니다. 제가 제 생애의 어떤 분기점에 있는 지금, 저러한 결론에 대해 무슨 말을 덧붙일 수 있을지 모르겠습니다. 이런 말이 독자 여러분에게 무언가 본질적으로 새로운 것을 제시해주는 것도 아니며, 저에게 요구하는 것과도 거리가 멀 것입니다. 그리고 실은 이미 지난 몇 번의 연재를 통해 그것을 말해버렸습니다. 이 자리가 저에게 요구하는 것, 그러나 제가 아무리 좋은 뜻을 가져도 말할 수는 없는 것—그건 어디까지나 천진난만한 원숭이에 불과했던 사내가 위대한 문학작품을 통해 어떻게 사람 꼴을 하게 되었는지, 다시 말해 독서 멘토들이 주야장천 주장하는 독서의 효능이 어느 정도인지 논술 시험이나 대학교 리포트나 소개팅 자리에 도움이 될 만한 요약정리와 적절한 인용을 통해 쉽게 풀어달라는 것이겠지요. 한마디로 간증 말입니다. 물론 저는 그런 걸 할 자격이 없고 오히려 그것과 정반대의 이야기를 해야 할 텐데 그것은 바로 독서가 사람을 어떻게 그르치는지에 대한 고백이 될 것입니다. 이런, 그러고 보니 이 또한 여기저기서 늘어놓았던 이야기군요. 아시다시피 술을 마시면 말이 많아지고 나이를 먹으면 무슨 말을 했는지 기억도 잘 안 나게 마련입니다. 저는 다만 그것이 건강에, 그렇습니다 건강입니다, 좋지 않다는 사실을 누구보다 잘 알고 있음에도 불구하고 어째서 어떤 사람은 끊임없이 책을 읽는지, 그것으로도 모자라 글을 쓰려고 하는지에 대해서 이야기를 나눠보고 싶을 뿐입니다. 블랑쇼의 표현대로라면 "왜 카프카 같은 한 인간은, 그가 자신의 운명을 그르쳐야 한다면, 그로서는 작가가 되는 것이 진실을 가지고 삶을 그르칠 수 있는 유일한 방법이라고 판단했던 것일까?" 하는 의문입니다. '요설'이라는 이름이 썩 어울리는 연재의 마지막에 썩 어울리는 물음이라고 생각하지 않습니까?

제27장

독자들께 드리는 보고 (2)

『소송』은 서른 살의 생일날 아침 은행원 요제프 K가 느닷없이 체포되면서 시작합니다. 매일 아침 여덟 시경에 식사를 가져다주던 하숙집 여주인 그루바흐 부인의 가정부가 나타나지 않아, 이제까지는 그런 일이 없었는데 그것참 이상하다 생각하면서도, 베개를 베고 누워 하릴없이 건너편 노파의 집을 바라보던 K 앞에 한 사내가 들이닥친 겁니다. 그리고 말하죠. 체포되었으니 꼼짝하지 말고 기다리라고. K는 이유를 묻지만 제대로 된 대답은 들을 수 없습니다. K 또한 별다른 저항은 하지 않습니다. 제 말은, 물론 저항은 하지만 대단한 저항은 아니라는 말입니다. 마치 마음속 깊은 곳에서는 자신의 유죄를 인정하고 있는 것처럼, 그러나 의식의 표면에서는 그 사실을 미처 전해 듣지 못했다는 듯 우왕좌왕합니다. 하숙집 주인을 찾아 이 방 저 방을 돌아다니고 신분증명서를 내밀며 마치 무언가 오해가 있다는 듯 자신을—자신의 무죄가 아닙니다—증명하려고 노력합니다. 물론 무용한 시도입니다.

"이게 내 신분증명서들이오."

"그게 대체 우리하고 무슨 상관이 있다는 겁니까?"

키가 큰 감시인이 곧바로 소리쳤다.

"어린애보다도 더 못되게 구는군요. 도대체 뭘 어쩌겠다는 거요? 신분증명서니 체포 영장이니 하는 것을 가지고 우리 감시인들하고 말다툼을 벌여 중대하고도 골치 아픈 당신의 소송사건을 속히 결말짓자는 거요? 신분증명서 같은 것은 우리가 알 바 아니오. 우리는 하루 열 시간씩 당신을 감시하고 그 대가로 보수를 받는 것 말고는 당신 일과 아무 관계가 없는 말단 직원일 뿐이오. 우리의 신분에 관해서 우리가 말할 수 있는 건 이것이 전부요. 그렇지만 우리가 근무하는 상급 관청이 이런 체포 명령을 내리기 전에 체포의 사유와 체포 대상자의 신원에 대해 아주 정확한 정보를 갖고 있다는 것은 우리도 잘 알고 있소. 거기에는 착오 같은 건 있을 수가 없소. 내가 알기로는, 하기야 나는 말단 부서의 일밖에 모르지만, 우리 관청은 결코 주민들의 죄를 찾아내려고 하는 게 아니고, 법에도 명시되어 있는 것처럼 죄에 이끌려서 우리 감시인들을 보내지 않을 수 없는 것이오. 이게 법이라는 거요. 그러니 어디에 잘못이 있을 수 있겠소?"

"나는 그런 법을 모릅니다."

K가 말했다.

"그렇다면 더 심각하군요."4

주민들의 죄를 찾아내려고 하는 게 아니라 죄에 이끌려서 감시인들을 보내지 않을 수 없는 것, 그것이 법이라는 감시인의 말을 기억할 필요가 있습니다. 그의 말에 따르면 그들이 죄에 대해 말할 수 없는 게 당연하겠지요. 오히려 K가 자신의 죄에 대해 그들에게 말해줘야 할 판입니다. 고백의 의무는 그들이 아닌 K에게 있다는 말입니다. 그런데 재미있는 사실이 있습니다. 비록 요제프 K가 체포는 당했지만 기실 달라진 건 아무것도 없다는 사실입니다. 그에게 체포 사실을 알린 감독관이 직접 말하고 있는 것처럼.

> "내 말을 잘못 알아들었군요. 당신은 분명히 체포되었지만, 당신이 직장에 가는 것은 아무 문제가 없습니다. 평소처럼 생활하는 데도 하등 지장이 없고요."
>
> "그렇다면 체포된 것이 딱히 나쁜 일은 아니군요."
>
> K는 감독관에게 가까이 다가갔다.
>
> "난 나쁘다고 말하지 않았어요."
>
> 감독관이 말했다.5

그리고 그것은 사실입니다. 비록 다음 일요일에 사건에 대한 간단한 심리가 있을 것이라는 통고를 받고 외곽에 위치한 법정을 찾아 나서지만—그리고 그것은 전형적인 '카프카적kafkaesk' 여정입니다—이 자리에서 그것을 길게 나열해 여러분을 지루하게 해드리고 싶은 마음은 없습니다. 실은 무엇보다 제가 지루하기 때문입니다만, 이것은 그저 가외로 말씀드렸을 뿐입니다. 다만 법원에서 K가 했던 행동에 대해서는 기록할 필요가 있을 것 같습니다. 그는 다시금 자신의 존재를 증명하려 했고 도무지 이치가 닿지 않는 예심판사와 싸운 후 "이런 사기꾼 같으니! 모든 심문을 거저 줄 테니 당신이나 받지그래" 하고 내뱉은 후 법정을 빠져나온 것입니다. 참으로 패기 넘치는 청년이 아닐 수 없습니다.

하지만 겉으로 드러난 그런 패기와는 달리 K는 소송에서 결코 벗어나지 못합니다. 그는 재판을 거부하면서도 끊임없이 법원을 찾으며 그러는 동안 법원과 소송의 세계가 점점 더 그의 사고와 행동 양식을 잠식해나갑니다. 당연히 직업상의 과제를 수행하는 데 지장을 받고 그는 사회적인 일상에서 점점 더 멀어지고 유리되는 느낌을 갖게 됩니다.(저는 지금 옮긴이의 해설을 수정해서 옮기고 있습니다.) K는 가망 없는 의뢰를 맡은 사설탐정처럼 법원의 정체를 밝히고 자신의 무죄를 증명하기 위해 안간힘을 쓰지만 그의 서툰 시도는 매번 실패로 돌아가고 그는 점차 무기력에 빠집니다. 그러니 일당 25달러를 받는 탐정보다도 운이 없다고 해야겠지요.

재미있는 건, 요제프 K의 가정과 예측이 법원에 의해 현실화되고 있다는 사실입니다. 이 부분은 옮긴이의 해설을 직접 인용하도록 하겠습니다.

> K가 처음으로 법원에 출두하라는 요구를 받았을 때 그에게 날짜는 통보되었지만 시간은 언급되지 않았다. K는 자기 마음대로 아홉 시로 정하고 법원으로 출두하지만 열 시에야 법원 사무처에 도착한다. 그런데 이제 법원으로부터 한 시간이나 늦었다고 비난을 당한다. 소설의 끝에서도 K는 법원으로부터 아무런 통보를 받지 않았지만 검은 옷을 입은 채 사형 집행인들을 기다린다. 이 같은 예측만으로도 실제로 형리들이 등장한다. 그러나 소송의 진행 과정에서 그에게 모습을 드러낸 건 단지 법원의 하급 조직뿐이다. 법원 전체와 그 핵심을 볼 수 없다는 것이 바로 K가 벗어날 수 없는 미궁 속으로 빠져드는 요인이 되고 있다.(홍성광, 「참인간 카프카의 삶과 『소송』」)6

이어서 옮긴이는 『소송』 안에 삽화로 제시되는 「법 앞에서」의 시골 남자와 마찬가지로 K 역시 하급 재판소의 발언들을 절대적인 진리로 받아들이고 있다는 사실을 지적합니다. 본질적인 것을 보지 못한 채 본인 스스로 자신의 소송을 쓸데없는 방법으로 이끌어간다는 것입니다. 일리 있는 지적입니다. 하지만 묻지 않을 수가 없겠네요. 도대체 본질적인 것이 무엇이란 말입니까?

이 질문에 대답하기 위해서는 몇 가지 표준적인 해석을 끌어와야 할 것 같습니다. 먼저 "『소송』을 신의 심판과 은총이라는 종교적 관점에서 해석"한 막스 브로트의 관점에서라면 본질은 당연히 볼 수 없는 것입니다. 신은 언제나 인간이 이해할 수 없는 방식으로 역사하시니까요. 인간이기에 K는 그렇게 할 수밖에 없고 그럼에도 신의 아량에 의해 그는 은총을 받는 것입니다. 뭐가 은총인지는 저에게 물어도 소용없습니다. 아마 더 비열한 명칭을 찾을 수 없어 어쩔 수 없이 그렇게 부를 수밖에 없는 그런 은총이겠죠. 물론 당신은 브로트의 해석이 제가 거칠게 요약하고 있는 것처럼 단순한 내용이 아니라고 말할 수도 있을 것입니다. 신의 은총 또한, 이따위 말보다는 훨씬 더 섬세한 것이라고요. 그러나 그렇다면 당신과 신의 섬세한 감각으로 저 역시 괴롭히지 말고 내버려두시기를 바랍니다.

다음으로는 "제1차 세계대전 이전의 비인간적인 오스트리아의 관료제도를 비판하고 있다"는 아도르노의 해석입니다. 이 경우 본질이라는 것은 제도 그 자체입니다. 무용하고 비인간적며 다만 사람을 지치게 할 뿐인 바로 그 제도 말이지요. 별로 재미있는 해석은 아닙니다.

마지막으로 "카프카가 바우어와 겪은 약혼과 파혼 과정을 그린다"고 본 빈더의 자서전적인 관점입니다—잠시 덧붙이자면 세상에는 이보다 많고 훌륭한 해석들이 존재하겠지만 이 자리에서 그중 세 개만을 소개하는 것은 그것이 단순히 역자 해설에 소개되어 있어 인용하기가 편하다는 이유, 그것뿐입니다—그것은 작품보다는 작가의 사생활에 관심이 많은 현대의 독자들과 어설픈 심리학에 끌리는 딜레당트들이, 그러니까 저와 여러분 모두가 선호하는 해석일 것입니다. 이 경우 K의 죄는 명백하고 법원의 정체 또한 명확합니다. 카프카 자신의 죄책감, 그리고 그것을 불러일으킨 보편적인 마음의 구조라는 말입니다. 그것이 관료제를 닮았다는 사실은 제법 흥미롭습니다. 결국 무의식이라는 건 우리가 감당할 수 없는 어떤 진실들로부터 우리를 보호하기 위해 그토록 복잡하고 관료적인 구조를 가지고 있다는 뜻이 될 테니까요. 그렇다면 현실의 관료제는 우리를 어떤 진실로부터 보호하고 있는 것일까요? 글쎄요, 그건 이 자리에서 논할 문제가 아닌 것 같습니다.

그렇다면 이제 문제는 파혼입니다. 카프카는 왜 그런 선택을, 그것도 두 번이나 해야만 했을까요? 아아, 파혼이라니, 신혼인 제가 다루기에는 부적절한 주제인지도 모르겠습니다만, 그게 일입니다. 힌트는 바로 청원서를 좀처럼 작성하지 않는 변호사에게 분통을 터뜨린 K가 본인이 직접 그것을 작성하기로 결심하는 부분에 있습니다.

> 오늘 K는 더 이상 수치심을 느끼지 않았다. 어떻게든 꼭 청원서를 작성할 생각이었다. 사무실에서 쓸 시간이 나지 않으면, 충분히 그럴 수 있었는데, 집에 와서 밤에라도 써야 했다. 밤 시간으로 모자라면 휴가라도 얻어야 했다. 다만 그 일을 중간에 그만두어서는 안 되었다. 그것은 업무에서뿐만 아니라 언제 어떤 경우에도 가장 어리석은 일이었다. 청원서는 물론 거의 끝이 없는 일이었다. 그다지 불안해하는 성격이 아니더라도 조만간에 청원서를 완성할 수 없으리라는 것은 누구든 쉽게 생각할 수 있었다. 그것은 변호사가 청원서를 완성하지 못하는 이유로 보이는 게으름이나 술책 때문이 아니라, 현재의 기소 내용이 무엇인지 모르고, 앞으로 그것이 어떻게 확대될지 전혀 알지 못하는 상태에

서 지금까지 자신의 삶 전체를 아주 사소한 행동과 사건에 이르기까지 전부 기억에 되살려서 표현하고 여러 각도에서 검토를 해야 했기 때문이다. 뿐만 아니라 그런 작업은 참으로 슬픈 일이었다. 그런 일은 아마 언젠가 퇴직을 한 후에 어린애 같은 마음이 되는 노인이 몰두하기에 적합하고, 노년의 기나긴 날들을 보내는 데 도움이 될지도 모른다. 그런데 K가 모든 생각을 자신의 일에만 집중해야 하는 이때, 아직 승진 가능성이 많고 어느새 부지점장한테 위협적인 존재가 되어 매시간이 대단히 빨리 흘러가는 이때, 그리고 젊은이로서 짧은 저녁과 밤을 마음껏 즐기고 싶은 이때, 이런 청원서를 작성하는 일이나 시작을 해야 하다니. 이런 생각을 하니 다시 탄식만 새어 나올 뿐이었다.7

처음에는 식은 죽 먹기이고 다만 수치스러울 뿐이라고 생각했던 일입니다. 하지만 이제 그것은 그의 삶의 많은 부분을 포기해야만 하는 일이 되어버렸습니다. 그것은 "지금까지 자신의 삶 전체를 아주 사소한 행동과 사건에 이르기까지 전부 기억에 되살려서 표현하고 여러 각도에서 검토를 해야" 하는 일입니다. 그것이 무엇일까요?

그것은 물론 글쓰기입니다.

제28장

독자들께 드리는 보고 (3)

여기서 잠깐 우리의 주의를 또 다른 K의 이야기로 돌려보지요. 어차피 요제프 K는, 그 가련한 친구는 조금쯤 기다려도 상관없을 것입니다. 이미 충분히 가련한 데다 자기 자신의 소송만으로도 정신이 없을 테니까요.

K는 측량사입니다. 성의 부름을 받은 그는 일자리를 구하기 위해 길을 나서고 밤이 늦어서야 깊은 눈 속에 파묻혀 있는 마을에 도착합니다. 성이 있는 산은 안개와 어둠에 둘러싸여 있어서 전혀 보이지 않고 성이 있음을 알려주는 아주 희미한 불빛조차 보이지 않습니다. 벌써부터 불안하시다고요? 그렇습니다, 카프카의 모든 주인공이 그렇듯 K 또한 시작부터 곤경에 처했습니다.

K는 일단 여관을 찾습니다. 여관에는 빈방이 없었고—외진 마을의 허름한 여관에 방이 없는 이유는 무엇일까요? 그때도 지금처럼 불륜 커플이 많았던 걸까요? 성이 있는 산은 등산하기에 좋은 산이었을까요? 왜

전공자들은 이런 사실에 대해 연구를 하지 않는 걸까요?—주인은 짚으로 채운 매트리스를 가져와 휴게실에서 자라고 합니다. K는 이내 곤한 잠에 빠져들지만 그리 긴 잠은 아닙니다. 누군가 그를 빤히 쳐다보고 있었던 것입니다. 다행히 K는 벌레로 변한 것도 체포를 당한 것도 아니었지만 그로서는 달갑지 않은 소리를 듣게 됩니다. 마을은 성의 영지이고 백작의 허가증이 없는 사람은 그곳에서 숙박을 할 수 없다는 것입니다. 하지만 K는 의외로 태연합니다.

> "그럼 나도 허가를 받아 와야겠군요." K는 하품하며 말하고는 일어나려는 듯 이불을 밀어젖혔다.
>
> "대체 누구의 허가를 얻겠다는 거요?" 젊은이가 물었다.
>
> "백작님이오." K가 말했다. "달리 어쩔 수가 없잖아요."
>
> "이런 한밤중에 백작님의 허가를 받겠다고요?" 젊은이가 소리치며 한 걸음 뒤로 물러섰다.
>
> "안 된다는 건가요?" K는 태연하게 물었다. "그럼 왜 나를 깨웠어요?"8

가련한 K는—그렇습니다, K라는 이름은 카프카 이후 가련함의 상징이 되어버렸습니다. 이쯤에서 제 이름의 이니셜 또한 K로 시작한다는 사실을 지적하지 않을 수 없을 것 같습니다—아직 사태를 파악하지 못했던 것입니다. 아침에 눈을 뜨자마자 자신의 방에서 체포당한 요제프 K가 그랬던 것처럼. 아침에 눈을 뜨자마자 컴퓨터 앞에 앉아 눈이 부시지만 커튼이 없어 선글라스를 낀 채 이 글을 쓰고 있는 제가 그런 것처럼 말이지요. 이어서 카프카 식의 소동극이 펼쳐집니다. 웅성웅성, 말들이 쏟아지고 K는 영문도 모른 채 큰소리를 치는데 이래서야 해결될 리가 없습니다. 결국 누군가 나서서 성에 전화를 거는데 부지런하기로는 누구에게도 뒤지지 않았던 성의 관리들은 그 시간에도 근무를 하고 있었고 평소와는 다르게 아주 명쾌한 답변을 내립니다. 사실무근이라는 것입니다. 그럴 줄 알았다며 사람들의 언성이 높아지는데 그때 성에서 다시 전화가 걸려옵니다. 그리고 K가 측량사가 맞다고 말합니다. 전형적인 공무원이라고 할까요? 물론 제가 그렇게 생각한다는 뜻은 아닙니다—여기 혹시 공무원이 계신가요? 아, 진심으로 부럽습니다—다만 카프카가 그렇게 생각한다는 말입니다.

사람들은 풀이 죽어 자신들의 자리로 돌아가고 의기양양해진 K는 다시금 잠을 청합니다. 그리고 이튿날 아침, 여전히 아무것도 모르는 K는 여관 주인에게 자신과 곧 도착할 조수들이 묵을 방을 마련할 수 있는지 묻는데, 달방을 놓게 되었으니 좋아하는 게 당연할 텐데도 주인은 별로 기뻐 보이질 않습니다. 다만 이렇게 물을 뿐입니다. 조수도 K와 함께 성에 묵는 게 아니냐고요.

> 이 사람은 왜 이렇게 다짜고짜 손님들, 특히 K 같은 손님을 단념하고서 무조건 성으로 가라고 하는 걸까? K가 입을 열었다.
>
> "그것은 아직 분명하지 않아요. 먼저 내가 어떤 일을 하게 될지 알아야 하거든요. 예를 들어 여기 성 아랫마을에서 일하게 된다면 여기 거주하는 게 더 사리에 맞겠지요. 게다가 저 위 성에 사는 게 마음에 안 들지도 모르지요. 나는 언제나 자유롭게 살고 싶거든요."
>
> "나리는 성이 어떤 곳인지 모릅니다." 주인이 나지막한 소리로 말했다.9

그렇습니다. K는 성이 어떤 곳인지 모릅니다. 그래서 자유니 어쩌니

하는 한가한 소리를 늘어놓을 수 있는 것이지요. 이어지는 소설의 내용 또한 모두 K가 성을 알지 못해 벌어지는 일들입니다. K는 마을에 머물며 성에 닿으려고 노력하지만 잘되지 않고, 사람들은 그에게 냉담하고, 어디선가 나타난 조수 두 명은 말썽꾸러기에 방해만 되고, K의 문제에 대한 해결책을 갖고 있는 것으로 여겨지는 관리 클람을 포함한 성의 사람들은 누구도 만날 수 없고, 클람의 애인이었던 술집 종업원 프리다와의 연애 또한 엉망진창이고, 학교 관리인이라는 임시 직업을 갖기도 하지만 적성에 맞지 않고, 우연한 기회에 성으로 갈 수 있는 절호의 기회를 얻지만 깜박 잠이 들어 날려버리고……. 그리하여 소설은 K를 거듭된 실패 속에 놓아둔 채 미완성으로 끝을 맺게 됩니다.

가련하죠. 가련합니다. 그렇지만 곰곰 생각해보면 여러분이나 저보다 특별히 더 가련한 것 같지는 않습니다. 가련함이 중요한 게 아니라는 말입니다. 단순히 특별히 가련한 상황에 처한 사람의 이야기를 그린다면 통속극에 지나지 않을 테니까요. 통속을 무시하는 건 아닙니다. 시간을 보내기엔 통속만 한 것이 없는 법이죠. 아니, 시간을 개인으로 한정 짓는다면, 그러니까 우리는 우리에게 주어진 시간을 살 뿐이라는 사실을 받아들인다면 통속은 시간 그 자체입니다. 인생 말입니다. 하지만 어떤 작품이 시간을 이겨내고 살아남는다면 그것을 뛰어넘어야 할 것입니다. 그게 무엇인지 결코 설명할 수는 없다고 해도—자기 몫의 생을 살아갈 뿐인 사람들이 그걸 어떻게 설명할 수 있겠습니까?—평론가라는 사람들은 결코 그냥 넘어가질 못하는 법입니다. 여기 그 예가 있습니다.

> 카프카의 작품에 대한 다양한 해석을 정리해보면 일반적으로 다섯 가지로 구분된다. 첫째, 막스 브로트가 '카프카의 파우스트'라고 부른 『성』을 신의 심판과 은총, 신과의 실질적 단절, 원죄의 문제를 중심으

로 풀어가려는 종교적 해석, 둘째, 1963년 프라하에서 열린 '카프카회의'에서 『아메리카』를 계급투쟁의 입장에서 해석한 공산주의 입장의 해석, 셋째, 카프카가 자신의 부친에 대해 갖는 콤플렉스를 창조의 원천이라고 보는 심층심리학적 해석, 넷째, 극한상황에 처한 현대인이 거대한 악마적 존재와의 대결에서 패배하고 좌절하는 모습을 그린다는 실존주의적 해석, 다섯째, 고향을 잃은 실향민의 모습을 묘사하고 있다는 시온주의적 해석이 그것이다.(홍성광, 「카프카의 생애와 『성』」)[10]

먼저 지난 장에서 말씀드렸던 『소송』에 대한 해석과 크게 다르지 않다는 사실을 확인하실 수 있을 겁니다. 신 운운하는 막스 브로트의 레퍼토리는 똑같고 "1차 세계대전 이전의 비인간적인 오스트리아의 관료 제도에 대한 비판"이라고 했던 아도르노의 『소송』 해석은 『성』을 "극한 상황에 처한 현대인이 거대한 악마적 존재와의 대결에서 패배하고 좌절하는 모습을 그린다"는 실존주의적 해석과 크게 다르지 않은 것 같습니다. 다만 초점의 층위가 다를 뿐이지요. 물론 그 작은 차이가 중요하다는 건 압니다. 하지만 그게 정말 중요할까요? 글쎄요, 적어도 오늘은 아닌 것 같습니다.

"『아메리카』를 계급투쟁의 입장에서 해석한 공산주의 입장의 해석"이라는 말은 제게 언젠가 전주국제영화제에서 본 영화 〈계급투쟁〉을 떠올리게 합니다. 다니엘 위예와 장마리 스트로브가 『아메리카』를 각색해 "미국으로 간 독일 청년의 모습을 통해 자본화된 문명의 황폐함을 통찰"[11]했다는 영화입니다. 실제로 『성』에는 노동자가 된 K의 입장에 대한 고찰이 종종 등장합니다. 하지만 저로서는 더는 드릴 말씀이 없습니다. 영화 중간에 졸았거든요. 전날 막걸리를 너무 많이 마셨습니다. 하지만 안주를 그렇게 준다면 누구라도 취하지 않을 수 없었을 거라는 말은 꼭

해야겠습니다.

시온주의적 해석에 대해서라면 구스타프 야누흐가 지은 『카프카와의 대화』를 참고하는 게 좋을 것 같습니다. 야누흐에 따르면 "카프카는 확고한 시온주의 신봉자"였고 유대인에게는 고향이, 그러니까 팔레스타인이 꼭 필요하다고 말하고 있습니다. 또한 옮긴이는 해설을 통해 "이는 유태 민족을 벗어나 현대인 일반의 문제이기 때문에 어떤 한 민족과 관계없이 전 지구인의 공감을 얻고 있는 것"이라고 부연하고 있습니다. 문득 조용필의 '꿈'이 떠오르는데요, 실례가 되지 않는다면 조금 불러보겠습니다.

> 사람들은 저마다 고향을 찾아가네
> 나는 지금 홀로 남아서
> 빌딩 속을 헤매이다 초라한 골목에서
> 뜨거운 눈물을 먹는다
> 저기 저 별은 나의 마음을 알까
> 나의 꿈을 알까
> 괴로울 땐 슬픈 노래를 부른다
> 슬퍼질 땐 차라리 나 홀로
> 눈을 감고 싶어
> 고향의 향기 들으면서
> —조용필, 〈꿈〉

아무래도 저도 나이를 먹은 모양입니다. 갈수록 눈물이 많아지네요. 죄송합니다. (잠시 침묵) 저 노래의 제목이 '꿈'이라는 사실은 제법 재미있습니다. 물론 그것이 드러나는 양상은 전혀 다릅니다만 꿈과 고향이 어떻게든 연결되어 있다는 점에서는 할 말이 있겠지요. 2014년에 카프카의 『꿈』이라는 책이 소설가 배수아의 번역으로 출간되기도 했고요. 하지만 이 또한 오늘 이 자리에서 나눌 이야기는 아니라고 해야겠습니다. 제가 그러고 싶지 않기 때문입니다.

그렇다면 남은 것은 "카프카가 자신의 부친에 대해 갖는 콤플렉스를 창조의 원천이라고 보는 심층심리학적 해석"입니다. 이것은 "카프카가 바우어와 겪은 약혼과 파혼 과정을 그린다"고 본 빈더의 자서전적인 관점과 크게 다르지 않습니다. 저는 지금 크게 다르지 않다고 말했습니다. 다시 말해 저한테는 그 차이가 큰 것으로 보이지 않는다는 뜻입니다. 그러니 어디 가서 그런 말씀은 하지 않는 게 좋습니다. 무식해 보일 테니까요.

알다시피—'알다시피' 이 표현은 정확히 설명할 능력이 없는 것을 말할 때 적당히 뭉뚱그려 넘어가기 위해 쓰는 표현입니다—'부친에 대해 갖는 콤플렉스'는 죄의식과 관련이 있습니다. 성이라는 거대한 존재, 실상은 초라합니다만, 에게 인정받으려는 K의 노력은 강압적인 아버지에게 인정받으려는 카프카의 노력과 다르지 않다는 말입니다. 물론 K는 표면적으로 어떠한 죄의식도 느끼지 않습니다. 오히려 분노하고 끊임없이 요구하지요. 하지만 그는 성을 떠나지 않습니다. 성의 주변을 맴돌며 끊임없이 자신을 주장합니다. 그러니 죄의식은 심층 아래에, 그러한 시도와 요구를 가능케 하는 무의식적인 동기로 자리하고 있다고 말할 수 있습니다. (잠시 침묵) 죄송합니다, 제 말이 너무 지루해서 저도 모르게 잠깐 졸았습니다.

어쨌거나 그것은 『소송』의 죄의식과도 이어집니다. 『소송』의 요제프 K가 처한 상황을 아버지의 뜻에 나를 맞출 수 없다는 무의식적인 죄의식, 그러나 표면적으로는 그러고 싶지 않고 그럴 수도 없다는 의식의 발현으로 볼 수도 있다는 말입니다. 그렇기에 바우어와의 파혼에서 파생된

죄의식이라고 해석하는 관점에 굳이 '자서전적'인 이라는 수식어를 붙인 것이겠지요. 정신분석학적인 관점에 따르면 아버지와의 관계는 굳이 자서전적이라고 부를 필요가 없는 인류 보편의 문제니까요. 뭐, 그냥 그렇다는 말입니다. 어차피 모든 것은 관점의 문제입니다.

하지만 이 자리는 그런 이야기를 위한 자리가 아닙니다. 『소송』과 『성』을 통해 제멋대로 이어져온 이 연재를 마무리하는 자리입니다. 그러니 저는 어떻게든 이것들을 하나로 묶어 이야기해야겠지요. 언제나 그랬던 것처럼.

지난 시간에 "우리 관청은 결코 주민들의 죄를 찾아내려고 하는 게 아니고, 법에도 명시되어 있는 것처럼 죄에 이끌려서 우리 감시인들을 보내지 않을 수 없는 것이오. 이게 법이라는 거요"라던 감시인들의 말을 기억할 필요가 있다고 했던 말을 아마 기억하실 겁니다. 기억을 못하셔도 상관없습니다. 어차피 제가 방금 말했으니까요. 결국 죄가 생기는 순간 감시인들 또한 생긴다는 말입니다. 그렇다면 요제프 K가 소송에 그토록 매달리는 사실도 설명할 수 있을 것 같습니다. 죄가 없다면, 게다가 체포라는 것이 말만 그렇지 사실상 생활에 아무런 제약이 없는 것이고 소송이라는 것이 그토록 추상적인 것이라면 무시하고 살아가는 편이 여러모로 나았을 것입니다. 하지만 요제프 K는 그렇게 하지 않습니다. 그는, 적어도 그의 무의식은 자신에게 '죄'가 있다는 사실을 알았던 거죠. 그것은 바우어와 파혼한 죄가 아니라 그가 벌써 지어버린, 그리하여 바우어와 파혼할 수밖에 없도록 만든 죄라고 해야 할 것입니다. 한마디로 아무것도 아닌 자신의 죄에 집착함으로써—우리는 지난 시간에 그가 "모든 생각을 자신의 일에만 집중해야 하는 이때, 아직 승진 가능성이 많고 어느새 부지점장한테 위협적인 존재가 되어 매시간이 대단히 빨리 흘러가는 이때, 그리고 젊은이로서 짧은 저녁과 밤을 마음껏 즐기고 싶은 이때, 이런 청원서를 작성하는 일이나 시작"해야 했다는 사실을, 다시 말해 글쓰기에 몰두했다고 지적한 바 있습니다—바우어와 파혼할 수밖에 없었다는 말입니다.

> 문학은 모순과 불화의 장소이다. 문학에 가장 깊숙이 얽매인 작가는 또한 그곳에서 벗어나려는 충동을 가장 극심하게 느낀다. 문학은 그에게 있어서 모든 것이고, 그리고 그는 문학에 만족할 수도 문학을 고집할 수도 없다. 자신의 문학적 소명을 확신한 카프카는 문학을 하기 위해 희생해야 하는 모든 것에 대해 죄책감을 느끼고 있다.[12]

요제프 K의 죄는 『성』에서 '부름'의 형태로 반복됩니다. 하지만 여기에는 차이가 있습니다. 『소송』에서는 자신의 무죄를 증명하기 위함이었던 수동적인 노력이 『성』에서는 자신의 존재 이유를 증명하기 위한 능동적인 노력으로 바뀌었다는 사실입니다. 『소송』의 요제프 K는 자신에게 지워진 죄를 부정하지만, 아니 그것이 죄라는 사실을 부정하지만 『성』의 K는 자신에게 부여된 부름을 어떻게든 붙잡으려고 노력하고 있습니다. 이렇게 말하는 게 좋겠군요. 요제프 K는 자신의 무죄를 증명하기 위해 먼저 자신의 죄를 입증해야 하지만(청원서를 통해), K는 성에 채용되어 성으로 왔지만 채용되었다는 사실을 스스로 증명해야 하는 것입니다. 이러한 사실은 성의 공문을 부정하는 촌장의 입을 통해 단적으로 드러납니다.

> "미치도 전적으로 나와 생각이 같으니, 이제 알려드려도 될 것 같습니다. 이것은 공문이 아니라 사신私信입니다. 편지 서두의 '존경하는 귀하에게'라는 문구를 보더라도 분명히 알 수 있지요. 게다가 거기엔

당신이 측량사로 채용됐다는 말은 한마디도 없습니다. 오히려 일반적으로 영주에게 봉사한다는 말만 언급되어 있을 뿐이고, 그것도 구속력 있게 표현된 게 아니라, 그저 '귀하가 잘 아시는 바와 같이' 채용되었을 뿐이라고 되어 있습니다. 그 말은 당신이 채용되었다는 것을 입증할 책임이 당신에게 있다는 뜻입니다."13

그렇다면 문제는 '죄', 혹은 '부름'의 정체입니다. 바우어와의 결혼을 취소하게 만들었지만 끝내 그를 받아들여주지는 않았던 그것의 정체는 무엇일까요?

그것은 물론 글쓰기입니다.

엄격한 아버지 밑에서 자란 카프카에게 글쓰기에 대한 열정은 죄의식을 갖게 만들었습니다. 그 자신이 직접적으로 말하는 것처럼 "[아버지의 뜻에 따라] 모든 생각을 자신의 일에만 집중해야 하는 이때, 아직 승진 가능성이 많고 어느새 부지점장한테 위협적인 존재가 되어 매시간이 대단히 빨리 흘러가는 이때, 그리고 젊은이로서 짧은 저녁과 밤을 마음껏 즐기고 싶은 이때, 이런 청원서를 작성하는 일이나 시작"해야 한다는 생각이 그에게는 편치 않았던 것이겠지요. 그렇지만 그는 오히려 그것을 동력으로 삼아 글을 써나갑니다. 그것이 죄라는 사실을 받아들일 수도 없고 법의 집행을 그대로 따라갈 수도 없습니다. 그리고 그것을 극복합니다. 『소송』의 마지막에 등장하는 갑작스러운 처벌, 즉 죽음을 통해서입니다. 그것은 상징적인 혹은 사회적인 죽음이고, 따라서 그는 자신을 괴롭게 하는 사회적인 의무들에서 벗어나—이를테면 파혼—적어도 심적으로는 글쓰기를 계속할 수 있었던 것입니다.

하지만 문제가 있습니다. 그는 자신의 부름에 응답하기 위해 글을 쓰지만 아무리 해도 그것에 닿을 수는 없습니다. 적어도 그는 그렇게 느꼈습니다. K는 성의 부름을 받은 측량사로서 성에 들어갈 자격이 있고 카프카 자신은 문학의 부름을 받은—『꿈』에서 보이는 것처럼 시도 때도 없는 문학적인 어떤 환영의 습격을 받는—작가로서 자신이 그리던 어떤 문학적 이상에, 무형의 공간에 들어갈 자격이 있지만 그들은 끝내 문을 열어주지 않았습니다. 어떤 작가도 자신이 쓰려고 하는 것에 완벽히 도달할 순 없는 법입니다. 그렇다고 포기해버리기엔 카프카는 문학에 너무 "깊숙이 얽매인" 작가였습니다. 블랑쇼가 말하는 "글쓰기의 불가피함"이 숙명이자 위협인 것은 바로 그 때문입니다. 그렇기에 『성』은 미완성으로 끝날 수밖에 없었던 것이겠지요. 다시 한 번 블랑쇼를 인용하겠습니다.

> 글을 쓴다는 것, 그것은 자기 실존을, 가치의 세계에 소송을 거는 것이고, 그리고 어떤 측면에서, 선善에 유죄를 선고하는 일이다. 하지만 글을 쓴다는 것은 언제나 잘 쓰려고 애쓰는 것이고, 선을 추구하는 것이다. 그리고 글을 쓴다는 것, 그것은 글쓰기의 불가능성을 떠맡는 일이고, 그것은, 하늘처럼, 말없이 있는 것, "벙어리만을 위한 메아리가 되는 것"이다.[14]

이로써 연재는 끝이 났습니다. 이 책도 끝입니다. 저의 발전이나 지금까지의 목표를 개관해볼 때, 저는 불평도 만족도 하지 않습니다. 선글라스를 낀 채 책상 위에 맥주 캔을 놓고(선글라스를 꼈더니 맥주가 먹고 싶어졌습니다) 저는 제 싸구려 의자에 반쯤은 눕고 반쯤은 앉아서 모니터를 바라봅니다. 거의 언제나 마감이 끊이지 않는데, 저는 분명 예상보다 훌륭히, 그러나 아주 훌륭하지는 않게 경제활동을 하고 있습니다. 제가 마감을 끝내면 저의 아내가 저를 기다리고 있어 저는 강아지처럼 그녀 곁에서 편안함을 취합니다. 월말에는 그녀를 보기가 편치 않습니다. 그녀의 숨에서 어쩔 수 없는 가계에 대한 걱정이 담겨 있기 때문입니다. 그 점을 오직 저만이 알아보는데, 저는 그것을 견딜 수가 없습니다.

전체적으로 저는 도달하려고 했던 것에 도달한 셈입니다. 그것이 애쓸 만한 가치가 없었다고는 말하지 마시기 바랍니다. 덧붙인다면, 저는 박사님들의 엄밀한 판단은 원치 않습니다. 저는 단지 견문을 넓히고자 할 뿐입니다. 저는 다만 보고할 따름입니다. 고매하신 독자 여러분께도 저는 다만 보고를 드렸을 뿐입니다.

반말할 만큼 사랑해

정성일(영화평론가, 영화감독)

내가 금정연의 서평을 처음 읽은 것은 그의 책 『書書飛行(서서비행)』이다. 구태여 한자로 책 제목을 쓴 것은 그 책의 제목을 한자로 썼기 때문이다. 이 책은 약간 생텍쥐페리 같은 기분으로 쓰인 것 같은데 67권의 책을 소개하면서 정작 『어린 왕자』에 대한 글은 없다. 하지만 그것보다 이 책이 인상적이었던 것은 서평집이라고 자기를 소개하면서 전혀 책을 소개하고 있지 않다는 것이었다. 의도적으로 반복한 두 개의 '소개'라는 말의 아이러니를 음미해주기 바란다. 나는 계속해서 소개라는 말을 후렴구처럼 반복해서 쓸 생각이다. 많은 서평가들은 대부분 재빨리 책의 내용을 소개한 다음 저자에 대한 약간의 정보를 전달하고, 다소 거만하게 번역이나 몇몇 대목에 대해서 자신이 이 책을 읽었다는 걸 보여주기 위해 불평을 살짝 늘어놓은 다음 재빨리 철수한다. 나는 그런 책들이 대부분 쓸모없다고 생각하는 쪽이다. 그렇게 해서 알 수 있는 책이라면 읽지 않는 편이 나을 것이다. 게다가 그 서평을 쓴 사람이 정말 그 책을 정독했는지도 종종 의심스럽다. 솔직하게 말하면 『書書飛行』을 읽기 전에도 그런 생각을 심드렁하게 하면서 책을 펼친 게 사실이다. 그런데 금정연이 다룬 첫 번째 책인 마누엘 푸익의 『부에노스아이레스 어페어』를 소개하는 글을 읽었을 때 어리둥절해졌다. 이 글은 그 책을 조금도 소개하지 않고 있었다. 그러기는커녕 이 책을 아직도 안 읽었단 말이에요, 라고 새침하게, 때로는 짓궂게, 하지만 종종 기습이라도 하듯이 반문하는 것 같았다. 약간 어처구니없는 심정으로 차례로 읽어나갔다. 그러다가 문득 이 책은 여기에 소개된 책들을 모두 읽은 독자들만을 상대로 쓰였다는 사실을 깨달았다. 이래도 괜찮은 것일까? 금정연은 상관없다는 듯이 그냥 밀고 나아갔다. 이 책 맨 뒤에 서평가로 유명한 '로쟈의 서재' 블로그 주인 이현우 선생이 추천사를 쓰면서 마지막에 이렇게 적었다. "(…) 이제 그의 시간이 오고 있다!" 푸코가 들뢰즈를 추천하면서 했던 말 "언젠가 들뢰즈의 시대가 될 것이다"를 변주한 것인데, 나는 이 말에서 살짝 그가 내뱉는 탄식을 느껴보았다. 왜 그런 느낌을 받았는지 이유는 잘 모르겠다.

그런데 문득 금정연 씨로부터 새 책을 내게 되었다는 편지가 도착했고, 남들보다 먼저 읽고서 추천사를 써줄 수 있겠느냐고 물었다. 나는 그 책 내용이 궁금했다기보다 이번에는 또 어떤 책을 다 읽은 독자들만을 상대로 거만하게 썼을지 궁금해 망설이지 않고 그러겠다는 답장을 썼다. 말하자면 목록이 궁금했던 것이다. 내 생각은 빗나갔다. 도착한 두 뭉치의 원고는 '죽기 전에 읽어야 할 이야기'◆라는 제목을 달고 있었고 이 책은 고작 열 명의 작가를 소개하고 있었다. 게다가 첫 번째 작가는 프랑수아 라블레에서 시작한다. 아아, 라블레라니. 하여튼 차례로 읽어나갔다.

◆ 교정본은 가제 상태로 전달되었다. '난폭한 독서'라는 제목은 정성일의 추천사에서 힌트를 얻은 것이다.

그러다가 문득 금정연이 했던 역할을 이번에는 내가 해야 할지도 모른다는 사실을 깨달았다. 이건 위험한 술래잡기다. 나는 시작하자마자 난관에 부닥쳤다. 내가 라블레를 읽은 것은 고작해야 미하엘 바흐친의 카니발에 관한 이론을 읽기 위해서였지 그 역이 아니었다. 우스꽝스러운 독서. 하지만 금정연은 이미 라블레가 어떻게 방귀를 묘사했는지에 관한 장광설을 시작하고 있었다. 한 가지는 당신에게 충고하고 싶다. 이 책은 첫 번째 책과 동일한 태도를 취하고 있다. 당신은 여기서 다룬 책들을 미리 읽어야 할 것이다. 금정연은 당신에게, 이 작가들을 친절하게 소개할 마음이 추호도 없다, 이들이 누군지 모르는 것은 당신의 책임이지 내 책임이 아니에요, 라는 다소 새침한 제스처가 있다. 제스처라고 했나요? 그렇다. 이 책을 읽다 보면 어떤 대목에서는 어쩌면 금정연이 글을 쓰다 말고 살짝 고개를 들어 올려 25도 각도로 비튼 다음 입꼬리가 살그머니 올라오는 미소를 지으면서 자신의 글을 쳐다보고 있는 것만 같은 인상을 받는 문장들과 마주치게 된다. 말하자면 글이 취하는 제스처.

나는 재빨리 원래의 자리로 돌아오고 싶다. 『난폭한 독서』는 한마디로 야심적인 책이다. 뭐랄까, 자신의 독서에 대한 수련 과정을 기록하고 있는 것만 같은 느낌을 불러일으킨다. 이 책은 그 책들을 읽고 썼다기보다는 그 책들에서 보낸 시간의 배움을 약간 암호처럼 열거하고 있다. 이 문장을 다시 읽어주기 바란다. 나는 배움의 시간이라고 쓰지 않고 시간의 배움이라고 썼다. 금정연은 이 책들 앞에서 멈추어 섰고 거기서 서성거리면서 시간을 보내고 있다. 그는 한 권의 책을 읽으면서 독서가 전술이라는 것을 보여주듯이 다가간다. 분명히 어떤 대목은 몇 번을 반복해서 고쳐 썼다는 인상을 주기도 한다. 『書書飛行』은 이 책을 쓰기 위한 아마도 예행연습이었을 것이다. 과도하게 단순히 말하자면 『書書飛行』이 덧없이 펼쳐진 숲 사이를 '飛行'하면서 여기저기 날카롭게 베어져 그만

종이가 되어버린 작은 여백의 착륙지에 내린 다음 재빨리 자신의 서명을 남기고 떠나가버리는 방식을 취했다면, 여기서는 책을 앞에 놓고 갉아 먹는 방법을 연구하고 있다. 그는 자신을 이미 '생계독서가'라고 불렀다. 책을 먹고 살 수 있는 방법은 없는 것일까? 아마 프랑수아 라블레를 첫 번째 책으로 선택한 데는 이유가 있을 것이다. 대식가 팡타그뤼엘에 관한 이야기. 닥치는 대로 먹어치우는 이 무시무시한 입. 그 입으로 책을 읽을 수는 없는 것일까. 난 무슨 책이든지 먹을 수 있어, 라고 식탁 위에 놓인 수백 권의 책을 바라보면서 큰 소리로 웃는 금정연이 눈앞에 있는 것만 같다. 무언가 금정연은 프랑수아 라블레를 읽으면서 그 책에 공감한다기보다는 그 책과 혼연일체가 되고 싶어 한다는 인상을 준다. 이때 혼연일체는 말 그대로 책이 식도를 통해 내려가 위에서 요란한 소리를 내면서 창자로 밀어내고 그런 다음…… ××하는 것이다.(나는 용기 있는 라블레가 아니다!) 마음산책에서 만일 나를 편집자로 지목한다면 이 책의 표지로 주세페 아르침볼도의 그림 중 한 점을 골랐을지도 모르겠다. 가제대로 '죽기 전에 읽어야 할 이야기'라면 왠지 창백한 베르테르가 자꾸만 떠오른다. 아니다. 이 책은 그런 책이 아니다. 차라리 여기서는 '죽을 때까지 먹을 수 있는 이야기'라는 편이 더 어울리는 제목이 아닐까.

하지만 여기까지 읽은 다음 이 책에 유머가 없다고 섣불리 단정 짓지는 말기 바란다. 금정연은 라블레의 소설과 바흐친의 이론을 번갈아 설명하다 말고 문득 우스타 쿄스케가 라블레를 읽은 게 분명하다고 단정 짓는다. 핵심은 우스타가 라블레를 읽었느냐가 아니라 당신이 『멋지다! 마사루』를 읽은 적이 있느냐는 것이다. 심지어 금정연은 거기에 "내 손모가지와 가진 돈 전부를 걸 수 있다"라고 호기를 부린다. 그럴 때 나는 무심코 댓글을 달고 싶어진다. 라블레와 바흐친을 읽은 당신은 여기서 『삐리리~ 불어봐! 재규어』의 제2권 거의 마지막 부분인 제39피리 「오늘 밤,

변두리 미용실에서」의 비둘기 고기를 먹는 장면을 떠올릴 수 있을까. 아니, 차라리 마음산책의 편집자에게 요구하고 싶어진다. 여기서 그 장면을 일러스트로 사용하면 안 되나요? 물론 금정연의 호기는 사방에 흩어져 있다. 이를테면 조너선 스위프트를 읽다 말고 (어쩌면 당연히도) 미야자키 하야오의 하늘에 떠 있는 성 라퓨타를 떠올린다. 그런 다음 『걸리버 여행기』와 아무 상관도 없는 이야기를 한참 늘어놓는다. 종종 자유연상처럼 여겨지는 문장들은 누군가에겐 횡설수설처럼 읽힐지도 모르겠다. 하지만 금정연의 문장은 쓴다기보다 중얼거리는 것처럼 이어진다는 것을 염두에 두어야 할 것이다. 가끔 이 책은 달 표면을 걸어가듯이 진행된다고 말하고 싶어진다. 약간의 슬로모션. 종종 허우적거리는 것 같은 부사副詞들. 그는 단어들이 활동한다는 인상을 주고 싶어 한다. 어떻게 활동하나요? 이따금 단어들은 행간을 좇아오는 당신을 뿌리치고 싶어 한다. 로렌스 스턴을 읽을 즈음에는 점입가경이라는 생각이 들지도 모르겠다. 좀 더 참을성이 있다면 고골의 「외투」를 읽어나가다 말고 금정연이 갑자기 평행선을 그으면서 자신의 패딩 점퍼 구입기를 장황하게 늘어놓기 시작하는 대목에 이르러 이 책이 이상한 작동 방식을 가진 기계라는 생각을 하기 시작할 것이다.

물론 가장 압권은 드니 디드로를 빌려 논쟁을 벌이는 서두다. 내가 여기서 스포일러를 늘어놓지는 않겠다. 이 책에는 수상쩍은 샛길이 사방에 늘어서 있다. 내게 약간의 용기를 주기 바란다. 금정연이 쓴 글을 읽고 나면 그가 대상으로 삼은 책들이 일종의 운동경기 종목처럼 여겨진다. 그 안에 들어와서 그는 규칙을 지켜가면서 심호흡을 하고 자신이 읽고 있는 책과 경기를 시작한다. 매번 다른 종목. 매번 다른 기록. 이때 달리기와 장대높이뛰기는 같은 강도의 기록을 보유하지 않는다.

다시 한 번 같은 말을 (다르게) 반복하겠다. 나도 금정연과 같은 전술을 취하고 싶어진다. 『난폭한 독서』를 읽을 때 부디 정독하지 말기 바란다. 이 책은 산만하게 읽어야 하는 책이다. 하지만 이 말을 주의 깊게 읽어주기 바란다. 이건 이 책이 가볍게 읽힌다는 뜻이 아니다. 나는 이미 이 책이 얼마나 야심적인지에 대해서 설명했다. 이 책을 단번에 읽기 가장 어려운 이유는 이 열 명의 작가들이 매번 다른 리듬으로 쓰였기 때문이다. 나는 그것이 금정연의 전술인지 아니면 써 나가는 과정에서 발생한 변덕인지 혹은 그들 사이에 칸막이를 만들기 위해서인지 알지 못한다. 그리고 금정연은 그때마다 다른 방식으로 이야기를 실험한다. 만일 실험의 리듬 안으로 들어오지 못하면 상당히 난처한 상황이 벌어질지도 모른다. 왜냐하면, 다시 한 번 말하지만, 여기에는 어떤 설명도 주석도 없기 때문이다. 한 명의 작가가 끝나면 당신이 이 책을 방 어딘가에 던져 버리기를 권한다. 아마 방 안을 제멋대로 굴러다니다가 어느새 이 책은 다시 당신의 책상 위에 올라와 있을 것이다. 나는 지금 윌리엄 버로스를 떠올리고 있다. 금정연이 읽은 열 명의 작가 중에 이 사람이 없는 것은 유감이다. 하지만 나는 참을 수 있다. 왜냐하면 이 책은 프란츠 카프카에서 끝나기 때문이다.

자, 나는 장황하게 늘어놓았다. 하지만 한 가지 더 덧붙여야겠다. 이 책은 대부분의 서평가들이 가지 않은 길을 가려고 작정한 모험이다. 어떤 길? 보르헤스가 제목으로 썼던 길. 고다르가 이어받아서 〈동풍Le Vent d'est〉에서 했던 말. 두 개의 길. 이 책을 읽기 시작하면 당신은 종종 중얼거릴지 모르겠다. 마치 돈키호테가 된 기분인걸. 곁에 있던 금정연은 자신을 산초 판사라 부르는 대신 내가 돈키호테다, 주장하며 당신이 탄 말을 빼앗으려 달려들 사람이다. 그렇게 이 책은 난폭한 책이다. 자신이 다루는 책들에 대해서 어떤 존경심도 표명하지 않는 독서. 하지만 금정연은 나를 맞받아칠 것이다. 하지만 난 이 책들을 몹시 사랑해요. 원래 그런 것이다. 사랑을 하게 되면 존경은 물러나는 법이다. 어떤 법? 존경하던 선생님과 사랑에 빠지면 반말을 하기 시작하는 법. 정확하게 그런 의미로 나는 이 책에서 사랑을 읽는다. 당신도 그럴 것이다.

태초에 방귀가 있었다

1 프랑수아 라블레, 『가르강튀아/팡타그뤼엘』, 유석호 옮김, 문학과지성사, 2004, 14쪽.
2 프랑수아 라블레, 「작가 서문」, 앞의 책, 15~20쪽.
3 아서 골드워그, 『이즘과 올로지』, 이경아 옮김, 랜덤하우스코리아, 2009, 548쪽.
4 도널드 서순, 『유럽문화사』, 오숙은 · 이은진 · 정영목 · 한경희 옮김, 뿌리와이파리, 2012.
5 안재필, 「프랑스 대중음악의 이단아, 세르쥬 갱스부르(Serge Gainsbourg)의 이야기」, www.izm.co.kr, 2009. 9.
6 조셉 칠더즈 · 게리 헨치 엮음, 『현대 문학 · 문화 비평 용어사전』, 황종연 옮김, 문학동네, 1999, 222~223쪽.
7 한국문화예술위원회 엮음, 『100년의 문학용어 사전』, 도서출판 아시아, 2008, 217~218쪽.
8 아서 골드워그, 앞의 책, 548쪽 참고.
9 밀란 쿤데라, 「라블레와 미조뮈즈들에 대한 대화」, 『만남』, 한용택 옮김, 민음사, 2012 참고.
10 밀란 쿤데라, 『커튼』, 박성창 옮김, 민음사, 2008, 110쪽.
11 프랑수아 라블레, 앞의 책, 45쪽.
12 프랑수아 라블레, 앞의 책, 46쪽.
13 프랑수아 라블레, 앞의 책, 47쪽.
14 에리히 아우어바흐, 『미메시스』, 김우창 · 유종호 옮김, 민음사, 2012, 369쪽.

15 이환, 『프랑스 근대 여명기의 거인들 1: 라블레』, 서울대학교출판부, 1997, vii쪽.

16 이환, 앞의 책, 154쪽.

17 이환, 앞의 책, 37쪽.

18 프랑수아 라블레, 앞의 책, 87쪽.

19 미하일 바흐찐, 『장편소설과 민중언어』, 전승희 옮김, 창비, 1998, 122쪽.

20 미하일 바흐찐, 앞의 책, 364쪽.

21 블라지미르 야꼬블레비치 쁘로쁘, 『희극성과 웃음』, 정막래 옮김, 나남, 2010, 245쪽에서 재인용.

22 프랑수아 라블레, 앞의 책, 286쪽.

23 프랑수아 라블레, 앞의 책, 396쪽.

24 프랑수아 라블레, 앞의 책, 403쪽.

25 에리히 아우어바흐, 앞의 책, 372쪽.

26 에리히 아우어바흐, 앞의 책, 375쪽.

27 정희진, 「쉬운 글이 불편한 이유」, 〈경향신문〉, 2013. 2. 15.

28 에리히 아우어바흐, 앞의 책, 375쪽.

29 프랑수아 라블레, 앞의 책, 472~473쪽.

30 에리히 아우어바흐, 앞의 책, 368~369쪽.

31 프랑수아 라블레, 앞의 책, 475~476쪽.

32 밀란 쿤데라, 『커튼』, 19쪽.

33 프랑수아 라블레, 앞의 책, 254쪽.

34 프랑수아 라블레, 앞의 책, 261~262쪽.

35 밀란 쿤데라, 『소설의 기술』, 권오룡 옮김, 민음사, 2008, 17쪽.

36 에리히 아우어바흐, 앞의 책, 383쪽.

37 프랑수아 라블레, 앞의 책, 482쪽.

누구도 두 번 미칠 수는 없다

1 미겔 데 세르반테스, 『돈 끼호떼』, 김현창 옮김, 범우사, 1998, 20쪽.
2 미겔 데 세르반테스, 김현창 옮김, 20~21쪽.
3 미겔 데 세르반테스, 김현창 옮김, 23쪽.
4 미겔 데 세르반테스, 『돈키호테』, 안영옥 옮김, 열린책들, 2014, 35~36쪽.
5 밀란 쿤데라, 『소설의 기술』, 권오룡 옮김, 민음사, 2008, 16쪽.
6 미겔 데 세르반테스, 김현창 옮김, 29쪽.
7 이지성 · 정회일, 『독서 천재가 된 홍대리』, 다산라이프, 2011, 11쪽.
8 미겔 데 세르반테스, 안영옥 옮김, 68쪽. 이탤릭체 번역 수정. 원번역은 "낮 시간은 멍하게 보냈다".
9 사사키 아타루, 『잘라라, 기도하는 그 손을』, 송태욱 옮김, 자음과모음, 2012, 34~37쪽.
10 미겔 데 세르반테스, 안영옥 옮김, 69쪽.
11 미겔 데 세르반테스, 안영옥 옮김, 89쪽.
12 미겔 데 세르반테스, 안영옥 옮김, 93쪽.
13 미겔 데 세르반테스, 안영옥 옮김, 96쪽.
14 미겔 데 세르반테스, 김현창 옮김, 50~51쪽.
15 블라지미르 야꼬블레비치 쁘로쁘, 『희극성과 웃음』, 정막래 옮김, 나남, 2010, 118쪽.

16 미겔 데 세르반테스, 안영옥 옮김, 103쪽.

17 미겔 데 세르반테스, 안영옥 옮김, 104쪽.

18 김광일, 「늙는다는 건 벌이 아니다」, 〈조선일보〉, 2015. 9. 22.

19 미겔 데 세르반테스, 안영옥 옮김, 98쪽.

20 미겔 데 세르반테스, 안영옥 옮김, 107쪽.

21 미겔 데 세르반테스, 안영옥 옮김, 115쪽.

22 밀란 쿤데라, 앞의 책, 34쪽.

23 호르헤 루이스 보르헤스, 『픽션들』, 송병선 옮김, 민음사, 2011, 57쪽.

24 호르헤 루이스 보르헤스, 앞의 책, 63~64쪽.

300년 뒤에도 달라지지 않을 것들

1 조너선 스위프트, 『걸리버 여행기』, 신현철 옮김, 문학수첩, 1992, 19쪽.

2 조너선 스위프트, 앞의 책, 29쪽.

3 조너선 스위프트, 앞의 책, 54~55쪽.

4 조너선 스위프트, 앞의 책, 61쪽.

5 조너선 스위프트, 앞의 책, 64~65쪽.

6 조너선 스위프트, 앞의 책, 106쪽.

7 조너선 스위프트, 앞의 책, 108쪽.

8 조너선 스위프트, 앞의 책, 113쪽.

9 조너선 스위프트, 앞의 책, 116쪽.

10 조너선 스위프트, 앞의 책, 132쪽.

인용 출처

11 조너선 스위프트, 앞의 책, 148쪽.

12 조너선 스위프트, 앞의 책, 166~167쪽.

13 조너선 스위프트, 앞의 책, 170쪽.

14 클로드 레비스트로스, 『슬픈 열대』, 박옥줄 옮김, 한길사, 1998, 675~676쪽.

15 조너선 스위프트, 앞의 책, 197쪽.

16 조너선 스위프트, 앞의 책, 203쪽.

17 조너선 스위프트, 앞의 책, 207쪽.

18 조너선 스위프트, 앞의 책, 208쪽.

19 조너선 스위프트, 앞의 책, 209쪽.

20 조너선 스위프트, 앞의 책, 210쪽.

21 조너선 스위프트, 앞의 책, 241쪽.

22 조너선 스위프트, 앞의 책, 255쪽.

23 조너선 스위프트, 앞의 책, 258쪽.

24 조너선 스위프트, 앞의 책, 261쪽.

25 조너선 스위프트, 앞의 책, 270쪽.

26 조너선 스위프트, 앞의 책, 284~285쪽.

27 조너선 스위프트, 앞의 책, 287쪽.

28 조너선 스위프트, 앞의 책, 293~294쪽.

29 조너선 스위프트, 앞의 책, 301~302쪽.

30 조너선 스위프트, 앞의 책, 314쪽.

31 조너선 스위프트, 앞의 책, 335쪽.

32 조너선 스위프트, 앞의 책, 351쪽.

33 조너선 스위프트, 앞의 책, 366~367쪽.

34 전인한, 『영미문학의 길잡이 1』, 영미문학연구회 엮음, 창비, 2001, 193쪽.

35 조지 오웰, 『나는 왜 쓰는가』, 이한중 옮김, 한겨레출판, 2010, 327~329쪽.

어떤 조롱은 우주만큼 크다

1 볼테르, 『미크로메가스/캉디드 혹은 낙관주의』, 이병애 옮김, 문학동네, 2010, 210쪽.

2 볼테르, 앞의 책, 214쪽.

3 볼테르, 앞의 책, 12쪽.

4 볼테르, 앞의 책, 15~16쪽.

5 볼테르, 앞의 책, 19~20쪽.

6 볼테르, 앞의 책, 32쪽.

7 볼테르, 앞의 책, 32~33쪽.

8 볼테르, 앞의 책, 33쪽.

9 볼테르, 앞의 책, 35쪽.

10 볼테르, 앞의 책, 36쪽.

11 볼테르, 앞의 책, 41~42쪽.

12 볼테르, 앞의 책, 48~49쪽.

13 닉 혼비, 『런던 스타일 책읽기』, 이나경 옮김, 청어람미디어, 2009, 260쪽.

14 닉 혼비, 앞의 책, 262쪽.

15 바버라 에런라이크, 『긍정의 배신』, 전미영 옮김, 부키, 2011, 146쪽.

16 볼테르, 앞의 책, 135쪽.

17 나이절 워버턴, 『철학자와 철학하다』, 이신철 옮김, 에코리브르, 2012, 117쪽.

18 볼테르, 앞의 책, 48~49쪽. 강조는 인용자.

19 볼테르, 앞의 책, 49~50쪽.

20 이탈로 칼비노, 『왜 고전을 읽는가?』, 이소연 옮김, 민음사, 2008, 155~157쪽.

21 볼테르, 앞의 책, 60~61쪽.

22 볼테르, 앞의 책, 76쪽.

23 에리히 아우어바흐, 『미메시스』, 김우창 · 유종호 옮김, 민음사, 2012, 542쪽.

24 볼테르, 앞의 책, 84쪽.

25 볼테르, 앞의 책, 98쪽.

26 볼테르, 앞의 책, 149~150쪽.

27 볼테르, 앞의 책, 202쪽.

28 조너선 스위프트, 『걸리버 여행기』, 신현철 옮김, 문학수첩, 1992, 335쪽.

29 볼테르, 앞의 책, 207쪽.

30 나이젤 워버턴, 앞의 책, 121쪽.

31 이탈로 칼비노, 앞의 책, 160~161쪽. 강조는 인용자.

아주 조금…… 어쩌면 아무것도 아닌 운명

1 드니 디드로, 『운명론자 자크』, 김희영 옮김, 현대소설사, 1992, 11쪽.

2 무라카미 하루키, 『저녁 무렵에 면도하기』, 권남희 옮김, 비채, 2013, 148~150쪽.

3 드니 디드로, 앞의 책, 32~33쪽.

4 드니 디드로, 앞의 책, 54쪽.
5 드니 디드로, 앞의 책, 55쪽.
6 밀란 쿤데라, 『소설의 기술』, 권오룡 옮김, 민음사, 2008, 18쪽.
7 피터 박스올 책임 편집, 『죽기 전에 꼭 읽어야 할 1001권의 책』, 박누리 옮김, 마로니에북스, 2007, 79쪽
8 드니 디드로, 앞의 책, 321쪽.
9 드니 디드로, 앞의 책, 242쪽.
10 드니 디드로, 앞의 책, 242쪽.
11 란다 사브리, 『담화의 놀이들』, 이충민 옮김, 새물결, 2003, 213쪽.
12 란다 사브리, 앞의 책, 295쪽, 주 44.
13 드니 디드로, 앞의 책, 197~198쪽.
14 드니 디드로, 앞의 책, 324~325쪽.
15 드니 디드로, 앞의 책, 195쪽.
16 드니 디드로, 앞의 책, 314~315쪽.
17 드니 디드로, 앞의 책, 307쪽.

감상적이지 않은 모험

1 사사키 아타루, 『이 치열한 무력을』, 안천 옮김, 자음과모음, 2013, 77쪽에서 재인용.
2 로렌스 스턴, 『트리스트럼 섄디 2』, 홍경숙 옮김, 문학과지성사, 2001, 399쪽.
3 로렌스 스턴, 『신사 트리스트럼 섄디의 인생과 생각 이야기』, 김정희 옮김, 을

유문화사, 2012, 15~16쪽.

4 로렌스 스턴, 김정희 옮김, 862쪽에서 재인용.

5 로렌스 스턴, 김정희 옮김, 51~52쪽.

6 로렌스 스턴, 김정희 옮김, 75쪽.

7 위키백과, '슈뢰딩거의 고양이' 항목에서 인용.

8 위키백과, 같은 항목.

9 로렌스 스턴, 김정희 옮김, 108~109쪽.

10 로렌스 스턴, 김정희 옮김, 93쪽.

11 로베르토 볼라뇨, 『전화』, 박세형 옮김, 열린책들, 2010, 51쪽.

12 로베르토 볼라뇨, 「엔리케 마르틴」, 『전화』 참고.

13 로렌스 스턴, 김정희 옮김, 106~107쪽.

14 로렌스 스턴, 김정희 옮김, 112쪽.

15 네이버 지식백과, 비트겐슈타인 『논리철학논고』(해제)에서 인용.

16 호르헤 루이스 보르헤스, 「과학에 대한 열정」, 『칼잡이들의 이야기』, 황병하 옮김, 민음사, 1997, 67쪽.

17 로렌스 스턴, 김정희 옮김, 137쪽.

낭만적인, 너무도 낭만적인

1 요제프 폰 아이헨도르프, 『방랑아 이야기』, 정서웅 옮김, 문학과지성사, 2001, 13쪽.

2 요제프 폰 아이헨도르프, 앞의 책, 13쪽.

3 요제프 폰 아이헨도르프, 앞의 책, 14쪽.

4 요제프 폰 아이헨도르프, 앞의 책, 19쪽.

5 요제프 폰 아이헨도르프, 앞의 책, 38쪽.

6 요제프 폰 아이헨도르프, 앞의 책, 28쪽.

7 요제프 폰 아이헨도르프, 앞의 책, 24쪽.

8 요제프 폰 아이헨도르프, 앞의 책, 30~31쪽.

9 네이버 독일어 사전.

10 요제프 폰 아이헨도르프, 앞의 책, 44쪽 .

11 아르놀트 하우저, 『문학과 예술의 사회사 3』, 반성완 · 염무웅 옮김, 창작과비평사, 1999, 236~237쪽.

지금 여기, 뻬쩨르부르그

1 루이지 피란델로, 『아무도 아닌, 동시에 십만 명인 어떤 사람』, 김효정 옮김, 문학과지성사, 1999, 13쪽.

2 니콜라이 고골, 「코」, 『뻬쩨르부르그 이야기』, 조주관 옮김, 민음사, 2002, 10~11쪽.

3 니콜라이 고골, 앞의 책, 15쪽.

4 니콜라이 고골, 앞의 책, 16쪽.

5 니콜라이 고골, 앞의 책, 19쪽.

6 니콜라이 고골, 앞의 책, 20~21쪽.

7 니콜라이 고골, 앞의 책, 38쪽.

8 니콜라이 고골, 앞의 책, 47쪽.

9 니콜라이 고골, 앞의 책, 51쪽.

10 니콜라이 고골, 「외투」, 앞의 책, 55~58쪽.

11 니콜라이 고골, 앞의 책, 62쪽.

12 니콜라이 고골, 앞의 책, 67쪽.

13 니콜라이 고골, 앞의 책, 71~72쪽.

14 니콜라이 고골, 앞의 책, 72~73쪽.

얻을 수 없는 건 얻을 수 없는 대로 두라

1 르네 데카르트, 『성찰』, 이현복 옮김, 문예출판사, 1997, 34쪽.

2 귀스타브 플로베르, 『부바르와 페퀴셰 1』, 진인혜 옮김, 책세상, 2006, 8쪽.

3 귀스타브 플로베르, 앞의 책, 10쪽.

4 귀스타브 플로베르, 앞의 책, 11쪽.

5 귀스타브 플로베르, 앞의 책, 15~16쪽.

6 귀스타브 플로베르, 앞의 책, 16쪽.

7 귀스타브 플로베르, 앞의 책, 18쪽.

8 귀스타브 플로베르, 앞의 책, 21쪽.

9 귀스타브 플로베르, 앞의 책, 25쪽.

10 귀스타브 플로베르, 앞의 책, 27쪽.

11 귀스타브 플로베르, 앞의 책, 29쪽.

12 귀스타브 플로베르, 앞의 책, 29쪽.

13 귀스타브 플로베르, 앞의 책, 29쪽.

14 귀스타브 플로베르, 앞의 책, 33~34쪽.

15 귀스타브 플로베르, 앞의 책, 38쪽.

16 귀스타브 플로베르, 앞의 책, 45쪽.

17 귀스타브 플로베르, 앞의 책, 53쪽.

18 귀스타브 플로베르, 앞의 책, 61쪽.

19 귀스타브 플로베르, 앞의 책, 65쪽.

20 귀스타브 플로베르, 앞의 책, 87쪽.

21 귀스타브 플로베르, 앞의 책, 95~96쪽.

22 귀스타브 플로베르, 앞의 책, 108쪽.

23 귀스타브 플로베르, 앞의 책, 121쪽.

24 귀스타브 플로베르, 앞의 책, 132쪽.

25 귀스타브 플로베르, 앞의 책, 134쪽.

26 귀스타브 플로베르, 『통상 관념 사전』, 진인혜 옮김, 책세상, 2003, 90쪽.

27 귀스타브 플로베르, 앞의 책, 22쪽.

28 귀스타브 플로베르, 『부바르와 페퀴셰 2』, 진인혜 옮김, 책세상, 2006, 503~504쪽.

가까워질수록 멀어지는

1 모리스 블랑쇼, 『카프카에서 카프카로』, 이달승 옮김, 그린비, 2013, 67쪽. 강조는 인용자.

인용 출처

2 모리스 블랑쇼, 앞의 책, 21쪽.

3 모리스 블랑쇼, 앞의 책, 15~16쪽.

4 프란츠 카프카, 『소송』, 홍성광 옮김, 펭귄클래식코리아, 2009, 14쪽.

5 프란츠 카프카, 앞의 책, 26쪽.

6 프란츠 카프카, 앞의 책, 366~367쪽.

7 프란츠 카프카, 앞의 책, 164~165쪽.

8 프란츠 카프카, 『성』, 홍성광 옮김, 펭귄클래식코리아, 2008, 8~9쪽.

9 프란츠 카프카, 앞의 책, 14쪽.

10 프란츠 카프카, 앞의 책, 468~469쪽.

11 14회 전주국제영화제 자료집에서 인용.

12 모리스 블랑쇼, 앞의 책, 106쪽.

13 프란츠 카프카, 앞의 책, 112쪽.

14 모리스 블랑쇼, 앞의 책, 108쪽.

인명

책 · 편 · 영화 · 노래 · 매체명

찾아보기 | 책 · 편 · 영화 · 노래 · 매체명

기타

용어·기타

ㄱ

ㄴ

ㄹ

ㅁ

ㅂ

찾아보기 | 용어 · 기타